Du même auteur :

La Trilogie Atlantis :
1. *Le Gène Atlantis*
2. *Le Fléau Atlantis*
3. *Le Monde Atlantis*

Winter World :
1. *L'Hiver du monde*
2. *La Guerre solaire*

Les Jeux de l'Extinction

A.G. Riddle

Les Jeux de l'Extinction

Traduit de l'anglais (États-Unis) par Frédéric Le Berre

Bragelonne

Titre original : *The Extinction Trials*

ISBN : 979-10-281-1586-9

Bragelonne
60-62, rue d'Hauteville – 75010 Paris

E-mail : info@bragelonne.fr
Site Internet : www.bragelonne.fr

À toutes les âmes audacieuses qui continuent d'avancer
– même quand le monde se précipite vers sa fin.

Prologue

De la pointe de sa fourchette, leur hôte tapota sa flûte de champagne.

Les sonorités cristallines résonnèrent dans l'immense salle à manger, attirant l'attention des soixante convives.

— Ce soir, j'ai à vous soumettre une question toute simple : quelle est la destinée de la race humaine ?

Il laissa ses paroles flotter dans l'air un instant avant de poursuivre.

— Nous connaissons tous la réponse. À un moment donné, notre espèce connaîtra l'extinction.

Il se mit à circuler dans la pièce. Tous les regards le suivaient.

— Mais comment ? demanda-t-il. Qu'est-ce qui va causer notre perte ? L'intelligence artificielle ? Est-ce qu'un projet d'IA auquel travaille une de nos entreprises précipitera notre fin ? À moins que ce ne soit un autre de vos petits projets préférés. Le génie génétique fera-t-il voler en éclats notre espèce ? Signera-t-il l'obsolescence d'une partie d'entre nous ? Déclenchera-t-il une guerre inimaginable entre la prochaine génération d'humains et ceux restés en arrière ?

Leur hôte pivota sur lui-même pour repartir dans l'autre sens. Arrivé devant une double porte donnant sur une vaste terrasse couverte, il s'arrêta. Devant lui, en contrebas, les vagues de l'océan venaient se fracasser sur les rochers, en une somptueuse symphonie ponctuant son discours.

— Supposons – l'espace d'un moment – que notre extinction soit le fait d'une tout autre cause que l'une de nos inventions. Après tout, nous ne sommes pas ici pour jeter l'anathème sur tel ou tel. Non, ce soir, nous sommes réunis pour trouver une parade à la fin qui nous attend, quelle qu'en soit l'origine.

Une vague de murmures parcourut l'assistance.

Leur hôte poursuivit.

— Songez à quel point nous sommes vulnérables. Une éruption solaire pourrait détruire notre planète en un clin d'œil. Un supervolcan pourrait obscurcir le soleil, avec pour effet de nous plonger dans la famine et le froid glaciaire jusqu'à nous mener à l'extinction. Face à une invasion extraterrestre, aurions-nous la moindre chance ? Mais notre fin pourrait tout aussi bien être le fait d'une vieille ennemie : la pandémie. Sous une forme un peu plus mortelle, un agent pathogène auquel nous avons déjà survécu pourrait nous annihiler.

Venue de la mer, une petite brise se glissait par les fenêtres pour agiter doucement les cheveux blancs de l'orateur.

— Et puis, il y a la grande question qui devrait tous nous hanter : pourquoi sommes-nous, selon toute apparence, seuls dans l'univers ? Est-ce là un indice de la destinée de l'humanité ? Ce soir, je souhaite vous proposer une solution unique à cette double énigme qui depuis toujours habite l'esprit humain.

Il leva les mains devant lui, paumes tournées vers la foule.

— Nous connaissons la vérité : jamais nous ne pourrons arrêter ce qui arrive. Nous n'avons pas la capacité d'enrayer l'extinction qui vient. En revanche, ce que nous pouvons faire… c'est contrôler ce qui arrivera après. Là est la clé de notre avenir.

Ses mains retombèrent de part et d'autre de son corps.

— Ce que je vous propose, c'est une expérience d'un nouveau genre. Un projet pour un but bien spécifique : assurer le redémarrage de la race humaine après la Chute. Un projet qui signera la renaissance de notre espèce et nous permettra de percer les plus grands secrets de notre existence. Je l'ai appelé « les Jeux de l'Extinction », et je veux que vous en soyez.

Première partie

La Chute

Chapitre premier

Comme chaque matin en partant pour le travail, Owen Watts passa à la maison de retraite.

Les couloirs étaient à peu près vides, avec quelques portes ouvertes ici et là. Installés sur leur palier, les résidents que le sommeil fuyait passaient le temps en tricotant ou en lisant. La plupart d'entre eux regardèrent avec insistance son uniforme.

Sur le seuil de la chambre de sa mère, il marqua une pause avant de risquer un œil dans l'embrasure.

Owen exerçait une profession pour le moins dangereuse, mais cet instant était de loin le plus terrifiant de chacune de ses journées. Un jour – il le savait – il découvrirait la chambre vide, le petit lit fait au carré, et toutes les photos et les babioles de sa mère emportées.

Mais ce jour-là n'était pas encore arrivé.

Elle était assise dans le fauteuil près de la fenêtre, un livre sur les genoux. Avec un soupir, il s'avança dans la pièce. Entendant son pas lourd, sa mère tourna la tête. Un sourire s'épanouit instantanément sur ses lèvres.

La vie avait appris à Owen la valeur inestimable du temps qui passe – la vitesse à laquelle il s'enfuit, l'impermanence de toutes choses.

Son travail lui avait laissé des cicatrices sur le corps, et la vie quelques blessures à l'âme, autant de raisons pour lesquelles il s'accrochait au temps qui lui restait avec sa mère.

— C'est bien ce que tu lis ? demanda-t-il en s'installant en face d'elle.

— Je viens seulement de commencer, mais le début est prometteur. Une entrée en matière originale et un personnage principal tout à fait sympathique.

Elle l'examina un instant sans rien dire.

— Qu'est-ce qui ne va pas ?

— Rien.

Elle inclina la tête sur le côté.

— Le boulot, répondit-il laconiquement, en espérant qu'elle n'insisterait pas – tout en sachant qu'elle le ferait.

— Qu'est-ce qui se passe avec ton travail ?

— Eh bien… les choses deviennent un peu bizarres.

— Bizarres comment ?

— C'est-à-dire que je suis peu à peu remplacé par des robots.

— C'est bien. C'est plus sûr.

— Oui, ce n'est pas faux.

— Mais tu t'inquiètes de ce qui va se passer ensuite… quand les robots auront totalement remplacé l'homme dans ton travail.

— Tu lis en moi comme dans tes livres, dit Owen avec un sourire.

— C'est à cela que servent les mères, répondit-elle. En fait, poursuivit-elle après un instant de silence, je sais ce qui te préoccupe. (Il haussa un sourcil interrogateur.) Ton insuffisance.

Quand Owen était enfant, jamais sa mère et son père n'avaient utilisé le mot « handicap ». Ils parlaient d'« insuffisance », car après tout qui ne souffre pas d'une ou plusieurs insuffisances ?

— Puis-je me permettre de te donner un conseil ? demanda-t-elle.

Avec un soupir, il l'invita à poursuivre d'un hochement de tête.

— La vie ne se limite pas à tes insuffisances. Elles comptent infiniment moins que tu ne le penses. Tu gagnes ta vie en menant une activité dans laquelle tu excelles. C'est cela qui compte : tes points forts, pas tes points faibles.

— Je vais écrire ça sur un tee-shirt. Ce sera mon prochain boulot. Vendeur de tee-shirts.

Elle eut un petit sourire.

—Toujours aussi entêté. Mais je sais que tu m'écoutes. Et je sais aussi que tu finiras par retomber sur tes pieds. Il faut que tu croies en toi.

Sur l'étagère de sa petite bibliothèque, la mère d'Owen prit un petit livre de poche qu'elle lui tendit.

Il considéra le titre – *Le Droit imprescriptible*–, puis feuilleta les premières pages avant de lire un passage.

« Chaque être humain vient au monde avec un droit imprescriptible : le droit au bonheur. Et sur le chemin qui y mène, les plus grands défis à relever ne sont pas les obstacles que nous rencontrons dans notre vie. Non, c'est en nous que se trouve le plus grand des verrous, celui auquel nous ne pouvons jamais échapper : notre esprit.

Dès la naissance, par l'éducation qu'il reçoit, chacun de nous apprend des tas de choses sur d'innombrables aspects de l'existence sur la planète, de l'hygiène personnelle à la gestion de ses finances. En revanche, pour ce qui est de la compréhension et de la maîtrise de notre esprit, il n'existe aucun programme d'apprentissage sur lequel tout le monde s'accorde. En fait, dans leur quasi-totalité, les hommes et les femmes restent victimes de leur esprit tout au long de leur vie, sans jamais apprendre à le maîtriser, ni même simplement le comprendre. *Le Droit imprescriptible* a été écrit pour changer cet état de fait. Ce livre est un mode d'emploi de l'esprit humain. Lisez-le et appliquez les préceptes qu'il recommande, votre esprit n'en fonctionnera que mieux – sans heurt, sans baisse de régime. Au bout du compte, il vous aidera à jouir pleinement de votre droit imprescriptible. Car un esprit équilibré est la clé d'un bonheur authentique. »

Owen referma l'ouvrage.

—Ce n'est pas vraiment… ma tasse de thé.

—Ta tasse de thé ?

—Oui, tous ces livres de développement personnel.

—Mais ce n'est pas un livre de développement personnel – ce qui d'ailleurs ne serait pas un problème. Non, *Le Droit imprescriptible* parle de science et de psychologie, mais aussi et surtout de l'importance de se comprendre soi-même ainsi que le monde alentour.

—Merveilleux, marmonna-t-il. Le temps que je le lise et le monde aura sans doute encore changé.

—Le monde est en perpétuel changement. Et il le sera toujours. La clé du succès c'est d'admettre cette réalité. Et les idées présentées dans ce livre transcendent le temps et les lieux.

À cet instant, le brassard d'Owen émit une vibration. Trois pulsations rapides. Une urgence. Il activa l'écran pour prendre connaissance du message.

—Désolé, maman. Mon boulot en voie de disparition me réclame.

—Une alerte ?

—Une fausse alerte, probablement. À demain, dit-il en l'étreignant.

Comme il allait sortir de la chambre, elle le rappela.

—Owen, n'oublie pas le livre.

Un quart d'heure plus tard, Owen était assis à l'avant d'un camion de pompiers lancé à tombeau ouvert dans les rues de la ville, toutes sirènes hurlantes. Via une connexion sans fil, le véhicule d'intervention contrôlait les feux de signalisation sur sa route, arrêtant voitures et piétons et se dégageant la voie. Les automobiles sans conducteur se rangeaient sagement sur le côté pour laisser passer l'énorme fourgon au vacarme assourdissant.

Sans quitter des yeux sa tablette, Owen communiquait les informations qu'il recevait à ses deux équipiers derrière lui.

—Le feu a pris dans une cuisine. Immeuble « Oasis Park ». Onzième étage, unité d'habitation 1107. Les systèmes automatiques anti-incendie l'ont déjà éteint.

Il allait poursuivre son petit topo quand la voix de synthèse de l'IA centrale, douce et métallique, lui brûla la priorité, jaillissant des haut-parleurs embarqués.

—Il s'agit d'un immeuble de quinze étages où résident sept cent vingt-trois habitants enregistrés. Les drones de reconnaissance confirment la présence de soixante-cinq signatures thermiques à l'intérieur. On ne compte qu'un adulte et un enfant dans l'unité 1107, de sexe féminin toutes les deux. Leurs signes vitaux sont normaux.

Owen reposa sa tablette sur le siège à côté de lui, profondément agacé. À l'évidence, l'IA ne le jugeait même pas capable de mener à bien le briefing. Mais ce qui le contrariait le plus, c'était de devoir admettre que l'IA se révélait globalement plus efficace que lui dans l'exercice. Et puis, au feu, quand il se retrouvait au cœur du brasier à lutter contre les flammes, il n'était pas mécontent de pouvoir compter sur la présence des robots à ses côtés. La panique n'avait pas de prise sur eux. Jamais. Ils étaient taillés pour résister aux températures les plus extrêmes. Et par-dessus tout, ils étaient remplaçables. Contrairement aux humains.

À dire vrai, le combat direct contre le feu ne lui manquait pas vraiment, mais certains jours – et de plus en plus souvent ces derniers temps – il regrettait l'époque où il rentrait chez lui avec le sentiment d'avoir accompli quelque chose de décisif pour quelqu'un.

Or, la mission qui s'annonçait allait certainement être à l'image des dix précédentes : il allait chercher l'origine de l'incendie (une erreur humaine, à tous les coups), expliquer ce qui s'était passé aux habitants de l'appartement, puis prodiguer une poignée de conseils pour éviter ce genre de désagréments.

Les deux pompiers derrière lui étaient dans le métier depuis un peu moins d'un an. Par la vitre, ils contemplaient le spectacle des rues défilant à toute allure, avec le même sentiment d'excitation que celui qu'éprouvait Owen quand il avait rejoint le service, une quinzaine d'années plus tôt. Il se demanda ce que ces deux-là feraient au juste quinze ans plus tard. *Est-ce qu'on aura encore besoin d'eux ?*

Une autre alerte apparut sur son écran. Un résident de l'unité d'habitation 403 du même bâtiment signalait une fuite de gaz. Or, le détecteur de l'unité ne s'était pas déclenché. *Bizarre*. Le résident avait peut-être l'esprit embrouillé.

— Séléna, tu t'occupes de l'unité 403. Contrôle de la qualité de l'air intérieur, de la teneur en gaz, et de l'état général des habitants. S'ils sont perturbés, tu appelles une ambulance.

— Reçu, lieutenant, répondit-elle avec un sourire, manifestement heureuse de cette première mission en solo.

— Cole, on monte au 1107. Reste bien concentré. Sur le prochain, c'est toi qui prends la direction des opérations.

— Bien compris, répondit-il avec un hochement de tête.

Sur la tablette, trois autres alertes s'affichèrent d'un coup, dans des immeubles disséminés dans toute la ville. Trois fuites de gaz. Voilà qui était vraiment étrange. Se pouvait-il qu'il y ait eu une série de capteurs défectueux ? *Ou alors, ce sont des gamins qui ont piraté le système et balancent des fausses alertes.*

À la seconde où le camion fut à l'arrêt, les drones d'intervention prirent l'air. Ils allaient décrire de grands cercles au-dessus de l'immeuble, en position d'attente, leurs bras préhenseurs parés à emporter d'éventuelles victimes nécessitant une évacuation en urgence.

Dans le martèlement métallique de leurs quatre pattes articulées, les robots-pompiers se détachèrent des flancs du véhicule pour aller se positionner aux abords du bâtiment, leurs longs bras étirés devant eux. Avec leur réservoir de mousse extinctrice porté comme un bât, ils donnaient l'impression d'être équipés d'un réacteur dorsal.

Devant son équipier, Owen pénétra dans l'immeuble, à peine ralenti par les trente kilos de son équipement. Conformément au protocole, c'est par l'escalier qu'il entreprit de gravir les étages. Ses pas résonnaient sur le béton brut. Sur le palier du septième, il n'était toujours pas essoufflé, contrairement à Cole, plié en deux, les mains sur les genoux, hors d'haleine. Derrière son masque, on distinguait son front emperlé de sueur.

— Il faudrait que tu passes plus de temps à la salle, dit Owen via la radio. La préparation, c'est la moitié du boulot. Toujours…

— Prêt ! le coupa Cole entre deux halètements. Bien noté, lieutenant. Je suis prêt, ajouta-t-il après quelques secondes et autant d'inspirations.

À la porte de l'appartement 1107, Owen appuya sur le bouton de la sonnette de son index ganté, puis attendit. Cole avait toujours le souffle court derrière son masque. Aucune réponse. Owen sonna une nouvelle fois.

— Central, confirmez la présence d'occupants au 1107 et la stabilité de leurs signes vitaux.

— Deux personnes de sexe féminin. Une adulte, une enfant. Signes vitaux normaux.

Owen assena une série de coups secs sur le panneau. La sonnette était peut-être en panne.

— Séléna, quelle est la situation de ton côté ?

De nouveau, il enfonça le bouton de la sonnette tout en frappant la porte du plat de son autre main.

Aucune réponse.

— Séléna, tu m'entends ?

Silence radio.

— Central, confirmez la position et la situation de Séléna.

— Séléna se trouve dans l'appartement 407. Ses signes vitaux sont normaux. On lance un contrôle des systèmes de communication.

Cole s'approcha d'Owen.

— Vous voulez que j'aille voir comment elle va, lieutenant ?

— Non. On va d'abord voir ce qui se passe ici, répondit Owen tout en examinant les gonds. Central, ouverture de l'accès à l'unité d'habitation 1107.

La serrure émit un léger cliquetis. Owen repoussa la porte et s'engagea dans l'ouverture… avant de s'arrêter d'un bloc, tétanisé.

Une femme, de l'âge de sa mère, gisait sur le sol. Il se précipita vers elle en retirant l'épais gant recouvrant sa main droite. Un soupir de soulagement lui échappa quand il sentit un pouls sous ses doigts.

— Central, envoyez une ambulance. Une femme adulte sans connaissance. Suspicion d'asphyxie.

Les yeux d'Owen se portèrent sur le panneau fixé sur son avant-bras affichant tous les relevés et paramètres ambiants. Niveau d'oxygène normal. *Ce truc aussi a un problème*, songea-t-il. Et le central également par la même occasion. Ne venait-on pas de lui confirmer des signes vitaux normaux alors que la résidente était inconsciente ?

Quelque chose ne tournait pas rond.

Il renfila son gant et sa combinaison repassa en mode pressurisé.

—Central, j'ordonne une évacuation du bâtiment. Il y a probablement une fuite de gaz avec un risque d'incendie à la clé. Relayez mon ordre et envoyez les robots pour exécution.

—Bien reçu, lieutenant.

—Séléna, enchaîna Owen en se relevant. Si tu me reçois, sors du bâtiment immédiatement.

Non, ça ne colle pas. Tant de défaillances en même temps? C'est impossible.

L'air de l'appartement devait être saturé de gaz, comme en témoignait le corps inerte de l'habitante. *À moins qu'elle n'ait perdu connaissance pour une autre raison... Un intrus? Un problème médical? En tout cas, mieux vaut prévenir que guérir.*

—Central, aération de l'unité 1107.

Owen tourna la tête vers l'immense baie vitrée du salon, qui allait s'entrouvrir d'un instant à l'autre.

Rien ne se passa.

—Central, je répète: aération de l'unité 1107.

Toujours aucune réponse.

—Cole, occupe-t'en!

—Hein? Comment?

—Tu sors ta hache et tu fais un trou dans cette fenêtre. Immédiatement.

Le jeune homme, qui n'avait dû manier sa hache qu'à deux ou trois reprises au cours de sa formation, n'imaginait sûrement pas qu'il aurait à l'utiliser un jour pour de bon. Peut-être dans une vieille bâtisse, et encore. Après destruction intégrale de tous les robots-pompiers et dans l'éventualité improbable où il se retrouverait en dernière ligne de défense. Pour autant, à son grand étonnement teinté d'une pointe d'orgueil, Owen vit son jeune subordonné sortir son arme de sapeur, étincelante comme au premier jour, et s'élancer à l'assaut de la baie.

Owen se rua dans le couloir pour ouvrir les portes de toutes les pièces. La deuxième sur la gauche donnait sur une chambre d'enfant, aux murs couverts de posters d'idoles de la jeunesse. Sur une table, une petite boîte à bijoux débordait de colliers et bracelets fantaisie en strass, tel un coffre au trésor au fond d'une grotte mystérieuse. Sur le petit lit, une jeune fille était étendue, immobile, les yeux clos.

Owen fonça, ses gestes s'enchaînant mécaniquement à une cadence ahurissante, tels ceux d'un homme possédé. Il la souleva pour l'emporter, ouvrit la porte de la salle de bains d'un coup de pied, puis la déposa doucement dans la baignoire. Il allait lui prendre le pouls quand l'appartement tout entier s'embrasa dans une énorme explosion.

Chapitre 2

Maya Young avait une certitude : si la douleur ne s'arrêtait pas sous peu, elle allait mourir.

Ses muscles la brûlaient.

Son cœur battait à tout rompre dans sa poitrine.

Une veine battait follement le long de son cou.

Son corps tout entier était inondé de sueur.

Elle n'était pas la seule à souffrir. Le cours de vélo en salle était plein à craquer. Pas moins de trente femmes pédalaient au rythme d'une musique endiablée, les poumons en feu. De temps à autre, elles risquaient un coup d'œil du côté de la prof, à peine essoufflée par l'effort. Subtil mélange entre la femme au foyer de banlieue résidentielle et l'instructrice commando, cette dernière cachait sous ses airs affables une personnalité implacable, qu'on aurait presque pu soupçonner de se délecter des tourments qu'elle infligeait à ses ouailles.

—Allez, mesdames, un dernier effort ! cria-t-elle. Intensité maximale. Il faut souffrir pour être belle !

Du pouce, Maya régla la molette d'un cran vers le haut – un seul. Au même moment, elle entendit les autres qui passaient leurs sélecteurs sur la résistance la plus élevée, en une rafale de cliquetis semblable à des dizaines d'appareils photo se déclenchant en même temps pour lui envoyer un message culpabilisant. « Et toi, pourquoi tu ne vas pas à fond comme tout le monde ? »

Elle appuyait sur les pédales, la gorge brûlante, la cage thoracique sur le point d'exploser. Elle avait l'impression que son vélo s'était enfoncé dans des sables mouvants. Vu comme elle souffrait, elle avait intérêt à devenir très, très belle. À ce sujet, si un jour elle croisait celui ou celle qui avait cru malin d'inventer cette expression, elle se ferait un plaisir de lui coller son poing dans la figure. De toutes ses forces.

Au bout de ce qui lui parut être une éternité, la prof cessa de pédaler et se redressa en frappant dans ses mains.

— C'est fini ! Bravo à toutes ! Je vous revois demain. Et n'oubliez pas de consulter le planning qui sera en ligne en fin d'après-midi. Les inscriptions pour les huit prochains cours ouvrent à 6 heures.

Maya descendit de son engin pour regagner les vestiaires d'un pas chancelant sur ses jambes encore flageolantes. À sa première visite des lieux, avant de signer son abonnement, elle était littéralement tombée amoureuse de la salle avec ses rangées de vélos sous de hauts plafonds aux poutres apparentes, ses murs de vieilles briques joliment décapées, et son plancher étincelant. À présent, elle ne remarquait plus aucun de ces détails. Au fond, ce n'était rien d'autre qu'une salle de torture à la déco un peu léchée.

À l'extérieur, des sirènes hurlaient. Un instant plus tard, un camion de pompiers passa devant la vitrine dans les éclats rouge et bleu de ses gyrophares. Maya s'arrêta pour regarder ce qui se passait.

Quand le véhicule s'en fut allé, emportant avec lui les lumières et les bruits, Zoé – une amie de Maya – s'approcha de son casier pour lui parler.

— Je vais te faire un aveu : j'espère que le cours sera plein quand je me connecterai ce soir.

— Moi aussi, dit Candice en passant la bretelle de sa besace à l'épaule. À tout casser, il doit me rester des forces pour deux ou trois semaines de vie, grand maximum. Au fait, rappelez-moi déjà pourquoi on fait tout ça ?

Un soir de légère ivresse, Maya, Zoé et Candice avaient conclu le pacte solennel de se remettre à l'exercice. Sur le moment, cette décision avait paru être la meilleure idée du monde.

— Si je me souviens bien, répondit Maya, cela avait à voir avec la séduction, l'accouplement et l'épanouissement.

Zoé leva la tête en un mouvement volontairement théâtral, comme sous le coup d'une révélation subite.

— Hmm… Si l'accouplement et l'épanouissement sont à ce prix, je me demande si je ne vais pas y renoncer. Tout compte fait, je crois que je pourrais m'accommoder de quelques rondeurs pour le reste de mon existence. Et puis de rester célibataire également.

Un gloussement involontaire naquit dans la gorge de Maya, mais son petit rire muta soudain en une toux crépitante. Une pointe douloureuse lui fouailla les poumons. *Ce doit être l'épuisement*, se dit-elle. La main qu'elle avait portée devant sa bouche était constellée de petites taches rouges. *Du sang.* Incrédule, elle fixait sa paume maculée d'écarlate.

Candice s'approcha, la mine inquiète, les sourcils froncés.

— Hé, tout va bien ?

Un vertige saisit Maya. Ses jambes ne la portaient plus. De la main, elle tenta de se retenir au casier, mais elle n'avait même plus la force de s'accrocher. Le sol parut se précipiter vers elle. Des taches dansaient devant ses yeux. Des bras se nouèrent autour d'elle pour la rattraper.

— Maya ? demanda quelqu'un.

D'autres voix étouffées marmonnaient autour d'elle. Une main lui souleva une paupière.

— Appelez une ambulance !

Chapitre 3

Le souffle propulsa Owen contre le mur. Des flammes orange et jaune se glissaient à l'intérieur de la pièce comme les doigts d'une main avide, courant sur le sol, roussissant tout ce qu'elles touchaient, carbonisant le tapis de bain, léchant le rebord supérieur de la baignoire, cherchant à s'emparer de la jeune fille inconsciente. Ses vêtements se consumaient. Ses cheveux prirent feu. Un masque incandescent était sur le point de prendre possession de son visage.

En un kaléidoscope un peu flou, Owen vit l'implacable progression du feu. Accablé par un sentiment d'impuissance, il banda toute sa volonté pour obliger son corps engourdi à bouger.

Le bras tendu, il se pencha en avant pour tapoter les flammes de sa main gantée, éteindre les petits brasiers sur les habits et dans la chevelure.

— Activation haut-parleur, ordonna-t-il d'une voix rauque. Est-ce que tu m'entends ? enchaîna-t-il à l'intention de la blessée.

Les paupières de la jeune fille se soulevèrent tout doucement, révélant des yeux larmoyants et injectés de sang, au regard perdu. Ses lèvres s'entrouvrirent, mais aucun son n'en sortit.

Une nouvelle explosion secoua l'appartement.

Owen se pencha en protection au-dessus d'elle, mettant ses abdominaux et fessiers au supplice sous le poids de son équipement.

Cette fois-ci, aucune langue de feu ne parvint à s'immiscer dans la salle de bains.

À coup sûr, la porte d'entrée venait d'être soufflée vers l'intérieur. Owen comprit ce qui s'était passé : une surpression – voire une déflagration – suffisamment puissante dans le hall l'avait dégondée. Or, l'immeuble n'aurait jamais dû laisser une chose pareille se produire. Il était conçu pour éteindre tous les types de feu et évacuer l'air et les fumées vers le toit sans jamais laisser la pression s'accumuler.

Décidément, il y avait vraiment quelque chose qui clochait.

— Accroche-toi, dit-il par l'intermédiaire de son amplificateur vocal. Je vais te sortir d'ici.

La jeune fille ferma les yeux quand Owen la souleva pour la remporter jusqu'au salon.

Comme prévu, la porte d'entrée avait disparu. Dans la pièce de vie, un grand trou dans la baie vitrée indiquait par où elle s'en était allée. L'incendie qui faisait rage dans le hall aspirait l'oxygène de l'unité d'habitation.

Assis par terre, Cole fixait le vide devant lui en clignant des paupières.

— Central, j'ai besoin de plusieurs évacuations à l'unité 1107. Et fissa !

Aucune réponse.

Cole se releva et avança d'un pas chancelant. Owen voyait ses lèvres bouger derrière son masque, mais aucun son ne lui parvenait sur sa radio.

— Cole, tu m'entends ?

Le regard vague, le jeune homme respirait par saccades – sous l'effet du stress, de l'épuisement ou des deux. Il porta ses mains à son casque pour le retirer, mais Owen bloqua son geste en articulant ostensiblement le mot « non ». Certes, ils avaient besoin de pouvoir communiquer, mais plus encore il leur fallait garder leurs tenues et leurs casques.

— Message aux robots d'intervention. Est-ce qu'une unité me reçoit ?

Silence toujours.

Mentalement, Owen passa en revue les options qui s'offraient à lui. *Il faut que j'aille à la fenêtre faire signe à un drone d'évacuation.* Toujours lesté de la jeune fille dans ses bras, il traversa la pièce pour regarder au-dehors, s'attendant à découvrir au moins un de ces monstrueux drones en vol stationnaire, ses longs bras étendus prêts à intervenir.

Il n'y en avait aucun.

En revanche, il vit autre chose qui le pétrifia et fit passer sur lui une vague de terreur.

La ville tout entière était en flammes.

Partout où portait son œil, le feu dévorait les maisons, les tours, les constructions, tourbillonnant derrière les vitres, jaillissant par les fenêtres brisées, projetant d'immenses nuages noirs dans le ciel. Les immeubles d'habitation et de bureaux, les commerces, tous brûlaient en un gigantesque brasier. *Mais comment? C'est impossible.* Ce qu'il voyait ne pouvait pas être la réalité. L'espace d'un instant, il sentit son énergie l'abandonner. Le corps inerte de la jeune fille devint lourd entre ses bras sans forces. Ses jambes se mirent à trembler. Son regard glissa vers le petit bâtiment de brique de huit étages, en contrebas de l'autre côté de la rue. Lui aussi était la proie des flammes, mais son toit plat était intact et dégagé. Là non plus les conduits d'extraction des gaz et des fumées n'avaient pas fonctionné.

Un mouvement du côté de la porte attira son attention, l'arrachant à sa torpeur. Un robot-pompier avançait d'un pas tranquille dans l'appartement, sur ses quatre pattes noircies et calcinées par endroits.

— Robot, nous avons besoin d'une évac…

La machine leva un bras, de l'extrémité duquel jaillit une mousse blanche anti-incendie. La gerbe vint frapper Cole en plein sur la visière de son casque.

Sur le coup, Owen se dit que le robot devait avoir une défaillance dans ses circuits. Sans doute avait-il cru que Cole était en feu. Mais son bras se tourna alors pour pointer le jet en direction d'Owen. En un mouvement réflexe, ce dernier eut juste le temps d'esquisser un pivot, et la substance blanche vint recouvrir son flanc et la jeune fille.

Soudain, le sol se mit à vibrer. C'était le robot qui bondissait, chargeant furieusement les bras tendus devant lui pour saisir Owen.

C'était un véritable cauchemar.

Cet automate à la mécanique surpuissante était conçu pour résister au feu tout en évacuant une famille entière d'un bâtiment en flammes. Owen n'avait pas la moindre chance. Seul, il pouvait espérer tenir quelques secondes. Les bras encombrés d'une jeune fille évanouie... c'était sans espoir.

Owen se pencha pour déposer sa protégée par terre, prêt à faire face...

Comme il se redressait, il vit le robot trébucher, ses pattes avant entravées. Ce qui lui tenait lieu de tête vint percuter le sol.

Cole. Malgré la mousse qui l'aveuglait, le jeune homme n'avait pas hésité à tenter un plaquage sur la machine. Un geste désespéré qui avait porté ses fruits.

Les bras solidement accrochés aux pattes du robot, il essuya d'un revers de la main le produit sur sa visière. Les bras du robot se replièrent et ses pinces de préhension se refermèrent sur le bras de Cole. Owen vit la bouche de son adjoint s'ouvrir en grand derrière le masque transparent pour un hurlement muet. Pour autant, le jeune homme s'accrochait de toutes ses forces. Pas question de lâcher sa proie. Pourrait-il tenir longtemps face à la force mécanique ? Cole releva la tête, les yeux pleins de larmes. Silencieusement, sa bouche esquissa un mot. Un seul.

« Partez ! »

Owen reprit la jeune fille dans ses bras. Par l'ouverture béante au niveau de l'entrée, il voyait les flammes dans le hall et les couloirs. Sans compter les autres robots-pompiers devenus fous qui devaient grouiller dans tout l'immeuble.

Derrière lui, par la baie fracassée par la porte d'entrée, il devinait la ville ravagée par l'incendie. Et puis, de l'autre côté de la rue, le toit intact du petit bâtiment en contrebas.

Serrant la fille contre son torse, Owen pivota sur lui-même et s'élança de toutes ses forces, droit devant lui vers la fenêtre, l'air du dehors.

Et le vide.

Chapitre 4

Maya revint à la conscience, arrachée aux limbes par un bourdonnement sonore qui l'enveloppait tout entière. Elle était allongée sur le dos, sur une surface dure et froide.

Son esprit était embrumé comme si elle avait été droguée, les effets commençant seulement à s'estomper.

Elle plissa les yeux, éblouie par l'éclat de lumière blanche projeté sur elle. Elle était à l'intérieur d'un cylindre d'un diamètre à peine plus grand qu'elle-même.

Tout à coup, jaillissant d'un haut-parleur, une voix féminine tonna dans le petit espace.

— Merci de ne pas bouger, mademoiselle Young. Le test est presque terminé.

— Le test de quoi ? cria Maya, suffisamment fort pour couvrir le bruit de la machine.

— Nous vous expliquerons sous peu. Restez allongée, parfaitement immobile, s'il vous plaît.

Dans le silence revenu, les secondes défilèrent avec une lenteur exaspérante. La machine produisait un vrombissement rythmique. À l'intérieur des parois blanches du cylindre, une lueur descendait le long du corps de Maya.

Enfin, l'équipement émit un bip et la table sur laquelle elle était allongée coulissa hors du cylindre, tandis que la lumière s'estompait. Un homme vêtu d'une combinaison verte entra dans la pièce. Arrivé à hauteur de la table, il arrêta le fauteuil roulant qu'il poussait et tendit la main à Maya.

Instinctivement, elle se figea.

Quelque chose ne collait pas.

Il émanait du nouvel arrivant une indéfinissable vibration qui la mettait sur ses gardes, les nerfs à vif. Elle ne le reconnaissait pas, elle ne l'avait jamais vu, mais toutes ses alarmes intérieures avaient viré au rouge. Était-ce la lueur dans ses yeux ? son physique ?

Ou alors son imagination qui lui jouait des tours ? Était-ce un reste de brume, un effet des sédatifs qu'on lui avait administrés pour le test ?

Elle se redressa et s'assit au bord de la table en balançant ses jambes dans le vide, parfaitement consciente que ce mouvement allait ouvrir sa blouse de patiente et la laisser béante. L'homme resta à la fixer sans ciller, la main toujours tendue. Était-ce un nouvel indice ? *Ou alors, c'est un véritable humain qui fait son travail et rien d'autre…*

— Qu'est-ce qui se passe ? demanda Maya, avec l'espoir que la réponse à sa question l'éclairerait sur deux points qui la taraudaient.

— Ce n'est pas mon domaine, madame. Je m'occupe uniquement du transport.

Elle accepta la main offerte et se laissa conduire jusqu'au fauteuil. Sans un mot, il la mena par des couloirs et des halls où s'activaient des personnels infirmiers, humains et robotiques, et où des médecins posaient des questions et donnaient des instructions dans leurs casques équipés de micros et connectés à l'IA de l'hôpital.

Sa chambre comportait un petit lit simple et une salle de bains dans un angle. Les vêtements de Maya étaient suspendus à une patère fixée sur la porte. Son sac à main était posé sur la table roulante à la tête du lit. Mais une chose par-dessus tout capta instantanément son attention. Par la fenêtre, elle voyait trois immenses colonnes de fumée noire qui montaient dans le ciel au-dessus de la ville.

Il fallait absolument qu'elle aille aux nouvelles. Il se pouvait fort bien que ces incendies soient le fait d'une organisation sur laquelle elle enquêtait de longue date.

Elle était tellement absorbée par le terrible spectacle au-dehors qu'elle n'entendit pas jouer le verrou de la porte derrière elle. Qu'elle ne perçut pas l'homme qui se déplaçait dans son dos.

Mais quand elle sentit l'objet plat et froid sur son cou, son instinct et son entraînement prirent le relais. L'adrénaline jaillit dans son système sanguin, en un flot apparemment suffisant pour lui sauver la mise.

In extremis, elle parvint à se pencher. Le dispositif d'injection se déclencha, mais il n'était plus en contact avec sa peau.

Ensuite, au lieu de fuir son assaillant, elle fit ce à quoi il s'attendait le moins. Plus grand et plus fort qu'elle, l'homme était en outre dans une position de domination, au-dessus d'elle. Comment aurait-il pu imaginer qu'elle allait passer à l'attaque ?

De ses deux mains, Maya saisit l'injecteur, provoquant chez son adversaire un instant de stupéfaction. Il se pencha à son tour pour fuir l'aiguille, mais Maya avait été la plus rapide. Elle le piqua au cou, appuyant sur le déclencheur à une, deux, trois reprises. À chaque cliquetis, les yeux de l'homme s'arrondirent un peu plus. Et puis, comme si d'un coup un interrupteur basculait, son visage s'affaissa, ses yeux devinrent vitreux et sa prise s'amollit. Il tituba vers l'arrière en portant un doigt à son oreille.

—Échec... mission. Le sujet... s'enfuit. Envoyez... renforts.

Il s'effondra au sol comme un tas de linge sale.

Maya se redressa tant bien que mal sur ses jambes flageolantes. En appui d'une main sur le cadre du lit, elle récupéra de l'autre son sac sur la table de chevet. Il fallait qu'elle fasse vite. Les renforts demandés n'allaient pas tarder à lui tomber dessus. De son sac, elle sortit son brassard et l'activa.

—Opérations spéciales, annonça une voix féminine.

—Je suis en danger. Ma mission est compromise.

—Et votre couverture ?

— Grillée.

Le sang lui battait aux tempes. Maya n'aurait su dire si c'était l'effet des produits ingérés ou de l'effort qu'elle venait d'accomplir. Voire de son état physique, quel qu'il soit, même si au fond elle avait une idée assez précise de ce qu'il pouvait être.

— Que demandez-vous ? demanda la voix, toujours exempte de la moindre émotion.

Maya se demanda si elle avait affaire à une personne humaine ou une IA. Sans lâcher son brassard, elle alla récupérer ses vêtements accrochés à la porte de la salle de bains.

— Un soutien. Immédiatement.

— Je transmets.

— Et je suis malade. J'ai l'impression qu'ils m'ont fait quelque chose. Je crois que j'ai contracté le virus Genesis.

En tournant la tête, elle vit par la fenêtre que cinq colonnes de fumée montaient à présent dans le ciel, emplissant l'horizon d'immenses nuages noirs.

— Qu'est-ce qui se passe ? demanda Maya. Les incendies ?

— Probablement une attaque cyberterroriste. Des investigations sont en cours…

— C'est eux. Tout est lié. Je pense qu'ils ont tenté de m'éliminer avant de lancer cette attaque.

— J'en prends bonne note.

Maya était sur le point de s'habiller quand elle suspendit son geste. Son regard vint se poser sur l'homme à terre, dont le torse montait et descendait lentement.

Elle n'était absolument pas en état de fuir – et encore moins de se battre. Sans l'injecteur, elle n'aurait eu aucune chance de venir à bout de son agresseur.

Une seule solution : me cacher. Mais avant cela, elle avait encore une chose à faire.

— Il faut que vous alliez prendre des nouvelles de ma famille, dit Maya. Ma mère et ma sœur habitent dans l'immeuble « Oasis Park ». Onzième étage, unité d'habitation 1107.

— Reçu.

Depuis sa fenêtre, elle apercevait sept ambulances garées au pied du bâtiment. À cet instant, l'une d'elles démarra pour filer, gyrophares allumés.

La fenêtre basculante ne s'ouvrait pas entièrement, mais suffisamment tout de même pour lui permettre de lancer son brassard et ses habits par le petit interstice, droit sur le toit d'une autre ambulance.

Dans un premier élan, elle s'était dit qu'elle allait sortir de sa chambre pour mettre le plus de distance possible entre elle et ceux qui allaient arriver. Tout bien réfléchi, le risque était trop grand, surtout dans son état.

La salle de bains était trop exposée, le lit trop haut pour se cacher dessous. Restait donc le placard. Elle l'ouvrit pour y jeter un œil. En tout et pour tout, il ne contenait qu'une tringle métallique et deux cintres.

Elle retira les deux draps du lit, se fit un paréo du premier et suspendit le second sur la tringle. Après s'être glissée derrière ce rideau improvisé, elle referma la porte sur elle.

Ses jambes tremblaient toujours.

Adossée à la paroi du fond, elle se laissa glisser jusqu'au sol. Allongée par terre, elle tira le drap pour recouvrir sa tête et ses pieds, avant de remiser ses bras dessous, immobiles, plaqués le long de son corps.

De l'autre côté de la cloison, elle entendit la porte d'entrée qui s'ouvrait.

Chapitre 5

La fille tenue serrée contre lui, Owen pivota sur lui-même pour offrir son dos au toit qui approchait à toute vitesse. Une douleur fulgurante lui traversa la poitrine au moment de l'impact. La fille échappa à la prise de ses bras privés de toute force, tandis que sa vision virait au noir.

Quand il revint à lui, il aurait été incapable de dire combien de temps s'était écoulé. Une quinte de toux le saisit. Ses poumons le faisaient abominablement souffrir. Au prix d'un effort, il s'obligea à ouvrir les yeux.

Des tourbillons de fumée dansaient autour de lui, comme un millier de fantômes lancés dans une farandole autour d'un bûcher funéraire.

À travers les volutes, il parvint à plus ou moins apercevoir les alentours. Il était toujours sur le toit, couché sur le côté.

La fille était à trois mètres de lui.

Immobile.

Sans la quitter des yeux un instant, il prit fébrilement quelques inspirations très courtes. Il attendit un instant, l'espoir au cœur, souhaitant de toutes ses forces la voir bouger.

En tournant la tête, il déclencha un élancement atroce dans sa nuque.

Il tenta de respirer profondément. En vain. *Pneumothorax*. Un poumon affaissé, voire les deux. Son temps était compté.

D'une main tremblante, il redressa le panneau sur son avant-bras, où clignotaient follement toutes les alarmes qui s'étaient déclenchées. Son intention était d'activer le signal d'urgence, mais sa combinaison s'en était déjà chargée. Au moins, cette partie-là de l'IA semblait toujours opérationnelle.

Les haut-parleurs externes de sa tenue faisaient retentir la complainte suraiguë d'une sirène. Sur son casque, une lumière stroboscopique éclaboussait d'éclats blancs le corps de la jeune fille, recroquevillé un peu plus loin sur le toit.

Dents serrées, il prit appui sur son bras droit pour rouler sur le dos, de façon que la lueur illumine le ciel.

Au demeurant, il doutait que quiconque puisse la repérer. La fumée avait envahi les cieux comme un nuage de milliers d'oiseaux tournoyant au-dessus de la ville, prêts à fondre sur les restes calcinés des immeubles pour s'en repaître.

Il se concentra sur son souffle, cherchant à le maîtriser par des respirations profondes tout en luttant pour garder les yeux ouverts. Mais l'air se raréfiait inéluctablement dans ses poumons, comme s'il respirait à travers une paille au diamètre toujours plus réduit.

Il tenta de tourner la tête, mais la douleur l'arrêta. Des gouttes de sueur emperlèrent son front. Un feu lui dévorait tout le torse. Ignorant les messages de son corps, il obligea sa tête à pivoter. Il voulait la voir. Il voulait qu'elle roule sur elle-même et relève la tête vers lui. Il voulait qu'elle aille bien.

Il ne la quittait pas des yeux, mais elle ne bougeait pas.

Un moment s'écoula.

Les nuages noirs s'amoncelaient au-dessus de lui pour former un plafond de fumée opaque, de plus en plus épais, de plus en plus bas. Le couvercle d'un cercueil en train de se rabattre sur lui.

Son souffle s'amenuisa jusqu'à ce qu'il ait l'impression de ne plus pouvoir respirer du tout. Comme s'il n'y avait rien au-delà de sa gorge.

Même quand il forçait ses paupières à s'ouvrir, il n'y avait que des ténèbres autour de lui. Des taches noires qui le cernaient pour l'engloutir.

Sa combinaison devait être déchirée, car il sentait la fumée dans sa bouche et son nez. Les volutes d'encre avaient envahi tout le toit. Les yeux pleins de larmes brûlantes, il cherchait encore à apercevoir la jeune fille, avec l'espoir qu'elle esquisserait un mouvement, un signe. Il ne distinguait rien d'autre qu'un immense rideau noir faseyant comme une voile dans le vent.

Tout à coup, les nuages se déchirèrent, les masses noires refluant comme des démons chassés par la lumière. Owen ne pouvait croire à ce qu'il voyait : un hélicoptère piloté par un humain. Cela faisait si longtemps qu'il n'en avait plus vu.

Au même titre que la lutte contre les incendies, le pilotage était une activité dangereuse. Désormais, ces engins étaient autonomes, capables de voler tout seuls – du moins, les modèles récents.

Cet hélico-là était plus ancien. Il rebondit plusieurs fois quand ses roues prirent contact avec le toit. Deux urgentistes sautèrent de la carlingue pour se précipiter vers lui avec un brancard.

En puisant dans ses ultimes réserves, Owen parvint à lever un bras pour pointer un index tremblant en direction de la jeune fille, à quelques pas de lui.

Chapitre 6

Du fond du placard, Maya tendait l'oreille pour entendre les bruits de pas, essayant de déterminer combien de personnes entraient dans la chambre.

Deux, compta-t-elle.

Une voix masculine fut la première à rompre le silence.

— Son sac est encore ici, mais ses vêtements ont disparu.

Une femme parla ensuite. Elle était plus proche de Maya, probablement penchée sur l'homme étendu à terre, inconscient.

— Léo, tu m'entends ?

— Ramène-le, dit la première voix.

Maya entendit un son sec, un déclic mécanique, suivi d'un long grognement sourd. L'homme dans les vapes remontait à la surface.

— Léo, qu'est-ce qui s'est passé ? demanda le premier homme.

Sa voix s'était rapprochée.

— Elle… s'est enfuie…

— Quoi ? Elle est deux fois plus petite que toi. Et en plus, elle a le virus Genesis…

— Ce n'est pas un critère pertinent, dit la femme d'une voix étale. Où est-elle, Léo ?

L'interpellé ne répondit rien, mais Maya entendit distinctement les deux autres qui se déplaçaient dans la chambre. Sans doute leur avait-il donné quelques indications par gestes.

La porte de la salle de bains s'ouvrit. Quelqu'un se glissa à l'intérieur de la petite pièce d'eau.

Puis ce fut le tour de la porte du placard. Une main saisit le drap posé sur la tringle et l'arracha. Maya sentit ensuite la main se poser sur le drap qui la recouvrait.

Elle ne respirait plus.

— Il n'y a que des draps, dit l'homme en rejetant au sol la grande pièce de tissu, avant de refermer sèchement la porte.

— Vigie, dit la femme. Demande de localisation du sujet sept-quatre-un.

— Laisse tomber, dit l'homme. Elle a le virus et le Changement a déjà commencé.

— Super, marmonna la femme. Elle est dans une ambulance à quatre pâtés de maisons d'ici.

— On s'en tape, répondit l'homme. Oublie-la.

— Impossible. Elle en sait trop. Allez, viens.

À présent, Maya escomptait attendre jusqu'à ce que la porte de la chambre s'ouvre de nouveau. Selon ses calculs, le prochain arrivant serait le soutien qu'elle avait demandé.

Mais la porte ne s'ouvrit pas. Le renfort sollicité ne vint jamais.

Combien de temps s'était-il écoulé ? Elle aurait été bien incapable de le dire, mais une chose était sûre, elle se sentait de plus en plus faible.

Une sensation d'humidité lui chatouillait la lèvre supérieure. *De la sueur ?*

En s'essuyant d'un revers de l'index, elle reconnut une substance épaisse et collante. *Du sang.*

Elle se dégagea du drap qui la dissimulait et ouvrit la porte.

La pièce était plongée dans le noir. *Il fait déjà nuit ?*

Venait-elle de passer un si long moment dans son petit réduit ?

Tout à coup, elle se rendit compte que ce n'était pas la nuit. La fumée obscurcissait le ciel et masquait le soleil. La ville tout entière brûlait.

Un nouveau filet de sang se mit à couler de ses narines. Une sphère de douleur explosa dans son crâne.

Ses jambes se dérobèrent sous elle. D'une main couverte de sang, elle s'agrippa au montant du lit, puis appuya sur le bouton d'appel.

— Au secours.

Chapitre 7

Il recouvra l'ouïe en premier, mais sa vision refusait obstinément de s'éclaircir. Allongé dans l'obscurité, l'oreille aux aguets, il s'efforçait de distinguer les voix qui lui parvenaient. Assourdies et distantes, entremêlées le plus souvent, elles semblaient arriver de très loin, comme s'il était au fond d'un puits et que des étrangers parlent de lui à la surface.

Finalement, l'une d'elles finit par prendre un sens au milieu du brouhaha. C'était un homme qui parlait, sur un ton rauque et empreint de lassitude.

— … fractures multiples… un poumon perforé. En temps normal, il serait sur pied en deux semaines, mais dans la situation présente, je pense qu'on doit le passer en catégorie dix. Neuf au mieux.

Une voix féminine lui répondit.

— Ses blessures…

— Elles sont traitables et peuvent guérir sans difficulté, l'interrompit l'homme. En fait, c'est le temps le véritable problème. Il faudrait l'hospitaliser en soins intensifs, pendant deux semaines. Au minimum. Mais sur cette même durée, la place qu'il occuperait nous permettrait de sauver une trentaine de personnes, au moins. On oublie.

— Attendez, intervint la femme. On peut en parler. Déjà, que lui est-il arrivé ?

— Il a sauté d'un immeuble.

— C'est le troisième d'affilée que je vois, intervint un autre homme.

— Une minute, reprit la femme. Je viens de trouver son dossier. C'est un pompier. Il a sauvé une jeune fille, qui devrait sans doute s'en tirer.

Il y eut un instant de silence.

— Écoutez, reprit la femme sur un ton de supplique, on devrait…

— Katarina, on ne peut y passer la journée ! Il faut avancer. Il est en catégorie dix, point final.

Un nouveau silence se fit. Un peu plus long cette fois-ci. Pour finir, c'est l'homme à la voix rauque qui le rompit.

— D'accord, d'accord… Je le mets en huit, mais je n'irai pas plus loin.

Quand Owen reprit conscience la fois suivante, sa vision était revenue. En revanche, respirer était toujours autant un supplice. Ses deux jambes l'élançaient atrocement.

La gauche était de loin celle qui le faisait le plus souffrir.

Il était dans une vaste salle ouverte. Des bruits de voix lui parvenaient de tous les côtés. Certaines psalmodiaient, d'autres pleuraient. Un véritable chœur désaccordé de martyrs à l'agonie. Suspendu sur une corde, un drap blanc entourait son lit sur quatre côtés, masquant à sa vue les autres patients.

Il tenta de s'asseoir mais la douleur l'en empêcha.

Couché sur le dos, il fixait le plafond. Ses pensées venaient effleurer des sujets aussi sensibles et douloureux que son corps meurtri. Ses collègues – Cole et Séléna. *Est-ce qu'ils s'en sont sortis ?*

Eux aussi étaient présents dans l'immeuble incendié.

Et la fille de l'appartement 1107 ?

Les médecins qui discutaient de son cas avaient dit qu'elle devrait s'en tirer. *Comment va-t-elle ?*

Pour finir, l'image de sa mère s'imposa dans son esprit. *Est-elle en vie ? en sécurité ?*

Il s'est écoulé combien de temps ? Et d'abord, où est-ce que je suis ?

Le plafond s'élevait très haut au-dessus de lui. À en juger par leur sonorité, les lieux avaient quelque chose de caverneux. *Un entrepôt ?*

Un bruit de pas léger approchait. Owen redressa la tête, juste à temps pour apercevoir le robot-infirmier qui entrait dans son petit espace privatif, son corps recouvert de métal étincelant et de plastique blanc. Uniformément plane, la tête de la créature n'était qu'une tentative approximative pour lui donner forme humaine. En son centre, un écran vitré affichait une image représentant des yeux et une bouche. Accessoirement, ce même écran pouvait aussi communiquer les constantes aux patients comme aux médecins. Présentement, le robot tenait un injecteur dans sa main gauche.

— Ne t'approche pas de moi.

L'élocution d'Owen était lourde et maladroite, comme s'il parlait la bouche pleine de bouillie épaisse.

Le robot s'arrêta.

— Les médicaments antidouleur doivent vous être administrés...

— Un pas de plus et je t'explose ta face de verre.

— Vous refusez le traitement ?

— Fous le camp.

— Sans traitement de la douleur, vous allez...

— Tire-toi ! Maintenant !

La machine fit demi-tour et repartit sans rien ajouter. Owen repensa au robot-pompier qui avait aspergé Cole de mousse extinctrice. Un sentiment de rage bouillonnait en lui.

Il en était toujours à remâcher son ressentiment quand un homme de haute taille, aux cheveux coupés ras, écarta le drap blanc pour entrer dans l'espace d'Owen. Ses yeux vifs et pénétrants ne trahissaient absolument rien. Il portait un pull noir côtelé qui laissait deviner sa musculature puissante. Owen se dit que c'était sûrement un militaire.

—Monsieur Watts, je m'appelle Parrish. J'aimerais vous poser quelques questions.

—Moi aussi.

L'esquisse d'un sourire flotta un instant sur les lèvres de l'étranger, avant de disparaître.

—Cela ne vous ennuie pas si je commence ?

Owen donna son assentiment d'un hochement de tête.

—Vous avez répondu à une alerte incendie à l'intérieur de l'immeuble « Oasis Park ». Dans l'unité d'habitation 1107.

—Exact.

—Vous avez sauté par une fenêtre avec une jeune fille dans les bras. Que lui est-il arrivé ensuite ?

Owen écarquilla les yeux, avant d'éclater de rire.

—C'était la première question que je comptais vous poser. Elle n'est pas ici ?

—Non.

Un instant de silence s'étira. Puis Parrish reprit son interrogatoire.

—Savez-vous ce qui est arrivé à sa mère ?

—Elle était dans l'appartement quand nous sommes arrivés. Sans connaissance, mais vivante.

Parrish hocha la tête, avec la mine de celui qui prend bonne note d'une information.

—Vous pouvez me dire où sont mes équipiers ? Cole et Séléna ? Comment vont-ils ?

Parrish secoua la tête.

—Non, désolé. Je l'ignore.

—Mais qu'est-ce qui se passe ? Là, dehors ?

—Nous pensons que les incendies font partie d'une vaste attaque terroriste.

—Un robot-pompier s'en est pris à un membre de mon équipe.

—Des cas similaires sont signalés un peu partout dans le monde. Quelqu'un a piraté les robots, les IA et autres systèmes embarqués.

— Qui ?

— Selon nous, un groupe pratiquant le terrorisme scientifique pourrait être à la manœuvre. Mais d'autres possibilités ne sont pas à exclure.

— Par exemple ?

— Un soulèvement des intelligences artificielles. Une invasion extraterrestre. D'aucuns vont même jusqu'à incriminer les autorités.

— Mais pourquoi pirater les robots ? Quelle est la logique derrière cette attaque ?

— Une autre inconnue de l'équation. D'après certaines rumeurs, cet événement serait le coup d'envoi de quelque chose appelé « Le Changement » – au sujet duquel nous ne savons rien pour l'instant.

— À quel service vous m'avez dit que vous apparteniez ?

— Je n'ai rien dit, répondit Parrish en tournant les talons pour sortir. Merci de votre collaboration.

— Attendez ! (Parrish s'arrêta.) Est-ce que ma famille va bien ? Ma mère ?

— Désolé. Je ne sais pas.

Parrish saisit le drap blanc, mais alors qu'il allait l'écarter, un détail retint son attention. Il se pencha sur la chaise sur laquelle étaient entassés les vêtements d'Owen. D'entre les pans de la combinaison ignifugée, il tira un livre. *Le Droit imprescriptible.*

— C'est à vous ?

— Ouais, rétorqua Owen.

Parrish pivota sur lui-même une nouvelle fois pour considérer Owen avec un intérêt renouvelé.

— Où l'avez-vous eu ?

— C'est ma mère qui me l'a donné.

Parrish revint sur ses pas pour poser le livre à côté d'Owen, puis prit la tablette des données sanitaires accrochées au pied du lit. Quelle que soit l'identité de cet homme, son scanner rétinien lui permettait à l'évidence d'accéder à ces informations.

— Huit, marmonna Parrish, avec un air de dépit sur les traits.

— Huit ? demanda Owen. Qu'est-ce que ça signifie ?

— Que vous êtes probablement arrivé au terminus.

Parrish parcourut les informations de la tablette, puis son regard glissa vers le livre sur le lit.

— Mais ce ne devrait pas être le cas…

Chapitre 8

Maya se réveilla dans un lit d'hôpital au milieu d'un vaste espace ouvert qu'un système de rideaux divisait en chambres individuelles improvisées.

Des bruits de conversations étouffées peuplaient l'air, ponctués de cris de douleur. Elle tendit l'oreille un instant, dans l'espoir de saisir quelques éléments susceptibles de lui indiquer où elle se trouvait.

Une douleur sourde lui martelait les tempes. Le simple fait de bouger lui causait des élancements. Dents serrées, elle parvint à se redresser en position assise.

Mais son tourment ne s'arrêtait pas là : son cerveau restait désespérément embrumé, sous l'effet des produits qu'on lui avait administrés à n'en pas douter. Ses mouvements s'en trouvaient eux aussi altérés. Elle avait l'impression que chacun de ses membres pesait trois fois plus qu'à l'ordinaire. Pourtant, elle aurait tout donné pour pouvoir sortir de son lit, s'habiller et partir d'ici. Il fallait à tout prix qu'elle s'échappe. Elle en avait l'absolue conviction, mais – chose étrange – elle ignorait pourquoi.

Elle sentait en elle une nécessité impérieuse, irrépressible, de se rendre quelque part. *Où ?* Une image se forma dans son esprit : sa mère. *Oui, c'est ça.* Il fallait à tout prix qu'elle trouve sa mère.

Et sa sœur aussi. *Mais pourquoi ?* Instinctivement, elle percevait la présence d'un danger sur elles. *Mais quoi ? Qu'est-ce qui les menace ?*

De l'autre côté du rideau, trois silhouettes s'arrêtèrent à sa hauteur. Trois ombres inquiétantes qui parlaient à voix basse.

Au prix d'un effort, Maya se redressa encore, penchée en avant, tendant l'oreille pour saisir leurs paroles.

— … au scanner, je n'ai jamais vu une chose pareille.

— … pas équipés pour prendre en charge un tel cas.

— Il n'y a qu'à la mettre en dix pour l'instant.

À cet instant, une machine accrochée au support à côté de son lit émit un bip.

Un liquide s'écoula dans le tuyau transparent de la perfusion fichée dans le bras de Maya. Quelques secondes plus tard, elle sombrait dans un profond sommeil.

Quand Maya rouvrit les yeux, un homme était penché sur elle. Par réflexe, elle tenta de se redresser pour fuir, mais son corps refusait toujours de coopérer.

D'une main ferme sur l'épaule de la jeune femme, l'homme la rallongea sur le lit.

— Calmez-vous. Ce n'est que moi.

Le cheveu coupé ras, il portait un pull noir côtelé.

— Est-ce que vous me voyez, Maya ? C'est Parrish.

Elle répondit laborieusement, d'une voix rauque et le souffle court.

— Oui, je vous vois.

— Mais vous ne savez pas qui je suis ?

Maya secoua la tête. Elle sentit la poigne de l'homme s'alléger sur son épaule.

— Qu'est-ce qu'ils vous ont fait ? murmura-t-il dans un souffle.

— Qui ? Qu'est-ce qui ne va pas chez moi ?

— Nous pensons que vous avez été infectée par le virus Genesis, qu'on appelle aussi le « VG ». C'est un nom que vous connaissez ?

L'appellation lui paraissait vaguement familière, mais en dépit de tous ses efforts Maya était incapable de se remémorer ce dont il s'agissait. Elle secoua la tête.

— Et Genesis Biosciences ? poursuivit Parrish. Vous savez ce que c'est ?

Ces mots firent remonter un souvenir dans l'esprit de Maya.

Elle s'y revoyait à un poste de contrôle en train de passer une carte plastifiée sur un lecteur. Après que la machine avait émis un bip, elle s'était avancée pour exposer ses pupilles à un scanner rétinien. Le dispositif s'était mis à clignoter en vert. Une porte s'était ouverte devant elle, révélant un vaste hall au milieu duquel trois gardes étaient assis à un bureau devant des écrans. Au-dessus brillait une enseigne lumineuse « Genesis Biosciences », assortie d'un slogan publicitaire en lettres penchées – *Pour une infinité de jours meilleurs.*

Maya avait remonté les couloirs encombrés de l'édifice jusqu'à une porte verrouillée. Là, une fois encore, elle avait placé ses yeux devant le système de reconnaissance de ses iris. Sur un clignotement de confirmation, le dispositif lui avait accordé l'accès à une petite salle. À peine avait-elle pénétré à l'intérieur que la porte s'était refermée derrière elle et qu'une autre s'était ouverte sur sa droite. Cette dernière débouchait sur un vestiaire où deux femmes étaient en train de se changer.

— Bonjour Maya, avait lancé l'une d'elles par-dessus son épaule.

— Salut Sydney. Comment va Oscar ?

— Pour la première fois il a fait sa nuit.

— Victoire !

— Oui, je vais peut-être réussir à travailler un peu aujourd'hui.

Maya s'était approchée d'un casier sur lequel un affichage numérique indiquait son nom : Docteur Maya Young. Après s'être déshabillée entièrement, elle avait soigneusement plié ses vêtements, puis enfilé des sous-vêtements ajustés pris sur l'étagère.

Dans la pièce suivante, six combinaisons étanches étaient accrochées au mur, chacune équipée d'un réservoir sur le dos. Elle en avait passé une, puis était entrée dans le sas…

Son souvenir s'arrêtait là.

— Je travaillais là-bas.

Parrish redressa la tête. Un sourire passa fugacement sur ses lèvres.

— En effet, dit-il avec un hochement du chef. Vous y étiez employée.

— Je travaillais dans un labo.

— C'est cela.

— J'étais une scientifique.

Parrish inclina la tête sur le côté.

— Techniquement… oui, répondit-il lentement.

— Techniquement ? C'est-à-dire ?

— Eh bien… votre vie était un petit peu compliquée.

— Plus vague, j'imagine que ce n'est pas possible ?

Parrish considéra un instant les rideaux blancs qui les entouraient. Des dizaines de conversations assourdies leur parvenaient, régulièrement interrompues par un cri ou un gémissement.

— Ce n'est pas vraiment le bon endroit pour parler de tout ça, Maya, dit-il en posant une main amicale sur l'épaule de la jeune femme. Je vous appelais « Noisette » à l'époque, à cause de la couleur de vos yeux. Vous vous en souvenez ? C'était votre… nom de code. Est-ce que ces éléments réveillent des souvenirs en vous ?

— Non.

Parrish hocha la tête, la mine un peu dépitée.

— Est-ce que vous vous rappelez ce sur quoi vous travailliez ? Faites un effort, c'est important.

Maya tenta de raviver les images qui lui étaient revenues, mais elles avaient filé, comme un rêve encore vif au moment du réveil qui s'étiole et s'enfuit en quelques instants.

— Non.

Parrish hocha la tête, manifestement déçu.

— Ce n'est rien. Savez-vous ce qu'est « Le Changement » ?

— Le Changement ?

— Un genre de projet. Ou un processus. Voire un événement. On ne sait pas au juste. Vous vous souvenez de quelque chose à ce sujet ?

— Non.

— Vous vous rappelez la première fois où nous nous sommes rencontrés ?

— Non, je suis désolée.

— Nous devions nous revoir – aujourd'hui. Vous alliez me remettre quelque chose. Savez-vous où se trouve cette chose ?

Maya se concentra, s'efforçant de se remémorer tout ce qui lui était arrivé récemment. Elle se rappelait qu'elle était à l'hôpital. Qu'on lui avait fait passer un scanner. Qu'elle se cachait. *Mais de qui ?*

— Non. Tout ce dont je me souviens, c'est d'être malade. Et de m'être cachée. Il y avait quelqu'un qui me cherchait.

— On va s'occuper de ça.

— Comment ?

— On va vous emmener dans un endroit sûr.

— Où ça ?

— C'est… Ça aussi, c'est compliqué.

Maya poussa un soupir.

— Qu'est-ce que vous pouvez me dire au juste ?

— Je peux au moins vous dire que vous allez vous en sortir. Et qu'on va prendre soin de votre mère et de votre sœur.

Deuxième partie

La station

Chapitre 9

Quand Owen s'éveilla, la souffrance avait disparu.

Excepté au niveau de ses yeux.

En effet, une sourde douleur en partait pour irradier dans tout son crâne. Il ouvrit les paupières, mais sans parvenir à voir autre chose que du blanc. Pour couronner le tout, son initiative lui valut de raviver l'impression d'avoir la tête prise dans un étau.

Il referma les yeux et tendit l'oreille pour sonder le silence. Le plus grand calme régnait autour de lui. Le seul bruit à lui parvenir était celui des battements cardiaques dans sa poitrine. Au demeurant, c'était une sensation assez étrange que d'entendre son propre cœur.

Il leva les bras, mais ses mains rencontrèrent presque immédiatement un mur. Enfin, pas tout à fait un mur au toucher, plutôt un bloc de glace. La surface était gelée sous ses doigts. L'impact du choc produisit un genre de tintement dans l'espace autour de lui.

Il se rendit alors compte que la paroi qu'il avait heurtée n'était pas de la glace, mais du verre. Au fil des secondes, son esprit semblait fonctionner de mieux en mieux. Les sensations revenaient dans tout son corps.

Prudemment, il leva la main pour aller toucher le verre froid et découvrir ce qui l'entourait. Il se trouvait dans un genre de cylindre – de cela au moins il était sûr – et entièrement nu. Des tuyaux étaient fichés dans chacun de ses bras.

Il se risqua à rouvrir les yeux. Tout doucement, le blanc qui lui saturait les rétines prit forme et il distingua les trois lampes au plafond, dont l'éclat se déformait sur la courbure de la paroi vitrée. Plus loin, au-delà de son champ de vision, une lumière rouge clignotait, noyant la salle dans un effet stroboscopique.

Après un claquement sonore, la paroi de verre qui l'enveloppait commença à se retirer. L'air s'engouffra avec un sifflement, un air glacé qui le cingla aussi violemment qu'un choc électrique. Son corps se mit à convulser.

Une sonnerie se déclencha sur un *tempo* syncopé, synchronisé avec les clignotements de la lumière rouge.

Le froid, la douleur, la violence de la lumière et la stridence de l'alarme le submergèrent littéralement, provoquant en lui une saturation sensorielle.

Les yeux hermétiquement clos, il était en train de se rouler en boule sur lui-même quand des mains puissantes lui saisirent les bras pour le tirer hors du cylindre et le mettre sur ses pieds. L'homme qui le halait ne prit même pas la peine de retirer les cathéters de ses bras. Les aiguilles s'arrachèrent de ses veines avec un éclair de douleur à peine notable derrière la morsure du froid.

Sous ses pieds, le sol était si intensément gelé qu'une vague de saisissement remonta le long de ses jambes pour déferler dans tout son corps.

— Enfilez ça, annonça l'homme d'une voix posée, presque sereine, aux antipodes de l'atmosphère angoissante suscitée par l'alarme.

Entre ses cils à peine entrouverts, Owen découvrit la silhouette mince et dégingandée d'un homme jeune aux cheveux blonds coupés court, qui lui fourrait un pull noir côtelé dans les mains. L'épais vêtement comportait quelque chose à la hauteur de la poitrine. Owen s'exécuta sans se faire prier et le jeune homme blond appuya sur le dispositif au centre du torse. Instantanément, une douce chaleur se répandit dans tout le haut du corps d'Owen.

Son souffle sortait de sa bouche en un chapelet de petits nuages blancs. Sa voix était rauque comme s'il n'avait plus parlé depuis très longtemps.

— Qui… ? Qui êtes-vous ?

— Je m'appelle Bryce, répondit le jeune homme en attrapant un pantalon et des bottes posés sur un chariot métallique.

Owen se vêtit en silence. Bryce se pencha en avant pour activer les plaques intégrées dans le bas de la tenue et Owen sentit ses membres inférieurs se réchauffer.

Tout à coup, les lumières s'éteignirent, plongeant la pièce dans des ténèbres que ne perçaient plus que la sourde lueur du panneau de commande à côté du cylindre de verre et le flash stroboscopique rouge.

Puis elles revinrent, vacillantes et incertaines.

— Où… ?

— Je vous dirai tout ce que je sais, le coupa Bryce en lui saisissant le bras. Mais d'abord, il faut que vous m'aidiez à réveiller les autres.

Sur ces mots, Bryce tira Owen en démontrant une force stupéfiante.

Pour la première fois, Owen découvrit la pièce dans sa totalité. Il y avait sept autres cylindres de verre semblables à celui dans lequel il avait repris conscience – tous vides. Plusieurs chariots métalliques étaient dispersés çà et là, vides eux aussi. Trois écrans étaient accrochés sur le mur du fond, tous éteints, l'un d'eux fissuré sur toute sa hauteur.

Bryce l'entraîna vers la porte, jusqu'à ce qu'Owen mette de lui-même ses pas dans les siens – non sans difficulté. C'était comme si son corps était tout doucement en train de renaître à la vie.

À l'extérieur de la pièce, ils débouchèrent dans une étroite coursive. Au-dessus de leurs têtes, la sirène d'alarme faisait entendre son vrombissement tandis que la lumière rouge clignotait.

En jetant un coup d'œil derrière lui, Owen aperçut le panneau lumineux à l'entrée de la pièce dans laquelle il s'était réveillé, sur lequel figurait la mention « CAPSULE 12 ». Sur la porte d'en face, de l'autre côté du couloir, le panneau indiquait « CAPSULE 13 », puis « CAPSULE 15 » et « CAPSULE 17 » pour les portes suivantes.

Le long couloir s'étirait sur la droite et sur la gauche, pour s'achever de chaque côté dans ce qui ressemblait fort à un sas.

— Vite ! cria Bryce en s'élançant pour s'arrêter plus loin devant une porte ouverte. Moi, je vais les réveiller, reprit-il. Vous, vous allez les ramener ici et vous m'attendrez.

En arrivant à sa hauteur, Owen découvrit ce qu'indiquait le panneau à côté de la porte : « OBSERVATION 2 ».

— Réveiller qui ? demanda Owen.

— Pas le temps d'expliquer, répondit Bryce.

Et il fila jusqu'à une autre porte un peu plus loin, dont le panneau indiquait « CAPSULE 10 ». Bryce appliqua son pouce sur le lecteur. Le panneau pivota d'un bloc en produisant un sifflement, révélant une pièce qui était la copie conforme de celle où Owen s'était réveillé. Sept cylindres de verre étaient posés chacun sur un socle – six ouverts, un fermé.

Bryce se rua sur ce dernier et apposa son pouce sur le panneau associé.

Owen le rejoignit et examina l'écran sur lequel s'affichaient les entrées du registre.

```
Sujet :
Maya Young.
Mises à jour récentes :
Coupure alimentation.
Déclenchement batterie de secours.
Charge restante batterie : 43%.
Charge restante batterie : 33%.
Retour alimentation.
Chargement batterie de secours.
Coupure alimentation.
Déclenchement batterie de secours.
Charge restante batterie : 37%.
Avertissement - Charge restante batterie : 20%.
```

```
Retour alimentation.
Chargement batterie de secours.
Coupure alimentation.
Déclenchement batterie de secours.
Charge restante batterie : 26 %.
Avertissement - Charge restante batterie : 20 %.
Avertissement critique - Charge restante batterie : 10 %.
Avertissement critique - Charge restante batterie : 5 %.
Avertissement critique - Charge restante batterie : 2,5 %.
Lancement séquence réactivation.
Anomalie biologique détectée.
Code d'erreur 3940.
Forçage réactivation accepté.
Lancement séquence réactivation.
```

Le cylindre de verre s'ouvrit avec un claquement.

— Vous n'avez pas oublié ? dit Bryce. Vous l'emmenez dans la salle d'observation 2. Ensuite, vous y conduirez les autres.

Et sur ces mots, il repartit coudes au corps.

Les réflexes d'Owen prirent le relais. À leur réveil, ces « autres » n'allaient pas manquer d'être gelés, effrayés, désorientés. Lui-même l'avait été – ô combien. Il voulait être là pour leur porter assistance.

L'espace d'un moment, il se sentit exactement comme dans l'immeuble « Oasis Park » au milieu des flammes, intégralement focalisé et déterminé. L'omniprésence du danger l'avait transformé. Or, dans cet endroit étrange où il sentait un péril peser sur lui, il renoua avec cet état de concentration suraiguë. Il avait une tâche à accomplir – primordiale, essentielle. Des gens avaient besoin de lui. Et il aimait la sensation que cette nécessité lui procurait.

— Ah ! glapit la femme.

Instantanément, l'attention d'Owen revint à l'instant présent. Le dôme de verre avait joué sur ses charnières. Grand ouvert, il laissait voir une femme nue, à peu près du même âge que lui. Ses cheveux blond vénitien encadraient un visage parfaitement lisse, avec tout juste quelques rides minuscules au coin des yeux.

Son corps était agité de tremblements et, tout comme Owen un peu avant, elle tenait les yeux obstinément fermés. Son souffle sortait de sa bouche en volutes blanches.

— Il y a quelqu'un ? dit-elle.

— Je suis là, répondit-il en lui prenant la main.

Sa peau était froide, mais Owen lui communiquait sa chaleur. En un geste spontané, il posa sa main gauche sur le visage de la jeune femme. D'un coup d'œil à la ronde, il repéra des vêtements posés en tas sur le plateau d'un chariot métallique.

— J'ai froid, balbutia-t-elle en tremblant de plus en plus violemment.

— Tenez bon, l'encouragea-t-il en lui lâchant la main pour attraper pull et pantalon.

En quelques gestes précis, Owen retira les cathéters qu'elle avait dans les bras, puis l'habilla. Ensuite, il appuya sur la commande d'activation des dispositifs de chauffage intégrés.

Dents serrées, elle luttait pour surmonter la douleur, pour se forcer à ouvrir les yeux. Il se pencha sur elle et murmura à son oreille d'une voix apaisante.

— Ne forcez pas les choses. Accrochez-vous à moi pour l'instant.

Elle noua ses bras autour de son cou et il la souleva de terre pour l'emporter plus loin dans la coursive jusqu'à la salle « Observation 2 ».

La pièce était assez vaste, un peu plus que celles contenant les cylindres, et pratiquement vide. En tout et pour tout, elle ne contenait que dix chaises pliantes métalliques et une pile d'épaisses couvertures posée dans un coin. Owen déposa Maya sur l'un des plaids, avant de l'emmitoufler dedans. Ses tremblements semblaient s'être calmés quelque peu. Ses yeux étaient entrouverts à présent.

— Qui êtes-vous ? demanda-t-elle.

— Je m'appelle Owen.

— Où sommes-nous ?

— J'aimerais bien le savoir. Ne bougez pas, je reviens tout de suite. D'accord ?

Chapitre 10

Un hôpital. Voilà ce qu'évoquait l'endroit aux yeux de Maya, avec ses murs uniformément blancs dont l'aspect faisait penser à du plastique.

Dans ce lieu sans fenêtres, uniquement éclairé par des plafonniers qui régulièrement cessaient de fonctionner, il régnait un froid mordant. L'éclat stroboscopique de la veilleuse rouge lui martelait le crâne, amplifiant sa migraine envahissante.

Tout à coup, Owen fit irruption dans la pièce, un homme d'âge mûr dans les bras. Ce nouvel arrivant était vêtu comme eux d'un pantalon gris, de bottes et d'un pull noir. Le souffle court, Owen déposa son fardeau sur une couverture. Puis, sans un mot, il repartit vers la porte.

Maya se leva sur ses jambes flageolantes. Sur le seuil, Owen lui jeta un regard par-dessus son épaule.

— Restez ici…

— Il est hors de question que je reste ici !

— D'accord, ne restez pas ici, marmonna Owen en sortant.

Maya ne put s'empêcher de rire doucement.

À peine le seuil franchi, elle aperçut une autre personne au bout du couloir, un homme jeune et mince qui se déplaçait en courant. Il s'arrêta devant une porte dont il commanda l'ouverture en plaçant son pouce sur un panneau.

— C'est qui ? demanda Maya.

— Bryce, répondit Owen en s'élançant lui aussi dans la coursive.

— Est-ce qu'il… ?

— Je vous ai dit l'intégralité de ce que je sais sur lui : il s'appelle Bryce.

— Vous travaillez ici ?

Owen émit un gloussement.

— Je n'ai pas la moindre idée de l'endroit où se trouve ce « ici ».

— Génial.

Owen se glissa dans une pièce ouverte contenant sept cylindres de verre semblables à celui où Maya s'était réveillée. Une jeune fille, tout juste en âge d'aller à l'école, était allongée sur un lit. Les yeux hermétiquement clos, elle tremblait de froid et pleurait.

Au lieu de se précipiter pour s'occuper d'elle, Owen récupéra des vêtements sur un chariot pour les remettre à Maya.

— Aidez-la à s'habiller. Je vais chercher les autres.

Et sur ces mots, il la laissa seule. De saisissement, Maya resta figée un instant.

— Maman ? murmura la jeune fille sur un ton plein d'angoisse.

Maya posa une main sur son épaule. La jeune fille se recroquevilla, comme si le contact lui avait provoqué un choc.

— Tout va bien, dit Maya d'une voix douce. Je suis là pour t'aider.

— J'ai froid…

— Je sais.

Après avoir retiré les cathéters de ses bras, Maya l'aida à s'habiller. Malgré les vêtements, elle grelottait toujours. Maya se souvint alors du geste d'Owen un peu en dessous de son épaule et au-dessus de sa poitrine. À tâtons, elle y trouva un empiècement un peu rigide avec deux boutons : un cercle rouge et bleu et un symbole en forme de bouclier.

Elle appuya sur le premier, répétant l'opération pour le pantalon et les bottes. Les tremblements se calmèrent, jusqu'à n'être plus que des frissons, puis une respiration un peu lourde et hachée.

— Comment tu t'appelles ? demanda Maya.

— Blair.

— Tu vas voir, ça va aller mieux, Blair. Je vais te sortir d'ici. Accroche-toi à moi.

La jeune fille tendit les bras, les yeux toujours fermés. Maya la prit contre elle et la souleva, éprouvant un instant la fermeté de ses jambes encore un peu faibles sous la charge. Elle fit un pas, puis un autre, plus confiante à chaque mouvement.

Blair vint nicher sa frimousse dans le cou de Maya. La peau de l'enfant était froide et son souffle aussi. Peu à peu, il se réchauffa.

Sur le seuil, Maya fit une pause pour laisser passer Bryce et Owen. Chacun d'eux avait les bras lestés d'une personne, les yeux clos, les membres flasques et sans force.

Quand Maya rejoignit la salle d'observation, elle y trouva trois quidams frigorifiés allongés sur des couvertures : une femme aux cheveux bruns à peu près du même âge qu'elle, un homme d'âge mûr un peu dégarni, et un jeune homme plus ou moins de l'âge de Bryce. Tous avaient enfilé une tenue chauffante, mais claquaient toujours des dents. Les yeux ronds, ils contemplaient les murs, sans doute encore aux prises avec la douleur, la faiblesse et la torpeur.

Maya déposa délicatement Blair, puis lui caressa la joue dans l'espoir de la rasséréner quelque peu.

Elle entrouvrit les yeux et contint une grimace.

— Et toi, c'est quoi ton nom ?

— Je m'appelle Maya. Repose-toi, je reviens tout de suite.

Comme elle se relevait pour partir, Owen entra de nouveau dans la pièce, un vieillard chauve dans les bras. Long et maigre, l'homme se débattait pour échapper à son sauveur.

— Lâchez-moi !

— Doucement, répliqua Owen en affermissant sa prise pour le retenir.

À la seconde où Owen le déposa sur une couverture, l'homme n'eut rien de plus pressé que de se reculer vivement, jusqu'à percuter le jeune homme allongé à côté, qui avait enfin réussi à ouvrir les yeux.

— Hé ! Attention !

— Qui êtes-vous ? aboya le vieil homme.

Maya repartit en direction de la porte, mais Owen la retint par le bras.

— Tout le monde est là.

À cet instant, Bryce entra en trombe dans la pièce. De son pouce droit appliqué sur le panneau, il commanda la fermeture de la porte. Puis il appuya sur divers boutons et la vive lumière rouge stroboscopique s'éteignit, tandis que la sirène d'alarme faisait silence.

Par le petit judas dans la porte, Maya voyait la lumière rouge qui clignotait toujours dans le couloir. En revanche, la sirène s'y était tue également. Elle entendit alors le souffle d'un courant d'air pulsé. *De l'air chaud*, se dit-elle.

Bryce se retourna pour s'adresser au groupe.

— Je suis désolé que vous ayez tous été réveillés dans des conditions si brutales, mais il n'y avait pas d'autre solution.

Le vieillard se mit debout sur ses jambes chancelantes. Il ne parvenait pas encore à garder les yeux ouverts.

— Qu'est-ce qui se passe ici ?

— Où sommes-nous ? demanda Owen.

Bien vite, plusieurs autres voix se joignirent à la sienne pour exiger des réponses, le tout dans un brouhaha incompréhensible.

— S'il vous plaît ! S'il vous plaît ! implora Bryce. Restez tranquilles, je vais tout vous expliquer. Du moins… ce que je pourrai. Avant toute chose, il faut que vous sachiez que cette station est dans un état critique. L'alimentation électrique est défaillante…

Une nouvelle salve de questions emplit la pièce. Bryce leva les mains.

— Silence, je vous prie. Nous n'avons pas beaucoup de temps devant nous.

— Où sommes-nous ? demanda Owen.

— Je ne sais pas, répondit Bryce.

— Comment ça vous ne savez pas ? demanda le vieil homme. Comment pouvez-vous ignorer où nous sommes ?

— Parce que, comme vous, j'étais inconscient quand on m'a amené ici. Tout ce que je sais, c'est que le monde tel que vous le connaissiez n'existe plus.

— Quoi ? s'exclama Owen. Mais comment ça ?

— Les zones côtières ne sont plus les mêmes. Les villes que vous avez connues n'existent plus. Même chose pour les États, les nations, les entreprises et tout le reste. Le monde n'existe plus.

— Qu'est-ce qu'on fait ici ? demanda Maya. Et d'abord, c'est quoi cet endroit ? Un hôpital ?

— Quelque chose comme ça, répondit Bryce. C'est une installation créée par mon employeur, la société ARC Technologies. Nous sommes dans la station 17.

— Quel type de station au juste ? s'enquit Owen.

— C'est un bunker qui fait partie d'un réseau de lieux où l'on mène des essais, des tests, des épreuves.

— Quel genre ? demanda Maya.

— Les Jeux de l'Extinction.

Un lourd silence s'abattit sur la pièce. Bryce se rapprocha du groupe.

— Il s'agit d'une expérience visant à assurer le redémarrage de la race humaine après une catastrophe d'ampleur mondiale. Or, la catastrophe s'est produite. C'est un événement que nous appelons « Le Changement ». Notre objectif est d'identifier une cohorte de sujets capables de survivre dans le monde d'après. C'est la clé pour sauver ce qui reste de la race humaine.

Chapitre 11

Les membres du groupe restèrent un long moment à s'entreregarder, l'œil rond, la mine interloquée. Owen n'était pas certain de saisir la pleine mesure des paroles de Bryce.

« Les Jeux de l'Extinction. »

« Une expérience visant à assurer le redémarrage de la race humaine. »

Le vieil homme qui s'était débattu pour fuir la poigne d'Owen fut le premier à rompre le silence.

— Je n'ai jamais donné mon accord à une chose pareille.

— Moi non plus, abonda l'homme d'âge mûr.

Maya leva la main pour réclamer la parole.

— Est-ce que la façon dont on est arrivés ici a une importance ?

Le vieil homme lui jeta un regard torve.

— Bien sûr que cela a une importance. Mais le plus important, c'est de savoir ce qu'ils comptent faire de nous.

Sur ces mots, il se tourna vers Bryce. En guise de réponse, ce dernier se contenta de pencher la tête sur le côté.

Dans un coin de la pièce, l'autre femme adulte prit la parole.

— Il y a une priorité bien plus urgente.

Tous les regards se posèrent sur elle.

— Notre santé, poursuivit-elle. Pour commencer, il faudrait examiner chacun d'entre nous et traiter les éventuelles blessures.

— Vous êtes médecin ? demanda Owen.

— Oui. Médecin urgentiste.

Owen accueillit sa réponse comme une bonne nouvelle. La femme se leva.

— Est-ce que quelqu'un est blessé ?

Tour à tour, chacun des membres du groupe donna sa réponse en secouant la tête ou en lâchant une courte phrase. « Non. » « Pas vraiment. » « Je vais bien. » « J'ai un peu mal à la tête, mais ça s'améliore. »

Apparemment satisfaite, la femme se tourna vers Bryce.

— Il faisait froid dans les autres pièces. Il fait meilleur ici.

— Oui, répondit Bryce avec un hochement de tête. J'ai coupé l'alimentation dans le reste de la station et tout redirigé ici.

À cet instant précis, les lumières faiblirent pendant quelques secondes, avant de repartir à pleine puissance.

— Pourquoi est-ce que l'alimentation électrique a des ratés ? demanda Owen.

— Défaillance mécanique.

— Vous n'avez qu'à la réparer, railla l'homme d'âge mûr.

— Impossible.

— Et pourquoi ?

— Nous n'avons pas les pièces. Et puis, je n'ai pas les connaissances voulues pour les monter.

— Moi, je les ai, rétorqua l'homme. J'aimerais bien voir le générateur.

— Qu'est-ce qui vous fait croire que vous pourriez le réparer ? demanda l'urgentiste d'une voix neutre.

— C'est ce que je fais : je répare des choses.

— Quel genre de choses ? l'interrogea la femme médecin, de plus en plus curieuse.

— Tous les genres. N'importe quoi.

— N'importe quoi ?

— Oui. Je suis mécanicien. Si une chose fonctionnait, alors je peux la faire fonctionner à nouveau. Je n'ai jamais été très bon à l'école, mais je suis doué pour réparer les choses.

— Cela étant, intervint Bryce sur un ton précautionneux, je me permets de vous rappeler que nous n'avons pas les pièces pour réparer la centrale géothermique.

— Tout cela n'a absolument aucun intérêt, intervint le vieil homme. Ce qu'il faut, c'est sortir d'ici. Et tout de suite.

— Non, s'empressa de le contredire Bryce. Ce n'est pas possible.

— Et pourquoi ? demanda Owen.

— Il y a une tempête à la surface. Gigantesque. Mortelle.

Le vieil homme dévisagea longuement Bryce, les yeux plissés. Puis il s'avança vers la porte, manifestement décidé à quitter la pièce. Bryce vint se placer sur son chemin.

Les lumières faiblirent une nouvelle fois.

Bryce se plaça devant la porte.

— S'il vous plaît, nous devons rester ici pour l'instant.

— Quel est votre rôle exactement ? demanda le vieil homme.

— Comme je vous ai dit, je travaille pour ARC Technologies. Je suis une sentinelle. Ma fonction consiste à surveiller le déroulement des épreuves.

L'homme laissa filer un instant, avant de reculer d'un pas et de poser son regard sur le groupe. Une pensée semblait prendre forme dans son esprit.

La scène mit Owen sur ses gardes. Quelque chose d'étrange se tramait, une subtile transformation qu'il ne parvenait pas à identifier.

En dépit de ses efforts pour se concentrer, impossible de mettre le doigt sur ce qui le tracassait. Il avait l'impression d'essayer de lire une mise en garde rédigée dans une langue étrangère qu'il ne comprenait pas. Un message dont il voulait à toute force prendre connaissance, mais qu'il ne saurait jamais décrypter. À cause de son « insuffisance ». C'était par ce mot que ses parents désignaient son incapacité à lire et comprendre le langage corporel et les expressions des visages.

Un langage condamné à lui rester à jamais inaccessible. C'était en grande partie à cause de cette « insuffisance » qu'Owen était devenu pompier. Le feu se comporte toujours de la même façon.

C'est une science. Dès lors qu'on a cerné les facteurs spécifiques d'un incendie, quand on a lu la scène du sinistre, alors on sait ce qu'il faut faire.

En revanche, pour Owen, les gens restaient des mystères impénétrables et hermétiques.

Le vieil homme prit l'une des chaises pliantes contre le mur et la déplia. Il renouvela l'opération et commença à installer un parterre de sièges en arc de cercle.

— On dirait bien qu'on est confinés ici, dit-il en jetant un regard à Bryce. Pour l'instant.

Il installa une nouvelle chaise.

— J'ai le sentiment qu'il y a une initiative importante que nous pourrions prendre, poursuivit-il. Procéder à l'inventaire de tous les éléments dont nous pourrons nous servir.

L'homme d'âge mûr émit un grognement.

— Ça va être vite fait. On a des chaises, des couvertures et un bunker en piteux état.

— Non, rétorqua le vieil homme en poursuivant l'installation de ses chaises. Nous avons quelque chose qui vaut infiniment plus que cela.

Dans la pièce, tout le monde avait les yeux fixés sur lui, le souffle suspendu, dans l'attente de la suite.

— Nous avons nous, dit-il en décrivant un large geste les englobant tous, pour finir par désigner la femme aux cheveux bruns. Pour commencer, nous avons… semble-t-il, une urgentiste spécialisée. Un hasard ô combien providentiel. Docteur…

— Allen. Cara Allen, répondit l'interpellée.

Le vieil homme hocha la tête.

— Docteur Allen, enchaîna-t-il en montrant une chaise. Voulez-vous vous joindre à nous ?

Owen la suivit des yeux tandis qu'elle allait prendre place. Une nouvelle fois, il eut une sensation étrange, avec la certitude que quelque chose ne tournait pas rond dans cette scène. C'était comme si le vieil homme manœuvrait tout le monde, plaçant chacun comme un pion sur un échiquier. Les chaises n'étaient que les accessoires d'un inquiétant théâtre.

—Et... nouveau coup de chance... nous avons un mécanicien. Monsieur... ?

—On ne m'a jamais donné du « monsieur » de toute mon existence. Je m'appelle Alister Reynolds.

—Ah, un homme selon mon cœur. Voulez-vous vous joindre à nous, Alister ?

—Je n'ai pas l'impression d'avoir le choix.

Alister se leva, puis gagna sa chaise d'un pas nonchalant, avant de s'affaler dessus lourdement en poussant un soupir.

Après avoir déplié une nouvelle chaise, le doyen du groupe se tourna vers le jeune homme.

—Et vous, quel est votre nom ?

—Je m'appelle Will Carraway. Je suis informaticien, répondit-il en coulant un regard du côté de Bryce. Je travaille pour ARC Technologies moi aussi. Enfin..., enchaîna-t-il après une pause, c'est là que je travaillais.

Alister se tourna vers Will.

—Et donc, vous aussi vous bossez pour ceux qui nous ont kidnappés.

—Rien ne prouve que nous ayons été kidnappés, objecta Maya.

—Ah bon ? rétorqua Alister.

Cara leva une main en un geste d'apaisement.

—Certes, nous n'avons pas donné notre consentement à notre arrivée ici. Mais tous les jours on emmène des patients à l'hôpital sans leur consentement explicite. Avons-nous été kidnappés ou sauvés ? Pour l'instant, je préfère réserver mon jugement.

Alister émit un ricanement.

—Eh bien moi, je suis d'avis d'imaginer le pire. C'est la meilleure façon de s'y préparer. On est souvent déçu quand on part du principe que les autres agissent pour faire le bien. Avec le scepticisme, on n'a jamais de mauvaises surprises.

—C'est faux, intervint Cara en secouant la tête. La méfiance plombe immanquablement n'importe quelle relation...

— « Relation » ? la coupa Alister en mimant un mouvement de recul.

Le vieil homme leva les mains au ciel.

— Si je puis me permettre, vos points de vue respectifs sont aussi recevables l'un que l'autre. Qui a raison ? Pour ma part, je dirais que nous n'en savons rien. Pour une bonne et simple raison : en toute honnêteté, nous manquons d'informations. Le mieux, c'est donc de commencer par en apprendre le plus possible. Et pour commencer, dit-il en adressant un signe de tête à Maya, mademoiselle, présentez-vous.

— Je m'appelle Maya Young.

Puis elle se tut, prit une profonde inspiration et resta silencieuse.

Alister haussa les sourcils.

— Vous êtes au chômage ?

— À dire vrai, je ne me rappelle pas ce que je faisais avant le…

Elle se tourna vers Bryce, qui lui souffla les mots qu'elle cherchait.

— Le Changement.

— C'est ça, dit Maya en hochant la tête. Avant le Changement.

— Comment vous pouvez avoir oublié ce que vous faisiez ? marmonna Alister.

— Une amnésie peut avoir des causes multiples, intervint Cara. Et compte tenu du choc que nous avons tous subi, j'imagine que cela n'a rien d'étonnant.

Le vieil homme se tourna vers Owen.

— Et vous ? Que pouvez-vous nous dire à votre sujet ? C'est vous qui m'avez sorti de ce tube. Je suppose que vous aussi vous êtes chargé de surveiller le déroulement des épreuves ?

— Non, se récria Owen, pris au dépourvu. Je me suis réveillé ici, comme vous. Je suis pompier.

— Tiens, tiens, fit le vieil homme en plissant les yeux. Encore une heureuse coïncidence. Une autre personne spécialisée dans les situations d'urgence. Voulez-vous vous joindre à nous ? demanda-t-il en désignant une chaise.

— Je préfère rester debout, répondit Owen.

La situation ne lui disait vraiment rien qui vaille – et pour deux raisons. Premièrement, l'homme n'avait pas invité Maya à s'asseoir. Et deuxièmement, il n'avait absolument rien dévoilé à son propre sujet.

Le vieil homme se tourna vers la jeune fille, toujours assise sur une couverture dans un coin.

— Et toi, ma belle, qui es-tu ?

Pour toute réponse, elle écarquilla les yeux en secouant la tête. Maya s'approcha, s'agenouilla à côté d'elle et la prit dans ses bras.

— Elle est un peu secouée. Elle s'appelle Blair…

Un grand fracas métallique retentit dans la pièce. Le bruit de deux pièces de métal qui s'entrechoquent. Tout d'abord, Owen crut que quelqu'un venait d'ouvrir la porte à la volée. Quittant Maya et Blair des yeux, il pivota sur lui-même. Et ce qu'il découvrit alors l'horrifia littéralement.

Le vieil homme brandissait une chaise pliante au-dessus de sa tête. Par terre, le corps de Bryce convulsait. Le vieil homme abattit une nouvelle fois la chaise sur le jeune homme, lui fracassant la tête.

Owen s'était attendu à voir du sang gicler. Il n'y en avait pas une goutte.

Chapitre 12

Maya serra Blair plus fort contre elle, enfouissant le petit visage de la fillette contre sa poitrine.

Le vieil homme s'acharna encore quelques instants sur Bryce, jusqu'à ce que le jeune homme reste face contre terre sur le carrelage blanc, immobile.

Le choc de l'agression céda rapidement le pas à une nouvelle stupéfaction : Bryce n'était absolument pas un jeune homme.

Là où les coups avaient fendu le crâne, Maya apercevait distinctement une coque de plastique recouvrant des fils électriques.

Bryce était un androïde.

Pantelant, le souffle court, le vieil homme braquait ses yeux fous sur le groupe, s'attendant peut-être à ce que quelqu'un se jette sur lui. Comme personne ne semblait réagir, il se débarrassa de la chaise en la balançant sur le côté.

— Il faut partir d'ici.

Owen s'approcha de lui, en prenant bien soin de ne pas marcher sur Bryce.

— Et pourquoi ?

— Les Jeux de l'Extinction…, répondit le vieil homme en s'efforçant de reprendre sa respiration. Ce n'est absolument pas ce que vous croyez.

— Comment cela ?

— Je vous expliquerai quand nous serons dehors.

— Mais on ne peut pas sortir. La tempête…

— Des mensonges, rétorqua le vieil homme en secouant vigoureusement la tête. Je suis prêt à parier qu'il n'y a pas la moindre tempête. Et s'il y en a une, je doute qu'elle puisse nous faire grand mal.

Il se pencha en avant pour tirer sur l'un des bras de Bryce. Le tas de mécanique et de fils emmêlés ne bougea pas.

— Donnez-moi un coup de main, dit-il à Owen. S'il vous plaît. Plus on reste ici et plus on est en danger.

À contrecœur, Owen l'aida à haler l'androïde jusqu'à la porte. Là, le vieil homme posa le pouce de Bryce sur le lecteur du panneau de commande.

Les lumières s'éteignirent de nouveau.

Blair s'accrocha encore plus fort au cou de Maya. Puis, doucement, elle se remit à trembler de tous ses membres. Maya la serra contre elle pour la rassurer.

Dans le noir, Maya entendit la porte de la pièce qui s'ouvrait. L'air froid du dehors s'engouffra à l'intérieur. La veilleuse du couloir émit une lueur rouge, puis s'éteignit, jetant sur la scène un bref éclat carmin. Dans ce court instant, Maya distingua Owen et le vieil homme tirant Bryce dans le couloir.

Pour une raison qu'elle ne s'expliquait pas, Maya sentit une vague de terreur passer sur elle. *Un danger. Quelque chose ne va pas.*

Mais quoi ? Et pourquoi ?

Une image surgit dans son esprit. Mentalement, elle se revit dans une chambre de décontamination, en train d'enfiler une combinaison spatiale. Ce souvenir lui provenait d'un endroit où elle avait travaillé, assez comparable au lieu où ils se trouvaient. Mais qu'est-ce que cela pouvait bien signifier ?

— Cara, murmura Maya dans les ténèbres.

— Oui ?

À cet instant, la lumière rouge du couloir éclaira la pièce et les yeux de Maya trouvèrent ceux de l'urgentiste. Les deux femmes avaient plus ou moins le même âge.

— Est-ce que vous pouvez vous occuper de Blair un instant ? demanda Maya.

À la faveur de l'éclair écarlate suivant, Cara vint s'agenouiller à côté de Maya pour prendre Blair dans ses bras.

— Je reviens tout de suite, dit Maya.

Ses jambes n'étaient toujours pas des plus solides, mais elles s'affermissaient à chaque pas.

Dans la coursive, elle aperçut Owen près du sas, occupé à tirer le pouce de Bryce en direction du panneau de commande.

L'écoutille intérieure s'ouvrit et le vieil homme se glissa dans l'ouverture, tirant Bryce derrière lui. De son côté, Owen poussait. Sous l'effet de leurs efforts conjugués, l'androïde franchit le seuil.

Maya s'élança aussi vite qu'elle le pouvait. Au-dessus d'elle, les lumières du couloir s'allumaient et s'éteignaient. Dans les lueurs intermittentes, elle vit les deux hommes qui tiraient l'un des pouces de Bryce en direction du panneau de commande du sas extérieur. *Ils vont sortir dehors*, songea Maya.

— Stop ! hurla-t-elle.

À cet instant, les lumières se rallumèrent, avant de s'estomper tout aussi vite. Les deux hommes se retournèrent vers elle, mais sans lâcher l'androïde. Sur le seuil de l'écoutille intérieure, Maya dut s'appuyer contre le cadre. Son souffle oppressé jaillissait de sa bouche en courts nuages blancs. Il faisait froid dans la coursive, bien plus que dans la salle d'observation. Certes, les vêtements chauffants faisaient leur office, mais ils n'étaient pas de taille à vaincre pleinement le gel implacable.

Owen et le vieil homme la dévisageaient fixement. Ils n'avaient pas lâché le corps disloqué de Bryce. Owen laissa errer son regard sur l'intérieur du sas, uniformément peint en blanc comme tout le reste des installations, avec un banc métallique à côté de la porte et toute une batterie de combinaisons et de casques suspendus à des patères au-dessus. Trois tuyaux traversaient le plafond, chacun doté d'une buse orientée vers le sol. Cette découverte sembla le laisser perplexe.

—Vous ne pouvez pas sortir, dit Maya, toujours essoufflée de son effort.

—Pourquoi ? demanda Owen.

—Il nous faut plus d'informations.

Les lumières s'éteignirent.

—Ne l'écoutez pas, cracha le vieil homme entre ses dents serrées, d'une voix que l'obscurité rendait désincarnée. Elle ne sait pas de quoi elle parle.

Le gyrophare d'alarme éclaboussa la scène de sa lueur rouge. Owen fixait Maya quand son comparse de circonstance posa la main de Bryce sur le panneau commandant l'ouverture de l'écoutille extérieure.

—Qu'est-ce qui vous fait penser que c'est dangereux ? demanda Owen, de nouveau plongé dans les ténèbres.

—C'est… Juste une intuition. Mieux vaut attendre. S'il vous plaît, Owen.

L'éclat rouge étincela de nouveau. Le vieil homme appliquait le pouce de Bryce sur le lecteur. Une nouvelle alarme se mit à hurler. Au-dessus de l'écoutille extérieure, une lumière orange s'alluma et la voix métallique d'un système automatique éclata dans les haut-parleurs.

—Ouverture du sas en cours.

L'écoutille intérieure commença à se refermer.

Maya tendit la main pour la retenir, mais sans aucun effet. Le panneau poursuivait inexorablement sa marche.

—Owen !

Les lumières s'éteignirent.

Maya avait escompté que la procédure de fermeture s'interromprait – une mesure normale de sécurité si un obstacle opposait une résistance. Il n'en était rien.

La lumière du couloir s'alluma et tout prit une teinte rouge. Owen était aux côtés de Maya, pesant de tout son poids sur l'écoutille intérieure.

En vain. Il était trop tard. Le panneau était déjà trop refermé pour qu'ils parviennent à leurs fins.

Owen saisit Maya et plongea dans ce qui restait de l'ouverture tout en exécutant un pivot dans sa chute. Elle atterrit sur lui sur le sol de la coursive. Dans le noir d'encre qui les entourait, elle entendit distinctement le claquement de l'écoutille qui se refermait.

Un éclair écarlate illumina le visage d'Owen, les yeux levés vers elle.

Elle soutint son regard un instant. Leurs souffles s'échappaient de leurs bouches en volutes blanches qui s'emmêlaient pour former un petit nuage posé entre eux.

Jaillie des haut-parleurs, la voix mécanique brisa l'instant.

— Sas ouvert.

Tant bien que mal, Maya se remit sur ses pieds pour aller jusqu'à l'écoutille. Le visage collé au petit judas, elle essayait de voir de l'autre côté. L'ouverture de l'écoutille extérieure du sas avait activé la mise sous tension d'un éclairage. Elle s'était attendue à découvrir un genre de tunnel – à tout le moins des aménagements réalisés par la main de l'homme. Or, ce qu'elle distinguait n'était rien d'autre qu'une galerie dans la roche brute, comme une anfractuosité dans une grotte naturelle.

Owen vint se poster à côté d'elle pour regarder lui aussi. Leurs têtes se touchaient presque.

À l'autre extrémité du sas, le vieil homme sortit sans un regard en arrière. Devant lui, là où le passage faisait un coude, on distinguait un rai de lumière naturelle.

Le battant extérieur se referma. Des buses au plafond jaillit une fine brume blanche qui emplit tout le sas.

— Décontamination en cours.

Quand le nuage se dissipa, Maya aperçut le vieil homme un peu plus loin dans le passage. Il s'était retourné vers eux, les yeux écarquillés, la bouche grande ouverte. Ses mains se posèrent sur sa poitrine, ses ongles griffèrent ses vêtements. Il secoua la tête de droite et de gauche, puis tomba au sol en convulsant.

Owen jeta un regard à Maya, avant de reporter son attention sur le judas. Le vieil homme avait réussi à se redresser en appui sur ses mains et ses genoux. Il tenta d'avancer vers l'écoutille du sas, mais il n'avait pas fait la moitié du chemin quand il s'affala pour de bon.

Immobile.

Mort.

Chapitre 13

Maya et Owen restèrent un long moment à contempler le trépassé de l'autre côté du judas.

Pour finir, ce fut Owen qui rompit le silence.

— C'était moins une.

— Ouais.

— On devrait en parler aux autres.

Maya se tourna pour regarder derrière eux, vers l'autre bout du couloir.

— Ouais, on devrait. Mais je voudrais d'abord aller voir ce qu'il y a de l'autre côté de l'autre sas à cette extrémité de la coursive. Avant de rejoindre le groupe, ce serait bien de savoir à quoi on a affaire.

— Je suis d'accord.

Devant le panneau de commande du second sas, Maya apposa sur le lecteur le pouce sectionné de Bryce. Déverrouillé avec un claquement, le battant pivota sur ses gonds, leur livrant le passage vers l'intérieur. Devant l'autre écoutille, Owen répéta l'opération avec le second pouce de Bryce. Une voix jaillit des haut-parleurs.

— Décontamination en cours.

La première écoutille se referma et les buses au plafond pulvérisèrent une fine brume.

Contrairement au premier sas donnant sur l'extérieur, celui-là ne comportait ni banc ni combinaisons accrochées à des patères.

Dans le brouillard qui ne s'était pas dissipé, Maya posa une question qui la tracassait depuis que le vieil homme avait pulvérisé Bryce à coups de chaise.

— Est-ce que vous saviez ? Pour Bryce ?

À travers la brume, elle vit Owen se tourner vers elle, mais sans distinguer ses traits. Par intermittence, la lueur rouge du couloir s'infiltrait par l'étroit judas pour se refléter sur la fine vapeur en suspension.

— Que c'était un androïde ? Non, je n'en avais pas la moindre idée, sans quoi je lui aurais fracassé moi-même son petit crâne en plastique.

— On dirait bien que vous avez une dent contre eux.

— On peut dire ça.

— Vous voulez en parler ?

— C'est peut-être bien à cause d'eux que je me retrouve ici.

— Comment ça ?

— Comme je l'ai dit tout à l'heure, je suis pompier. Du moins, je l'étais. À moins que je ne le sois encore, je ne sais pas. Tout ce que je sais, c'est que je n'ai plus très souvent l'occasion de combattre des incendies dans mon boulot.

— Qu'est-ce que vous faites alors ?

— Ces derniers temps, cela ressemblait surtout à des répétitions. On se mettait en tenue et on allait sauver des gens en leur donnant des instructions via nos équipements de sécurité tout en pilotant des robots-pompiers.

— C'est sans doute plus prudent de procéder comme ça.

— Oui, sans doute. Mais… j'imagine que ce n'est pas vraiment pour cette carrière que j'ai signé. D'accord, on doit trouver bien pire, mais ce n'est pas ce que je voulais faire. Par exemple, lors de ma dernière intervention… C'était un appel pour une mère et sa fille… À peine l'âge de Blair… Au onzième étage d'un immeuble… L'« Oasis Park »…

Les paroles d'Owen semblèrent se diluer dans l'air. Maya sentit son souffle se bloquer dans sa gorge. Un souvenir lui revint. Elle voyait sa mère dans une cuisine, debout derrière l'îlot central, en train de papoter. Puis elle se revit à l'hôpital. Elle éprouva de nouveau la peur qu'elle avait ressentie. Son besoin irrépressible et angoissant de revoir sa mère et sa sœur.

Un claquement sec rompit le silence. La seconde écoutille venait de s'ouvrir, livrant l'accès à la pièce suivante.

Owen s'avança, balayant l'espace de sa lampe de poche braquée devant lui.

— On dirait un centre de commandement. C'est vide.

Les volutes de la chambre de décontamination dérivaient vers la salle voisine plongée dans l'obscurité. Owen les suivit, franchissant le seuil du sas, sans plus du tout penser à ce qu'il était en train de raconter.

Maya le retint par le bras.

— Attendez. L'immeuble « Oasis Park ». Quelle unité d'habitation ? Votre intervention ?

— Hein ? Euh… (Il secoua la tête, un peu perdu.) Le… Le…

— Le 1107 ?

Il se retourna vers elle.

— Oui, c'est ça. Comment le savez-vous ?

— C'est là que vivent ma mère et ma sœur. Du moins, là qu'elles vivaient… Que s'est-il passé ?

Owen poussa un profond soupir.

— Elles étaient toutes les deux vivantes quand nous sommes arrivés. Votre mère avait perdu connaissance. Votre sœur aussi, ajouta-t-il, la gorge nouée. Il y avait une fuite de gaz. Et… tout s'est embrasé.

Maya sentit ses jambes se dérober sous elle. Pour ne pas tomber, elle dut tendre la main et prendre appui sur le mur.

— J'ai sorti votre sœur.

Maya releva la tête pour le regarder.

— Comment ?

— Nous avons créé un appel d'air pour ventiler l'appartement. Et puis… tout est devenu dingue. Des alarmes incendie ont commencé à se déclencher partout dans la ville. La porte d'entrée a été soufflée et a fracassé la baie vitrée. On était sur le point d'évacuer les lieux quand l'un des robots anti-incendie nous a attaqués. J'ai eu de la chance. J'ai réussi à sortir votre sœur par la baie.

— Et ensuite ?

Owen secoua la tête.

— Je ne sais pas au juste. Je suis tombé dans le cirage. Et je me suis réveillé à l'hôpital. J'étais sacrément amoché. (Il laissa filer un instant de silence.) Et c'est ça le plus dément. Parce que en me réveillant ici, j'étais complètement retapé.

— Vous ne savez pas comment vous êtes arrivé ici ?

— Non. Il y avait un type, un certain Parrish, qui me posait des tas de questions sur votre mère et votre sœur.

Parrish… Maya connaissait ce nom. *Oui, je crois qu'il est venu me voir moi aussi…* Le souvenir était en elle, quelque part dans son esprit. Tout proche. Juste hors de portée.

— Ma mère…

Owen s'avança d'un pas vers elle.

— Elle était vivante la dernière fois que je l'ai vue, mais la situation a viré au chaos. Je suis vraiment désolé.

— Merci… Merci de ce que vous avez fait.

— Je faisais mon boulot, répondit-il avec un haussement d'épaules. Rien de plus.

Chapitre 14

Annoncer de mauvaises nouvelles aux gens était ce qu'Owen détestait le plus dans son travail. Au demeurant, c'était aussi une tâche dans laquelle il n'excellait pas, loin de là, essentiellement à cause de son incapacité à lire et comprendre les expressions sur les visages.

Les mots étaient sortis d'eux-mêmes, sans qu'il ait prémédité d'exposer à Maya le sort subi par sa mère et sa sœur. Évidemment, le fait qu'il se sente instinctivement en confiance avec elle n'arrangeait rien à la chose. Elle lui avait sauvé la vie et il ne voulait surtout pas qu'elle ait à souffrir. En cet instant, il aurait tout donné pour être capable de décrypter les émotions sur son visage, pour avoir au moins un indice sur la façon dont elle digérait ce qu'elle venait d'apprendre.

Parallèlement, il s'interrogeait : ce qu'il ressentait à son endroit était-il vraiment le fruit du hasard ? *Est-ce que je suis relié aux autres de la même façon ?*

— Vous voulez retourner dans la salle d'observation, avec le reste du groupe ? demanda-t-il.

Elle leva les yeux vers lui.

— Non. Continuons plutôt.

D'un coup sec du pouce, elle alluma sa lampe, et ils progressèrent à pas prudents à l'intérieur du centre de commandement. Les faisceaux de leurs torches se croisaient et se recroisaient en un étrange ballet.

La pièce avait à peu près la taille de celles où se trouvaient les capsules à l'intérieur desquelles ils s'étaient réveillés. Une batterie d'écrans occupait tout le mur du fond. Tous étaient éteints. Au centre, deux rangées de stations de travail prenaient la poussière, chacune composée de quatre tables avec écrans et claviers.

— Apparemment, cela fait un bail que personne ne les a utilisées, dit Owen.

— On dirait bien, répondit Maya.

Lentement, il progressa le long des tables alignées, cherchant un indice qui pourrait le renseigner. Mais il n'y avait rien. Pas le moindre objet personnel. C'était comme si tous ces postes de travail avaient été interchangeables, installés là pour être utilisés indifféremment par tous ceux qui travaillaient dans cet établissement.

Owen braqua sa lampe en direction de Maya qui lui tournait le dos, occupée à fouiner dans les recoins de la salle.

— Vous pensez que c'est vrai ce qu'a raconté Bryce ? Qu'on est les cobayes d'un genre de… d'expérience pour sauver la race humaine ?

— Ouais, c'est dingue. En toute honnêteté, je n'en sais rien, mais une part de moi-même a tendance à se dire que c'est trop fou pour ne pas être vrai. À quoi servirait de sortir un mensonge si énorme ?

Ces paroles faisaient écho au ressenti d'Owen. Pour tout dire, c'était exactement ce qu'il pensait.

— Par ici, cria Maya.

À l'arrière de la pièce, Owen aperçut une porte. C'était l'unique autre sortie en plus du sas.

Le passage débouchait sur une coursive étroite, plongée dans une obscurité que seuls perçaient les rayons de leurs lampes. Une porte fermait son extrémité. Deux autres donnaient sur le mur de droite. La première menait à ce qui ressemblait fort à un cellier de stockage, avec des lots de rations préemballées et un chariot métallique identique à ceux déjà vus à leur réveil dans les salles des capsules.

— Voilà qui solutionne la question de nos repas, pour un temps tout au moins, observa Maya.

Elle parlait d'or. C'était effectivement une excellente nouvelle. Pour sa part, Owen n'avait pas encore pensé une seule fois à la nourriture depuis qu'il avait repris conscience.

L'une des deux autres portes du couloir conduisait au lieu le plus étrange qu'Owen avait pu voir jusqu'ici. En effet, la pièce renfermait trois alcôves verticales tout juste assez grandes pour qu'un adulte puisse s'y tenir debout.

— Je suppose que c'est là que Bryce venait recharger ses batteries, dit Maya.

— Si c'est bien ça, on peut en conclure qu'il y avait trois androïdes à l'intérieur de ces installations.

— C'est possible. Mais il se peut aussi que les concepteurs aient simplement prévu une capacité pour trois. Les deux autres ont très bien pu quitter la station, voire ne jamais y venir.

Une pensée traversa l'esprit d'Owen – et un frisson de terreur lui parcourut l'échine.

— Ou alors… il y a un ou deux androïdes toujours présents ici, cachés quelque part. Peut-être même dans la salle d'observation numéro deux.

— Très juste, convint Maya. Un point à ne pas oublier.

Enfin, derrière la dernière porte, ils trouvèrent quatre caisses de plastique noir rigide, hermétiquement verrouillées. Un simple pavé numérique en commandait l'ouverture.

Spontanément, Owen se dit qu'elles devaient contenir des archives. *Si c'est le cas, cela nous serait bien utile.*

Maya se pencha pour taper une série de chiffres sur le clavier de la première caisse : 171717.

Le dispositif émit un simple bip, une diode rouge clignota une fois, et la caisse ne s'ouvrit pas.

Maya haussa les épaules.

— Ça valait le coup d'essayer.

— Elles ne devraient pas être bien difficiles à ouvrir. Il doit y avoir des outils dans le placard.

— Oui, sans doute, mais je crois qu'il serait préférable qu'on rejoigne les autres dans la salle d'observation. Ils doivent commencer à se demander où on est passés.

— Je suis d'accord.

— Avant d'y aller, je pense qu'on devrait aussi arrêter un plan.

— Ça me semble en effet être le bon moment.

— Commençons par les choses importantes, dit Maya. Mes souvenirs.

Par l'embrasure, elle regarda un instant le centre de commandement, où le gyrophare d'alarme de l'autre côté du sas jetait par intermittence des éclats rouges.

— Ils sont un peu comme ces lueurs qui vont et qui viennent. Je n'ai que des bribes, des images de ce que j'ai vécu. Comme quand vous avez parlé de ma mère et ma sœur. Je me suis souvenue d'elles à ce moment-là. Plus exactement, j'ai ressenti ce qu'elles représentaient pour moi. C'était une émotion pour l'essentiel. Et ensuite, j'ai vu leurs visages. C'est comme si le fait de voir quelque chose, ou de me le rappeler, révélait d'un coup les souvenirs qui s'y rattachent. C'est… plutôt déstabilisant.

— Comment avez-vous perdu la mémoire ? Une blessure ?

— Non. Je ne crois pas. J'étais malade, à l'hôpital. J'ai l'impression que ce dont je souffrais a eu une incidence sur ma mémoire.

— Une maladie neurologique ?

— Peut-être.

— Avez-vous d'autres symptômes ?

— Non, répondit Maya en secouant la tête. Depuis mon réveil, je me sens bien.

— Peut-être vous ont-ils soignée vous aussi. Peut-être que vos souvenirs reviendront.

— J'espère.

— De mon point de vue, la plus grande question est maintenant de décider ce qu'on va faire. D'après les déclarations de Bryce, la station ne va pas tarder à subir une panne d'alimentation, avec à la clé une défaillance des systèmes de maintien des conditions de vie et, donc, l'obligation pour nous de sortir.

— On sait comment ça se termine.

— Exactement. Mais nous avons des combinaisons de protection.

— C'est exact, dit Maya, la mine pensive. Mais on ignore tout de leur autonomie. Néanmoins, si en en portant une on peut rallier un endroit où l'atmosphère est respirable, alors oui, ça peut marcher. Je ne crois pas me tromper en disant qu'il faut trouver une manière d'appeler au secours.

— Cette option n'est pas sans risque, objecta Owen. Que se passe-t-il si ceux qui rappliquent ne sont pas animés de bonnes intentions ?

— Je vois ce que vous voulez dire.

— Pour moi, c'est l'information qui est vitale. En premier lieu, il faut qu'on sache où l'on est. Ensuite, il faut en apprendre autant que possible sur l'entreprise ARC Technologies. Je n'en avais jamais entendu parler. Mais par-dessus tout, nous devons découvrir qui sont les gens dans la salle d'observation numéro deux.

— Que suggérez-vous ?

— Pour commencer, nous devrions emmener l'urgentiste pour procéder à une autopsie – même rudimentaire – sur le vieil homme. Cela nous donnerait peut-être quelques indications sur ce qui nous attend dehors.

— Je n'y avais pas pensé. C'est une bonne idée, dit Maya avant de se tourner de nouveau vers le centre de commandement. Je m'étais dit que nous trouverions peut-être des réponses à nos questions là-dedans. Le jeune type, Will, nous a bien dit qu'il était informaticien chez ARC Technologies. Il saurait peut-être faire fonctionner ces ordinateurs. S'ils ont une connexion Internet, on pourrait alerter les secours et découvrir ce qui se passe.

— En allumant les ordinateurs, on risque aussi de signaler notre présence ici. Et de révéler qu'on est réveillés.

— C'est vrai, c'est un danger, répondit Maya. Mais je crois qu'on n'a pas le choix. À ce stade, nous devons courir le risque. La seule autre option consiste à attendre la panne d'électricité – et l'irruption de ce qu'il y a dehors. On meurt asphyxiés ou de faim. Ce n'est qu'une question de temps. Non, il faut trouver un moyen de sortir d'ici et de gagner un endroit sûr.

Chapitre 15

Dans la salle d'observation, Maya et Owen donnèrent un compte-rendu complet des événements – du sort subi par le vieil homme lorsqu'il était sorti du sas menant à l'extérieur à l'ensemble de leurs découvertes dans le reste de la station.

Au grand étonnement de Maya, le groupe absorba ces nouvelles sans sourciller.

Et quand Owen suggéra de procéder à une autopsie du mort à l'extérieur, Cara donna immédiatement son accord.

Will était plus que motivé à la perspective de rétablir l'alimentation électrique du centre de commandement pour rallumer les ordinateurs. Leur première priorité était d'y garantir le maintien des conditions d'existence. S'ils y parvenaient, alors ils pourraient couper l'alimentation dans la salle d'observation et y établir une nouvelle base opérationnelle.

Pour Maya, l'intérêt de faire du centre de commandement leur quartier général résidait ailleurs : la sécurité. De fait, à l'abri derrière un second sas, ils auraient plus de temps pour faire face à une éventuelle intrusion venue de l'extérieur, tout en s'assurant une meilleure protection biologique contre les agents pathogènes externes.

Elle se demanda si cette pensée révélait quelque chose de ce qu'elle faisait auparavant dans l'existence. *Apparemment, j'ai un certain penchant pour la stratégie et la sécurité.*

Alister était le seul qui trouvait à redire à ces propositions.

— Je voudrais voir le générateur, annonça-t-il d'un ton bourru.

— Vous pensez pouvoir le réparer ? demanda Cara.

— Ouais, ça se peut.

— Vous êtes mécanicien dans quel domaine ? demanda-t-elle.

— Les bus.

Cara fronça les sourcils.

— Et il y a des points communs entre la mécanique d'un bus et celle d'une centrale géothermique ?

— Apparemment, rétorqua-t-il, il y en a plus qu'entre une toubib et un mécano.

— Que voulez-vous dire ? se hérissa-t-elle.

— C'est simple : si j'ai les compétences pour entretenir une flotte d'une centaine de bus, quel mal ça peut faire que j'aille jeter un œil ? que je voie si peux la réparer ?

— Je crois que c'est ça qui m'a bloquée : l'idée que vous tentiez une réparation. On nous a dit que la centrale était en passe de tomber en rade. D'un moment à l'autre. Et si votre intervention avait pour seul effet de hâter la catastrophe ?

Maya leva une main en secouant la tête. Il fallait à tout prix que cette conversation s'arrête là. En réalité, la donne était toute simple : elle n'avait aucune confiance en Alister. Elle voulait qu'Owen ou elle puisse en permanence tenir à l'œil tous les membres du groupe.

— Écoutez, reprit-elle, je comprends votre point de vue. Sincèrement. Mais pour l'immédiat, nous avons surtout besoin d'en savoir plus avant d'agir. Et c'est par l'autopsie du corps et l'exploration du centre de commandement que nous obtiendrons ces informations. Le temps file. Nous devons agir sans délai. La centrale géothermique attendra.

À l'intérieur du sas, Owen enfila la combinaison, attacha le casque et ferma hermétiquement ses bottes et ses gants. L'équipement tombait à la perfection par-dessus son pull et son pantalon. Pour ne rien gâcher, cela lui faisait une protection supplémentaire contre le froid mordant.

Dans son travail, il avait appris à passer rapidement une tenue. C'était devenu une seconde nature chez lui.

Il eut la surprise de constater que Cara était tout aussi douée que lui dans l'exercice, comme si elle le pratiquait régulièrement – et de longue date, encore.

— Vous avez dit que vous étiez médecin urgentiste, c'est bien cela ?

— Exact.

Elle le regarda en face. Avait-elle décelé une pointe de suspicion dans sa voix ? Owen n'était pas très bon pour lire les expressions sur les visages – ni pour masquer les siennes, au demeurant.

— Tout comme vous, poursuivit Cara, nous avons l'habitude de nous vêtir à toute vitesse quand il y a une urgence.

Il hocha la tête.

— Je suis prête si vous l'êtes, enchaîna-t-elle.

Owen apposa le pouce de Bryce sur le panneau de commande et l'écoutille extérieure commença à s'ouvrir.

Il partait du principe que sa combinaison le protégerait de ce qu'il pouvait y avoir à l'extérieur – un pari risqué sur lequel il jouait sa vie. Malgré lui, il retint son souffle en attendant que l'air venu du dehors s'engouffre et l'enveloppe. Cet air qui avait déjà fait un mort.

Un panneau d'affichage sur son avant-bras donnait un certain nombre d'informations : ses constantes vitales et l'état de la combinaison. RAS du côté des joints et fermetures. Son oxygène était à 100 %.

Owen ne le quittait pas des yeux, guettant le moindre changement.

Via la radio intégrée, Owen demanda à Cara comment les choses allaient pour elle.

— Ça va. Je pense que tout est bon.

Owen s'avança dans le tunnel entre les parois rocheuses. Le sol était recouvert d'une épaisse couche de poussière dans laquelle ses bottes s'enfoncèrent immédiatement.

Owen arriva le premier. Doucement, il retourna le corps pour le mettre sur le dos. Le mort avait les yeux grands ouverts, la bouche béante et le visage maculé, comme s'il était tombé tête la première dans un gâteau.

Cara s'agenouilla à côté de lui.

— Il y a une certaine indignité à faire ça ici, comme ça, dit-elle.

— Je suis d'accord, répondit Owen. Mais je ne vois pas ce qu'on pourrait faire d'autre.

— C'est vrai. Aidez-moi à lui retirer sa chemise. Il faut que je l'incise.

Dans le poste de commandement, le silence s'était installé. Plus personne ne disait rien.

Les tentatives de Will pour relancer les ordinateurs avaient toutes échoué. Assise sur l'une des chaises de bureau, tête baissée, Blair était occupée à se ronger les ongles. Maya aurait été incapable de dire si la jeune fille était nerveuse, effrayée ou simplement blasée. Voire une combinaison des trois.

Une chose était sûre, néanmoins : Alister l'avait vraiment mauvaise. Tel un fauve, il faisait les cent pas devant le mur d'écrans, toujours à marmonner au sujet de l'interdiction qui lui était faite d'aller inspecter le générateur.

Le pire de tout était que le froid se faisait de plus en plus intense. La chaleur corporelle collective avait quelque peu contribué à améliorer la situation dans la pièce, mais le froid glacé était comme une armée inarrêtable lancée à l'assaut de tous les membres de Maya.

— Quelqu'un a une idée ? demanda-t-elle.

— Je vous ai exposé la mienne, répliqua Alister.

— Les caisses, proposa Will d'une voix tranquille. On y trouvera peut-être quelque chose d'utile.

Le visage de Maya s'éclaira subitement.

— Bonne idée ! s'exclama-t-elle, avant de se tourner vers Alister. Vous vouliez quelque chose à faire ? lui demanda-t-elle. Il y a des outils dans un placard près du sas menant vers l'extérieur et quatre caisses à ouvrir. Voyons voir si vous pouvez faire quelque chose.

Au bout du compte, l'ouverture des caisses n'eut rien d'une sinécure, mais, à la grande surprise de Maya, Alister prit plaisir à relever le défi. Apparemment, il avait surtout envie d'avoir quelque chose à faire, sans se montrer particulièrement regardant sur la nature de la tâche demandée. Toujours est-il qu'il se mit à l'ouvrage avec cœur et conviction et, en dépit d'un débit quasi constant de jurons bien sentis, il parvint à ouvrir les caisses en un délai plus que raisonnable.

La première caisse contenait un GPS portatif et deux kits de premiers secours.

La deuxième contenait six enveloppes, d'une taille légèrement supérieure à celle d'un livre de poche. Un nom était inscrit sur chacune d'elles :

Maya Young
Owen Watts
Cara Allen
Will Carraway
Blair Aldridge
Roman Morris

— Très intéressant, murmura Maya. Il y en a une pour chacun de nous. (Elle se retourna vers Alister.) Sauf pour vous, Alister. À moins que vous ne vous appeliez Roman Morris.

— Non, je ne m'appelle pas Roman, répliqua Alister, sans même jeter un regard aux enveloppes.

— Ouais, intervint Will. Tout cela est très curieux. Je pense qu'on peut légitimement supposer que le monsieur âgé sur lequel Cara pratique une autopsie en ce moment même s'appelait Roman Morris.

— Mais alors, pourquoi est-ce qu'il n'y a pas d'enveloppe pour Alister ? demanda Maya.

L'interpellé poussa un soupir excédé.

— Comment est-ce que je le saurais ? Si ça se trouve, elle est dans l'une des autres caisses. Ou alors, c'est le facteur qui l'a paumée.

À moins que nos ravisseurs robotiques n'aient pas jugé utile de me préparer ma petite enveloppe. Sincèrement, je n'en ai rien à faire.

Maya resta un instant à scruter son visage. Quelque chose ne collait pas dans sa réaction. Pour autant, elle ne jugea pas utile de creuser la question plus avant.

—Reste à voir ce qu'elles contiennent, dit Maya en ouvrant l'enveloppe qui lui était adressée.

Elle renfermait deux objets. Le premier était une petite bricole, un souvenir intime et personnel qui, à sa grande surprise, fit remonter en elle des images douloureuses. Elle eut beau se creuser la cervelle, elle ne parvint pas à imaginer ce que pouvait être le lien entre ceci et les Jeux de l'Extinction. Le second objet était un pur mystère pour elle, encore plus déconnecté des événements en cours.

Chacun à son tour, Maya, Will et Blair exposèrent le contenu de leurs envois respectifs.

—Des petites choses personnelles, observa Will. Sauf pour moi. Et je ne vois pas ce que je pourrais bien faire de ce truc.

—Ce doit être un genre d'expérience psychologique, dit Alister. Et je parie que ceux qui surveillent les Jeux de l'Extinction sont en train de nous observer en ce moment même, morts de rire.

—Je ne crois pas que ce soit le cas, dit Will d'un ton posé. (D'un geste, il désigna les enveloppes destinées à Cara et Owen.) Est-ce qu'on ne devrait pas... ?

—Les ouvrir ? le coupa Maya. Non. Je me sentirais mal à l'aise de commettre un geste pareil. Si encore tous nos objets mis ensemble composaient quelque chose d'utile, un truc dont nous aurions désespérément besoin, alors oui, je comprendrais l'urgence. Mais apparemment, ce ne sont que des babioles sans intérêt autre que personnel, rien qui justifie de violer leur intimité.

—Je suis d'accord, dit Will.

—Eh bien moi, je peux justifier d'ouvrir les autres caisses, dit Alister. Si vous êtes prêts.

Maya hocha la tête, puis le regarda s'attaquer au couvercle de la troisième boîte. Tout d'abord, elle crut que cette dernière était vide, mais en y regardant de plus près elle vit qu'elle contenait en fait une clé, un modèle ancien en métal avec un panneton dentelé.

— Houlà, railla Alister. On dirait bien que la société ARC Technologies ignore tout de la serrurerie moderne.

Maya trouvait elle aussi cet objet un peu curieux. Elle n'avait plus vu de clé comme ça depuis son enfance. Pour autant, elle se dit qu'elle devait avoir son importance et la glissa soigneusement dans sa poche.

Enfin, dans la quatrième et dernière caisse, ils découvrirent une petite tablette, dont la coque au recto comportait les lettres « ARC » gravées dans le plastique.

Un sourire passa sur les lèvres de Will.

— C'est un terminal ARC. Le même que celui que j'utilise au travail.

— Pour faire quoi ? demanda Maya.

— Pour l'essentiel, on s'en sert dans les centres de données. Pour s'interfacer avec une grappe de serveurs ou intervenir sur les équipements en réseau.

— D'après vous, pourquoi est-il ici ?

— Je dirais qu'il s'agit d'une sauvegarde. En cas de panne du système général, on peut s'en servir pour accéder aux systèmes intégrés et prendre la main sur la station. J'ai bien l'impression qu'on vient de tomber pile sur ce dont on avait besoin pour obtenir des réponses. Et de l'aide.

Chapitre 16

À son retour, Owen s'attendait à trouver Maya et les autres installés dans le centre de commandement, les ordinateurs allumés et la station bien en main.

Quand Cara et lui revinrent du sas, la situation n'était absolument pas celle-là.

Le groupe était retourné dans la salle d'observation et aucun ordinateur ne fonctionnait. Blair était roulée en boule sur un tas de couvertures, tandis que les autres faisaient les cent pas ou attendaient, assis sur les chaises pliantes. Même s'il décryptait mal les expressions des visages et n'entendait rien au langage corporel, Owen comprit tout de suite que la situation du groupe n'était pas au beau fixe.

Maya se leva tandis que la porte se refermait derrière Owen et Cara.

— Alors ? Qu'avez-vous trouvé ?

Owen et Cara échangèrent un regard.

— Les nouvelles ne sont pas… très bonnes, répondit-il. Mais si vous commenciez plutôt par nous dire ce que vous avez fait ?

— On est un peu au point mort, ici, répondit Maya.

Après quelques mots d'explication, elle montra aux deux arrivants le contenu des caisses, en finissant par les deux enveloppes qui leur étaient destinées.

— Nous avons ouvert les nôtres, dit Maya. Elles contiennent toutes des petits objets personnels sans aucune utilité dans la situation qui est la nôtre. Même chose pour l'homme que vous venez d'autopsier.

Owen prit l'enveloppe sur laquelle était écrit son nom et l'ouvrit doucement.

— Voyons un peu ce que la société ARC a jugé bon de me faire parvenir.

Il jeta un œil à l'intérieur et fut manifestement surpris de sa découverte.

— La mienne aussi ne contient que des broutilles personnelles, annonça-t-il posément.

Cara ouvrit son enveloppe.

— Il n'y a qu'une seule chose dans la mienne, dit-elle en brandissant une petite pièce de métal tordue.

— Je ne comprends pas, dit Alister.

— C'est un objet personnel, expliqua Cara. Et je suis très, très surprise de le voir. Pour le reste, je ne crois pas qu'il puisse nous être d'un grand secours. Contrairement…, poursuivit-elle en tournant le regard en direction du terminal ARC posé à côté d'une des caisses. Contrairement à ce machin.

— Ouais, il pourrait nous être utile, répondit Will.

— Et pourquoi ce conditionnel ? demanda Cara.

— Il pourrait nous être utile si je parvenais à me connecter, expliqua Will. J'ai essayé mes identifiants, mais il refuse de me reconnaître. Pourtant, mes accréditations me donnent normalement un accès Niveau 3 à tous les systèmes de sécurité au sein de l'entreprise ARC.

Owen resta pensif un instant.

— Votre compte a peut-être été supprimé. Bryce a dit qu'il s'était écoulé un certain temps depuis le Changement et l'effondrement du monde.

— Oui, il n'est pas exclu que mon compte ait été désactivé. Mais sachant ce que je sais au sujet d'ARC Technologies, il est impossible qu'il ait été supprimé.

— Et pourquoi ça ? s'enquit Owen, intrigué.

— Je suppose que je ferais aussi bien de vous donner quelques éléments sur l'histoire de l'entreprise, répondit Will, captant l'attention générale. « ARC » est l'acronyme de « Archival Records Corporation ». À l'origine, la société avait pour objectif de faire en sorte qu'aucun enregistrement, aucune donnée ne soit plus jamais perdue. Pour le fondateur, Victor Levy, c'était une sorte de croisade personnelle. Son frère et lui étaient orphelins. Or, la famille ayant adopté Victor avait refusé de prendre aussi son frère. Peu après, celui-ci avait été accueilli par une autre famille, partie ensuite s'installer ailleurs. Et les deux frères s'étaient perdus de vue. Devenu adulte, Victor avait tenté de retrouver la trace de son cadet, mais les archives avaient disparu. Il est mort sans avoir jamais revu son frère. Avec l'entreprise ARC, son but était de garantir qu'une telle situation ne se reproduise plus jamais. Initialement, ARC s'était spécialisée dans le stockage des archives papier – des dossiers médicaux pour l'essentiel, dont les hôpitaux et les médecins n'avaient plus besoin mais dont la conservation était juridiquement nécessaire. ARC conservait également des dossiers et des fichiers papier de l'administration publique et d'entreprises soucieuses de mettre leurs données à l'abri. C'était une société relativement tranquille jusqu'à ce que la dématérialisation informatique prenne son envol. À ce moment-là, ARC a étendu ses activités dans les domaines des mégadonnées et des entrepôts de données jusqu'à s'imposer comme le prestataire incontournable du stockage de données de masse.

— Apparemment, intervint Alister en désignant tout le groupe, ils sont aussi passés à l'archivage des humains.

— On pourrait le penser, répondit Will. Mais je n'ai jamais entendu parler d'une chose pareille, même s'il est vrai que l'entreprise était énorme sur le marché du stockage des données génétiques. Nous étions l'un des tout premiers fournisseurs de services « cloud » pour les labos pharmaceutiques et les entreprises de biotechnologies spécialisées dans la médecine génétique et les thérapies géniques. Nous avions des solutions personnalisées et des services de sécurité sur mesure pour des secteurs spécifiques. Par exemple, moi, j'étais affecté à une équipe qui travaillait exclusivement pour Genesis Biosciences.

À ces mots, Maya se retourna vers Will pour le fixer intensément. Owen aurait tellement voulu être capable de déchiffrer l'expression sur son visage. Était-ce de la surprise ? de l'inquiétude ? Owen crut qu'elle allait lui poser une question, mais elle s'abstint.

— À propos de sécurité, intervint Owen, comment est-ce qu'on se connecte à ces terminaux ?

— Principalement par la biométrie, répondit Will. D'ordinaire, un terminal commence par un scanner rétinien, avant de passer à une reconnaissance faciale ou digitale en cas d'échec. Un identifiant et un mot de passe permettent une utilisation limitée, c'est-à-dire sans accès au réseau ARCnet et aux systèmes ARCos.

Le regard d'Owen allait de la tablette au contenu des autres caisses. À ses yeux, la solution pour accéder au terminal était limpide. Évidente. Tout le monde l'avait littéralement sous le nez. *Est-ce que je ne suis pas en train de louper quelque chose ?* se demanda-t-il. *Il n'y aurait pas un truc qui m'échappe ?* Il ne connaissait pas encore très bien les gens autour de lui. Il n'était pas pressé de se ridiculiser devant eux.

— Qu'avez-vous tenté jusqu'à maintenant pour accéder au terminal ? demanda-t-il, toujours incertain du bien-fondé de son intuition.

— Eh bien, mon accès biométrique, plus mon identifiant et mon mot de passe de secours, répondit Will. On a également placé le visage de Bryce devant la tablette, ainsi que ses empreintes digitales bien évidemment.

— Intéressant, murmura Owen en traversant la pièce jusqu'à l'une des caisses de plastique noir.

À l'intérieur, il prit le plus petit des objets qui avaient été dissimulés dans le centre de commandement. Il avait pris la décision de tenter de mettre son idée à l'épreuve, mais sans en discuter au préalable. En cas d'échec, il ferait simplement comme si de rien n'était.

D'un pas nonchalant, il revint devant le terminal et, sans dire le moindre mot, il présenta la clé métallique à la tablette en veillant à bien la positionner dans le champ de la caméra. Sur l'écran, une image de la clé apparut. Owen la maintint un instant immobile, avant de la faire glisser pour qu'elle soit intégralement visible.

Un message se mit à clignoter sur l'écran :

`Clé d'accès acceptée.`

Chapitre 17

Un sourire s'épanouit sur les lèvres de Maya.

— Comment avez-vous deviné ?

— Une intuition, répondit Owen en faisant écho au mot qu'elle avait elle-même employé dans le sas.

— Une bonne intuition, murmura-t-elle toujours sous le coup de la stupéfaction.

— Il faut bien que je sois bon à quelque chose, dit-il tranquillement tout en observant Will qui s'était jeté avidement sur la tablette pour taper sur le clavier.

— Oui, intervint Alister, c'est logique quand on y réfléchit.

Il semblait un brin froissé de n'avoir pas eu lui-même cette idée.

— On n'a pas été malins, poursuivit-il. Une entreprise créée pour mettre à l'abri des archives… Comment fait-elle pour les protéger ? Avec une clé, c'est évident.

— C'est pratique également, dit Maya. Pour permettre l'accès au terminal à quelqu'un qui n'a pas d'identifiant de connexion au réseau ARC, il y a une clé universelle. (Elle se tourna vers Owen.) À condition d'avoir l'intelligence voulue pour le deviner.

Les yeux rivés sur l'écran, Will lisait des lignes de texte à une vitesse qui paraissait surhumaine.

— OK, annonça-t-il au bout d'un moment, sans cesser de lire. J'ai une bonne nouvelle. Une excellente nouvelle. Une nouvelle qui n'en est peut-être pas une. Et une super-méga-mauvaise nouvelle.

— C'est quoi la nouvelle qui n'en est pas une ? demanda Maya.

Une part d'elle-même craignait que ce soit la pire.

— Eh bien, il y a un fichier très bien caché sur le terminal nommé « Issue de secours ».

— Et qu'est-ce qu'il y a dedans ?

— C'est là qu'est l'os, répondit Will. Je ne sais pas. Il contient des données, c'est indiscutable, mais aucune application n'y est associée. Quand j'essaie de l'ouvrir, rien ne se passe.

— Intéressant, dit Maya.

— Et la bonne nouvelle ? demanda Owen. Je pense que ça ne peut pas nous faire de mal.

— J'ai le contrôle total de la station. Sans aucune restriction.

— L'excellente nouvelle ? demanda Maya.

— Le réseau de la station – le réseau local – n'est relié à aucun réseau étendu. Il est parfaitement isolé d'Internet, du cloud ou du réseau cryptonet. Et ça fait longtemps que c'est comme ça. La station est en mode silence radio, selon la terminologie. De ce fait, le réseau n'a transmis aucune donnée vers l'extérieur. Personne ne sait que nous sommes réveillés. Il est même possible que le monde entier ignore tout de notre présence ici.

— Reste la mauvaise nouvelle, dit Owen.

Will releva la tête.

— Nous fonctionnons sur l'alimentation de secours, à savoir une centrale géothermique de remplacement dans laquelle de l'eau chaude canalisée alimente une turbine. Le problème, c'est que Bryce disait vrai : elle est en train de tomber en rade.

— Et l'alimentation principale ? demanda Alister.

— Cela fait bien longtemps qu'elle ne fonctionne plus. Quant au système de secours, il n'est pas loin d'en être au même stade. En permanence, il s'arrête, puis repart, puis s'arrête de nouveau. Il ne permet même pas de maintenir chargées les batteries de la station.

— On ne pourrait pas réduire la charge ? demanda Maya.

— Non. Si Bryce nous a mis dans la salle d'observation numéro deux, c'est pour une bonne raison : c'est la plus petite pièce de la station. Le centre de commandement consommerait 20 % d'énergie en plus simplement pour maintenir les conditions de survie.

— En bref, on a combien de temps devant nous ? demanda Owen.

— Zéro, répondit Will. Et même moins. Le système a déjà largement dépassé tous ses niveaux critiques. Même les consignations se font par intermittence. Il ne fournit pas assez d'énergie pour maintenir les ordinateurs actifs de façon qu'ils tiennent à jour le suivi des défaillances. Tout peut s'arrêter d'un instant à l'autre et ne pas repartir.

— Et dans cette éventualité, l'air ne serait plus ni filtré ni purifié, observa Maya en se retournant vers Owen et Cara. À quel point ce serait un problème ? leur demanda-t-elle.

— Au point mortel, répondit Cara. Dehors, nous n'avons pas pu mener une autopsie complète, mais de ce que j'ai pu observer il ne fait aucun doute que cet homme est mort d'avoir respiré un agent chimique ou pathogène présent dans l'air.

— Quelle certitude avez-vous ? s'enquit Maya.

— J'espérais sincèrement que sa mort était le fait d'une faiblesse antérieure. Qu'un cœur fragile ou une maladie neurologique expliquerait ce qui lui est arrivé. Mais nous n'avons rien trouvé qui aille dans ce sens.

— Et qu'avez-vous trouvé ?

— Des poumons qui donnent l'impression d'avoir été passés à la déchiqueteuse. Avec des dégâts internes qui s'étendent à tout le torse, jusqu'au cœur…

Alister leva une main d'un geste impérieux.

— Qu'est-ce que ça veut dire, tout ça ? Utilisez un vocabulaire accessible aux simplets comme moi.

Cara poussa un soupir.

— Ça veut dire qu'il a probablement respiré ce qui l'a tué. Et que si nous le respirons à notre tour, nous connaîtrons le même sort.

Chapitre 18

Dans la salle d'observation, il y eut un long moment de silence. Ce fut Maya qui le rompit.

— Telles que je vois les choses, deux options s'offrent à nous : utiliser le terminal pour appeler à l'aide et attendre. Ou bien sortir et aller chercher du secours – voire un endroit où nous pourrions survivre. J'ajouterai que ces deux possibilités ne s'excluent pas mutuellement. On pourrait très bien contacter l'extérieur via le terminal et se risquer dehors pour trouver une assistance.

— Prenons le temps de faire le point, dit Owen. Bryce nous a mis en garde contre l'idée de sortir. Le mort juste de l'autre côté de la seconde écoutille du sas extérieur a ignoré cette mise en garde, dont la véracité paraît désormais attestée. Mais en même temps, le mort nous avait également dit que rester ici à l'intérieur était dangereux. Il est probable qu'il disait la vérité et que le fait de contacter les personnes connectées à ARCnet nous fasse courir un risque.

— Je suis d'accord, approuva Alister.

— Autrement dit, sortir est l'option la plus sûre, dit Maya.

— Je vais le faire, dit Owen.

— Je viens avec vous, déclara Maya en se levant.

— Non ! Quand je serai sorti, il restera quatre combinaisons. Si les systèmes de maintien des conditions de vie tombent en rideau, vous veillerez à ce que chacun en enfile une. C'est la clé pour survivre aussi longtemps que possible. Moi, j'ai l'habitude de me déplacer dans une tenue et je suis déjà sorti. Je suis le choix logique pour cette mission. D'autant plus que je n'ai aucune… compétence déterminante. Je ne sais réparer ni les humains ni les machines et je suis incapable de pirater ARCnet ou n'importe quel autre système utile. Je vais sortir.

Owen la tint un moment sous le feu de son regard, s'efforçant silencieusement de lui communiquer le dernier argument en faveur de son choix : il fallait qu'elle reste pour les garder à l'œil. Pour l'heure, Maya était la seule en qui il avait confiance.

— Je dois bien admettre que je suis d'accord avec tout ça, déclara Alister. Mais cela ne règle pas la question : nous avons quatre combinaisons, une alimentation moribonde et nous sommes cinq. Trouvez l'intrus.

Owen pensait savoir ce qu'il allait dire ensuite. Mais il se trompait.

— En fait, l'intrus ne peut être que moi, dit Alister.

Maya inclina la tête sur le côté, la mine interrogative, l'invitant à préciser sa pensée.

— On le sait tous, précisa Alister. Ici, tout le monde a son utilité. La toubib. L'informaticien. Vous, dit-il en désignant Maya. Et puis, poursuivit-il encore sur un ton devenu grave, pas question d'enfiler une combinaison en laissant une enfant sans rien. Non, c'est dit. Ce sera moi, un point c'est tout.

Dans le sas, Maya contemplait la combinaison couverte de sang.

— C'était une autopsie un peu compliquée, expliqua Owen. Nous avons dû utiliser les outils trouvés dans le placard, manifestement plus destinés au bricolage qu'à la chirurgie.

— Ce n'était pas à cela que je pensais, dit-elle en montrant le sang séché.

— Vraiment ?

— Oui. Je me demandais si ce qui a tué Roman pouvait être contagieux.

— Bonne question, approuva Owen. Cara a attendu dehors quand je suis retourné en premier dans le sas. Les buses de décontamination ont nettoyé ma combinaison, mais sans réussir à enlever tout le sang. J'ai retiré mon casque et attendu un instant – sans problème. Le spray avait dû neutraliser ce qui avait tué Roman.

— Très juste, dit Maya. Pour autant, dans l'éventualité où quelqu'un serait exposé à l'extérieur, je crois qu'on n'aurait pas d'autre choix que de le mettre en quarantaine. Je ne saurais donc trop vous recommander de veiller à ne pas déchirer votre combinaison.

— Je fais toujours très attention.

— J'en suis certaine.

Pendant qu'il revêtait sa tenue, Maya se pencha pour tapoter l'écran sur son avant-bras.

— À quel niveau est votre oxygène ?

— 100 %.

— Autrement dit…

— Ma réserve est pleine ?

— Autrement dit, vous faites demi-tour à 55 %.

— À 50 % vous voulez dire ?

— Non, 55 %. Vous devez intégrer une marge d'erreur de 10 %. Donc, s'il vous faut 45 % pour arriver quelque part, il vous en faut au moins autant pour revenir. À l'arrivée, vous devriez avoir encore 10 %. Une bonne marge d'erreur.

— Je n'ai pas l'intention de commettre la moindre erreur.

— Très drôle… Sérieusement, faites demi-tour à 55 %. Ou plus tôt s'il y a du danger.

Lentement, Owen hocha la tête. Voilà qui était nouveau pour lui. Il n'avait guère l'habitude que quelqu'un se soucie de lui lorsqu'il partait sur des situations périlleuses – hormis sa mère. Cette pensée lui fit l'effet d'un coup de poignard. *Où est-elle ? Là, dehors ? Est-ce qu'elle a été… archivée, comme moi ? Ou a-t-elle été emportée par les vents de l'histoire ?*

La voix de Maya le ramena à l'instant présent.

— Je vais demander à Will de programmer une alarme sur le terminal, de façon qu'on sache à quel moment vous devriez rentrer.

Disons pour qu'on ait une heure approximative de retour calculée sur votre consommation moyenne d'oxygène.

—Et si je ne suis pas rentré ?

—Alors je viendrai vous chercher. Si vous n'êtes pas revenu à 30 % de votre réserve d'oxygène, je sors. Juste pour m'assurer que vous revenez.

Owen secoua la tête.

—Non.

—Si ! Je le ferai. Vous ne pourrez pas m'en empêcher.

Il rit.

—Qui sait ?... Mais puisque vous abordez la question, parlons-en. Si je ne reviens pas, cela signifie qu'il y a du danger dehors.

—Ou que vous vous êtes perdu.

—Hé ! je ne me perds jamais.

—Même quand... le monde tel que vous le connaissiez... n'existe plus ? demanda Maya en imitant le ton froid et impassible de Bryce.

Owen ne put contenir un gloussement.

—Non. Je ne me perds pas. Point barre.

—D'accord. Donc, cela voudra dire qu'il y a quelque chose de vraiment dangereux dehors. Un monstre. Un gouffre. Une invasion d'extraterrestres.

—Exact. Ce qui m'amène à ce que je voulais dire. Si je ne reviens pas, utilisez le terminal pour appeler des secours.

Maya considéra l'argument un instant.

—D'accord.

Owen se leva pour enfiler son casque.

—Attendez, dit Maya. Je crois qu'il faudrait qu'on parle de nos priorités.

—Nos priorités ?

—Priorité numéro un : trouver où l'on est. Cherchez les éléments marquants, les repères géographiques, tout ce qui peut nous aider.

—Entendu.

—Ensuite, cherchez les animaux. S'ils survivent dehors, on en saura peut-être un peu plus sur ce à quoi on a affaire.

— Bonne idée.

— Est-ce que la combinaison intègre un micro pour capter les sons extérieurs ?

Owen procéda à un rapide contrôle des commandes.

— Ouais.

— Alors allumez-le.

— Pour écouter quoi ?

— Tout ce qui peut vous fournir des indices sur les événements en cours… voire sur la présence éventuelle d'autres personnes.

— Et selon vous, qu'est-ce que je fais si j'entends quelqu'un ?

— Pour l'instant, moi, je me cacherais.

Owen s'étonna de cette réponse. Et Maya lut très certainement la surprise sur son visage.

— On ne sait rien de ce qui se passe. Mieux vaut prévenir que guérir.

Chapitre 19

Par l'étroit judas, Maya regardait l'écoutille extérieure en train de s'ouvrir. Owen sortit et, tandis que le battant se refermait, il pivota sur lui-même pour trouver les yeux de la jeune femme à travers la visière de son casque.

Il sourit et elle lui rendit son sourire. Maya espérait de tout cœur que ce n'était pas la dernière fois qu'elle le voyait en vie.

Un instant plus tard, il passa devant le corps de Roman. Les faisceaux des lampes de son casque éclairaient le passage. Bien vite, il ne fut plus qu'une vague silhouette. Puis il franchit l'angle et disparut. Le tunnel était de nouveau plongé dans une pénombre que seuls atténuaient les éclats rouges des gyrophares d'urgence et la clarté du jour tout au bout.

Seule dans la coursive, Maya contint un frisson. Son souffle s'échappait en épais nuages blancs à présent, bien loin des fines volutes qui sortaient de sa bouche au moment de son réveil. L'alimentation était restée coupée un bon moment. Le froid avait affirmé son emprise.

Elle avait l'impression que le temps s'enfuyait avec chacune des bouffées qu'elle expirait. À l'intérieur, le froid imposait sa loi d'airain. Dehors, l'élément invisible et mortel qui avait tué le vieil homme les attendait.

Ils étaient vraiment pris au piège.

Elle se demandait ce qu'Owen allait trouver. Elle voulait aller avec lui, mais elle savait – en toute bonne logique – que son rôle était de rester pour surveiller les autres. Sans compter qu'il était vital d'économiser l'oxygène des combinaisons.

Le déclenchement de la séquence de décontamination dans le sas la fit sursauter. Elle resta un instant à observer la fine brume qui jaillissait des buses en sifflant. De toute évidence, le sas était paramétré pour décontaminer automatiquement tout l'air venu du dehors lors de l'ouverture de l'écoutille extérieure.

Pendant qu'elle s'abîmait dans cette contemplation, son esprit dérivait. Elle pensa à sa mère, à sa sœur, puis à cet homme qui était venu la voir à l'hôpital : Parrish. Ce souvenir en fit remonter un autre. Elle se revit aller au travail chez Genesis Biosciences. Will n'avait-il pas dit qu'il était employé chez ARC Technologies au sein d'une équipe qui se consacrait entièrement aux besoins de Genesis Biosciences ? *Y aurait-il un lien ? Est-ce qu'il me connaît, mais se refuse à aborder la question ?* C'était trop énorme pour n'être qu'une coïncidence.

Lorsque le brouillard se fut entièrement dissipé, Maya pénétra à l'intérieur du sas pour récupérer les combinaisons, en prenant bien soin de ne pas toucher le sang sur celle que Cara avait portée.

Elle les traîna derrière elle dans la coursive, puis ouvrit la porte de la salle d'observation numéro deux en tâtonnant maladroitement avec le pouce de Bryce.

Un souffle d'air chaud passa sur elle.

— La porte ! s'exclama Alister sur un ton agacé. Toute la chaleur s'en va.

— Un petit coup de main, marmonna Maya en halant son fardeau.

À ces mots, Will se précipita à la rescousse. Maya vit alors que le groupe était passé à table et ce constat lui fit prendre conscience de sa propre faim.

Une fois la porte refermée et les combinaisons soigneusement remisées dans un coin, Maya ouvrit l'un des emballages sur lesquels figurait la mention « Rations ARC ».

—Ne vous attendez pas à des miracles, dit Alister, la bouche encore pleine.

Maya comprit immédiatement le sens de sa remarque. Là où elle s'attendait à trouver un genre de repas complet, il n'y avait qu'une substance verte et gélatineuse.

—Qu'est-ce que c'est que cette chose ?

—L'idée d'un bon repas selon les établissements ARC, ironisa Alister.

—J'ai examiné la fiche nutritionnelle sur le paquet, intervint Cara. Ça nous permettra de tenir, mais on est loin du régal gastronomique.

—« Régal gastronomique », ricana Alister. Elle est bien bonne. Mais je me pose une question : il y a quoi dans cette boue ? Quoi… ou qui ? Peut-être que…

—Stop ! s'exclama Maya, sa fourchette en l'air. N'allez pas plus loin. Pas pendant qu'on mange.

Alister haussa les épaules.

—C'est vous qui voyez. Moi, râler, ça me permet de rester lucide.

Les lumières au plafond faiblirent et vacillèrent. Après quelques instants de lutte pour revenir, elles s'éteignirent définitivement. Même les gyrophares d'alarme du couloir cessèrent de clignoter. La pièce était plongée dans un noir d'encre. Seul l'écran de la tablette ARC éclairait tant soit peu le visage calme de Will. Ses doigts s'activaient fébrilement, comme s'il avait été plongé dans un jeu vidéo, en train de se démener pour que son avatar reste en vie.

Maya sentit une petite main chaude se glisser dans la sienne. Blair. Elle la serra contre elle, l'enveloppant de ses bras et lui caressant doucement le dos. Puis elle posa son nez et sa bouche sur la tête de la fillette, laissant son souffle chaud descendre le long de ses cheveux.

Comme les fois précédentes, Maya tablait sur un retour plus ou moins rapide de l'alimentation, mais il n'en fut rien.

Le ronronnement de la soufflerie disparut. Lentement, Maya sentit chuter la température. Blair se nicha plus étroitement contre elle quand les frissons la saisirent.

S'occuper de la petite fille lui semblait être un réflexe naturel chez elle, mais Maya était incapable de se souvenir si elle avait elle-même des enfants. D'instinct, elle avait plutôt le sentiment qu'elle n'en avait pas, qu'elle était seule dans l'existence et que l'absence d'une famille était un regret qu'elle nourrissait depuis longtemps. Étrangement, dans ce lieu plus que bizarre, elle sentit qu'elle s'était rapprochée de ce à quoi elle aspirait, bien plus que dans le monde d'avant.

Dans la pénombre, Alister se leva pour s'avancer vers Maya et Blair. Il s'accroupit pour ramasser au sol une couverture qu'il déposa sur les épaules de la fillette.

— On devrait l'installer dans un coin et la protéger avec la chaleur de nos corps.

Maya n'aurait pu être plus surprise. L'homme au physique de colosse restait une énigme pour elle.

— L'idée n'est pas mauvaise, mais je crois qu'on devrait carrément lui faire enfiler une combinaison.

— Non, murmura Blair. Je ne veux pas.

— Il le faut, ma chérie, dit Maya. Ce n'est rien. On va tous en mettre une. On y sera au chaud et… en sécurité.

Ils avaient tous enfilé une combinaison – à l'exception d'Alister – quand l'électricité revint.

— Qu'est-ce que vous avez fait ? demanda Cara en s'adressant à Will.

Pendant la panne, il n'avait pas cessé un instant de taper sur sa tablette, sans même se préoccuper de la difficulté que lui imposaient ses énormes gants.

— Rien, répondit-il via la radio de sa combinaison. Ce n'est pas moi. Le système a redémarré de lui-même.

Maya entendit la soufflerie qui se remettait en route. Alister vint se placer dessous, la tête levée vers le bienfaisant courant d'air chaud. En dépit de la panne du système de purification de l'air, il n'avait subi aucun des effets négatifs endurés par Roman à l'extérieur. Et c'était parfaitement logique puisque la station était étanche, isolée de l'air extérieur. En l'occurrence, Alister avait simplement respiré l'oxygène déjà présent dans la station – et en voie de raréfaction.

— Est-ce qu'on peut retirer les combinaisons ? demanda Blair de sa petite voix tranquille.

Maya et Cara échangèrent un regard.

— Enlève le casque pour l'instant, dit finalement l'urgentiste avec un haussement d'épaules. Apparemment, Alister ne souffre de rien.

L'intéressé éclata de rire.

— C'est bien de servir de cobaye à des cobayes. Je me sens tellement exceptionnel.

— Mais vous êtes exceptionnel, dit Cara.

Alister ferma les yeux en hochant théâtralement la tête.

— Vos paroles me donnent une raison de vivre, docteur. Ne serait-ce que pour vous servir d'alarme à usage unique – tel le canari au fond de la mine.

— Vous vous êtes porté volontaire.

— Hé ! s'exclama Will. J'ai quelque chose.

— Dites-moi que vous avez découvert que tout cela n'est qu'un cauchemar, marmonna Alister.

— C'est une vidéo, dit Will.

— Quoi donc ? demanda Maya.

— Le fichier « Issue de secours ». C'est une vidéo. Je pensais bien que c'en était une, mais impossible de la lire.

— Et comment avez-vous fait ? demanda Maya.

— Je l'ai renommée, puis je l'ai réencodée. (Il tourna sa tablette pour en montrer l'écran à tout le groupe.) Vous voulez la voir ?

Chapitre 20

Au début de sa carrière, Owen avait passé beaucoup de temps dans sa combinaison d'intervention. D'abord pendant sa formation, puis pour lutter contre les feux pour de bon.

La première fois qu'il l'avait enfilée, une certitude lui était apparue : il avait trouvé sa véritable vocation. Immergé dans sa tenue hermétique, il avait éprouvé un immense sentiment de sérénité. C'était comme si le bruit incessant au fond de son esprit s'était tu pour laisser place à son « moi » véritable et à la tâche devant lui. Dans le combat contre les incendies, sa mission consistait essentiellement à évacuer les personnes pour les mettre à l'abri. À prendre soin d'elles, à les protéger – un boulot avec lequel il se sentait pleinement en phase. Il adorait ce que cet engagement faisait éclore en lui.

Dans la galerie au-delà du sas, vêtu de sa combinaison de protection, il retrouvait cette sensation pour la première fois depuis bien longtemps. Et la satisfaction était toujours aussi intense – ce qui ne manquait pas d'être un peu étrange. Ici, au beau milieu de ce qui avait tout l'air d'un effondrement généralisé, il se sentait « chez lui ». Il agissait pour accomplir quelque chose d'important et c'était un travail pour lequel il était pleinement taillé. De tout le groupe, il était heureux d'être celui qui était sorti, qui portait la tenue, qui prenait les risques.

Là, en cet instant, son esprit était posé, pleinement concentré sur un seul objectif: découvrir ce qui se passait au-dehors.

Il progressait en assurant ses pas sur le chemin rocheux. À la moindre chute, il risquait de déchirer sa combinaison – et de mourir.

Lentement, Owen tournait la tête à gauche et à droite pour que ses lampes éclairent les parois et le sol, cherchant le moindre indice pouvant lui indiquer où il était – ou ce qui pouvait l'attendre à l'extérieur. Mais il n'y avait rien d'autre que des pierres et de la poussière.

Le vent sifflait à l'intérieur de la galerie. Le petit mugissement qu'il avait entendu au sortir du sas prenait de l'ampleur à mesure qu'il gravissait le sentier. Après un coude, le bruit gagna encore en force.

Par réflexe, il voulut activer sa radio pour contacter Maya, comme il l'aurait fait avec ses équipiers au cours d'une mission standard, mais ils avaient pris la décision de maintenir le silence sur les ondes. Une mesure de prudence.

Au demeurant, il n'était même pas certain que la radio de sa combinaison aurait une portée suffisante pour contacter la station. Et comme toute radiocommunication risquait d'éventer leur position, il n'allait pas courir le risque. Pas encore. Il fallait qu'ils en apprennent plus.

Owen poursuivit donc sa marche en silence, franchissant un nouveau virage, observant la lumière au bout du tunnel qui gagnait en intensité. À sa grande surprise, la lueur semblait clignoter par instants, un peu comme celle des gyrophares rouges dans la station, à la différence près qu'elle ne suivait aucun *tempo. Qu'est-ce que c'est que ça ?* se dit-il. *Un projecteur ? Un phare ? Un signal lumineux en perte de puissance lui aussi ?*

Aiguillonné par ce mystère, il accéléra l'allure, tirant sur les muscles de ses jambes dans la montée. À chaque pas, le vent devenait plus fort. Owen entendit – et ressentit face à lui – la bourrasque qui le freinait. Il redoubla de prudence pour ne pas perdre l'équilibre.

Il s'était attendu à ce que le tunnel gagne en largeur à l'approche de la sortie, mais, au contraire, il s'étrécit.

Après un nouveau virage en épingle sur la droite, Owen aperçut la sortie et la douce clarté des rayons du soleil qui s'infiltraient. L'entrée de la grotte était en partie obstruée par des rochers empilés, un peu comme pour former une sépulture improvisée. Un vent violent s'engouffrait par l'ouverture, s'accrochait fortement à sa tenue. Penché en avant, solidement arrimé au sol, il s'avança et entreprit de dégager les blocs. À mesure que s'élargissait l'entrée, une pluie battante se déversait sur lui, apportée par les rafales cinglantes. Sa combinaison en était trempée, les pierres devenaient glissantes et lui échappaient.

Quand il eut fini, il était hors d'haleine. Il contempla le paysage qui s'offrait à lui, mais sans distinguer rien d'autre qu'un brouillard épais et des rideaux de pluie rabattus par le vent.

Une chose était sûre : Bryce n'avait pas menti au sujet de la tempête sévissant au-dehors. Mais était-elle bien mortelle comme il l'avait annoncé ? N'était-ce pas autre chose dans l'air qui avait tué Roman ?

Owen comprit ce qui donnait à la lumière son caractère intermittent : le brouillard et les éléments déchaînés. De longs nuages de brume défilaient devant l'entrée, bloquant ou tamisant le soleil de façon aléatoire.

Comme l'un des bancs de brume s'écartait, Owen aperçut un bosquet de gros arbres non loin de l'entrée, sombres et massifs, avec des branches épaisses qui s'étiraient en s'entremêlant, telle une masse de gens serrés les uns contre les autres pour résister à l'ouragan. La résilience de chacun d'eux était comme décuplée par la force puisée dans leur communauté.

Owen n'était certes pas un expert en arbres, mais toujours est-il qu'il ne se rappelait pas avoir jamais vu de pareils spécimens. Les troncs énormes et noirs lui évoquaient une forme de vie préhistorique, sur un monde encore vierge de toute présence humaine. Même chose pour le sol : où que porte son regard, il n'apercevait aucune route, pas le moindre signe de civilisation.

Il ne voyait que les arbres devant lui, enveloppés de lambeaux de brume, et la roche à sa droite, sa gauche et derrière lui. Aucun doute à présent, il avait bien émergé du flanc d'une montagne. Devant lui, le sol plongeait dans une forte pente.

Owen tendit l'oreille, mais sans rien entendre d'autre que le vent. Pas un oiseau. Pas une machine. Pas un humain.

Prudemment, il sortit de la grotte, scrutant attentivement les alentours. Une soudaine bourrasque passa sur les arbres, écartant leurs ramures. Un rayon de soleil nimbé de brume éclaboussa le site de lumière, puis le vent repartit et les frondaisons se refermèrent, replongeant les abords de la caverne dans leur semi-obscurité.

Sous ses yeux, il n'y avait que le brouillard, les arbres et un à-pic presque vertical. À droite et à gauche, la situation n'était pas meilleure.

Owen se retourna en relevant la tête aussi loin que son casque le lui permettait, manière de voir la montagne derrière lui. En montant, se disait-il, il aurait peut-être un point de vue pour prendre la pleine mesure de la situation – et repérer une aide éventuelle à proximité.

D'un coup d'œil, il contrôla ce qui lui restait d'oxygène : 79 %. *Tout le temps voulu pour aller jeter un œil et revenir.*

Chapitre 21

Dans la salle d'observation numéro deux, Maya et les autres se regroupèrent devant la tablette et Will lança la lecture du fichier nommé « Issue de secours ».

Dans la vidéo, un homme se tenait debout dans un centre de commandement – *une copie conforme de celui de notre station*, songea Maya.

C'était un sosie de Bryce. *Probablement un androïde*, se dit Maya – sans grand risque de se tromper.

En effet, deux autres « Bryce » étaient assis devant un poste de travail, les yeux fixés sur leurs écrans respectifs, en train de taper au clavier. Maya vit là une incongruité. *Si ce sont des androïdes, pourquoi n'utilisent-ils pas une connexion sans fil pour communiquer ? Ce serait sûrement plus efficace.* Il y avait sûrement une bonne raison à cela, mais, comme tant d'autres choses depuis qu'elle s'était réveillée, celle-ci lui échappait.

— Station 17, message d'urgence. Ici la sentinelle Bran. Je suis PI en chef de la station.

— « PI » ? murmura Cara. Comme dans « principal investigateur » ?

Will appuya sur le bouton « Pause ».

— Peut-être. Chez ARC, on utilisait ce terme pour désigner une « pseudo-intelligence ».

— Vous disiez ça à la place d'« IA » ? demanda Cara.

— Oui.

— Pourquoi ?

— À cause des limites des programmes, je crois. Nos PI ne pouvaient pas vraiment aller au-delà des limites de leur programmation, mais simplement procéder à des itérations à l'intérieur de fonctions prédéfinies et introduire des améliorations. Et puis... je pense que certaines considérations commerciales entraient en ligne de compte également. À l'époque, tout le monde avait peur des IA : à cause des conséquences imprévues toujours possibles et puis parce qu'elles entraînaient des suppressions d'emplois.

— À mon avis, intervint Alister, Bryce était sûrement une pseudo-intelligence. Ce crétin s'est fait défoncer le crâne par un type quelconque à qui il essayait de venir en aide.

— Si tant est, dit Cara, que Bryce essayait bien de nous venir en aide.

Alister porta une main à sa poitrine, mimant théâtralement la plus grande surprise.

— Scoop dans les Jeux de l'Extinction ! La toubib et moi sommes d'accord sur un point.

Cara leva les yeux au ciel. Comme personne ne disait plus rien, Will relança la lecture du fichier et l'androïde qui s'était présenté comme étant la sentinelle Bran reprit son exposé.

— La station Jardin m'a demandé d'enregistrer ce message, avant de passer en mode « silence radio ». Je ne suis pas certain de ce que je dois dire. Peut-être commencer par une confirmation : nous avons suivi les instructions transmises par la station Jardin. En ce moment même, comme il nous a été spécifié, nous procédons manuellement à la destruction de nos fichiers-journaux – et non pas par la transmission sans fil d'une instruction. De même, nous désactivons toutes les communications sans fil et supprimons les sous-programmes qui pilotent les systèmes intégrés.

Maya se pencha pour parler à Will.

— Voilà qui explique une partie de ce que vous avez trouvé.

Il hocha la tête sans quitter des yeux l'écran sur lequel la sentinelle poursuivait son laïus.

— Conformément aux instructions, nous avons également procédé à un inventaire des six cohortes restantes, ici à l'intérieur de la station, soit un total de quarante-quatre participants aux Jeux. À l'heure du présent enregistrement, tous ont recouvré une parfaite santé. De même, les interventions prescrites ont été pratiquées sur chacun des participants.

Alister tendit la main pour appuyer sur le bouton « Pause ».

— Je n'aime pas beaucoup l'idée de ces « interventions ».

— Moi non plus, dit Cara. Cela laisse entendre que des expériences ont été menées sur nous.

Ses paroles restèrent un instant en suspension dans l'air.

— En ce qui me concerne, dit Maya, j'ai été guérie. Je me souviens que j'étais malade, hospitalisée. Et à présent, je me sens parfaitement bien – à part pour la mémoire.

Elle avait escompté que les autres donneraient eux aussi des détails sur ce qu'ils avaient vécu, mais, étrangement, personne ne dit rien.

— Eh bien, dit Maya pour mettre fin au silence, voyons ce qu'il a encore à nous dire.

— À ce jour, nous avons perdu seize participants des suites de problèmes médicaux antérieurs à leur intégration, ou à cause d'événements négatifs survenus pendant celle-ci. Jusqu'à présent, douze cohortes de cinquante-neuf participants ont été libérées avec succès et plus aucun contact n'a été établi avec aucune d'elles. Conformément au protocole, les cohortes les plus prometteuses ont été libérées les premières. L'hypothèse opérationnelle que nous avons retenue est simplement que les interventions pratiquées n'ont pas permis d'atteindre les résultats fixés. Nous avons procédé à des ajustements desdites interventions, sur la base des directives de la station Jardin. Enfin, je précise que notre effectif de trois sentinelles reste fonctionnel dans les limites des paramètres spécifiés.

La sentinelle Bran s'octroya une petite pause avant de poursuivre.

— Comme demandé dans le message de clôture transmis par la station Jardin, nous avons regroupé les éléments requis et nous procéderons à la fermeture de la station et à l'activation des contrôles biologiques. Pour conclure, ne sachant pas qui trouvera ce message – une sentinelle d'une autre station ou un participant de cette station-ci ou d'une autre –, je me contenterai de recommander la plus grande prudence. N'oubliez pas, les réponses que l'on cherche sont parfois juste devant nous.

Chapitre 22

Owen grimpait le flanc escarpé de la montagne sous une pluie diluvienne, giflé par d'incessantes bourrasques.

Secoués par le vent, les arbres perdaient des branches et des feuilles qui venaient joncher le sol. Ces amas spongieux lui faisaient penser à des pièces de tissu – vertes, pourpres, bleues. En marchant dessus, il avait l'impression de fouler un tapis.

Jamais encore il n'avait vu semblable paysage.

Il progressait lentement, attentif à ne pas perdre l'équilibre, infiniment conscient que la moindre erreur pouvait signer sa perte et que les autres comptaient sur lui.

Sa progression solitaire lui rappelait certaines fois où il s'était retrouvé isolé de ses équipiers au cours de ses premières missions. Étonnamment, c'était déjà ainsi qu'il voyait les autres membres du groupe : comme des équipiers. *Un peu étrange*, songea-t-il. Mais le fait que d'autres comptent sur lui était aussi un sentiment dans lequel il puisait force et énergie.

À mesure qu'il montait, le brouillard se dissipait et le vent perdait de sa force.

Il s'arrêta au niveau d'un affleurement rocheux pour regarder derrière lui, mais il ne distinguait encore que la brume et les arbres dressés en muraille. Il lui fallait encore aller plus haut.

Il reprit donc son petit bonhomme de chemin, le souffle de plus en plus court à présent, tout en se demandant si l'effort allait réveiller la douleur des blessures subies lors de sa dernière intervention. Il se sentait en pleine possession de ses moyens, comme miraculeusement doté d'un corps tout neuf, jeune et vigoureux, aussi athlétique qu'au début de sa carrière.

Lors d'un nouvel arrêt pour reprendre son souffle, il contrôla l'écran sur son avant-bras. Son niveau d'oxygène était à 73 %.

Il pouvait poursuivre encore un peu, mais l'ascension lui faisait consommer l'oxygène à un rythme plus rapide. Il allait devoir accélérer.

Il repartit avec une vitalité renouvelée, animé d'une volonté presque désespérée de rentrer avec une information utile pour l'équipe.

Il s'arrêta une nouvelle fois pour souffler. L'oxygène était à 67 %. Le temps fuyait inexorablement.

Il augmenta encore la cadence, poussant de plus en plus fort sur ses jambes, trébuchant sur des cailloux qui roulaient. De temps à autre, il jetait un coup d'œil par-dessus son épaule, mais la vue était toujours la même : des arbres, de la brume et pas le moindre élément pour se repérer.

À son arrêt suivant, l'oxygène était tombé à 59 %. Devant lui, la forêt se faisait moins dense. Les arbres étaient plus courts et leurs ramures moins épaisses. Sous ses pieds, le pierrier cédait le pas à la roche solide. Le brouillard ouatait toujours les alentours, mais il avait le sentiment de se rapprocher de son but, comme s'il avait été enveloppé dans un nuage de fumée derrière lequel se cachait son salut.

Bandant toute sa volonté, il accéléra encore.

Son pied glissa sur la roche, mais il parvint à se rattraper en posant au sol sa main gantée. Il n'était pas passé loin de la catastrophe. Il resta immobile un instant, le cœur dans la gorge, le souffle bloqué. Puis il se redressa et inspecta son gant. Heureusement, il n'y avait pas d'accroc. Il allait lui falloir faire vite, à présent.

Pour autant, il repartit plus lentement, en prenant le temps de scruter le sol plus attentivement.

Le brouillard s'évanouit comme s'il n'avait été qu'un mirage. Devant lui s'étendait un nouvel affleurement rocheux, avec au-dessus un plateau qui avait tout l'air d'être le sommet. Au-delà, Owen ne voyait plus que le ciel bleu.

Il avait réussi. Il était arrivé en haut de la montagne.

Il s'élança. Le bout du chemin était à portée. Un sourire s'épanouissait sur ses traits. Déjà, son esprit anticipait ce qu'il allait découvrir : l'endroit précis où ils se trouvaient, la nature exacte de la situation.

Mentalement, il se voyait déjà rentrant à la station pour annoncer la nouvelle aux autres. Dans ces futurs souvenirs imaginaires, pour quelque raison étrange, c'était à Maya qu'il donnait la primeur de son récit. Et elle l'écoutait raconter comment il avait risqué sa vie pour accomplir son exploit. Puis il se dit que c'était un peu étrange qu'il pense d'abord à elle. *Comment ça se fait ?*

Pour gravir la dernière paroi, il dut s'aider de ses pieds et ses mains. Il progressait avec la plus grande prudence. À mi-parcours, son oxygène était à 51 %.

Il se dit que le retour ne pourrait qu'être plus rapide, que son ascension avait nécessité plus de temps et d'oxygène que n'en prendrait la descente. *J'ai encore du temps. Plus qu'il n'en faut.*

Le plateau rocheux était nu, avec juste quelques buissons çà et là. Le vent soufflait fort, en bourrasques qui s'accrochaient à sa tenue et hurlaient dans ses haut-parleurs.

Owen progressa jusqu'au précipice à l'autre extrémité pour regarder en contrebas. Pendant un instant, il resta tétanisé par ce qu'il découvrit. Pour en prendre la pleine mesure, il avança d'un pas maladroit le long du bord, décrivant un arc de cercle sans quitter des yeux un instant ce qu'il découvrait tout en bas. Cette vision faisait monter en lui un sentiment de sidération et de terreur mêlées.

La tempête était plus forte du côté où il était arrivé – et le brouillard plus épais. Ici, la vue était plus dégagée, mais cela ne lui était pas d'un grand secours.

Alors qu'il achevait de décrire une boucle, il aperçut quelque chose qui pourrait bien être leur salut.

Penché en avant, les yeux écarquillés, il s'efforçait de mieux voir quand une subite rafale lui fit perdre l'équilibre. Une pierre roula sous ses pieds et il tomba à genoux. Comme il se relevait, une nouvelle gifle de vent et de pluie le fit basculer de l'autre côté du rebord. Il tendit les deux mains pour se retenir, mais il était déjà trop tard.

Il flotta dans l'air pendant un temps qui lui parut démesurément long, puis atterrit sur une petite arête en saillie, avant de rebondir et de chuter de nouveau. Pivotant sur lui-même, les mains tendues vers le haut, il se prépara au choc qui venait. Mais la douleur n'arriva jamais.

L'impact sur le sol suffit à le faire plonger instantanément dans un océan de néant noir.

Chapitre 23

Alister abattit furieusement le plat de sa main sur le sol.

— C'est complètement inutile ! Ce message ne sert à rien. À quoi bon le nommer « Issue de secours » ? La vidéo débite des inepties : « on a tant de participants, on a libéré tant de cohortes, on en a encore tant ici et voici combien on a eu de morts ». Mais qui ça intéresse ?

Maya devait bien admettre avoir été elle-même passablement déçue. Et un peu confuse également. Elle avait pensé qu'il en sortirait une sorte de plan à même de les aider. À tout le moins quelques indications pour obtenir des secours ou savoir vers où se diriger.

Une alarme se déclencha sur la tablette. La réserve d'oxygène d'Owen était tombée à 30 %.

Elle se leva, sortit de la salle d'observation numéro deux et remonta la coursive jusqu'au sas donnant à l'extérieur. Par le judas, elle jeta un coup d'œil au tunnel où gisait le corps de Roman, éclairé par intermittence par l'éclat rouge du gyrophare.

Elle laissa filer quelques instants en se mordillant la lèvre, à s'interroger sur la conduite à tenir. Cara se glissa à ses côtés pour regarder au-dehors elle aussi.

— Vous allez sortir ? demanda l'urgentiste.

Avant que Maya n'ait pu répondre, l'alimentation électrique eut quelques ratés et s'éteignit de nouveau.

—Je crois qu'il le faut, répondit Maya dans le noir total. Le temps nous fait défaut. Qu'on utilise les combinaisons dans la station ou à l'extérieur, le temps file et l'oxygène avec lui. Je préfère courir le risque de tenter de survivre plutôt que de me morfondre et d'attendre. Il faut aller chercher de l'aide ou un moyen de nous en tirer.

—Je suis d'accord, dit Alister derrière elle, d'une voix qui sonnait désincarnée dans l'obscurité. Je viens avec vous.

—Non, dit Maya. On ne peut pas courir le risque de perdre quelqu'un d'autre. Si ni Owen ni moi ne revenons…

—Si vous ne rentrez pas, la coupa Alister, on ne sera pas mieux lotis. Et s'il est blessé, vous aurez besoin de moi pour vous aider à le porter.

—Et moi, il faudra que je m'occupe de lui s'il est blessé, dit Cara.

—Vous ne pourrez pas faire grand-chose vêtue d'une combinaison, objecta Alister.

—On ne sait pas, rétorqua Cara. D'ailleurs, pour ce qu'on en sait, les combinaisons ne sont peut-être plus nécessaires à l'extérieur de la grotte. C'est quelque chose qu'Owen a peut-être découvert.

—Je veillerai sur Blair, annonça Will de sa voix calme et confiante dans le noir. Vous savez que c'est la chose à faire, Maya. Plus on perd de temps à parler et moins il reste d'oxygène à Owen.

Ils avançaient en file indienne dans le tunnel, Maya devant, Cara derrière elle et Alister à l'arrière-garde. Comme convenu, ils maintenaient le silence sur les ondes.

Il y avait au moins une bonne nouvelle : les traces de pas d'Owen étaient parfaitement visibles sur le sol boueux. À mesure qu'ils progressaient, le vent se faisait plus fort et la lumière plus vive.

À l'entrée de la caverne, ils trouvèrent les blocs disséminés à la ronde. Maya se demanda si c'était l'œuvre d'Owen ou si quelqu'un avait dégagé le passage auparavant. *Et d'abord, pourquoi cette entrée était-elle murée ?*

À l'extérieur, de longs nuages de brume passaient devant eux en traversant un rideau d'arbres colossaux. Maya eut l'impression d'avoir été rétrécie et transplantée dans un monde aux proportions modifiées, un monde ancien dominé par des êtres titanesques. Elle s'était attendue à ce que la station soit au milieu d'une ville ou au moins à proximité d'une route. Mais il n'y avait pas la moindre trace de civilisation à la ronde.

Elle sentit une main se poser sur son épaule. C'était Alister qui l'alertait, un doigt impérieux pointé sur les traces d'Owen sur le sol. Le message était limpide : « On se dépêche, le temps file. » Elle ne le connaissait pas depuis bien longtemps, mais elle avait l'impression d'entendre ses paroles dans son esprit. Au demeurant, il avait parfaitement raison.

Pour communiquer, ils avaient décidé d'utiliser les micros et haut-parleurs intégrés, mais en ne brisant le silence qu'en dernier ressort. Opérer sans bruit était plus sûr, au moins jusqu'à ce qu'ils en sachent un peu plus.

Maya reprit la tête et ils repassèrent devant la grotte, suivant les traces d'Owen dans le sol meuble, pour partir à l'assaut de la pente au milieu des arbres, en direction du sommet de la montagne. Plus haut, les marques se firent moins nettes. Le sol devenait plus rocheux, la forêt se clairsemait, le vent effaçait tout. Maya avait l'impression de lire une carte plongée dans l'eau et dont l'encre disparaîtrait doucement devant ses yeux.

Elle jeta un coup d'œil au panneau sur son avant-bras. Owen n'était plus qu'à 17 % d'oxygène à présent. *Est-ce qu'il est déjà trop tard ?*

Elle accéléra l'allure. Très vite, elle eut le souffle court. Son cœur cognait fort dans sa poitrine. De la sueur lui dégoulinait sur le visage. À l'intérieur de son casque, le bruit de sa respiration livrait un combat sans merci contre celui du vent. Elle se serait crue prisonnière d'une chambre d'écho.

Finalement, elle s'arrêta et posa les mains sur ses genoux, courbée en deux pour reprendre son souffle. Cara la rejoignit et Alister arriva peu après. C'était lui qui souffrait le plus, mais il était de loin le plus fort aussi.

Sans dire un mot, Maya repartit, mais au bout de quelques pas seulement un problème apparut : les traces d'Owen avaient disparu. Pour tout dire, les dernières étaient si ténues qu'elle n'était même pas sûre qu'elles avaient été laissées par les bottes d'Owen. Le vent était bien plus fort ici, au point que les arbres y avaient subi plus de dégâts. Des branches et des feuilles jonchaient le sol en telles quantités qu'il était sans doute impossible d'y laisser la moindre empreinte.

Toujours hors d'haleine, Maya jeta un regard aux deux autres. D'un geste impatient, Alister l'invita à poursuivre droit devant. Son message silencieux disait : « On continue, on verra bien. »

La nature du sol changeait sous leurs pieds. Bientôt, l'humus gorgé d'eau et couvert de débris végétaux céda le pas à la roche. Le terrain était nu désormais, hormis la présence de buissons rabougris. Devant elle, une paroi s'élevait presque verticalement. Et toujours pas le moindre signe d'Owen. L'avait-il gravie ?

Un banc de brouillard se dissipa et Maya s'arrêta net. Pour la première fois, elle voyait le ciel devant elle. Cette vision formait un contraste saisissant avec le paysage de brume, de vent et de pluie tout autour, comme si un autre monde était à portée de main, juste un peu plus loin.

Mystérieusement, Maya sut avec une absolue certitude ce qu'Owen avait fait s'il était passé ici. Il avait forcément escaladé la falaise pour pouvoir regarder depuis le sommet. D'ailleurs, même en imaginant qu'il n'était pas venu ici, elle-même pourrait découvrir des réponses à leurs questions en allant tout en haut. En plus de trouver Owen, peut-être verrait-elle où ils étaient.

Avec mille précautions, elle entreprit l'ascension, Alister et Cara derrière elle. Au sommet, elle s'avança sur le plateau rocheux pour découvrir ce qui se cachait de l'autre côté. Et ce qu'elle vit l'horrifia.

Pour en avoir le cœur net, elle fit le tour du plateau, s'arrêtant par instants en attendant qu'un banc de brouillard s'éloigne comme s'entrouvre un rideau pour révéler le monde au-delà.

Sur ce promontoire haut perché, des vents violents tourbillonnaient, giflant sans prévenir de gauche et de droite. Par deux fois, une rafale faillit faire tomber Maya.

Alors qu'elle se tenait au bord du plateau, elle sentit une main ferme lui saisir le bras. C'était Alister qui l'invitait à s'éloigner du précipice, pour rejoindre le centre où Cara les attendait.

La voix de rogomme d'Alister éclata aux oreilles de Maya par les haut-parleurs de son casque.

— Je crois qu'on peut utiliser la radio sans risque ici.

— Oui, répondit-elle posément.

— Je n'ai vu aucune trace d'Owen, dit Cara. Vous avez repéré quelque chose ?

Alister secoua la tête en détournant le regard.

— Non, dit Maya. Mais il ne doit pas être bien loin. Après tout, nous sommes sur une toute petite île.

Chapitre 24

Ce furent des bruits de voix qui ramenèrent Owen à la conscience.

Au début, il entendit des bribes de conversation, mais sans pouvoir en distinguer un traître mot. Confuses et éraillées, les phrases étaient interrompues régulièrement par le hurlement d'une alarme.

Owen leva son avant-bras pour consulter le panneau d'affichage.

OXYGÈNE NIVEAU CRITIQUE : 9 % RESTANTS.

De l'index, il éteignit l'alarme, puis tendit l'oreille pour saisir les échanges sur la radio.

— Je ne vois rien qui ressemble à un héliport ou une piste d'atterrissage.

C'était la voix de Maya.

— Pas de débarcadère non plus, renchérit Alister. Ni même la moindre construction. C'est vraiment une île déserte.

— Peut-être bien qu'il s'agit d'une formation insulaire récente, dit Cara. De toute évidence, nous sommes en altitude. Et pour moi, nous sommes dans une chaîne de montagnes sauvages et préservées, dans une région qui a été submergée par les eaux. Coup de chance, notre station était proche du sommet.

— Hé ! cria Owen d'une voix rauque. Vous m'entendez ?

— Owen ! s'exclama fébrilement Maya. Où êtes-vous ?

— Je suis…

Owen se redressa, tentant de trouver un repère pour s'orienter. En pure perte.

— Disons, du côté des rochers..., reprit-il. Vous voyez ?... Là où il y a du brouillard... Genre pas très loin des arbres...

— Très drôle, répliqua Maya, sur un ton à mi-chemin entre la contrariété et l'amusement. Que s'est-il passé ? Vous êtes blessé ?

— Non. Enfin, je ne sais pas. Je ne crois pas. Une rafale m'a poussé et fait tomber du plateau au sommet.

Owen prit un instant pour inventorier les dégâts. Sur le côté droit, son bras et sa jambe étaient douloureux, mais fort heureusement sa combinaison avait amorti le choc.

La combinaison...

Une vague de terreur passa sur lui. S'il y avait le moindre accroc...

En hâte, il s'assit pour inspecter sa tenue sous toutes les coutures. Il était couvert de boue, mais, en se basant sur le niveau d'oxygène et le fait qu'il n'y avait aucune déchirure dans sa tenue, il estima qu'il ne s'en sortait pas si mal.

— Owen, reprit Maya. Nous sommes sur le plateau. Trouvez une branche et agitez-la, qu'on vous repère.

Il s'exécuta et Maya ne tarda pas à reprendre la parole.

— On vous voit. Ne bougez pas, on arrive.

Peu après, trois silhouettes – chacune vêtue d'une combinaison – émergèrent du brouillard. Maya marchait en tête, un doigt pointé sur son avant-bras.

— D'après mon relevé, il vous reste moins de 10 % d'oxygène.

Owen lui montra son propre avant-bras.

— Je suis à neuf. Plus qu'il n'en faut.

— Vous avez dû perdre conscience, intervint Cara. Votre corps a consommé moins d'oxygène pendant ce temps-là. De toute façon, nous sommes à plus de 60 % de notre côté. À l'aide de la lyre de transfert, on va pouvoir équilibrer nos réserves. Ensuite, on pourra rentrer.

Et sur ces paroles, Alister raccorda le réservoir d'Owen à celui de Maya, puis ouvrit la vanne. Owen vit remonter le niveau de sa bouteille.

— Depuis là-haut, j'ai vu quelque chose en bas, dit Owen en désignant la forêt et le rivage en contrebas. Un bateau. Vous l'avez vu ?

— Non, répondit Maya, pendant que son réservoir était raccordé à celui de Cara. Quel genre de bateau ?

— Un petit. Avec des panneaux solaires sur le toit. Il est échoué sur la grève, pas très loin d'ici. On devrait aller voir tant qu'on est ici. C'est peut-être notre seule et unique chance de quitter ce caillou.

— Peut-être, dit Cara. Mais nous devons d'abord retourner à la station. Je veux vous examiner.

— Mais je vais bien.

— Vous avez très bien pu avoir une commotion cérébrale. Ou une hémorragie interne.

Owen poussa un soupir.

— D'accord.

— On va aller voir, dit Maya en désignant Alister.

— Pourquoi pas, acquiesça celui-ci avec un haussement d'épaules. J'ai toujours voulu avoir un bateau. Et l'apocalypse me paraît être le moment parfait pour accomplir mon rêve.

Chapitre 25

Maya marchait à travers le sous-bois d'une exceptionnelle densité, esquivant souplement les arbres, flânant d'un pied léger sur les feuilles et les branchettes au sol. Cette aisance n'était pas uniquement due au fait qu'elle descendait. Ou qu'elle s'était accoutumée au terrain.

Non, c'était parce qu'elle se sentait libérée d'un grand poids. Owen était vivant. Et ils avaient trouvé un bateau – la clé peut-être de leur survie et de leur fuite de cette île minuscule.

L'embarcation n'était pas très grande, tout juste un petit yacht. En tout cas, c'était ce qu'elle évoquait pour Maya, avec sa coque blanche et profilée, son toit noir et bombé, couvert de panneaux solaires apparemment intacts. Autant de signes qui constituaient un heureux présage.

Le bateau était échoué dans la boue, proue en avant. Alister monta à bord par une petite échelle qui descendait jusqu'au sol, puis se retourna pour offrir sa main à Maya afin de l'aider à monter à son tour.

Ils traversèrent le petit yacht dans sa longueur jusqu'à la poupe, où deux gros moteurs hors-bord plongeaient dans l'eau. Il y avait quatre fauteuils pivotants fixés au pont arrière, ainsi qu'une batterie de tuyaux verticaux assurément conçus pour recevoir des cannes à pêche.

Ensuite, en remontant, on trouvait le pont principal sous un toit ouvrant. À gauche s'ouvrait une petite cambuse équipée d'un évier, d'un four et de ce qui avait tout l'air d'être un réfrigérateur sous le comptoir. Maya se pencha pour regarder son contenu à travers sa porte transparente, mais il était vide. Un canapé en L occupait l'autre côté du petit espace.

Dans le prolongement se trouvait le poste de pilotage avec deux fauteuils installés côte à côte devant un volant sur la droite, comme Maya en voyait petite dans les vieilles voitures avant qu'elles ne deviennent autonomes.

À gauche, il y avait une table entourée de banquettes.

Maya était frappée de ne pas voir certaines choses : des gens, du sang ou tout autre signe indiquant que les lieux étaient habités.

Entre la table et le poste de pilotage, il y avait une porte, un peu moins haute que Maya.

—Allons voir les cabines, dit Alister en la désignant.

Le battant s'ouvrit en grinçant sur ses gonds. Un petit escalier plongeait dans l'obscurité.

Alister alluma ses lampes frontales avant de descendre, aussitôt imité par Maya. L'un derrière l'autre, ils s'avancèrent dans une minuscule coursive.

Droit devant, une porte close barrait le passage. Il y en avait une autre sur la droite. Le petit palier formait un coude, donnant sur un petit couloir orienté vers la poupe avec une nouvelle volée de marches s'enfonçant plus profondément dans les entrailles du bateau.

Alister ouvrit la porte sur sa droite. C'était une cabine avec deux couchettes étroites, chacune à peine suffisante pour accueillir un adulte. Elles étaient vides l'une comme l'autre.

Alister ressortit et ouvrit la porte du fond. Une autre cabine, vide elle aussi, avec un seul lit plus vaste. Plus large à l'entrée, la cabine allait s'étrécissant vers le fond – vers la proue du navire.

Maya recula sur le palier pour laisser passer Alister. Reprenant la tête, il descendit le second escalier, vers une zone beaucoup plus sombre.

Maya contrôla son niveau d'oxygène : 52 %. D'ici peu, ils allaient devoir rebrousser chemin.

Sur la droite de la coursive, il y avait une petite table flanquée d'une banquette en U. Une seule porte donnait sur ce palier.

Alister fit jouer la poignée et poussa le battant. Les faisceaux de ses lampes balayèrent l'intérieur de la pièce. À son langage corporel, Maya comprit instantanément que quelque chose n'allait pas. Il recula d'un pas, la main toujours sur la poignée, comme sur le point de claquer la porte.

Au bout d'un moment, il y retourna d'un pas décidé, pivotant frénétiquement sur lui-même, cherchant partout. Maya découvrit la cause de son émoi : deux corps étaient allongés sur le plus grand des lits du bord, vêtus de combinaisons de protection ARC Technologies, identiques en tout point à celle qu'elle-même portait. Parfaitement immobiles, les deux silhouettes se tenaient par la main.

— Restez où vous êtes, Maya, dit Alister sur un ton grave qu'elle ne lui connaissait pas.

Il fonça vers le fond de la pièce, ouvrit la petite porte, puis recula. Dans la radio, elle l'entendit pousser un soupir.

— Ce n'est qu'une salle de bains. Elle est vide.

Maya s'avança vers le couple, dont elle éclaira les visages en se penchant sur le lit. C'étaient un homme et une femme, plus ou moins du même âge qu'elle. Et de celui d'Owen. Leurs yeux étaient clos, leurs visages exempts de toute expression de détresse. En un mot, ils avaient l'air paisible.

La perspective de ce qu'elle devait faire la mettait mal à l'aise, mais elle savait qu'elle n'avait d'autre choix. Elle prit le bras de la femme et activa le panneau de commande. La combinaison était toujours alimentée – passée en mode veille, semblait-il –, mais la réserve d'oxygène était vide.

Très doucement, elle reposa le bras de la femme sur le drap. De son côté, Alister faisait de même avec l'homme.

— Son oxygène est à zéro.

Maya contrôla son propre panneau.

— Et moi, je suis à 49 %, Alister. Il faut qu'on se dépêche.

— Exact. Mais je vais d'abord m'assurer que le bateau est opérationnel.

— Vous vous y connaissez en bateaux ? demanda Maya en inclinant la tête sur le côté.

— Pas vraiment... Mais c'est un peu comme un bus qui va sur l'eau. S'il y a un moteur, alors je suis capable de le faire fonctionner.

Maya sourit.

— J'espère que vous dites vrai.

D'un geste, Alister désigna le couple sur le lit.

— Je sais que ce n'est pas bien, mais on a besoin des combinaisons. Outre qu'il nous en manque une, ça ne pourrait pas nuire d'en avoir une d'avance avec sa réserve.

— Très juste, annonça posément Maya. Je m'occupe des combinaisons pendant que vous regardez le moteur. Et il faut vraiment faire vite.

Pendant que Maya retiraient aux deux défunts leur équipement, une question lui vint. *Comment sont-ils morts ?* À l'évidence, ils n'avaient pas suffoqué, sans quoi ils n'auraient pas eu un air si tranquille.

La réponse était sur la table de chevet – du moins, c'est ce que Maya se dit. En effet, il y avait là un petit flacon de comprimés avec une étiquette ARC Technologies, même si le nom du médicament ne lui disait absolument rien.

Un petit carnet était glissé sous le flacon. Une mention toute simple était écrite sur la première page : « À quelqu'un qui aura eu plus de chance que nous... »

Rapidement, Maya feuilleta les pages suivantes. C'était un journal. Dès qu'elle en aurait le temps, elle le lirait. Pour l'heure, elle remisa soigneusement le petit volume dans la poche de sa combinaison.

Dans la pénombre de cette chambre, le spectacle de ces deux êtres sans vie l'emplit tout à coup d'un sentiment de tristesse. Participaient-ils comme elle aux Jeux de l'Extinction ? Venaient-ils eux aussi de la station 17 ? Appartenaient-ils à l'une des cohortes précédemment libérées ? Et s'ils étaient rattachés à la station, pourquoi n'avaient-ils pas été y recharger leurs bouteilles d'oxygène ?

Étaient-ils tombés à court de vivres ? Elle ne se souvenait pas d'avoir vu la moindre nourriture à bord, le moindre relief d'un dernier repas. Les animaux, les insectes ou simplement le temps avaient peut-être effacé toutes les traces. Les combinaisons ayant protégé les corps, difficile de dire à quand pouvait remonter leur trépas.

Tout à coup, Maya sentit une humidité sous son nez. Immédiatement, elle sut que c'était du sang. Par réflexe, elle leva la main, avant de se rendre compte qu'elle ne pouvait rien faire tant qu'elle portait sa tenue. Le filet franchit le barrage de ses lèvres pour couler sur son menton. Quelle sensation étonnante, à la fois pleine de mystère et de sauvagerie, que celle d'un sang sur son visage qu'elle ne pouvait pas essuyer.

Une douleur s'installa à l'intérieur de son crâne, une pulsation sourde, insistante et pénible qui ne trouva nulle part où se dissiper. Cette souffrance lancinante fit remonter un souvenir.

Maya se vit dans une vaste salle, avec tout un mur vitré, du sol au plafond. De l'autre côté de la baie, des gens marchaient sur le trottoir. Elle était en nage et un peu essoufflée. Soudain, son nez se mettait à saigner… et elle perdait connaissance. Oui, elle avait été malade et c'était ce qui lui avait valu d'être emmenée à l'hôpital.

Était-ce cette même maladie qui revenait ? Avait-elle véritablement été soignée ?

Elle était tellement absorbée dans ses pensées qu'elle n'avait même pas entendu le retour d'Alister.

— Quelque chose ne va pas ? demanda-t-il par radio, une pointe d'inquiétude dans la voix.

Elle se tourna vers lui.

— Non.

— Vous saignez.

— Ce n'est rien.

— C'est votre combinaison qui ne fonctionne plus ?

— Non, non. Tout va bien. C'est juste… Je vais bien.

— Eh bien, on ne peut pas en dire autant du bateau.

— Comment ça ?

— Le moteur ne démarre pas. (D'un geste, Alister désigna l'homme et la femme sur le lit.) Nous sommes aussi coincés qu'eux sur cette île.

Chapitre 26

De retour à la station, Owen et Cara attendirent dans la cabine de décontamination que les buses au plafond pulvérisent le produit sur leurs tenues. Ensuite, ils allèrent suspendre leurs bouteilles d'oxygène au poste de remplissage.

Le froid régnait dans le couloir et il faisait à peine plus chaud dans la salle d'observation numéro deux, où Will et Blair s'étaient installés dans un coin, emmitouflés dans les couvertures. Sa tablette devant lui, Will faisait la lecture à la fillette, qui avait revêtu une combinaison beaucoup trop grande pour elle. Le casque était posé à côté, prêt à être enfilé à la moindre alerte.

— Vous êtes revenus ! s'exclama Will en se levant. Tout va bien ?

— On le saura bientôt, répondit Owen en espérant que Will saisirait le sens de sa phrase.

— D'accord, dit le jeune homme en coulant un regard en direction de Blair. Nous, on a trouvé un stock de fichiers-livres sur la tablette, ce qui nous a permis de nous occuper.

— Pourquoi est-ce qu'il fait si froid ici ? demanda Owen. C'est l'alimentation qui fait des siennes ?

— Non, répondit Will en secouant la tête. Étonnamment, elle est restée à peu près stable depuis que vous êtes partis. J'ai simplement baissé le chauffage pour éviter de trop tirer sur la centrale.

— Bonne idée, dit Cara. Et maintenant, poursuivit-elle en désignant une chaise à l'intention d'Owen, il faut que je vous examine.

Owen ne put contenir un grognement de douleur en s'asseyant.

Quand Cara eut fini – soulagée qu'Owen ne soit pas sous la menace d'un risque de mort imminente – Will lança la lecture du fichier « Issue de secours » qu'il avait trouvé sur la tablette.

— Je ne comprends pas, dit Owen.

— Nous non plus, renchérit Cara.

Owen se mit à faire les cent pas, immergé dans ses réflexions.

— Repassez-le-moi.

Après la troisième lecture, les choses s'éclaircirent dans l'esprit d'Owen. Il visualisait clairement ce que la vidéo signifiait. D'une façon alambiquée, tout prenait un sens.

Pourquoi les autres ne l'avaient-ils pas vu ? C'était comme pour la clé qui déverrouillait la tablette, une énigme aussi limpide à ses yeux que la signification de la vidéo. Tout découlait de la façon de fonctionner de son esprit.

Avant qu'il n'ait eu le temps d'exposer sa découverte, un message s'afficha sur l'écran de la tablette :

`Ouverture sas`

Owen s'élança dans le couloir, un peu ralenti par sa jambe douloureuse. Maya et Alister étaient dans la cabine de décontamination – et ils rapportaient deux autres combinaisons avec eux. Stupéfiant. Un coup de chance des plus heureux. Mais où les avaient-ils trouvées ? Dehors ? Sur le bateau ?

Ils accrochèrent leurs bouteilles au poste de remplissage, puis Maya se retourna vers le judas… Owen sentit sa mâchoire se décrocher. La bouche et le cou de la jeune femme étaient couverts de sang.

Elle est blessée ! Qu'est-ce qui s'est passé ? s'affola Owen.

Elle dut percevoir son angoisse, car elle se hâta de s'essuyer avec un pan de son tee-shirt.

L'écoutille à peine ouverte, Owen se précipita auprès d'elle.

— Que s'est-il passé ? Tout va bien ?

— Oui, oui. C'est juste un saignement de nez.

Owen resta un moment à scruter son visage, regrettant infiniment de ne pas savoir déchiffrer ses expressions.

— Houlà, fit Alister en se frottant les bras. Il ne fait pas chaud ici...

— Effectivement, répondit Will. Mesure d'économie d'énergie.

— Bonne idée. À condition qu'on ne meure pas gelés.

Dans la salle d'observation, Alister et Maya donnèrent un compte-rendu rapide de leurs découvertes sur le bateau. Maya leur montra le journal.

— Je n'ai pas encore eu l'occasion de le lire, mais j'espère qu'on y trouvera des explications : ce qui leur a valu de se perdre ici, ce qui s'est passé dans le huis clos à l'intérieur du bateau.

— Je crois que la première question est de savoir si ce navire est utilisable, intervint Cara.

— Je peux le réparer, dit Alister. Mais je ne crois pas que vous allez aimer ma solution.

Tous les regards se posèrent sur lui.

— Je suis à peu près certain de pouvoir remettre le moteur du bateau en état en cannibalisant les pièces de la centrale géothermique, expliqua-t-il. Mais une fois que ce sera fait, elle sera définitivement inutilisable. Dès que le bateau sera opérationnel, il nous faudra partir.

— Très bien, mais pour aller où ? demanda Cara. Est-ce qu'on a seulement assez de vivres pour rallier une autre île ou un continent ?

— Ce qui est sûr, répondit Maya, c'est qu'on n'en a pas assez pour rester ici. Et je n'ai vu aucun animal sur l'île. Compte tenu de la situation énergétique, j'ai le sentiment que plus on reste ici, plus on court de risques. Si l'alimentation électrique s'arrête, adieu les purificateurs d'air et impossible de remplir les bouteilles d'oxygène. Objectivement, l'alternative est simple : soit on meurt de faim ici, soit on meurt de faim sur l'océan. La seule chose qui nous manque, c'est une destination une fois qu'on aura pris la mer.

—Je crois que j'ai une solution, intervint Owen. J'ai regardé la vidéo « Issue de secours ».

—Ce tissu d'âneries, dit Alister en levant les yeux au ciel.

—Pas forcément, répondit Owen.

Et sur ces mots, il ouvrit la porte pour sortir en boitillant dans le couloir. Après un coup d'œil sur la droite puis sur la gauche, il se dirigea d'un pas lourd vers le sas menant à l'extérieur en comptant silencieusement les capsules. Au bout de la coursive, il fit demi-tour, remonta le couloir jusqu'au centre de commandement et poursuivit son décompte.

De retour dans la salle d'observation, il s'arrêta un instant sur le seuil pour vérifier ses calculs. Au terme de ses vérifications, il était absolument sûr de lui. Un sourire s'épanouit sur ses lèvres.

—Il y a un gros problème dans cette vidéo.

—Ouais, répliqua Alister. Elle ne sert à rien.

—Au contraire. Elle est très utile. Non, le problème, ce sont les chiffres.

—Expliquez, dit Cara.

—Ils ne collent pas.

—Comment ça ? demanda Maya en croisant les bras.

—Plus spécifiquement, les chiffres concernant les participants ne tiennent pas debout.

—Et comment vous savez ça ? demanda Cara.

—J'ai compté, répliqua Owen. Il y a douze salles contenant sept capsules chacune, ce qui nous fait un total de quatre-vingt-quatre participants potentiels. Dans son message, la sentinelle dit que cinquante-neuf participants ont été libérés, que seize sont morts, et qu'il en reste quarante-quatre ici à la station. Au total, cela nous donnerait cent dix-neuf participants. Or, il n'y aurait pas assez de capsules. Il s'en faudrait de trente-cinq.

Un instant de silence s'abattit sur le groupe.

—Intéressant, marmonna doucement Alister. Je n'aurais jamais pensé à vérifier une chose pareille. C'est génial.

—N'exagérons rien, objecta Owen. C'est juste une déformation professionnelle. J'ai l'habitude qu'on m'annonce un nombre de personnes dans un bâtiment. Ensuite, je compte systématiquement à mesure que je les localise. C'est mon boulot qui a donné ce pli à mon esprit.

— De nouveaux participants pourraient avoir été envoyés sur ce site après des libérations, dit Cara.

— Exact, dit Owen. Mais il y a un autre aspect qui soulève une question : pourquoi la sentinelle enregistrerait un message pareil portant sur le nombre de participants ? Surtout en étant en contact avec la station Jardin, qui apparemment fait fonction de commandement central. On peut légitimement supposer que cette autorité centrale recevait les données en temps réel au moment de l'enregistrement de ce message. À quoi bon un nouveau décompte ?

— En effet, convint Maya.

— Maintenant, reprit Owen, si la sentinelle avait créé un fichier exécutable pour la compilation des données, cela pourrait être logique. Mais en l'état, la vidéo ne fait que fournir à ceux qui la trouveront des informations qui étaient déjà en possession de la station Jardin au moment où celle-ci a envoyé son message de clôture. La dernière phrase me semble être la plus révélatrice. « N'oubliez pas, les réponses que l'on cherche sont parfois juste devant nous. » Je pense que la sentinelle s'adresse directement à nous, qu'elle nous encourage à chercher le sens profond qui se cache dans ce message.

— Et vous pensez l'avoir trouvé ? demanda Maya, la tête inclinée sur le côté.

— Oui. Je pense que le fichier « Issue de secours » n'a rien à voir avec les Jeux de l'Extinction – ou du moins pas grand-chose. Bien sûr, nous parler des procédures et des cohortes antérieures nous donne des éléments sur ce qui se passe ici – les expériences sur les participants, la libération des cohortes pour voir si elles peuvent survivre dans le monde d'après. Mais, fondamentalement, je crois que ce fichier est tout autre chose.

— À savoir ? demanda Cara.

— Une carte.

— Je ne vous suis pas, dit Will en fronçant les sourcils.

— Revenons un peu en arrière, dit Owen. Et pour commencer, une simple question : quelle est la chose la plus étrange dans cette vidéo ?

Comme personne ne répondait, Owen poursuivit son exposé.

— Le plus bizarre de tout dans cette vidéo, c'est que les chiffres ne collent pas. Et puis, n'oubliez pas, le fait que la sentinelle nous donne ces éléments n'a aucun sens, aucune logique. Donc, si ces chiffres sont là, c'est pour nous dire autre chose. Au total, six nombres sont donnés. Six valeurs. Mais comment les utiliser ? Une fois encore, la réponse est juste sous notre nez. Dans les caisses, il y avait un certain nombre d'objets essentiels : la tablette, la clé… Plus un objet qui peut nous mener quelque part…

Owen attendit un instant, observant les regards posés sur lui.

— Un GPS. Je pense que les six valeurs mentionnées dans la vidéo n'ont rien à voir avec ce qui s'est passé ici. Je crois que ce sont des coordonnées GPS, et que ce qui nous attend au point défini par ces coordonnées pourrait bien être notre unique espoir de survie. Ces valeurs – ou plus exactement ces coordonnées – sont notre « issue de secours ». Et à présent, nous avons ce qu'il faut pour les rejoindre : un bateau.

Chapitre 27

Maya était épuisée et effrayée.

Mais pour la première fois depuis son réveil dans cet endroit étrange, elle était pleine d'espoir. Pour la première fois, ils avaient un moyen de quitter cette île – et une destination. Bien sûr, elle ignorait ce qui pouvait les attendre là-bas, mais cela ne pouvait pas être pire qu'ici.

L'équipe se mit au travail avec ardeur et cohésion comme jamais auparavant.

Owen, Maya et Cara enfilèrent les combinaisons pour transporter les rations emballées et toute leur intendance jusqu'au bateau. Alister et Will étudièrent en détail la centrale, avant de se rendre au navire à leur tour pour inspecter une nouvelle fois son moteur.

À leur retour, le reste du groupe était en train de manger dans la salle d'observation.

—À quel point êtes-vous sûr de pouvoir le réparer ? demanda Owen.

—Raisonnablement sûr, répondit Alister.

Maya voyait à quel point il était éreinté. Il tenait à peine debout.

—Il faut seulement que je me repose un peu, ajouta-t-il. Je n'aurai droit qu'à un seul essai. S'il m'arrivait de casser une pièce, on serait coincés ici pour de bon.

— Une fois la centrale à l'arrêt, dit Will, nous serons obligés de porter nos combinaisons en permanence. Nous pourrions aussi bien aller au bateau tous ensemble et…

— Nous installer là-bas, le coupa Owen. Oui, c'est l'idée.

Sans un mot, les autres hochèrent la tête. La décision était prise.

Alister et Will mangèrent ensemble, tout en passant tranquillement en revue leur plan, jusqu'à ce qu'ils soient si épuisés qu'ils parvenaient à peine à garder les yeux ouverts.

Allongée sur un lit de couvertures, Cara tenait dans ses mains le petit objet qu'elle avait trouvé dans l'enveloppe à son nom. Elle le fixait intensément, émerveillée. C'était une chose qu'elle avait vue en photo des centaines de fois, des milliers peut-être, sans jamais penser qu'elle pourrait le posséder réellement. Une pensée dansait dans son esprit : *Je suis libre, désormais.*

Dans un coin, Owen lisait le livre qui était dans sa propre enveloppe : *Le Droit imprescriptible.* Son visage était un véritable masque de concentration – ce qui le faisait paraître plus jeune, un peu comme un écolier aux prises avec une nouvelle leçon. Maya trouvait cela adorable.

Blair posa une main sur l'épaule de Maya. La fillette tenait la tablette serrée contre elle.

— Tu veux bien me lire une histoire ?

— Bien sûr, répondit Maya avec un sourire.

Blair savait-elle lire – après tout, elle semblait avoir l'âge où l'on apprend – ou préférait-elle simplement qu'une adulte lui fasse la lecture ? Dans un cas comme dans l'autre, Maya était plus que disposée à lui faire ce plaisir. Elles s'installèrent dans un coin et lurent jusqu'à ce que les yeux de Blair se ferment tout seuls. Maya ne fut pas longue à la suivre dans le sommeil.

Le lendemain matin, après avoir revêtu leurs combinaisons, ils attendirent près du sas pendant qu'Alister et Will récupéraient les pièces de la centrale géothermique dont ils allaient avoir besoin.

Les gyrophares rouges s'éteignirent, plongeant les lieux dans le noir absolu. Une par une, les lampes de leurs casques s'allumèrent – six jeux de faisceaux perçant les ténèbres.

— Nous sommes prêts, annonça Alister sur la fréquence générale.

Ils sortirent en file indienne de la caverne pour s'engager dans la forêt. La tempête s'en était allée, ne laissant dans son sillage qu'un brouillard matinal. Pour autant, personne ne se risqua à retirer son casque.

Sur le sol inégal, Blair donnait la main à Maya et Owen, tous deux prêts à rattraper la fillette si celle-ci trébuchait. Une chute suivie d'un accroc pouvait signifier la mort.

Arrivés au bateau, ils gravirent l'échelle, puis remontèrent l'étroit passage jusqu'à la partie découverte du pont.

À la station, ils avaient pris la décision de s'installer à cet endroit, à l'air libre, tant qu'ils porteraient leurs combinaisons. Cara avait fait valoir que, si un agent pathogène mortel présent sur l'île pouvait s'accrocher aux tenues, mieux valait ne pas le faire entrer.

Avec l'aide de Will, elle avait également récupéré le liquide assainissant qui alimentait les buses de la cabine de décontamination. Le plan consisterait ensuite à laisser les combinaisons sur le pont inférieur, avant de récurer le navire de fond en comble. Ils entendaient bien ne courir aucun risque.

Par le petit escalier, Alister et Will descendirent se mettre à l'ouvrage pour de bon.

Maya avait pu constater qu'Alister était un bosseur infatigable, mais il appartenait aussi à la famille des râleurs. À jet continu, il jurait et marmonnait des imprécations de toutes sortes, pendant qu'il montait sur le moteur les pièces récupérées sur la centrale. Le fait d'avoir à travailler vêtu d'une combinaison était l'incontestable numéro un de ses récriminations. Pour autant, il n'osa pas l'enlever – ni même d'ailleurs en évoquer simplement la possibilité.

La première fois que Maya consulta le panneau sur son avant-bras, son niveau d'oxygène était à 62 %.

La fois suivante, alors que le soleil était haut dans le ciel, il était tombé à 43 %. Le temps filait à toute allure. Tous les regards convergèrent sur Alister et Will quand ils remontèrent de la petite salle des machines.

— Nous sommes prêts, annonça Will.

Dans le poste de pilotage, Alister tapota le panneau de commande de ses doigts pleins de graisse, sans aucunement se soucier de salir l'habitacle poli et lustré.

— *Alea jacta est*, murmura-t-il en lançant le démarreur.

Sa tentative ne produisit que quelques cliquetis.

Alister leva les mains au ciel.

— Ce tas de ferraille est beaucoup trop compliqué ! Il a été fabriqué pour tomber en rade exprès, histoire d'en fourguer un autre au richard qui l'a acheté.

Toujours avec Will sur les talons, il redescendit pour s'escrimer encore sur la mécanique récalcitrante.

Maya trouva le regard d'Owen et sut immédiatement ce qu'il pensait : *Les choses ne se passent pas comme elles devraient.* Mais que pouvaient-ils faire hormis s'en remettre à Alister et Will – et attendre ?

En dépit de son jeune âge, Blair mesurait manifestement toute la précarité de leur situation. Sur son visage, on pouvait lire la peur que tout le monde éprouvait en s'efforçant de la dissimuler.

Maya avait l'impression qu'ils étaient tous piégés dans un bassin, condamnés à regarder le niveau de l'eau monter. D'ici peu, ils n'auraient d'autre choix que de retirer leurs casques. Et si d'aventure ils survivaient à cela, ils seraient toujours coincés sur l'île.

— Et si on lisait, Blair ? demanda Maya en montrant la tablette. Qu'est-ce que tu en dis ?

À l'intérieur de sa combinaison beaucoup trop grande pour elle, la fillette hocha la tête, l'amorce d'un sourire au coin des lèvres.

Si la lecture de Maya dans la radio importuna Alister, il n'en dit rien. Personne ne se plaignit. Sur la fréquence générale, on n'entendait que la voix de la jeune femme, que couvrait de temps à autre un bref soupir épuisé d'Alister ou Will.

Le panneau sur l'avant-bras de Maya indiquait 27 % d'oxygène quand les deux hommes remontèrent pour procéder à un nouvel essai. Comme la fois précédente, il n'y eut que quelques cliquetis.

Alister ne prononça pas une parole. Dents serrées, il replongea dans le ventre du bateau. Un instant plus tard, on entendit une série de coups furieux. Comme s'il cherchait à faire entendre raison au moteur en usant de la manière forte.

— Tu ne veux pas me laisser un peu d'espace ? hurla Alister. Je n'arrive pas à me concentrer avec ton souffle sur la nuque !

Du coin de l'œil, Maya aperçut Will qui reculait au fond du compartiment des machines.

— Je n'aime pas qu'on me regarde comme un animal au zoo, poursuivit Alister de sa voix qui saturait les ondes.

Après cette salve, Will remonta sur le pont pour attendre, un air résigné sur les traits.

Maya poursuivit sa lecture, agissant comme si tout allait pour le mieux.

Alister remonta une fois encore. Dans le poste de contrôle, il assena un petit coup sec sur le tableau de bord pour lancer le démarreur. À l'arrière, l'eau se mit à bouillonner à l'endroit où les énormes moteurs touchaient l'eau.

— On reste calme ! hurla Alister. On ne s'enflamme pas.

Il avait beau s'efforcer de ne rien montrer, Maya entendit nettement l'excitation derrière ses paroles.

L'embarcation fit une embardée et glissa dans l'eau. Les hélices lancèrent des vagues à l'assaut de la plage tout en écartant l'étrave de la grève.

Peu après, l'îlot rocheux aux flancs escarpés couverts de grands arbres s'éloignait. Ils étaient libres. Ils avaient réussi.

Maya se leva pour contempler l'endroit qu'ils quittaient. Il ressemblait vraiment au sommet d'une montagne entouré d'eau – et pas du tout à un paradis tropical. Aux yeux de la jeune femme, l'île dégageait surtout une aura d'irréalité. *Mais si étrange soit-elle, le sera-t-elle autant que ce qui nous attend ailleurs ?* se demanda-t-elle.

Owen assena une tape amicale sur l'épaule d'Alister.

— Je n'ai jamais douté de vous. Pas un seul instant.

Alister contint un ricanement.

— Vous êtes bien le seul. Moi, je n'ai pas cessé de douter.

— Félicitations, monsieur, dit Will, un sourire serein sur les lèvres.

— Au fond, vous êtes peut-être bon à quelque chose, dit Cara, les mains sur les hanches.

Maya vit des larmes qui roulaient sur les joues de Blair.

— Ça va, ma chérie ?

Elle hocha la tête.

— J'ai cru qu'on allait devoir rester là-bas. Je détestais cet endroit.

Les yeux de Maya croisèrent ceux d'Owen quand elle répondit à la fillette.

— Nous n'y retournerons jamais.

Troisième partie

La mer

Chapitre 28

Le bateau voguait vers le soleil couchant. Dans son sillage, l'île s'estompait, de plus en plus petite, comme avalée par l'obscurité qui chassait le soleil.

Tous les membres du groupe restèrent sur le pont principal, à attendre, toujours enveloppés dans leur tenue de protection. Chacun d'eux savait – et redoutait – ce qui allait arriver.

Owen consulta l'écran sur son avant-bras. Sa réserve d'oxygène était à 12 % de sa capacité et il n'y avait plus aucun moyen de la remplir.

Sur l'île, l'oxygène pur était leur sang, leur force vitale. Ils en avaient emporté une certaine quantité dans leurs bouteilles, mais c'était celle-ci qu'ils respiraient tandis que le bateau s'éloignait.

L'air était-il respirable ici, en mer ? Il fallait qu'il le soit.

À un moment ou un autre, il faudrait que l'un d'entre eux retire son casque pour déterminer s'ils pouvaient survivre. Restait une question qu'ils n'avaient pas abordée : à qui échoirait cette fonction de cobaye ?

Quand sa réserve tomba à 6 %, Owen se leva.

— Descendons à l'intérieur, dit-il.

Les autres s'exécutèrent sans rien dire. Ils savaient que l'heure était venue. Attendre l'ultime seconde du compte à rebours n'aurait servi à rien. La nuit les enveloppait. Seules les lumières du bord jetaient quelques lueurs alentour.

Owen attendit, suivant des yeux ses compagnons d'infortune dans l'escalier. Quand il fut seul sur le pont, il retira son casque en un geste rapide.

Maya pivota pour se précipiter vers lui, mais Alister la retint. Il avait eu un réflexe foudroyant, dont Owen ne l'aurait jamais cru capable. Elle se débattait pour s'arracher à sa prise. Derrière la visière de son casque, sa bouche articulait des cris qu'Owen n'entendait pas.

En la regardant bien en face, Owen inspira profondément.

Puis il attendit en se demandant si la douleur allait venir, si son sort allait être celui de Roman dans le tunnel de la grotte.

Il ne sentait rien d'autre qu'une brise fraîche sur son visage, les parfums iodés de la mer dans ses narines, et l'air vif et tonique dans ses poumons.

Maya leva les mains pour retirer son propre casque, mais Owen l'arrêta dans son élan d'un geste impérieux. Elle resta figée sur place.

Il remit son casque.

— Ce n'était pas ce qui était prévu, s'exclama-t-elle à la radio, d'un ton où perçait la colère.

— Je n'aurais pas pu regarder l'un d'entre vous courir ce risque. C'était la meilleure solution.

Maya le regarda dans les yeux.

— On ne s'était pas mis d'accord sur ce point.

— C'est fait, répondit-il simplement. Maintenant, je vais briquer le bateau au désinfectant. Ensuite, on ira découvrir ce qu'il y a plus loin.

Après avoir retiré sa combinaison pour la balancer tout au fond du bateau, Owen procéda à un récurage en règle de leur nouvel espace de vie. Un par un, les autres remontèrent respirer l'air frais, débarrassés eux aussi de leur lourde tenue.

Par ces premières inspirations, Owen avait l'étrange sensation qu'ils venaient tous de renaître à ce monde, libérés des sombres entrailles de cet antre souterrain dans lequel ils étaient tout à la fois reclus et protégés.

Maya s'approcha de lui, dans un coin à l'écart où les autres ne pouvaient pas les entendre.

— Ce n'était pas ce qui était prévu.

— Il n'y avait rien à prévoir. Il fallait bien que l'un d'entre nous prenne le risque. En parler n'aurait fait qu'ajouter du stress et de l'inquiétude. Je l'ai fait. C'est fini.

— Mais cette discussion ne porte pas sur ce qui est fait. Elle concerne ce qu'on fera. La prochaine fois. Quand il s'agira de prendre une initiative potentiellement fatale, on en parlera d'abord. D'accord ?

— D'accord, répondit-il avec un petit sourire.

— Je ne suis pas convaincue.

— Écoutez, dans mon boulot, courir des risques mortels pour faire ce qui doit être fait, sans en parler aux équipiers, c'est notre lot quotidien.

— Peut-être, mais votre boulot n'existe plus. Et selon Bryce, le monde qu'on connaissait n'existe plus non plus. Alors on fixe de nouvelles règles.

— D'accord, répondit-il en riant joyeusement.

— Très bien.

En dépit de ses déboires mécaniques, le bateau était un modèle assez sophistiqué. Dès qu'ils eurent entré les coordonnées GPS, le navire définit automatiquement un itinéraire, ainsi que des vitesses de déplacement calculées en fonction de la capacité des batteries et du rendement des panneaux solaires.

Il disposait même d'un abonnement à un service d'informations par liaison satellite, couvrant notamment la météo. Malheureusement, les données refusaient de se télécharger. Owen se demanda si les satellites météorologiques étaient toujours en orbite. Fort heureusement, les satellites GPS étaient opérationnels.

Une fois la nuit tombée, la lassitude s'empara du groupe. À présent que les dangers de l'île étaient derrière eux, les effets de l'adrénaline s'estompaient et la fatigue se faisait sentir.

On discuta un peu de l'organisation du couchage, mais une résolution fut vite arrêtée quand Alister réclama la parole en levant les mains.

— Écoutez, on le sait tous, je ronfle. Et fort. Vous m'avez tous entendu à la station. Lequel d'entre vous voudrait partager une cabine avec moi ?

Personne ne répondit. Blair se rapprocha de Maya pour glisser sa petite menotte dans une main plus grande. Maya la serra contre elle. Owen se demanda si Maya avait des enfants. Elle semblait si naturellement à l'aise avec la petite. Il se demanda si lui-même avait cette qualité. Il s'était toujours vu devenir père, mais l'occasion ne s'était jamais présentée. Il n'avait jamais rencontré la bonne personne. D'une certaine façon, son travail était son seul amour dans l'existence. Jusqu'à récemment tout au moins.

Après le petit discours d'Alister, ils se répartirent les couchettes. Alister hérita de la cabine de proue, la plus bruyante, celle contre laquelle venaient se fracasser les vagues. Il n'y avait qu'un lit, ce qui lui convenait parfaitement.

Owen et Will s'installèrent dans la première cabine aux deux couchettes étroites, tandis que Maya, Cara et Blair prenaient la plus grande chambre, celle avec le grand lit, un petit canapé-lit et la salle de bains.

Ils établirent un tour de garde. Alister allait prendre le premier quart, Will le deuxième et Owen le troisième et dernier avant le lever du soleil.

La journée avait été longue, mais Owen n'en éprouva pas moins le besoin d'ouvrir son livre – *Le Droit imprescriptible.* L'envie de lire quelques pages était aussi puissante que la gravité.

De son côté, Will s'allongea sur sa couchette, ferma les yeux, et son souffle se ralentit presque immédiatement. Owen se demanda si sa lampe allait gêner son compagnon de chambrée, mais le jeune homme ne broncha pas. Il dormait comme une souche.

La porte s'ouvrit doucement et le minois de Maya parut dans l'embrasure.

— Bonne nuit, murmura-t-elle avec un sourire – avant de s'évanouir telle une apparition.

Chapitre 29

Maya était convaincue qu'elle aurait du mal à s'endormir. Le bateau tanguait et roulait tout en filant vers ce lieu mystérieux donné par les coordonnées GPS, et ce roulis était aussi affreux que le fracas des vagues dans la cabine qu'elle partageait avec Cara et Blair.

Pourtant, à sa grande surprise, elle fut cueillie quelques instants seulement après s'être allongée, emportée dans un profond sommeil comme on en connaît seulement quand aucun souci n'obscurcit l'existence. Un repos né du soulagement, du poids des angoisses laissé sur l'île loin derrière eux.

Elle s'éveilla au bord du matelas. Quand elle s'était endormie, Blair était de l'autre côté, mais, au cours de la nuit, la fillette s'était rapprochée, encore et encore, jusqu'à se blottir toute serrée contre elle.

Doucement, Maya glissa un oreiller entre les bras de Blair, avant de se couler hors de la chambre pour monter sur le pont.

L'aube n'était encore qu'une lueur brumeuse sur l'horizon – que contemplait Owen, un petit sourire sur les lèvres.

— Bien dormi ? demanda-t-il d'un ton enjoué.

— Pas mal du tout, répondit-elle, avant de rester un instant à le fixer intensément. Oh non… Ne me dites pas que vous êtes du matin.

—Eh si, répondit-il en riant.

—C'est terrible.

—J'en conclus que vous aussi ?

—Les matins et moi, ça fait deux.

—Heureusement pour vous, je suis là pour veiller sur la tranquillité de tous.

Il lui présenta une ration dont l'emballage arborait le logo ARC.

—Et que diriez-vous d'un peu de gélatine verte pour le petit déjeuner ?

—Pile ce que j'allais commander.

Ils s'installèrent sur la banquette pour regarder le soleil se lever, tels deux jeunes mariés en voyage de noces que rien au monde n'aurait préoccupés. Dans l'esprit de Maya, c'était un moment parfait, tout en fluide sérénité. Si la chose avait été possible, elle aurait voulu qu'il dure à jamais.

Mais l'horizon apparaissait devant eux – avec bientôt des réponses et de la sécurité, espérait-elle.

—Hier soir, j'étais trop fatiguée pour penser à poser la question, mais combien de temps faudra-t-il pour rallier le point donné par les coordonnées GPS ?

—Six jours d'après le système de navigation du bateau.

—On aura assez de vivres ?

Owen esquissa une grimace.

—Tout juste. Il faudra sans doute rationner un peu, mais ça ne devrait pas être un problème.

—À condition qu'on trouve à manger à l'arrivée.

—Pas faux, répondit-il en hochant la tête avec gravité.

Ils restèrent silencieux un moment. Maya dégustait l'étrange substance pendant qu'Owen contemplait l'ascension du soleil sur l'horizon et la disparition de la nuit.

—Vous pensez à ce qu'on va trouver quand on arrivera là-bas, n'est-ce pas ? demanda-t-elle.

—Je suis si transparent que ça ?

—Un peu.

—Je vous envie cette faculté.

—De lire ce que pensent les gens ?

—Ouais. Je n'ai jamais su faire ça.

—Comment ça ? demanda Maya, la tête penchée sur le côté.

—Décrypter les expressions du visage, le langage corporel. Pour moi… c'est comme une langue étrangère. Quand j'étais petit, j'ai dû apprendre ces choses, comme une matière à l'école. Mémoriser des signes, des mimiques. Mais les expressions changent si vite… C'est comme des fiches de mémorisation plaquées sur le visage. Elles sont là et l'instant suivant elles ont disparu. Mais il faut quand même réussir à les associer à quelque chose qu'on a mémorisé et ensuite les décoder.

—Ça n'a pas l'air simple.

—Cela pourrait être pire.

—J'ai du mal à imaginer.

—C'est mon « insuffisance », comme disait ma mère. Parce que tout le monde a au moins une insuffisance. Mais elles sont toutes différentes et certaines sont moins lourdes à porter.

De sa poche, il sortit le badge qu'il avait trouvé dans l'enveloppe à son nom. C'était un insigne de soldat du feu, avec une bannière sur laquelle était écrite la mention « DIX ANS », entourée de trois autres inscriptions dans des cartouches agencés en cercle : « SERVICE », « INTÉGRITÉ » et « LA LIGNE ROUGE ».

—C'est pour ça que vous êtes devenu pompier ? Parce que votre insuffisance n'aurait aucune incidence dans ce domaine d'activité ?

—Non, répondit-il en poussant un lourd soupir. Certes, c'est l'une des raisons pour lesquelles ce boulot me convient particulièrement, mais si je suis devenu pompier… C'est pour une tout autre raison.

Elle sentit que la question le mettait mal à l'aise. Immédiatement, elle s'en voulut de s'être montrée si curieuse, si vite.

—Je…

—Vous m'avez demandé si je pensais à ce qui pourrait nous attendre à l'arrivée. C'était bien le cas. J'y ai pensé toute la matinée.

— Et donc, qu'allons-nous trouver selon vous ?

— Je dirais que c'est une autre installation ARC qui nous attend là-bas. Peut-être une station. Peut-être la station Jardin. Mon rêve, ce serait qu'on tombe sur une ville – une métropole classique, pleine de vie et d'activité, avec des gens prêts à nous aider.

— Ce pourrait être une autre île.

— J'espère bien que non. Les îles, j'en ai eu ma dose pour un moment.

— Si c'est une ville ou une station ARC, qu'est-ce qu'on va y trouver d'après vous ?

— Je n'en ai pas la moindre idée. J'espère seulement que ma mère m'attend là-bas.

À cette évocation, Maya repensa elle aussi à sa mère et sa sœur.

— Moi aussi.

Will apparut en haut des marches.

— J'espère que je ne dérange pas, dit-il en passant la tête dans l'embrasure.

— Pas du tout, répondit Owen en se levant pour attraper une ration toute prête.

— Ça vous tente un peu de gélatine verte ? demanda-t-il en la tendant au nouvel arrivant.

Will secoua la tête, un sourire sur les lèvres.

— Non merci. Je ne déjeune jamais le matin.

— C'est le repas le plus important de la journée.

— Pour certains, répondit Will de sa voix douce et tranquille. J'ai acquis la conviction que le métabolisme de chaque humain est unique et que les généralisations ne fonctionnent pas systématiquement. Pour ma part, quand je mange le matin, je me sens affamé et épuisé tout le reste de la journée.

— Vu comme ça, dit Owen en souriant, je suppose que ça fait plus de gélatine pour nous.

Quand Will se fut installé, Maya redescendit prendre des nouvelles de Blair et récupérer le journal qu'elle avait trouvé. Elle reprit place sur la banquette pour se plonger dans la lecture.

— Vous en êtes arrivée où ? demanda Owen.

Elle feuilleta rapidement ce qui lui restait de pages.

— J'en ai lu… un quart, à peu près.

— Qu'est-ce que c'est ?

— C'est le journal que tenait l'un de ceux que nous avons trouvés.

— À quel moment a-t-il été commencé ?

— Juste après leur réveil… dans une station quasiment identique à celle où l'on était.

Alister émergea à son tour du pont inférieur, le visage bouffi, l'air hébété. Il prit une ration et se mit à manger, installé sur la banquette en U.

— L'auteur du journal participait donc aux Jeux de l'Extinction ? demanda Owen en s'adressant à Maya.

— Oui.

— Dans une cohorte ?

— Oui. De sept participants. Exactement comme nous quand nous nous sommes réveillés – disons : avant que Roman sorte par le sas.

— Mais Alister et vous n'avez trouvé que deux personnes, n'est-ce pas ?

— Exact, répondit Maya.

— Et si ces deux personnes avaient localisé un fichier « Issue de secours »… Exactement comme nous. Un fichier qui les aurait menés jusqu'à notre île ? demanda Owen.

C'était une hypothèse à laquelle Maya n'avait pas songé. Elle n'avait rien lu à ce sujet dans le journal, du moins pas encore.

— Intéressant…, dit-elle. Et si c'est le cas, ils sont peut-être venus de l'endroit où nous allons.

— Exactement. Je crois que vous devriez lire ce journal à l'ensemble du groupe.

— Blair…

— Elle est petite, convint Owen en hochant la tête, mais elle se retrouve plongée comme nous dans ce monde étrange, dont on ne peut pas la protéger en permanence. Mieux vaut pour elle qu'elle en sache le plus possible. Pour sa propre sécurité. En toute honnêteté, viendra peut-être un moment où nous ne serons plus là pour veiller sur elle.

Chapitre 30

Quand Cara et Blair les eurent rejoints sur le pont, Owen se leva pour s'adresser au groupe réuni.

— C'est moi qui me suis chargé du dernier quart. Je vais donc vous faire un rapport. Le bateau a navigué toute la nuit sans le moindre incident. Les batteries ne sont jamais descendues en dessous des 50 %. Nous sommes à environ six jours de notre destination.

— Vous avez vu d'autres bateaux ? demanda Alister.

— Non. Pas une lumière à l'horizon. Ni bouée, ni phare. Et nous n'avons capté aucune transmission.

— Dites donc, une vraie nuit de folie, dit Alister.

— Je ne savais plus où donner de la tête, répliqua Owen.

— Si les six prochains jours sont pareils, reprit Alister, on va se barber.

— Après la station, je suis d'accord pour me barber un peu, dit Cara.

— En fait, intervint Owen en brandissant le journal découvert par Maya, il y a peut-être des choses intéressantes qui s'annoncent. Dans ce journal, un autre participant aux Jeux de l'Extinction raconte ce qu'il a vécu. Nous supposons qu'il a été écrit par l'une des personnes qui étaient dans le bateau. En tout cas, il peut nous donner des indications précieuses sur ce qui nous attend à l'arrivée. Des informations qui pourraient bien nous sauver la vie.

Il tendit le petit carnet à Maya.

— Comme je ne suis pas le meilleur lecteur qui soit, je vais demander à Maya de nous en faire la lecture.

— Est-ce que tout le monde est prêt à entendre la meilleure lectrice qui soit ? demanda Maya en riant.

Haut dans le ciel au-dessus de leurs têtes, le soleil commençait à chauffer. Maya s'installa à l'ombre des panneaux solaires, sur le pont que caressait la brise de mer, puis commença à lire à voix haute.

Jour 1

J'ignore qui lira ces lignes. J'espère que ce sera un historien plongé dans l'étude d'une époque où notre monde était au fond du gouffre – à la croisée des chemins où l'humanité aura réussi à faire demi-tour juste avant l'abîme et où elle aura survécu.

Aujourd'hui, vues de l'endroit où je suis, nos chances ne sont pas très brillantes. Au moment où j'écris ces lignes, je me sens en équilibre au bord du précipice, au fond duquel je ne vois que les ténèbres. Mais je veux croire qu'une lumière brille quelque part là-bas, tout en bas. Telle a toujours été ma philosophie. Croire en un futur meilleur est une aide précieuse, quoi qu'il arrive. Cela étant dit, je me prépare au pire. La mort, les épreuves – parce qu'il n'y a que des problèmes à trouver à l'extérieur de la station.

Permettez que je revienne en arrière.

Ce matin, j'étais dans un tube de verre dans la station 13. C'est ainsi qu'ils appellent ce bunker. Parce que, bien sûr, « station » est le seul nom qu'un groupe de scientifiques pouvait donner à un tel endroit. Moi, j'appelle ça un bunker. Or donc, ce bunker (ou cette station) est tout petit, avec un unique couloir, des pièces de part et d'autre et deux androïdes pour gérer les lieux. Reprendre conscience ici a été un choc, pour ne pas dire plus.

Ils nous ont demandé de tenir un journal des événements, d'écrire tout ce qui nous arrive. Pour le moins étrange. Qui écrit encore de nos jours ? Les caméras corporelles et autres capteurs biologiques sont plus précis et d'un emploi moins fastidieux. Apparemment, il y aurait quelques problèmes avec le stockage numérique. Ils peuvent construire des bunkers souterrains pilotés par des robots, mais ils sont incapables de protéger leurs données. Un mystère de plus...

Quand ils nous ont sortis du congélateur, ils nous ont donné des vêtements chauds avant de nous parquer dans une salle d'observation, où l'on a eu droit à un petit briefing. Ils ont parlé d'une « séance d'orientation », mais soyons sérieux : l'orientation, c'est pour les colonies de vacances et les briefings pour ceux qui sont confrontés au danger – ce qui est le cas des participants aux Jeux de l'Extinction. En tout cas, une chose est sûre : ce n'est pas un camp de vacances.

Pour la faire courte, notre monde n'existe plus. Il est fini. Disparu. En miettes. Au fond des toilettes.

Dans la salle, les réactions ont été aussi diverses que les gens étaient différents. Certains se sont effondrés. D'autres étaient si choqués qu'ils parvenaient à peine à bouger. Quelques-uns affichaient une expression du genre : « Je vous l'avais bien dit ! » ou : « Je le savais qu'on était en train de tout planter ! »

Cela étant, la version « Je vous l'avais bien dit » ne convient vraiment qu'à ceux qui se délectent de leur supériorité. Pour la majorité des humains, elle ne fait pas vraiment l'affaire. À ce stade, nous n'en étions qu'au premier coup au creux de l'estomac. Bien d'autres ont suivi.

La question que nous avons tous posée est celle à laquelle les sentinelles n'avaient pas vraiment une réponse satisfaisante à nous donner : comment le monde a-t-il bien pu s'effondrer ?

Ils restent vagues sur ce point, mais l'idée générale est qu'un groupe d'innovateurs et de scientifiques nourrissaient une vision pour notre monde et notre espèce qui ne cadrait pas tout à fait avec celle des grands leviers de pouvoirs – à savoir les gouvernements du monde entier. Cette nouvelle donne – « Le Changement » selon leur terminologie – aurait entraîné un chamboulement généralisé de toutes les sociétés du monde. Un bouleversement complet et radical.

« Le Changement »… Déjà, pourquoi un nom si minable ? Sincèrement, un scientifique de haute volée ne peut pas trouver un peu mieux que ça ? Comment des savants si forts pour inventer des trucs font-ils pour être si mauvais quand il s'agit de définir un titre intuitif et convivial ? Ou alors, c'est moi qui suis trop bête pour saisir tout le génie de ce nom : « Le Changement ». À moins que son ambiguïté réponde à un objectif spécifique : empêcher les simples d'esprit dans mon genre de comprendre ce qui se passe. Si c'est le cas, ça marche.

Le changement, donc. S'il y a bien une chose que je sais à son sujet, c'est que les gens au pouvoir ne l'aiment pas. Je ne suis pas scientifique, juste une petite main qui exécute ce que conçoivent les grands cerveaux, mais je sais que ceux qui sont tout en haut de la pyramide alimentaire n'apprécient pas qu'on chamboule la façon dont fonctionne ladite pyramide. Tout changement est dangereux pour eux. Il peut les faire descendre du sommet pour les ramener à la base – et à toute vitesse, encore. Apparemment, c'est ce genre de changement qui s'est produit.

Donc, c'est ainsi que le monde a couru à sa perte : à cause d'un désaccord au sujet de l'avenir. Un groupe avait une vision. L'autre groupe une vision différente. Comme indiqué ci-dessus, le groupe qui tentait de changer les choses n'était pas un parti politique. Ni même une assemblée de militants faisant signer des pétitions. Non, c'étaient des scientifiques. Des inventeurs. Et leurs créations avaient le pouvoir de tout changer – sans la permission des puissances installées ni le consentement des petites gens.

Ces scientifiques ont changé le monde. Et certains n'ont pas aimé. Ils se sont battus. Dans cette guerre, notre monde a été la victime collatérale. C'est comme ça qu'il a disparu, détruit par les combats entre deux groupes antagonistes qui n'avaient pas la même conception de l'avenir.

Que reste-t-il ? De ce qu'on nous a dit, il ressort que la planète où nous nous sommes réveillés n'est pas propice à la vie humaine. Mais attendez, ce n'est pas tout. Ce n'est même pas la pire nouvelle.

Non, la pire nouvelle, c'est que je fais partie de la solution à ce problème de monde en ruine. Il s'avère que l'entreprise ARC a réussi à sauver une fraction de la race humaine. Ces heureux élus attendent de pouvoir réoccuper le monde – dès qu'on aura trouvé le moyen. Et comment va-t-on trouver ce moyen ? En menant des expériences. En modifiant les humains de différentes façons avant de les relâcher sur la planète et d'observer comment ils vivent.

C'est le grand plan. Des essais. Des épreuves pour voir si l'on survit.

Sincèrement, j'espérais que le plan serait un peu plus consistant.

Ce n'est pas le cas.

Entendons-nous bien : je n'ai rien contre une approche fondée sur le tâtonnement, mais pas quand ma vie est en jeu.

Derrière leurs grands mots, leurs blouses blanches et leur sophistication, les scientifiques qui dirigent le monde ne sont en fait que des flambeurs au casino. Des joueurs qui ont fait de longues études. La science n'est pour eux qu'un outil pour tenter de deviner ce qui pourrait marcher. Ensuite, ils testent, analysent les résultats et formulent de nouvelles hypothèses. C'est un jeu de fléchettes. De temps en temps, s'ils ont assez de temps et de financement – assez de fléchettes –, ils mettent dans le mille. Les choses étant ce qu'elles sont, dans cette partie de fléchettes biologiques, il se trouve que c'est moi qu'ils lancent vers la cible. Une cible qui attend quelque part à l'extérieur de cette station.

Jour 2

À l'usage, il apparaît que la station (le bunker) n'est rien d'autre qu'une simple chambre froide. Impossible de rester ici. Il n'y a même pas de couchettes. Ni de réfectoire.

Elle a spécifiquement été conçue dans un but précis : nous faire partir d'ici. Vous voulez que les rats explorent le labyrinthe ? C'est simple, il faut qu'ils n'aient nulle part ailleurs où aller. Et aucune nourriture.

Après une nuit passée sur les couvertures dans la salle d'observation, nos ravisseurs-sauveurs robotiques nous ont donné à chacun trois rations, un GPS et les coordonnées d'une cache secrète censée contenir des provisions et d'autres instructions.

Je me demande si les grands pontes de ces Jeux de l'Extinction se divertissent à nous regarder, mais si c'est le cas, il y a de quoi s'interroger sur leur sens de l'humour. Pourquoi ? Parce que nous étions sept dans ma cohorte hier. Aujourd'hui, nous sommes sortis dans le monde. Nous avons trouvé une ville bombardée, des animaux étranges. Et le soir, trois d'entre nous étaient morts.

Tout a commencé par des maux de tête et des saignements de nez. Ensuite sont venues les pertes de mémoire. En quelques heures, ces trois malheureux ne savaient même plus qui ils étaient ni d'où ils venaient. C'était pour le moins perturbant. Pendant qu'on errait dans la ville, je crois que chacun de nous pensait la même chose. *Est-ce que je serai le prochain ? Est-ce que je vais être malade moi aussi ?*

La véritable question, c'est de savoir ce qu'est cette maladie. Elle me terrifie. Jusque-là, elle semble rester loin de moi. Peut-être que nous, les quatre indemnes, sommes le remède. Peut-être nous a-t-on administré une thérapie qui nous immunise. À moins que celle-ci nous attende à la cache secrète. Quoi qu'il en soit, nous y arriverons demain. Si on survit.

Owen leva la main. Maya arrêta sa lecture et reposa le carnet sur la table.

— Des céphalées. Le nez qui saigne. La mémoire qui se dérobe. Vous avez les mêmes symptômes qu'eux.

Maya prit une profonde inspiration.

— On dirait bien.

Cara se leva pour arpenter le pont nerveusement.

— On ne peut pas savoir.

— Les signes cliniques sont les mêmes.

— C'est vrai, dit Cara avec un hochement de tête. Mais les membres de cette cohorte n'ont pas survécu au premier jour. Or, nous sommes déjà au deuxième jour.

Owen examina son argument.

— Très juste. Et c'est une bonne nouvelle.

— On peut en déduire, dit Cara en choisissant soigneusement ses mots, que… les interventions pratiquées sur nous… sont peut-être meilleures que celles subies par cette cohorte antérieure. Peut-être sommes-nous guéris.

— Mais Maya a toujours des hémorragies nasales. Et des maux de tête, rétorqua Owen.

— Peut-être que ce qu'on m'a donné n'a fait que ralentir la maladie, dit Maya.

— Il y a un autre détail, intervint Alister. Maya, vos trous de mémoire ont démarré avant les Jeux de l'Extinction.

— C'est vrai. Peut-être que je figurais au nombre des premiers infectés. Voire… que le virus a commencé avec moi.

Chapitre 31

— Bien, dit Owen. Regardons dans le journal ce qui est arrivé à cette autre cohorte. On y dénichera peut-être des indices sur notre propre situation.

— Je suis d'accord, dit Maya.

Et comme personne ne trouva quoi que ce soit à objecter, elle rouvrit le carnet pour reprendre sa lecture.

Jour 3

À notre réveil ce matin, deux choses avaient disparu : la nourriture et l'un des membres de notre équipe. Alors, soit il s'agit d'une coïncidence, soit nous avons là un exemple de lien de cause à effet. Je suis suffisamment insensible pour avoir rapidement deviné la vérité.

Mes autres équipiers avaient des doutes.

En toute innocence, ils ont conclu que : la personne était partie, puis un charognard était venu voler notre nourriture. Ou l'inverse : un charognard avait volé nos provisions, puis la personne était partie – possiblement pour se mettre en quête d'autres vivres – sans avertir quiconque.

Ouais. Bien sûr.

J'ai supporté leur débat sur le cours probable des événements jusqu'à ce qu'ils arrivent à l'inévitable conclusion : Quelle importance ? On n'a plus rien à manger.

En conséquence, nous avons poursuivi notre chemin vers notre destination.

Nous avons dormi sous un pont. Comme le monde autour de nous, il était dur, gris et sur le point de s'effondrer. La nuit a été mauvaise et le sommeil plus qu'intermittent.

Ma dernière pensée avant de sombrer m'a fait éprouver des remords comme jamais. *Pourquoi n'y ai-je pas pensé : prendre la nourriture et filer ?* En ce moment même, celui qui a embarqué nos provisions dort le ventre plein. Et demain matin, il aura un petit déjeuner. Puis un déjeuner et un dîner – et tout un tas de repas encore. Il a vu ce qu'était l'avenir et agi en conséquence. Il nous a fait ce que nous serons peut-être obligés de faire à d'autres. Il a seulement fait preuve d'initiative.

Ce soir, il est le mal incarné.

Demain, ce sera un survivant.

Et le jour d'après ? Un visionnaire.

Je ne sais pas au juste ce qu'est le Changement, mais pour moi c'est ainsi que le monde s'achève. Le fort ne survit pas. C'est le fourbe qui survit. Ceux qui tranchent des gorges avant de s'éclipser. Voilà le monde dans lequel nous vivons désormais. Peut-être était-ce déjà celui dans lequel nous vivions, mais comme il y avait assez, nous ne nous en rendions pas compte.

Aujourd'hui, ce n'est plus le cas.

Jour 4

Au réveil, ma première pensée a été encore plus sombre. *Qu'est-ce que je loupe ? Quelle va être la prochaine surprise ?* Avec une chance et une seule de survivre, je veux être la personne qui surprend les autres la prochaine fois. Et non l'inverse.

Dans ce monde en ruine, on ne se fait surprendre qu'un certain nombre de fois. Après, c'est la mort. Cela m'est arrivé deux fois. Mon temps s'amenuise.

Pourtant, ce jour m'a encore réservé des surprises.

Voici à quoi ressemble le monde d'après le Changement :

Gris.

Désolé.

Vide.

Les rues n'ont pas de nom. Les panneaux ont disparu.

Des voitures sont en train de se transformer en épaves. Combien de temps s'est-il écoulé ? Qui sait ? Comment pourrions-nous calculer ? Le monde est comme un amas de vase gluante. C'est un monde qui se dissout dans les sables du temps. Qui s'érode et disparaît. Tous les endroits que nous voyons ne sont que des décombres. Tout est vieux. Fragile. Je n'ai vu aucun animal. Sont-ils tous morts ? Et, si oui, qu'est-ce que cela signifie pour nous ?

Notre destination se profile devant nous. Y trouverons-nous notre salut ?

Je suis cynique. Je vote « non ».

Nous nous sommes arrêtés pour souffler au bord de la route. Le silence est assourdissant. Le monde d'avant n'était jamais comme ça. Il y avait toujours du bruit.

Mon cœur est aussi dur et désespéré que ce monde, mais il y a une chose que même moi je dois reconnaître : il y a une personne dans notre groupe à laquelle je tiens. Non, pas de nom. Je ne sais pas qui lira ces lignes. J'ignore ce qui peut arriver. Mais je tiens à elle. Donc, il y a toujours ceci : quelque chose de vivant à l'intérieur de mon cœur.

Présentement, ce que je voudrais le plus, c'est vivre dans un monde où je pourrais aimer de tout mon cœur. Ce monde n'est pas celui dans lequel je suis.

Jour 5

Deux autres sont morts. C'étaient les plus solides. Que s'est-il passé ? Faut-il vraiment que je l'écrive ? Et pourquoi le faut-il ?

Je suppose que c'est toujours la même faiblesse qui me l'impose : croire en un monde meilleur, faire ce que je peux, quand je peux. Et donc, j'écris ces mots dans cet abri, en essayant de comprendre ce qui a bien pu se passer, en espérant que vous trouverez ce journal et qu'il vous aidera à survivre.

La ville est un monceau de ruines. Nous l'avons traversée sans faire assez attention. Idiots que nous sommes. Nous avons appris. À nos dépens.

À l'endroit correspondant aux coordonnées GPS, il n'y avait rien d'autre qu'un immeuble effondré. Les murs étaient d'un gris moucheté sur lequel poussaient des champignons et une herbe rase.

Nous arrivons trop tard. Telle fut notre première pensée.

Mais au point exact des coordonnées, nous avons repéré quelque chose qui nous attendait. Une écoutille, comme on en trouve à bord des sous-marins. Elle saillait du sol, semblable à quelque gigantesque champignon d'acier.

L'un de nous s'est avancé pour tourner le volant d'ouverture. Il est mort à la seconde où ses mains l'ont touché.

Une flèche l'avait transpercé. J'ai fait volte-face.

La femme à côté de moi est tombée – une flèche dans le cœur.

J'ai couru, droit devant, sans savoir où j'allais.

J'ai entendu des voix qui criaient à mon intention.

—Lâche tout ! Laisse tout ce que tu as !

J'ai obéi. J'ai abandonné tout ce que je transportais. Et j'ai couru. En y repensant maintenant, je crois que la seule chose qui me donnait la force de courir, c'était la personne qui courait à côté de moi. Si elle était tombée… j'aurais sans doute renoncé.

Nous avons couru. Ensemble.

J'ai arrêté quand j'ai eu l'impression que mon cœur était sur le point d'exploser. Les mains sur les genoux, je cherchais mon souffle.

Un des membres de ma cohorte est passé à côté à toute vitesse. Puis il s'est arrêté, a regardé par-dessus son épaule et s'est retourné vers moi.

—Ça va ?

—Oui. Juste à bout de souffle.

Le dernier membre vivant du groupe est arrivé sur ces entrefaites, lui aussi hors d'haleine. Il jetait des regards effrayés derrière lui. Nous étions tous morts de peur.

—Qu'est-ce qui s'est passé ? a-t-il demandé, d'une voix si haute que nous avons tous grimacé.

—Moins fort, ai-je grogné entre mes dents serrées. C'était un piège. Ils nous attendaient, ai-je précisé devant sa surprise. Avec des arcs et des flèches. Ils doivent encore être en train de nous traquer.

Il s'est accroupi en se tordant la nuque pour regarder derrière lui.

—Je ne crois pas, a-t-il dit après un instant de réflexion. Je crois qu'ils ont eu ce qu'ils voulaient. Ici, on est morts, sans nourriture.

Jour 6

La faim est notre ennemi. Elle chasse la nuit. Et m'empêche de dormir. Elle m'attend à l'aube, prête à rogner ce qui me reste d'humanité, animal sauvage qui ne respecte rien ni personne. Elle nous rend fous. Brutaux. Illogiques et aveugles.

Elle fabrique nos noires pensées.

Nous n'avons aucun but, rien d'autre que cette route enténébrée jonchée des ruines d'un monde qui m'est étranger.

Combien de temps s'est-il écoulé ? Je l'ignore. Trop ou pas assez ? Ce monde sera-t-il beau à nouveau ?

Apparemment, même les animaux sont partis se terrer.

Maya tourna la page et remarqua un décalage inattendu au niveau de la reliure. En passant son index au fond du repli, elle sentit les bords dentelés des pages qu'une main avait arrachées.

Elle passa à la page suivante, où se poursuivait le récit manuscrit.

— J'ai l'impression que des pages ont disparu, dit-elle.

— Pourquoi quelqu'un aurait fait ça ? demanda Owen.

— Si ça se trouve, ces pages manquantes avaient déjà disparu quand la personne a commencé à écrire dans ce carnet, dit Alister.

Maya songea que c'était une remarque bien étonnante.

— Continuez, intima Cara. On aura peut-être l'explication.

Et sur ce conseil, Maya poursuivit sa lecture, tandis que le bateau voguait sur la mer, que le soleil montait dans le ciel et que la brise faisait voleter ses cheveux.

Je ne sais même plus quel jour nous sommes. Cela fait déjà un moment que j'ai arrêté de compter. Ce que je peux vous raconter, c'est ce qui s'est passé depuis la dernière fois que j'ai écrit ici : nous avons été secourus. Du moins, c'est ce qu'on veut nous faire croire.

Nous nous sommes réveillés entourés de types vêtus de combinaisons. Ils nous ont proposé des rations alimentaires, que nous avons avalées goulûment.

Une fois l'estomac plein, on a prêté une oreille réceptive à leur proposition suivante : les rejoindre dans leur camp.

Un endroit qui vaut le détour. Ils l'appellent « La Colonie ». On dit que c'est la dernière ville sur la planète. On y trouve tout : des fermes, des écoles et, plus important encore, des défenses contre tout ce qu'on a pu croiser ici.

La Colonie n'a qu'un seul but : réunir la race humaine. Et je dois bien dire que c'est la tâche la plus importante de mon existence. J'ai accepté de jouer les éclaireurs chez eux. Le boulot est simple : je sors du camp et je cherche des gens. C'est exactement ce que faisaient ceux qui nous ont sauvés.

J'ai mené ma première mission auprès de l'équipage d'un bateau. La Colonie surveille les îles aux alentours. Elle a obtenu de bons résultats (et connu quelques ennuis). Je ne vais pas donner un compte-rendu exhaustif de tous mes déplacements (pour des raisons évidentes), mais je tiens à livrer ici une dernière information : la position de la Colonie. Si vous lisez ces lignes et que vous ayez besoin d'aide, vous pouvez aller là-bas. Vous y trouverez de braves gens, prêts à vous aider.

— Voilà, c'est tout, dit Maya. Le journal se termine sur ces fameuses coordonnées.

— Est-ce qu'elles correspondent à celles de l'Issue de secours ? demanda Owen.

— Non. C'est une autre localisation.

Chapitre 32

Plongé dans ses réflexions, Owen arpentait le pont, l'esprit aux prises avec toutes les informations données par le journal, dans lesquelles il essayait de voir clair. Honnêtement, le petit carnet soulevait plus de questions qu'il n'apportait de réponses. Rien de neuf sous le soleil…

Dans un coin de son esprit, une considération dominait toutes les autres : sa mère. Était-elle toujours de ce monde ? Comment pouvait-elle avoir survécu à l'effondrement général ? Si les Jeux de l'Extinction l'avaient enrôlée elle aussi et qu'elle se soit réveillée dans ce monde d'après, Owen ne pensait pas qu'elle ait survécu. Sa meilleure chance était incontestablement qu'elle ait trouvé refuge à la Colonie. Mais combien de temps s'était-il écoulé ? Si le journal donnait une indication fiable du temps passé depuis le Changement, elle avait pu y vivre et y mourir des générations auparavant.

La triste réalité était qu'il ne pouvait pas faire grand-chose pour l'heure. Et se faire un sang d'encre n'arrangerait rien à l'affaire.

Alister se leva du divan de cuir blanc sur lequel il était installé.

— Bon, je vais dire ce que tout le monde pense : on change de cap et on file à cette Colonie.

— Ce n'est pas ce que je pense, dit Maya, les yeux fixés sur le journal.

Alister haussa les épaules.

— Et pourquoi ? C'est exactement ce qu'on cherche : un moyen de survivre. (Il écarta largement les bras comme pour donner du poids à ses paroles.) Ils veulent même rebâtir la race humaine – tout comme la société ARC Technologies et les Jeux de l'Extinction que nous adorons tous. Et puis, gardons en tête l'évidence : quand ces nigauds du journal se sont rendus à la position de l'Issue de secours de leur station, ils se sont fait dézinguer. Transpercés par des flèches, bon sang de bois. Et tous leurs vivres ont été volés. C'est exactement ce qui nous attend à la position de notre Issue de secours.

— On ne sait pas, dit Will.

— Ce qu'on sait, reprit Alister, c'est qu'on a deux destinations. L'Issue de secours, dont on ignore tout. Et la Colonie, qui est un paradis. Et n'oublions pas, la seule autre Issue de secours dont on ait entendu parler était un piège. Mortel. Pour ce qu'on en sait, la position de leur Issue de secours pourrait bien être la même que la nôtre. (Alister dévisagea tous les autres membres du groupe.) Est-ce que ça n'allume pas une petite alarme chez vous ? Allô ? Les interventions qu'on a faites chez vous tous, c'était peut-être l'ablation du bon sens.

— Et la vôtre vous a peut-être rendu crédule, prêt à croire tout ce que vous lisez, répliqua Will d'un ton tranquille.

Alister chancela sous l'assaut.

— Qu'est-ce que ça signifie ?

Will inclina la tête sur le côté.

— Que nous devrions sans doute envisager la plus évidente des options : que ce journal est un faux. Qu'il constitue lui-même un piège.

Cara tourna la tête pour contempler l'océan.

— Non. Je crois à son authenticité. Au moins en partie. La voix… La façon dont la personne écrit. Tout cela est trop sincère, trop vrai pour que ce soit une invention.

— Je pensais aux coordonnées, dit Will. Voyez la situation dans sa globalité : si vous êtes un pirate sur ce monde en ruine, vous n'avez que deux possibilités pour mener vos pillages. Soit vous chassez, soit vous tendez des pièges. Or, la chasse est inefficace. Mais si l'on en croit ce que raconte le journal, quelqu'un avait bien monté une embuscade à l'Issue de secours de cette cohorte. On attendait sur place que des malheureux se présentent pour les voler. Nos propres coordonnées peuvent très bien déboucher sur le même résultat. Quand on pose un collet, encore faut-il que quelqu'un vienne. C'est pourquoi les pirates peuvent lancer ces… ces bouteilles à la mer. Ils en envoient partout dans le monde, comme des appâts, et ils attendent que des désespérés comme nous rappliquent. Des gens qui ne cherchent qu'à se sauver… Pour ce qu'on en sait, le journal trouvé à bord de ce bateau peut très bien être l'œuvre de pirates.

Maya posa le journal sur la table.

— Will parle juste. Très juste même. N'oublions pas non plus que nous ignorons de quand date ce journal. Quand a-t-il été écrit ? Si ça se trouve, la Colonie n'existe plus aujourd'hui. Ou alors, elle est tombée sous la coupe de gens beaucoup moins accueillants.

Alister secoua la tête.

— Nous savons que ce journal est relativement récent. Les corps que nous avons trouvés n'étaient même pas décomposés.

— Parce qu'ils étaient à l'intérieur de leurs combinaisons, intervint Owen, privés de tout oxygène. Elles ont agi comme des capsules de conservation en minimisant l'oxydation. De plus, comme l'a souligné Will, nous ne sommes même pas réellement certains que c'est l'un d'eux qui a écrit le journal.

Alister leva la tête vers le ciel.

— D'accord… Nous en sommes donc à formuler des hypothèses sur la préservation des cadavres et l'existence de pirates littéraires semant des journaux intimes pour appâter leurs victimes. Tout cela ne sert à rien. On ferait mieux de passer directement à la conclusion et de filer à la Colonie pour nous la couler douce.

— Non, c'est trop suspect, dit Will. Je ne le sens pas.

— Je dois bien dire que je suis assez d'accord, l'appuya Maya. Il y a quelque chose qui me chiffonne, même si je n'arrive pas à déterminer quoi.

Cara joignit l'extrémité de ses doigts.

—Pour moi, la décision est simple. Nous avons deux destinations – aussi inconnues et risquées l'une que l'autre. Mais nous avons des raisons de penser que la Colonie pourra davantage nous offrir ce dont nous avons besoin que l'Issue de secours. Et puis, si on accorde un quelconque crédit à cette partie du journal, nous avons aussi de bonnes raisons d'éviter l'Issue de secours. Je vote pour aller à la Colonie.

Alister se tourna vers Owen.

—Cela fait donc deux voix pour la Colonie et deux pour l'Issue. Et pour vous, Owen ? Faites un choix judicieux.

Owen n'aimait pas sentir la pression sur lui. En outre, il avait lui aussi le sentiment que quelque chose ne tournait pas tout à fait rond. C'était la même sensation que celle qu'il avait eue dans la salle d'observation quand Roman les manipulait tous en les incitant à parler d'eux, juste avant de tuer Bryce. Ou de le détruire, plus exactement.

Mais que se passait-il au juste ?

—Je conteste le postulat de départ, répondit Owen d'un ton posé.

—Quel postulat ? rétorqua Alister.

—Qu'il nous faut faire un choix là, tout de suite.

—Bien sûr qu'il le faut, s'exclama Alister. Nos vivres sont limités. Il faut entrer les coordonnées de la Colonie, il faut changer de cap. Immédiatement.

—Nous avons autre chose, poursuivit Owen. Quelque chose qui peut nous aider à faire un choix. (Il laissa filer un instant de silence.) L'information.

Alister éclata de rire.

—Je ne comprends pas.

—Nous avons une information sur le monde d'avant, dit Owen. Une information qui peut nous aider à orienter notre action. Elle est là, devant nous, et nous serions bien avisés de l'examiner avant de prendre une décision.

—Je ne vous suis pas, dit Will avec une mimique.

—Cette information est en chacun de nous, expliqua Owen. Ce sont nos histoires respectives. Nous avons tous un récit sur la façon dont le monde s'est écroulé. Nous l'avons tous vu sous un angle différent. Et puis, chacun a sa propre histoire – d'où il vient, ce qu'il faisait avant le Changement. Dans toutes ces données, peut-être trouverons-nous un indice sur la véritable nature des Jeux de l'Extinction, sur les agissements d'ARC Technologies – peut-être sur la Colonie elle-même.

Alister se laissa tomber sur le divan, avant d'enfouir son visage dans ses mains.

—Alors c'est ça votre solution ? Qu'on partage nos souvenirs ? Mais quelle perte de temps !

—Non, répliqua Owen d'une voix ferme. Ce n'est pas ça. C'est la chose la plus importante que nous puissions faire maintenant. (Il s'avança sur le pont principal et parut en plein soleil.) Réfléchissez : pourquoi cette cohorte est-elle morte ?

Alister releva la tête.

—Vous plaisantez ? Les arcs, les flèches ? La nourriture volée ? Le virus étrange ?

Son regard glissa du côté de Maya.

—Non. Ça, c'est le comment. Pas le pourquoi.

Maya leva la main pour capter l'attention d'Owen.

—Je donne ma langue au chat. Pourquoi ils sont morts ?

—Parce qu'ils se contentaient d'avancer dans le labyrinthe. Entre le moment où chacun d'eux est sorti de son tube et celui où ils ont été tués, capturés ou secourus, ils n'ont fait qu'une seule chose : tenter de survivre.

—Ça me paraît être un bon plan, dit Alister.

—Regardez où ça les a menés, répliqua Cara en se penchant en avant, les coudes posés sur la table. Qu'est-ce que vous proposez au juste ?

—Je propose qu'on prenne un autre chemin. Selon moi, il y a une question fondamentale à laquelle nous devons répondre : qu'est-ce que le Changement et qu'est-il arrivé au monde ? Quand nous en aurons une idée précise, nous serons mieux armés pour savoir quoi faire. Peut-être même saurons-nous où aller et à qui faire confiance.

— Merveilleux ! s'exclama Alister. C'est génial. Pourquoi est-ce que je n'y ai pas pensé ?

— C'est simple, dit Owen. Nous étions lancés sur la même trajectoire qu'eux : chercher à survivre un jour de plus. On sait comment cela a fini. Ils sont morts parce qu'ils se sont trahis mutuellement. Ils n'avaient aucune confiance les uns dans les autres – en partie parce qu'ils ne se connaissaient pas. Ils n'avaient pas partagé leurs histoires respectives. Ils ne se reconnaissaient pas les uns dans les autres. Maintenant, imaginez s'ils avaient pris le temps de se connaître. Qu'auraient-ils appris ? Auraient-ils pu avoir un autre destin ? (Owen marqua une pause.) Si vous voulez mon avis, leur première erreur a été de ne pas agir comme une équipe. Dès que la situation s'est compliquée, ils ont joué chacun pour soi, sans jamais collaborer. Et nous, si nous n'apprenons pas à nous connaître, à travailler en équipe, alors nous pourrions bien subir le même sort.

Chapitre 33

Le groupe resta silencieux un long moment. Un vent léger parcourait le bateau. Les moteurs ronronnaient doucement. Les vagues venaient se briser sur la coque.

L'esprit de Maya chancelait, submergé par les révélations du journal et la discussion entre eux tous. Pour ce qui était du choix de la destination, elle devait bien admettre qu'elle était pour le moins partagée.

Elle savait qu'elle allait avoir besoin de soins médicaux. Très bientôt. Et puis, plus encore, elle voulait savoir ce qui était arrivé à sa mère et sa sœur. Étaient-elles à la Colonie ? Avaient-elles survécu à la Chute ?

Ne pas avoir tous ses souvenirs était un peu comme se retrouver à bord de ce bateau sur l'océan : perdue et sans amarres, privée de tout repère pour se guider. C'était une sensation profondément perturbante et impossible à décrire. Pour autant, elle avait un point d'ancrage devant elle, solidement campé sur le pont, décidé et sûr de lui. Un phare dans la nuit qu'elle ne quittait pas des yeux.

Owen croisa son regard et un léger sourire fleurit sur ses lèvres. Maya savait qu'il devait être en train de s'efforcer de décrypter son expression, de se faire une idée de ce qu'elle pouvait bien penser.

D'une certaine façon, ils étaient unis par un trait commun, une limitation psychique difficile à déceler pour les autres, mais dont eux-mêmes étaient infiniment conscients. Pour Owen, c'était de ne pas savoir décrypter les sentiments et les pensées des autres, d'être dans le noir dans ses relations avec eux. Pour Maya, c'était de ne plus rien connaître de son passé, d'être seule face à un trou noir au sujet de sa vie d'avant.

D'un certain point de vue, ils erraient ensemble dans l'obscurité. Maya ne connaissait pas Owen depuis bien longtemps, mais elle se sentait unie à lui par un lien puissant. Ce n'était pas uniquement le fait qu'il ait été celui qui l'avait réveillée et sortie de son tube à la station. C'était plus profond, un sentiment qu'elle éprouvait – sans avoir les mots pour le décrire. En tout cas, cela ne la dérangeait pas d'errer en sa compagnie dans l'obscurité. Tout paraissait plus réalisable avec lui à ses côtés.

Une question lui traversa l'esprit. *Est-ce que j'avais un Owen dans ma vie avant la Chute ? Est-ce que c'est nouveau pour moi ?*

Plus encore, elle se demandait si lui-même ressentait la même chose. À cet instant, elle eut un aperçu fugace de ce que la vie pouvait être pour lui, à toujours se demander ce que les autres pensaient.

D'ici peu, il faudrait qu'elle en ait le cœur net. Elle sentait que ce temps à bord du bateau pourrait bien être son unique chance. Ce qui les attendait après était beaucoup plus incertain. Elle voulait savoir à quoi s'en tenir avec lui avant que la terre ne soit en vue.

Alister se leva pour marcher jusqu'au poste de pilotage. L'espace d'une seconde, Maya crut qu'il s'apprêtait à entrer les coordonnées de la Colonie pour modifier leur destination.

Au lieu de cela, il se retourna d'un bloc pour faire face à Owen.

— Qu'est-ce que vous proposez exactement ?

— Simplement que l'on partage nos histoires respectives, répondit Owen en tendant les mains devant lui, paumes vers le ciel. Que l'on voie si tous ensemble on peut comprendre ce qui se passe. Après, on pourra décider où il faut aller. La Colonie ou l'Issue de secours.

Tout à coup, Maya sentit une vague d'angoisse passer sur elle. Comme elle n'avait aucun souvenir de sa propre histoire, elle allait être le membre du groupe le moins intéressant, celle dont la contribution serait la moins utile. À cet instant précis, un mal de tête s'installa sous son crâne.

Alister s'adossa au double siège du poste de pilotage et croisa les bras.

— D'accord, mais faisons vite. Chacun de nous sait ce qu'il a à faire.

— Je vais commencer, dit Owen.

Alors qu'elle s'attendait à ce qu'il entame son récit, Maya eut la surprise de le voir disparaître par l'escalier en direction des cabines. Peu après, il remonta avec l'enveloppe sur laquelle était écrit son nom, trouvée au centre de commandement de la station 17.

Owen brandit son enveloppe de papier brun.

— Ils en ont laissé une à chacun d'entre nous. Excepté Alister.

Ce dernier inspira bruyamment. Maya n'aurait su dire s'il s'était senti insulté ou s'il était simplement agacé. Toujours est-il qu'il n'appréciait pas qu'Owen souligne cet état de fait. Une nouvelle fois, Maya eut la nette intuition que cette absence d'enveloppe était un indice important. Mais que pouvait-il bien signifier ?

Owen plongea la main à l'intérieur de l'étui de papier.

— La question qui se pose est de savoir pourquoi on nous les a données. Apparemment, pour survivre, on n'a pas besoin des objets qu'elles contiennent. À moins, au contraire, que ceux-ci soient essentiels. En réalité, je crois que ce sont des pistes qui nous ont été remises. Des objets destinés à nous aider. Les interpréter – et comprendre ce qu'ils signifient pour nous – pourrait bien être vital.

Owen sortit sa main de l'enveloppe pour montrer à tous l'insigne de pompier. C'était un petit badge rond, du genre qu'on épingle au revers de sa veste. Il fit le tour du pont pour le montrer à tous, ses cheveux doucement agités par le vent, le soleil éclatant derrière lui.

Au centre de l'insigne, il y avait un casque de pompier, une échelle et encore autre chose que Maya ne put distinguer. Sur le pourtour, trois phrases étaient inscrites dans des cartouches : « LA LIGNE ROUGE » au sommet, « SERVICE » sur la gauche et « INTÉGRITÉ » sur la droite. Et la mention « DIXANS » était inscrite dans une petite bannière.

— On est très contents pour vous, railla Alister. C'est une excellente idée que chacun expose ses petits trophées pendant que le monde part à vau-l'eau.

Owen lâcha son insigne, le regard braqué sur Alister. Maya s'attendit presque à ce qu'il lui mette une droite. Puis il souffla longuement et sembla maîtriser sa pulsion.

Alister se trémoussait, à la fois inquiet et mal à l'aise.

— Ce n'est pas mon insigne, annonça Owen d'une voix posée. Bien sûr, j'en possède un, quinze ans de service. Mais celui-ci, il m'a été donné il y a une trentaine d'années – et il a changé ma vie.

Il croisa les bras sur son torse et inspira profondément.

— Enfant, je voulais devenir astronaute, reprit-il. Je rêvais d'explorer l'espace. (Un sourire vint flotter sur ses lèvres.) J'aurais été prêt à accepter n'importe quoi pour aller tout là-haut. Exploitation minière des astéroïdes, entretien mécanique des navettes. N'importe quel boulot. Je voulais porter une combinaison et flotter dans le noir. Me réveiller chaque matin en sachant que m'attendait une journée pleine de danger, de merveilles et de nouveautés. Je me voyais déjà en train de faire des découvertes qui allaient tout changer.

Son expression s'assombrit.

— C'était probablement la carrière parfaite pour moi. J'ai toujours été grand pour mon âge et fort physiquement. J'avais des réflexes et j'excellais dans tous les sports. Et puis, j'avais aussi une bonne intelligence visuo-spatiale, ainsi qu'une réelle aptitude à la résolution de problèmes et la reconnaissance des formes.

— On a pu s'en rendre compte, dit Maya.

— Oui. Mais je souffre aussi d'une énorme insuffisance. Je ne sais pas lire les expressions sur les visages, ni le langage corporel. Je ne sais pas décrypter les gens. Aujourd'hui encore, c'est une carence dont je ne me suis pas défait. Dans l'espace, elle n'aurait eu aucune importance. D'ailleurs, c'était peut-être une part de ma motivation. Dans l'espace, on lit surtout des mesures informatiques.

Owen reprit l'insigne et l'examina un instant, luisant sous les rayons du soleil de la mi-journée.

— C'est étrange la façon dont on voit la vie quand on est enfant. Et la façon dont tout change en un instant. Le jour où j'ai eu ce badge, j'étais allé à l'école. Ensuite, j'avais joué dans le jardin. Le soir, j'avais mangé avec ma famille. Toute ma famille – ma mère, mon père et ma grande sœur. Pour la dernière fois. Puis je suis allé me coucher, dans cette maison où je ne devais plus jamais vivre ensuite. C'est une quinte de toux qui m'a réveillé. Les yeux me piquaient quand je les ai ouverts. La fumée était si épaisse qu'on aurait dit une couverture qui m'enveloppait jusqu'à m'étouffer. Il y avait des cris. Je me suis levé et j'ai appelé. C'était comme si la fumée avalait mes mots. Je n'arrivais pas à rester immobile tant le sol était brûlant. Je me souviens encore de la panique. De l'insupportable chaleur qui me remontait le long des jambes. J'ai ouvert la porte de ma chambre et le souffle brûlant m'a frappé comme si un mur s'abattait sur moi. J'ai hurlé. Quelqu'un m'a attrapé et serré contre lui. J'avais le visage contre sa tenue. Une toile rugueuse qui frottait contre ma peau comme du papier de verre. Ma main s'est refermée sur ce que je croyais être un bouton de la tenue du pompier.

Owen leur présenta sa main sur lequel était posé l'insigne.

— En réalité, c'était cet objet. Il était brûlant quand je l'ai pris, mais je m'y suis accroché de toutes mes forces parce que je craignais de m'enflammer instantanément si je tombais sur le sol.

Owen fit tourner le badge entre ses doigts, comme si le fait de le toucher sous toutes les coutures allait faire resurgir le reste de l'histoire.

— Arrivé sur l'avant de la maison, le pompier m'a reposé par terre dans un mouvement doux, mais plein de vivacité. J'étais toujours accroché à lui et il m'a écarté. Son insigne est resté au creux de ma main. Il ne s'en est même pas rendu compte. Il a tourné les talons pour repartir en courant à l'intérieur. Il était seul sur place. Je crois qu'il habitait dans le voisinage. La maison était sur le point de s'effondrer. C'est ça qui a coûté la vie à mon père et ma sœur, piégés à l'intérieur. Quand il est ressorti avec ma mère, la maison n'était plus qu'un tas fumant. Les camions sont arrivés quelques secondes plus tard. À ce stade, il y avait du monde partout. Des médecins, des pompiers. C'était dément.

Owen prit une profonde inspiration, les yeux fixés sur son souvenir.

—Le type qui m'avait sorti est venu voir comment j'allais. Il était couvert de suie et de poussière. Sa tenue était déchirée et brûlée par endroits. J'étais enveloppé dans une couverture, en état de choc. J'arrivais à peine à parler. Je lui ai tendu l'insigne pour le lui rendre. Il l'a regardé un instant, interloqué. Je crois qu'il était stupéfait qu'il soit en ma possession. Garder le contact avec cet insigne n'était sans doute pas la première de ses priorités cette nuit-là. Il a regardé notre petite maison réduite à l'état de décombres carbonisés, avant de repousser ma main. « Garde-le, petit », a-t-il dit. Ce sont les seuls mots que je l'ai entendu prononcer. L'instant d'après, il était parti. Je n'ai jamais su son nom. Je crois qu'il avait vu en moi un gamin qui avait tout perdu – un père, une sœur, tous ses jouets, ses affaires, un endroit où vivre – et qu'il n'avait pas eu le cœur de me priver encore d'un objet. À cet instant, ce badge était l'unique chose qui me restait. Avec ma mère.

Owen remit l'insigne dans sa poche.

—Cette nuit-là, j'ai décidé que je ne voulais plus être astronaute. Je voulais porter un autre genre de tenue. Je voulais être ce type – celui qui s'élance dans une maison en feu quand personne d'autre ne s'y risquerait. Je voulais être celui qui arrive au milieu de la nuit quand personne d'autre ne vient. J'ai compris cette nuit-là que je pouvais faire ça. Que je pouvais apporter quelque chose. Peu importait que je ne sache pas décrypter les visages. Je savais voir la logique derrière les choses, les schémas qui échappaient aux autres. Je pouvais devenir pompier. Et être bon dans mon métier. Cette pensée obsessionnelle m'a donné un but sur lequel me concentrer. Et j'en ai eu besoin dans les jours et les semaines qui ont suivi. Ils nous ont gardés quelques jours à l'hôpital. Ma mère était en bien plus mauvais état que moi. Par la suite, nous sommes allés vivre chez mon oncle et ma tante. Je portais l'insigne à l'école, même quand les autres se moquaient de moi. Je le portais à l'intérieur de mon tee-shirt quand je m'entraînais.

Et je le portais chaque jour à l'intérieur de ma tenue pour travailler. Il me rappelait ce que je voulais être. Ce pour quoi je m'étais engagé.

Owen se mit à marcher, comme pour trouver les mots qu'il allait dire ensuite.

—Avant que je me réveille ici, j'avais commencé à avoir des doutes. Je me demandais si pompier était bien le métier que je voulais encore exercer.

Cette révélation surprit Maya.

—Mais pourquoi ? demanda-t-elle.

Il concentra toute son attention sur elle.

—Le métier a changé. Quand j'ai commencé, les robots-pompiers n'existaient pas. Nous combattions les feux à peu près de la même façon que devait le faire le type qui m'a sauvé quand j'étais enfant. Les drones d'évacuation sont devenus des éléments essentiels du travail, notamment pour sortir les gens des étages élevés des immeubles. Puis les robots sont arrivés. Chaque année, la part du travail humain diminuait.

Owen leva les deux mains pour indiquer par un geste qu'il acceptait une concession.

—D'accord, je crois qu'il y a du bon dans cette évolution. Que les machines s'occupent de la partie dangereuse, c'est logique. Mais ce n'était pas tout à fait ce que j'avais imaginé. C'est étonnant de voir à quel point notre esprit reste fixé sur la vision qu'on pouvait avoir d'une situation à venir. Si les deux ne coïncident pas, nous sommes récalcitrants, même si la réalité est préférable à l'image projetée. C'est ce qui est arrivé pour moi. Chaque année, je voyais mon rôle qui s'amenuisait. Je devenais un *baby-sitter* humain pour robots et IA. Je me sentais presque dans la peau d'un acteur en costume, une lointaine résurgence d'une époque révolue où les humains faisaient le boulot.

Il marqua une pause.

—J'étais sur le point de reconsidérer toute ma vie professionnelle quand la Chute est survenue. J'étais à la croisée des chemins.

De nouveau, il glissa la main dans l'enveloppe pour en sortir son livre de poche – *Le Droit imprescriptible*.

— Le matin du jour du Changement, j'ai parlé de tout ça avec ma mère. Elle m'a donné ce livre. C'est la dernière chose qu'elle m'a remise. Comme l'insigne, ce livre est la dernière chose qui me vient d'une personne qui a énormément compté dans ma vie. J'ai reçu ces deux objets à des moments qui sont des points de bascule de mon existence. L'un d'eux a été un phare qui m'a guidé. Malgré moi, je vois un certain sens dans tout cela, même si je ne saisis pas encore l'importance du livre.

— De quoi parle-t-il ? demanda Cara.

— De psychologie essentiellement. De la compréhension de notre esprit, de l'importance de vivre en harmonie avec nos points forts et nos points faibles.

Maya vit Alister lever les yeux au ciel, mais il ne fit aucun commentaire.

— La chose étonnante, reprit Owen, c'est que quelques instants après que j'ai reçu ce livre – après avoir vu ma mère pour la dernière fois – ma vie est comme revenue au point de départ. J'ai tenu le rôle que j'imaginais quand je voulais devenir pompier. J'étais la ligne rouge – celui qui sauve un enfant en le sortant d'un bâtiment en flammes.

Ses yeux trouvèrent ceux de Maya et elle sut qu'il hésitait à en dire plus, de crainte de la blesser par ses paroles. Parce que l'enfant dont il était question n'était ni plus ni moins que sa sœur à elle.

— Dites-leur, dit-elle.

Owen hocha la tête.

— Le jour du Changement, je suis parti en intervention sur une alerte au gaz. Les choses sont arrivées très vite. Le bâtiment a pris feu. J'ai sauvé une jeune fille des flammes. J'étais en train de donner l'ordre d'évacuer l'immeuble quand un robot-pompier nous a attaqués, mon équipier et moi. Ce jeune homme s'est sacrifié pour me permettre de m'échapper avec la fille – dont j'ai appris par la suite qu'elle était la sœur cadette de Maya.

Toutes les têtes se tournèrent vers elle. D'un signe de tête à l'intention d'Owen, elle l'invita muettement à poursuivre.

— Je me refuse à penser qu'il puisse s'agir d'une coïncidence, même si comme pour le livre je ne sais pas encore ce que ce fait peut signifier. Tout ce que je sais, c'est que ce jour-là, en la sauvant, je suis devenu comme ce type qui m'avait sorti des flammes et avait changé ma vie. Quand je me suis retrouvé couché sur un toit en contrebas, le corps brisé de partout, j'ai éprouvé un sentiment d'accomplissement. C'est difficile à expliquer, mais j'ai senti que je venais d'accomplir ce pour quoi j'étais né.

Owen prit une profonde inspiration.

— Le plus dément, c'est qu'à mon réveil dans la station ARC, puis quand j'ai été emporté dans l'action pour vous aider à sortir des tubes, quand j'ai enfilé une combinaison pour sortir dans ce monde en ruine pour nous sauver tous, j'ai éprouvé à nouveau cette résolution, ce sentiment d'engagement. Et ça m'a fait du bien.

— Vous plaisantez, dit Alister avec une grimace.

— Je sais que cela peut sembler fou. Et peut-être que je n'aurais pas dû ressentir ce que j'ai ressenti, mais les choses sont ainsi. Et je suis comme je suis. Quand je vois un bâtiment en flammes, avec des personnes coincées à l'intérieur, je veux être celui qui se précipite dans le brasier pour les sauver.

Du doigt, il désigna le journal posé sur la table.

— Eux n'étaient pas comme ça. Et voyez ce qui leur est arrivé. Ils ont vu un immeuble en feu et ils se sont enfuis avec l'espoir de se sauver. Si vous voulez mon avis, ce monde dans lequel nous sommes est un immeuble qui brûle. ARC détient les derniers survivants. Ils sont piégés à l'intérieur et nous sommes les seuls à pouvoir les sauver. Ce qui est en nous – indépendamment des interventions pratiquées par ARC – est peut-être la clé pour les sauver. Pour ma part, j'ai l'impression de regarder un bâtiment qui brûle, mais je sais ce que nous devons faire. Nous devons tenter de leur venir en aide.

Il se tut et prit le temps de croiser le regard de chacune des personnes installées sur le pont.

— C'est pour cette raison que j'ai voté pour l'Issue de secours. Parce que, au fond de moi, je sens que c'est la seule façon de sauver ces personnes de l'immeuble ravagé par l'incendie qu'est devenu le monde. À la Colonie, nous pourrions peut-être nous sauver. À l'Issue de secours, nous pourrions découvrir ce dont nous avons besoin pour sauver tout le monde.

Chapitre 34

Alister se redressa en s'écartant des fauteuils du poste de pilotage contre lesquels il était appuyé.

— Les pires inepties que j'aie jamais entendues, dit-il. Tout cela n'a ni queue ni tête.

— J'y vois une certaine cohérence, dit Will. Dans la vie, le chemin le plus évident n'est bien souvent pas le bon.

— C'est bien joli tout ça, dit Alister. Mais là-bas, dehors, là où on se fait tuer par des arcs, des flèches, des arbalètes, les platitudes ne nous mènent pas très loin.

Immédiatement, sa remarque à l'emporte-pièce parut étrange aux oreilles d'Owen. Pourquoi ? Quelque chose ne collait pas.

— Des « arbalètes » ?

Alister se retourna vers lui d'un mouvement brusque.

— Oui, répliqua-t-il en montrant le journal d'un large geste. C'était dans l'histoire. Quelqu'un a été tué par un tir d'arbalète.

Owen hocha la tête.

— D'accord.

Il prit le carnet pour en feuilleter les pages. Quelque chose lui échappait. Il le sentait. Comme quand une pièce n'est pas à la bonne place dans un puzzle.

— Mais là n'est pas le problème, reprit Alister. L'important, c'est qu'on ne peut pas se permettre de se lancer dans une quête de sens de nature spirituelle. Si on veut survivre, il faut se montrer pragmatique. Parce que si on ne survit pas, quelle importance de savoir qu'on a mené le bon combat ? Non, l'approche pratique consiste à rallier la Colonie. Voilà comment on survit. Et si on survit, alors oui, je suis tout à fait prêt à lancer une grande croisade pour sauver le monde et autres fariboles du même tonneau. Mais s'il vous plaît, contentons-nous d'être pragmatiques pour l'instant.

— Oui, intervint Maya d'un ton ferme. Soyons pragmatiques.

— Bien, dit Alister avec un hochement de tête. Vous êtes donc d'accord avec moi.

— Non. Je pense que votre vision du réalisme est très différente de la mienne. Je crois qu'Owen a raison. Et sur un certain nombre de points. Premièrement, nous n'avons toujours pas assez d'informations. Nous devons mettre en commun nos histoires. (Elle se tourna vers Owen.) Merci d'avoir partagé la vôtre avec nous. C'était magnifique. Bouleversant. Cela m'a donné à réfléchir.

Alister enfouit son visage dans ses mains.

— Ah, bon sang de bois. À ce stade, je préférerais encore être celui qui s'est pris une flèche en plein dans le cœur.

Maya ne releva même pas.

— Qui veut parler ?

À la grande surprise d'Owen, personne ne se porta volontaire.

— Eh bien, dit Maya, je me propose.

Elle se leva et descendit l'escalier menant aux cabines. Un instant plus tard, elle remonta avec son enveloppe, qu'elle déposa sur la table à côté du journal.

— Comme j'ai eu l'occasion de vous le dire, je ne me souviens pas de ce qui m'est arrivé. Je me souviens d'avoir été à l'hôpital et d'y avoir reçu la visite d'un certain Parrish. J'ai aussi de vagues souvenirs de la société où je travaillais – Genesis Biosciences.

Elle se tut un instant pour prendre une inspiration, la gorge nouée.

— En toute honnêteté, plus le temps passe et plus je sens mes souvenirs qui s'échappent, un peu comme ce bateau qui s'éloigne du rivage. Ils sont… hors de portée. J'ai l'impression que je ne pourrai plus jamais les retrouver.

Elle prit son enveloppe.

— Mentalement, je n'arrive même pas à convoquer une image du visage de ma mère. Ni de ma sœur. En revanche, je ressens toute l'importance qu'elles avaient pour moi. Ce que j'éprouvais pour elles. C'est déjà quelque chose. Il y a un enseignement à tirer : on ne se souvient pas toujours des gens, de ce qu'ils ont fait pour nous, mais on n'oublie pas ce qu'ils suscitaient en nous. Nous sommes des êtres émotionnels et je crois que c'est par ce biais que nos souvenirs s'agencent dans notre mémoire et que se forment nos opinions.

De l'enveloppe, elle sortit alors une petite montre de gousset en or.

— Je ne sais pas ce qui m'est arrivé, mais je sais que lorsque j'ai vu – et touché – cette montre, un souvenir m'est revenu, limpide comme l'eau claire.

Elle expira longuement et prit une profonde inspiration.

— Mon père me l'a donnée quand je devais avoir à peu près l'âge de Blair. Il m'a dit que mon grand-père la lui avait donnée et qu'il la tenait lui-même de son propre père. Elle est dans notre famille depuis très longtemps, des générations, depuis qu'un immigrant dans un monde nouveau avait économisé suffisamment pour acquérir un objet de famille – une sorte d'épargne facile à transporter et convertir en liquidités en cas de besoin.

Elle fit tourner le petit objet entre ses mains.

— Elle est cabossée, rayée et usée. Je me souviens des mots de mon père, aussi clairement que s'il était assis parmi nous. « Cette montre ne vaut plus grand-chose. Mais ce qu'elle représente a une valeur immense. »

Maya déposa délicatement la montre sur la table.

— Il m'a demandé ce qu'elle représentait selon moi. Spontanément, j'ai pensé à la tradition. J'avais tort. Ensuite, j'ai dit la famille. Je me trompais encore. Comme je ne trouvais plus rien à proposer, il m'a donné la réponse. Un mot, un seul. Le temps. Cette montre a cessé de fonctionner voici bien longtemps, mais elle a donné l'heure pendant un moment. Comme nous tous. Seulement, le temps poursuit toujours son inexorable marche en avant, telle une mer dans laquelle nous nageons un instant, un courant, une force qui nous submerge et nous noie tous au bout du compte. La question centrale de nos vies est celle-ci : à quoi allons-nous consacrer le temps qui nous est alloué ? À construire un avenir meilleur pour ceux qui viendront après nous ? Que transmettons-nous – à l'image de cette montre de gousset ? Un futur radieux ? plus sombre ? Apparemment, nous nous sommes réveillés dans une ère bien peu réjouissante de l'histoire humaine. Mais c'est à nous de décider de ce qui vient après. Et pour ça, nous avons une arme : le temps. Si l'on dit que l'on peut économiser du temps, c'est parce que le temps est une monnaie. Une valeur. La seule qui vaille finalement.

Maya prit le journal.

— Regardez à quoi ils ont consacré leur temps. Exactement comme dit Alister : à tenter de survivre.

L'intéressé émit un grognement.

— C'est bien mignon tout ça. Mais si on ne survit pas, on n'a plus de temps pour rien. C'est la fin des haricots. Rideau !

— Au contraire, rétorqua Maya. Parfois, ce à quoi on consacre son temps détermine la survie des autres. Le monde dont ils héritent. La vie que nous créons pour ceux que nous aimons. À mes yeux, c'est ce que représente cette montre. Bien sûr, ce n'est qu'une babiole aujourd'hui, une antiquité léguée par un lointain ancêtre, mais elle représente bien plus pour moi. Elle me parle de mes aïeux qui se sont efforcés de créer une vie meilleure pour moi. Ils ne consacraient pas tout leur temps à penser à leur propre survie. Ils songeaient aux générations à venir.

Elle reposa la montre sur la table.

— Il y a encore une chose dont je me souviens au sujet de cet objet. Mon père est mort peu de temps après me l'avoir donné. Les détails m'échappent, mais je sais que c'est une maladie foudroyante qui l'a emporté. J'ignore s'il se savait malade le jour où il m'a donné la montre. En y repensant, je dirais que oui. Toujours est-il que sa mort rend les choses encore plus limpides pour moi : le temps est précieux. On ne sait jamais combien il nous en reste. Ce qu'on en fait, voilà ce qui compte.

Maya plongea son regard dans celui d'Owen.

— Voilà pourquoi je vote pour l'Issue de secours. Nous n'y survivrons peut-être pas, mais nos chances sont plus grandes d'y trouver des réponses. Des réponses qui aideront peut-être les gens à la station Jardin et le reste du monde. Je vote pour que l'on consacre le temps dont on dispose à rendre ce monde meilleur qu'il n'était à notre arrivée.

Chapitre 35

Un long moment de silence s'abattit. Maya s'était attendue à ce qu'Alister la rabroue d'un sarcasme, mais même lui ne dit rien.

Maya prit la montre pour la ranger, mais à l'instant où elle allait la remettre dans l'enveloppe un détail l'arrêta. *Voilà qui est pour le moins étonnant.* D'aussi loin qu'elle se souvenait, jamais cette montre n'avait fonctionné. Les aiguilles ne bougeaient plus. Or, la montre ne fonctionnait toujours pas, mais l'heure indiquée n'était plus la même. Était-ce le résultat d'un choc ? Ou bien était-ce une forme de message qui lui était transmis ?

La voix de Cara l'arracha à sa stupéfaction pour la ramener à l'instant présent.

— C'était le seul objet dans votre enveloppe ?

Maya reposa la montre sur la table.

— Non, il y avait autre chose.

Elle sortit de son enveloppe une page blanche, un peu plus grande que ses deux mains côte à côte.

— Je ne saisis pas, dit Owen.

— Moi non plus. Je l'ai examinée sous toutes les coutures à la station, sans rien repérer. Pas la moindre marque.

— Est-ce qu'une page blanche évoque quelque chose pour vous ? demanda Owen.

— Pas particulièrement. Aucun souvenir particulier. Hormis les considérations habituelles, bien sûr : l'avenir n'est pas écrit, une infinité de choix, un nouveau départ... Comme si on effaçait la mémoire pour recommencer de zéro.

Alister laissa sa tête retomber en arrière de la plus théâtrale des façons. Maya sut qu'une nouvelle bordée de jérémiades allait arriver.

— Non, mais vous entendez ce qu'on raconte ? marmonna-t-il. On cherche à donner des significations à toutes ces breloques qui n'en ont aucune ! Et maintenant, une page blanche ? Et si ce n'était que ça justement ? Une page blanche ? On le sait qu'on est au milieu d'une expérience ici. Et si les Jeux de l'Extinction n'étaient rien d'autre qu'une de ces taches d'encre que montrent les psychiatres ? Elles ne signifient rien. On y voit ce qu'on a à l'intérieur, pas ce qu'on a sous les yeux. Je parie que les sentinelles sont en train de nous regarder en ce moment, pliées de rire à nous voir courir après notre queue. Tout cela n'est qu'une expérience, pas vrai ? Et si c'était une vaste blague ?

— Cet emblème de pompier n'est pas une blague pour moi, dit Owen.

— Et cette montre de gousset non plus, renchérit Maya.

— Pas plus que ce que j'ai trouvé dans mon enveloppe, annonça posément Cara.

— Ce qui soulève une question que je voulais poser depuis la station, dit Owen. Pourquoi est-ce qu'il n'y avait pas d'enveloppe pour vous, Alister ?

Celui-ci haussa les épaules.

— Comment je le saurais ? Ils ont peut-être compris que je n'étais pas assez naïf pour gober leurs mensonges ?

— Je ne crois pas que ce soit cela, dit Will, les yeux fixés sur Alister.

— Peut-être que quelqu'un l'a volée, répliqua Alister. Je me suis réveillé dans la station, tout comme vous.

Après un instant de silence embarrassé, Owen s'approcha de la table et prit la feuille blanche des mains de Maya pour l'observer par transparence en l'exposant au soleil. Pour finir, il la lui rendit.

— Pour l'instant, je crois qu'il vaut mieux la garder. C'est intéressant, je trouve, que vous et moi ayons reçu deux objets. Les autres n'en ont eu qu'un seul – autant que je sache.

— Oui, dit Cara, un seul pour moi.

— Pour moi aussi, dit Will.

— Pareil, dit Blair.

Cara se leva.

— À ce sujet, j'aimerais partager avec vous ce qu'il y avait dans mon enveloppe.

Elle descendit jusqu'aux cabines et revint avec une petite pièce de métal, de la taille de l'insigne d'Owen, qu'elle brandit devant elle pour la montrer à tous.

— Je dirais que j'ai vu un millier de photos au moins de ce morceau de métal. Depuis mon enfance, il a été comme un couteau posé sur ma gorge. (Elle le déposa sur la table à côté de la montre de Maya.) Pour moi, c'est aussi un objet qui me rappelle combien le temps est précieux.

Cara ramena ses cheveux en arrière, exposant une cicatrice au-dessus de son oreille droite.

— Quand j'avais un peu plus que l'âge de Blair, j'ai eu un accident de voiture. C'était l'époque des véhicules sans conducteur, mais la transition n'était pas complètement achevée. Mon père me conduisait à l'école pour un spectacle de danse. J'étais follement excitée. Et puis, en un clin d'œil, l'accident a tout changé.

D'un geste de la main, elle désigna Owen.

— J'imagine à peine ce que vous avez enduré, mais, quand vous avez décrit ce que vous avez ressenti, je me suis revue ce soir-là. Le bruit du choc avait été assourdissant. La douleur m'a submergée. J'ai perdu connaissance. Quand je suis revenue à moi, une femme était penchée sur moi. Ses mains bougeaient à une vitesse surnaturelle. Elle s'est occupée des plaies sur mes jambes et mon bras droit. Puis elle a murmuré à mon oreille. « N'aie pas peur. Tout va bien se passer. Je suis médecin. »

Cara prit une longue inspiration.

— Sans elle, sans son intervention rapide, je serais morte ce soir-là. J'ai eu de la chance. C'était une urgentiste qui rentrait chez elle. Le hasard a voulu qu'elle soit pile à ce carrefour. Elle m'a sauvé la vie. Et à mon père aussi. J'ai passé deux semaines à l'hôpital. Puis des mois en rééducation. Et je n'ai plus jamais été la même.

Elle prit le morceau de métal sur la table pour le lever à la hauteur de ses yeux.

— Cette chose était logée dans mon cerveau. Les médecins voulaient la retirer, mais l'opération était trop incertaine. Le moindre déplacement risquait de provoquer des lésions cérébrales définitives. Voire la mort.

Elle reposa le petit fragment d'acier.

— De ce jour, j'ai vécu avec cette ferraille dans mon cerveau, en sachant qu'elle pouvait bouger à tout moment et me tuer. Ou me réduire à l'état de légume. Comme cette montre de gousset, c'était un précieux auxiliaire pour me rappeler en permanence combien le temps est rare. Que le plus petit moment qui nous est accordé est un don. Et que la vie peut basculer en une seconde. C'était ma montre à moi. Et l'urgentiste dont j'ai croisé la route ce jour-là a été comme le pompier qui a sauvé Owen. Elle incarnait pour moi ce changement que je voulais apporter au monde. Je me suis donné pour mission de devenir médecin. Avant ce jour, je n'étais pas très brillante à l'école. Mais je me suis appliquée. J'avais appris à mes dépens que la vie n'offre jamais une seconde chance de prendre les bonnes décisions.

Cara resta un long moment à contempler l'océan.

— Deux choses me paraissent remarquables, reprit-elle. La première, c'est qu'ARC Technologies – et les Jeux de l'Extinction – a réussi à extraire ce bout de métal de ma tête. Cela suppose une sophistication chirurgicale qui n'existait pas dans le monde d'avant.

— C'est sans doute un robot qui a fait ça, dit Alister.

— Oui, acquiesça Cara. J'en suis à peu près certaine. Seul un robot peut avoir ce degré de précision et la sûreté de geste qu'exige une telle intervention.

— Un robot ne se soucie pas de rater son coup, dit Owen.

— Peut-être, répondit Cara dans un murmure, méditant les implications de la remarque d'Owen. Toujours est-il que j'en suis débarrassée, à présent, quelles que soient la raison et la méthode utilisée pour ce faire. J'ai obtenu ce dont j'avais toujours rêvé : la liberté et le temps. Par un étrange coup du sort, cette liberté m'arrive alors que le monde n'existe plus. Qu'il n'y a plus le moindre endroit où passer ce temps. J'ai eu ce que je voulais depuis toujours au moment où je n'en ai plus besoin. Mais je pense qu'il y a un sens plus profond à trouver.

D'un geste, Cara désigna Maya et Owen.

— En entendant vos récits, j'avais l'impression de voir ma propre vie de l'autre côté du miroir. Les mêmes expériences dans des vies différentes, comme si nous étions les diverses faces d'une pyramide reflétant la même lumière. Et je crois que je saisis, maintenant. Le fragment d'acier est comme le Changement. Il a anéanti le monde comme l'accident a fracassé ma vie. Comme le feu a chamboulé celle d'Owen. Le Changement est fiché dans le tronc cérébral du monde. C'est une menace permanente. À tout moment, il peut bouger et tuer le patient. Dans le présent, ce patient n'est ni plus ni moins que la race humaine tout entière. Nous sommes ce que cette femme médecin a été pour moi cette nuit-là : la bonne personne au bon endroit. Et maintenant, qu'allons-nous faire ? Nous précipiter sur les lieux de la catastrophe et tenter d'apporter notre aide ? Ou simplement regarder passer le temps ?

Elle hocha la tête.

— Avant, j'étais plutôt favorable à ce que nous mettions le cap sur la Colonie. Après avoir entendu vos histoires – et m'être remémoré la mienne – je sais que l'Issue de secours doit être notre destination. Je le sens au plus profond de moi.

Alister ouvrit la bouche pour dire quelque chose, mais Cara l'arrêta dans son élan d'un geste impérieux.

— Il y a autre chose encore. Je crois que j'ai été témoin du Changement. Je sais peut-être ce que c'est.

Chapitre 36

Sur le pont, Cara se mit à faire les cent pas, comme pour mieux faire le tri dans ses pensées.

—Je travaillais à l'hôpital, tard dans la soirée, quand des cas de traumatismes ont commencé à arriver en masse. Des blessures graves. Des lacérations. Des fractures. C'étaient des accidents d'origine robotique – du moins, c'est dans cette catégorie qu'on les a classés dans un premier temps.

La brise parcourut le pont, agitant ses cheveux.

—À la fin de ma garde, on les désignait par ce qu'ils étaient vraiment: des attaques de robots. C'était… un carnage comme on n'en avait jamais vu, même dans les vieux films.

Cara se massa les tempes.

—Ces agressions suivaient toutes un même mode: les victimes portaient un uniforme. Policiers et pompiers étaient les plus durement touchés.

Chez Owen, ces mots firent l'effet d'un coup au creux de l'estomac.

—Comme mes équipiers et moi dans l'immeuble «Oasis Park». Les robots ciblaient spécifiquement les services de secours.

—Apparemment, oui. Ils s'en prenaient aussi aux responsables politiques et aux professions essentielles.

—Ils voulaient semer le chaos, dit Owen. Créer une situation dans laquelle les masses paniqueraient.

Cara confirma d'un hochement de tête.

— Et c'est ce qu'elles ont fait. Au petit matin, les urgences étaient pleines. Les salles d'opération aussi. Et tous nos lits étaient occupés. On a demandé des tentes pour organiser des salles de triage. Les cas continuaient d'affluer. À un moment donné dans la matinée, on a noté une diminution statistique des blessures. En fait, s'il y avait moins de nouveaux traumatismes, c'était parce que les professionnels en uniforme étaient tous déjà à l'hôpital ou planqués quelque part. C'était très étrange. Les médecins et les infirmières refusaient de porter leurs blouses et leurs tenues. Difficile de leur en vouloir. Mais aucun robot-infirmier ne s'en est pris à eux. Je n'ai jamais compris pourquoi, mais je m'en suis félicitée.

— Peut-être que les pirates ont sacralisé les robots-infirmiers, dit Maya. Comme si les hôpitaux constituaient des zones sûres. Comme s'il y avait une ligne que le groupe terroriste se refusait à franchir.

— C'est possible, approuva Cara. Le lendemain, les cas n'étaient plus les mêmes. Les gens étaient perdus. Le plus souvent, c'étaient des voisins qui les amenaient. Ils ne savaient plus quoi faire avec eux. Au début, on a pensé que c'était un phénomène psychique de masse. Comme si la population subissait le contrecoup des événements. Ils ne se rappelaient plus leur nom. Ils ne savaient plus où ils habitaient. Certains avaient des céphalées. Des saignements de nez.

Cara coula un regard du côté de Maya.

— En y réfléchissant, je pense qu'ils avaient ce que vous avez.

— Et qu'est-il advenu d'eux ? s'enquit Maya d'une voix ferme.

— 10 % sont morts dans les deux premiers jours. Nous avons absolument tout tenté, en vain. Nous étions impuissants. C'était comme si une bombe avait explosé à l'intérieur de leur cerveau. C'était terrifiant. Et le mal se propageait. Le personnel a commencé à être touché. Au milieu d'une conversation normale, des gens avec qui je travaillais depuis des années commençaient à être confus. L'instant d'après ils ne savaient plus qui ils étaient. Ni qui j'étais.

Cara inspira profondément, la gorge visiblement nouée.

— J'avais l'impression d'être dans un rêve étrange. C'était comme si le monde entier se dissolvait. L'hôpital subissait les assauts d'un élément pathogène. Et c'en était bien un, qui se répandait partout comme une tempête qui s'abat.

Elle se laissa tomber sur la banquette, comme si le récit qu'elle venait de livrer l'avait vidée de toute énergie.

— J'étais terrifiée. Je me souviens d'être allée dans la salle de garde, épuisée. C'est là que les maux de tête ont commencé. Une pression qui monte progressivement sans jamais s'arrêter. Les antidouleurs étaient sans effet.

Son souffle se faisait saccadé.

— C'était l'instant que j'avais craint toute ma vie. J'étais certaine que le morceau de métal dans mon cerveau avait bougé – et que ma vie s'en allait. Mais ce n'était pas ça. C'était le virus.

— Le virus Genesis, dit Maya. Le VG. C'est comme ça que Parrish l'a appelé.

— Oui. Je me souviens, j'étais allongée dans la salle de garde. La radio était allumée. Au bulletin d'informations, ils ont appelé l'agent pathogène « virus Genesis ». Il était partout, dans le monde entier. Aucun confinement ne pouvait être envisagé. J'ai fermé les yeux. Quand je les ai rouverts, j'étais dans la station 17.

Elle se tourna vers Maya.

— Il y a une chose tout de même. Depuis mon réveil, je n'ai plus mal à la tête. Et ma mémoire semble fonctionner.

— Autrement dit, les Jeux de l'Extinction vous ont guérie, dit Maya. Et s'ils l'ont fait pour vous, ils peuvent le faire pour moi.

— Oui. Ce qui règle la question pour moi. Nous devons aller à la position de l'Issue de secours. Votre état empire, Maya, n'est-ce pas ?

Lentement, Maya confirma d'un hochement de tête.

— Espérons qu'ils auront conservé une trace de ce qu'ils ont fait pour moi. Ce pourrait bien être notre seule chance.

Chapitre 37

L'histoire de Cara donna à Maya l'espoir qu'il existait un remède au mal dont elle souffrait, et qu'au fil de leurs efforts pour répondre aux Jeux de l'Extinction elle allait trouver ce dont elle avait besoin.

La voix bourrue d'Alister l'arracha à ses pensées.

— D'accord. Va pour l'Issue de secours. Après tout, je suis toujours accommodant et d'un commerce agréable – comme vous le savez tous.

— Est-ce que cette bonne volonté irait jusqu'à partager avec nous ce qui vous est arrivé avant la station ? demanda Cara.

Alister émit un grognement.

— Bien sûr, j'adore partager. Tout ça, c'est pile mon style.

Maya songea qu'il devait s'attendre à ce que quelqu'un se prenne le bec avec lui, mais personne ne dit rien. On n'entendait plus que les grondements des énormes moteurs, le bruit des vagues contre l'étrave et le vent passant sur le pont. Peut-être commençaient-ils à se connaître suffisamment bien pour savoir où se situaient les lignes de fracture entre eux, ces limites à ne pas dépasser.

— Je me lève tôt pour aller bosser, commença Alister en croisant les bras. Tous les jours. « Si tu veux arriver à quelque chose, va travailler à l'aube. » Voilà ce que me répétait mon père. C'est à peu près la seule chose qu'il m'ait apprise avant de se faire la malle. Enfin bref, je vais au boulot tôt le matin parce que à cette heure-là je peux penser. Et plus important encore, il n'y a personne en train de parler. Vous voulez que je vous dise ? Si on arrêtait la parlotte, ce monde bosserait deux fois plus – au moins.

Il se tut, attendant que quelqu'un relève le gant et le contredise. Bien évidemment, et fort logiquement, Maya ne voyait pas comment l'immense majorité des gens pourrait travailler sans parler. Au demeurant, elle ne pensait pas qu'Alister croyait vraiment ce qu'il disait. Il tentait de semer la zizanie, mais personne ne mordait à l'hameçon.

—Comme je l'ai dit à la station, je suis mécanicien. Je répare et j'entretiens des bus. Et je vais vous dire une chose : ces bus, ils dérouillent salement. (Il hocha la tête pour lui-même.) D'accord, ils roulent tout seuls et ils ont des programmes pour optimiser absolument tout, mais ça, ce n'est que la moitié du problème. Parce que les nids-de-poule, ils n'en ratent pas un seul. Jamais. Les IA qui les pilotent adorent se manger les trous dans le bitume. À croire que les fabricants d'essieux ont une taupe dans le groupe de programmation qui évite les embardées à ces machines. Je n'arrête pas d'aller me plaindre, mais on me fait toujours la même réponse : l'IA prend en compte la vie humaine avant l'usure mécanique.

D'un coup, il balança la tête en arrière.

—Ah, ah ! la bonne blague que voilà. Je le savais que les IA et les robots signeraient notre perte. Chaque année, ils grignotent – ou grignotaient – un peu plus nos libertés. On nous disait qu'ils nous libéraient de certaines tâches pour nous permettre de faire autre chose, mais ce n'est pas vrai. Vous voulez savoir ce qui ne va pas dans un bus ? Dans le temps, à l'époque où j'ai manié ma première clé à molette, on ouvrait la bête, on regardait et on utilisait son cerveau. Plutôt simple. Et maintenant ? On le raccorde à un ordinateur pour un diagnostic complet. L'écran vous dit ce qui ne va pas. Il commande même automatiquement les pièces si on ne les a pas en stock. Et cerise sur le gâteau : si un mécano ne sait pas comment faire, pas de problème. L'ordinateur active la caméra, lance un tutoriel, puis regarde comment le gars se débrouille et lui dit quand il se plante. Est-ce que ce mécano saurait répéter la manœuvre sans l'ordi ? Bien sûr que non ! On attend et on suit les instructions, comme si on était les assistants des robots.

D'un geste, Alister désigna Owen.

— Il avait raison : c'était comme des « répétitions », avec des humains jouant les mécaniciens. Et ce n'est même pas le pire. Non, le pire, c'est que si on foire une réparation, un robot-mécanicien rapplique et remet tout en ordre. Je ne plaisante pas. C'est lui le responsable. Et il ne merde jamais. Il fait toujours tout nickel. Je sais que la ville faisait des économies pour acheter encore plus de ces satanés robots-mécaniciens, histoire de se débarrasser des soutiers dans mon genre. Ce n'était qu'une question de temps.

Il se tourna vers Owen pour le regarder droit dans les yeux.

— Crois-moi, je compatis avec toi. Ton histoire, avec ces robots-pompiers qui t'enlèvent tout le plaisir que tu trouves dans ton boulot…

Owen hocha la tête.

— Ouais.

Puis Alister tendit sa main en direction de Will.

— Mais franchement, les robots n'étaient pas ce qu'il y avait de pire. Ça, c'étaient les programmeurs. Ils se pointent, fiers comme des coqs, avec à la main des cafés qui coûtent plus cher que mon salaire, à utiliser des mots et des acronymes que personne ne comprend – DNS, RAM, interface de programmation, requêtes asynchrones, authentification forte par jetons, j'en passe et des meilleures. Ils sont comme les toubibs. Ils ont leur langage et ils aiment bien que ce soit comme ça – pour qu'on ne comprenne rien et qu'ils se sentent supérieurs. Ça leur plaît bien de nous laisser dans le noir.

Will fronça les sourcils.

— L'utilisation d'une syntaxe *ad hoc* permet de simplifier n'importe quelle tâche complexe. Sans cela, on passerait la moitié de la journée à employer un langage connu pour décrire des concepts spécifiques ou nouveaux. De surcroît, je pense que le recours excessif à la langue parlée est l'un des défauts les plus récurrents dans tous les groupes sociaux sur les lieux de travail.

Alister leva les mains au ciel.

—Voilà, c'est exactement ce que je disais. Même quand un programmeur répète ce que tu viens de dire, eh bien, tu ne comprends rien à ce qu'il dit. Tes propres paroles. Je me souviens, un jour, je dis à un programmeur qu'un bus est en panne. Alors il lance le diagnostic et potasse le résultat. Moi, je lui demande ce qui s'est passé, et qu'est-ce qu'il me dit ? que l'IA du bus a généré une exception quand elle a lancé un appel d'API au service des cartes parce que ce service des cartes est tombé sur une expiration de la base de données.

Alister se tourna vers Will.

—Est-ce que tu comprends ce que ça veut dire ? Hein, est-ce que tu comprends ?

—Oui, acquiesça Will. Je comprends.

—Oui, eh bien, moi aussi ! Parce que je les ai harcelés jusqu'à ce qu'ils m'expliquent. Et en fait, ça veut tout simplement dire que cette stupide IA du bus roulait sur une route qui, tout à coup, était barrée pour des travaux. L'IA du bus a donc demandé son chemin et l'IA des cartes a cherché la réponse dans sa base de données. Mais voilà, la base de données était occupée, si bien qu'elle n'a pas pu répondre à temps, et que le bus ne savait pas quoi faire. La solution ? Elle est toute simple : le bus doit savoir qu'il doit parfois attendre. On a donc mis à jour son code pour qu'il sache se garer sur le côté et attendre. Mais quel brillant concept ! Tellement novateur. La consignation des délais d'attente… Ah ils sont partis, les gars ! Perchés tout là-haut. Et vas-y que je te rajoute des serveurs, encore et encore. Pourquoi est-ce qu'ils ne l'admettent pas une fois pour toutes ?

—J'ai l'impression qu'on s'écarte un peu du sujet, intervint Owen.

—Au contraire, aboya Alister. C'est exactement ce que je veux dire. Les robots et les programmeurs ! C'est comme ça que le monde a couru à sa perte. J'aurais pu être programmeur. Je n'ai pas voulu. J'ai choisi de ne pas l'être, parce que je ne voulais pas passer ma vie à regarder un écran, à taper des trucs et à me faire suer en permanence. Moi, j'ai besoin de travailler sur des choses que je vois. Chaque jour, je veux sentir que j'ai accompli quelque chose. Les bus arrivent en panne, ils repartent réparés. Voilà, ça c'est quelque chose. Et c'est précisément ce que je faisais le jour où tout s'est fini.

Alister promena son regard sur le groupe. Il avait capté l'attention générale, à présent.

— Il est tôt et je suis au boulot, en train de bricoler sur un bus. Sur mon brassard, je reçois un message m'avertissant qu'un bus a eu un accident – du genre étrange. Il est rentré dans un poste de police. Ma première réflexion est qu'il a fait ça pour préserver la vie humaine. Il n'y a pas d'autre raison. À moins qu'il n'y ait eu une défaillance mécanique bizarre. Nous n'étions encore que quelques-uns au travail. Quelques minutes plus tard, un autre bus a emplafonné une base militaire. Puis un autre une caserne de pompiers.

— Ils avaient transformé les bus en armes, dit Maya.

— Exactement, répondit Alister. J'ai fait la seule chose à laquelle j'ai pensé. Quelque chose que je rêvais de faire depuis bien longtemps. J'ai pris un démonte-pneu, je suis passé dans la salle des serveurs et je me suis mis à fracasser le cerveau de silicium de cette chose. Comme le vieux type avec Bryce à la station. Je me suis pris des coups de jus, plusieurs fois, mais je ne me suis pas arrêté. Quel chantier ! Il y avait de la fumée partout, des étincelles électriques, les systèmes anti-incendie qui arrosaient du plafond, mes collègues qui me hurlaient dessus. Et puis, tout à coup, j'ai entendu un fracas assourdissant. J'ai regardé par la fenêtre et j'ai compris que j'avais fait une erreur.

Il se mit à rire en secouant la tête.

— Quand on embauche tôt, les choses avancent. Par exemple, j'avais réussi à réparer le bus sur lequel je bossais. Et il fonçait droit sur moi comme un missile. Je me suis réfugié au fond de la salle des serveurs, mais il n'y avait aucune issue. La dernière chose que j'ai entendue c'est le bruit quand il s'est écrasé contre le mur. Ensuite, je me suis réveillé dans la station des Jeux de l'Extinction.

Owen allait et venait sur le pont en se pinçant la lèvre entre le pouce et l'index.

— Intéressant. Même si ça n'explique toujours pas l'absence d'enveloppe à votre nom.

— Peut-être que je ne suis pas assez spécial pour mériter un petit colis.

— Ce qui me frappe, souligna Cara, c'est que vous êtes là devant nous, en pleine forme. Comme nous tous. (Son regard glissa vers Maya.) Enfin, presque.

— Manifestement, ARC sait y faire pour rafistoler les gens, dit Owen.

— Oui, dit Cara. Et apparemment, ils ont une thérapie pour soigner le virus Genesis dont Maya et moi avons été infectées. En fait, ARC avait deux traitements potentiels contre le VG – et un seul a fonctionné.

Une nouvelle fois, Maya sentit monter en elle une vague d'espoir. Une solution thérapeutique existait quelque part, à portée de main – si elle n'avait pas été perdue dans les sables du temps. Une migraine s'installait doucement dans son crâne, une sensation de bourdonnement derrière les yeux. Elle commença à se masser les tempes, escomptant que ce mouvement lui procurerait un soulagement.

Owen se pencha sur elle pour lui murmurer à l'oreille.

— Mal à la tête ?

— Ouais.

Il poussa un soupir. Elle le connaissait depuis peu, mais elle pouvait lire sur son visage ce qu'il pensait. C'était la même crainte qui hantait son esprit. *Le temps va me manquer.*

Chapitre 38

Sur le pont principal du bateau, Will se porta volontaire pour être le suivant à partager son histoire. À toute allure, il s'élança dans l'escalier vers les cabines pour remonter l'instant suivant avec son enveloppe.

— La particularité de ce que j'ai trouvé dans mon paquet, c'est que je ne l'avais jamais vu de mon existence. Rien à voir avec la montre de Maya, l'insigne d'Owen ou le morceau de métal de Cara – des objets qui ont puissamment façonné leurs vies.

Will plongea la main dans l'enveloppe pour en sortir un petit cylindre argenté, de la taille de sa main à peu près, large de deux doigts. Chacune des extrémités était recouverte de verre transparent.

— Un monoculaire, dit Owen en prenant l'objet des mains de Will.

Il le porta devant son œil pour regarder à travers, s'attendant à ce que la mer au loin se rapproche d'un coup, mais il n'en fut rien. Étonné, il examina le petit dispositif, cherchant un bouton de commande ou une molette de réglage. Il n'y en avait aucun.

— Il ne fonctionne pas, dit-il à voix basse.

— Il semblerait, confirma Will. C'est un genre d'accessoire plus ou moins fictif.

— Oh non ! ne me dites pas ça, s'exclama Alister en levant les yeux au ciel. (Il attendit un instant, mais personne ne réagit.) Je vais prendre un peu d'avance et passer directement à la conclusion. L'idée derrière ce truc c'est qu'on ne voit que ce qu'on veut voir et qu'entrapercevoir l'avenir ou des choses au loin ne suffit pas à régler les problèmes. J'ai bon ?

Owen ne put s'empêcher de rire. Pour un adversaire si décidé de la pensée philosophique, Alister nourrissait assurément bien des idées – pour le moins sarcastiques, il est vrai.

— J'avais une autre intuition, dit Cara. Je me disais que cet objet a été spécifiquement construit pour identifier quelque chose qui n'est tout simplement pas visible en ce moment. C'est peut-être un système de vision nocturne. Ou à infrarouge.

Pour une fois, Alister en resta coi.

— Ah… Ouais, c'est possible.

— D'après vous, pourquoi vous l'a-t-on remis ? demanda Owen.

— J'ai une théorie, répondit Will. C'est lié au dernier projet sur lequel j'ai travaillé, qui s'appelait « Révélation ».

Alister ferma les yeux et se frotta les paupières.

— Mais pourquoi ?

— Pourquoi quoi ? demanda Will en toute innocence.

— Pourquoi les programmeurs ont-ils toujours besoin de donner des noms si compliqués. « Révélation ». « Vision ». « Transcendance ». Un petit effort, s'il vous plaît. Vous savez comment on appelle les choses, nous les gens ordinaires ? Clé. Tournevis. Marteau. Hache.

— La nomenclature du projet ne paraît pas très pertinente.

— CQFD, marmonna Alister.

— Et en quoi consistait Révélation ? demanda Owen dans l'espoir de faire avancer le dossier.

— Un énorme projet sur les mégadonnées. À ce stade, on n'en était encore qu'aux prémices : en concevant un système d'une puissance de traitement suffisante, alimenté en quantités massives de données, c'est-à-dire absolument titanesques, alors on peut produire des réponses à des questions que personne n'avait encore jamais pensé à poser. Des conclusions capables de changer notre compréhension de tout. Absolument tout. C'était le projet le plus intéressant sur lequel il m'avait jamais été donné de travailler.

Alister secoua la tête.

— C'est inepte.

— Non, c'est fascinant, rétorqua Cara. Continuez, Will, je vous en prie. Ignorez-le.

— Comme je l'ai déjà dit, j'étais intégré dans une équipe travaillant exclusivement pour Genesis Biosciences. (Will se tourna Maya.) Vous nous avez dit que c'était là que vous travailliez ?

— Oui.

— Vous vous souvenez de votre fonction ?

— Pas exactement. Je n'ai qu'un seul souvenir : je vais au travail, je me change et je passe dans une salle blanche. Je pense que j'étais une scientifique. Que je travaillais sur quelque chose autour de la biologie. Un agent pathogène peut-être. Ou une substance chimique dangereuse. (Elle laissa filer un instant de silence.) Je me souviens aussi que Parrish m'a dit que mon travail était compliqué.

— C'est-à-dire ? demanda Cara.

— Je ne suis pas sûre. Peut-être que j'étais... Je ne sais pas.

Owen sentit qu'elle retenait quelque chose. Mais quoi ?

— Ce que je peux vous dire, reprit Will, c'est que Genesis Bio – « GB » comme on l'appelle – a été créé pour lutter contre les maladies neurologiques. Son fondateur avait une conviction : la plus grande menace qui pèse sur l'humanité est tout entière à l'intérieur de notre cerveau.

Ces mots évoquèrent à Owen le livre que sa mère lui avait donné : *Le Droit imprescriptible*. Y avait-il un lien ?

— À l'origine, GB était spécialisé dans les thérapies pour traiter les blessures cérébrales d'origine traumatique et les maladies neurodégénératives. Et son approche du projet était radicalement différente de celle des autres laboratoires pharmaceutiques et entreprises de biotechnologies. Au lieu de créer une thérapie en laboratoire, puis de la tester ensuite, GB achetait des données. Des quantités colossales. Auprès des hôpitaux, auprès de concurrents ayant mené des essais non concluants, et même auprès de certains gouvernements – en provenance notamment de l'armée ou du système carcéral. Toutes les données étaient anonymisées. L'objectif consistait à mener une méta-analyse des études et données existantes, mais non publiques, pour voir ce qu'il en sortirait. Le principe derrière cette démarche était le suivant : les réponses sont là et des solutions peuvent être tirées de données dont on dispose déjà mais qu'on n'a jamais identifiées faute de les avoir suffisamment traitées. GB a chargé ARC de ces opérations d'entreposage et de traitement des données. Notre rôle consistait à concevoir des algorithmes d'apprentissage automatique pour passer les données en revue encore et encore, jusqu'à ce qu'il en sorte quelque chose. Voilà ce qu'était Révélation.

Will se tut un instant pour laisser aux autres le temps de digérer son exposé.

— Le projet comportait plusieurs branches dédiées à différents objectifs. Je sais que l'une d'elles s'intéressait spécifiquement à l'activité cérébrale des criminels, à partir d'une interrogation assez simple : est-ce que ceux qui violent la loi pensent différemment des autres ?

— Et qu'avez-vous trouvé ? demanda Cara.

— Nous avons déterminé que c'est effectivement le cas.

— Sottise ! s'exclama Alister. C'est une question de… corrélation et causalité.

— On en a tenu compte, répondit posément Will. GB disposait de suffisamment de données pour établir définitivement que certaines configurations cérébrales prédisposent à l'activité criminelle.

— Pourquoi est-ce que je n'en ai jamais entendu parler ? demanda Owen.

— Bonne question… Que je me suis d'ailleurs posée pendant que je travaillais sur ce projet. Je n'ai pas la réponse. La plus évidente, je crois, est que cette information aurait mis le monde sens dessus dessous. Car quelle serait la solution ? À l'évidence, si on peut créer un dispositif pour surveiller les pensées, alors on peut éliminer le crime. Mais quelles en sont les implications ? Une société qui contrôle les pensées ? De quelle société parle-t-on alors ? Et que se passe-t-il si quelqu'un est en mesure d'abuser de ce pouvoir ? J'ai été frappé par le fait que Genesis ne semblait pas accorder une grande importance à cette découverte spécifique. Ils étaient bien plus intéressés par les souvenirs.

— Pour les effacer ? demanda Maya.

— Non, répondit Will. Du moins, pas dans le projet sur lequel je travaillais. Non, ce qui les intéressait le plus, c'étaient les modalités du stockage dans la mémoire. Et aussi, tout particulièrement, l'altération des souvenirs. Ils se passionnaient pour les gens ayant vécu des expériences traumatiques, avec pour objectif de les aider à comprendre et accepter ce qui s'était passé dans leurs vies. La solution consistait à modifier légèrement le souvenir de façon que sa remémoration ne suscite plus de problème. La thèse de GB était que les mauvais souvenirs modifient la composition du cerveau – comme un système immunitaire défectueux, ou un cancer qui fait des ravages dans un organisme.

— Fascinant, marmonna Cara, profondément immergée dans ses pensées.

— Et ça a marché ? demanda Alister.

— Oui, répondit Will. Au cours des premiers essais, ils ont réussi à modifier des souvenirs. Des sujets incapables de mener une vie saine et épanouie, à cause d'un événement survenu dans leur existence, ont réussi à complètement surmonter leurs traumatismes. Sans aucun effet indésirable.

— Mais comment ? demanda Maya.

— Je ne sais pas, répondit Will. Je n'ai vu que les données des essais. Mais je sais que Genesis considérait ces thérapies comme un tournant majeur pour l'humanité. Ils estimaient que la modification et le traitement étaient la clé d'un avenir plus heureux et plus durable. (Il se tourna vers Maya.) Vous avez dit quelque chose qui ressemble fort à l'une des convictions affirmées par Genesis : on ne se souvient pas toujours de ce qui s'est passé, mais on se rappelle ce que cela nous a fait éprouver. Dans une certaine mesure, nous sommes le produit de la façon dont nos souvenirs modifient notre vision du monde et notre comportement.

Owen marchait de long en large sur le pont.

—Si ce que vous venez de nous dire est vrai, cela implique que les souvenirs que nous venons de partager ne sont peut-être pas réels. Nous pourrions très bien être en train de nous remémorer ce dont Genesis veut qu'on se souvienne… Ce qu'ARC a implanté dans nos cerveaux…

Chapitre 39

Alister secoua la tête.

— Non, pas moi. Je me souviens de ce bus percutant la salle des serveurs aussi nettement que je vous vois ici, devant moi.

— Je pense que nous devons partir du principe que nous pouvons nous fier à nos souvenirs, dit Cara. Croire autre chose nous mènerait dans une impasse. Ce sont des éléments sur lesquels on n'a aucune prise. En revanche, ils peuvent instiller le doute et nous causer du tort.

— Je suis d'accord, dit Will. Ils n'auraient eu aucune raison de modifier nos souvenirs – pour autant qu'on sache. Cela étant, j'ai des raisons de penser que Genesis avançait vers une forme d'aboutissement. Ils collectaient des masses de données de plus en plus astronomiques. Même chez ARC, on avait du mal à fournir des capacités de stockage et de traitement en quantités suffisantes.

— Où allaient-ils chercher ces données ? demanda Maya.

— Je l'ignore, répondit Will. Je sais qu'ils avaient passé un accord avec d'autres entreprises. Peut-être avec des gouvernements. Ils appelaient ça l'« Union humaine ». L'idée était de combiner les activités de Genesis à d'autres projets visant à entraîner un changement à grande échelle.

— Un changement ? dit Maya. Comme dans « Le Changement » ?

— Je ne sais pas, répondit Will. De mon point de vue, il faut retenir l'hypothèse que l'entreprise Genesis et le virus Genesis sont des éléments de ce changement.

— Si vous étiez chez ARC, comment avez-vous atterri dans les Jeux de l'Extinction ? demanda Owen.

— Comme je vous l'ai dit, je travaillais sur le projet Révélation. Nous étions à court de capacités de stockage et nous cherchions fébrilement des solutions pour accroître notre puissance de traitement. On m'a annoncé que j'allais travailler sur un site extérieur de récupération des données. Et ce site, c'était la station 17. On m'a amené là et… C'est difficile à expliquer. Toujours est-il que j'ai repris conscience dans cette salle d'observation avec vous tous.

Maya ignorait quoi, mais quelque chose la tracassait dans son récit.

— Et vous ne vous souvenez de rien d'autre ? s'enquit Owen.

— Rien qui puisse nous être utile, répondit Will.

Ils prirent leur déjeuner en silence. Maya relut le journal qu'elle avait trouvé, tandis qu'Owen s'abîmait dans la lecture de son livre – *Le imprescriptible.*

— C'est bien ? demanda-t-elle.

— Intéressant, répondit-il.

Après manger, Maya conduisit Blair dans leur cabine.

— Je sais que tu n'en as sans doute pas envie, mais cela serait grandement utile si tu nous racontais ce qui t'est arrivé avant ton réveil à la station.

La fillette hocha la tête.

— Je veux bien.

Sur la table de chevet, elle prit l'enveloppe à son nom et suivit Maya sur le pont principal.

Devant tous, Blair tira de son enveloppe une petite photo, qui tenait aisément sur la paume de sa main. Elle la tendit à Maya.

— Fais-la passer à tout le monde, s'il te plaît.

Maya examina le cliché un instant. On y voyait un homme, une femme et deux enfants – Blair et ce qui avait tout l'air d'être son petit frère. Le tirage commençait à dater. La fillette avait nettement grandi depuis. Ils étaient dans un genre de parc d'attractions que Maya ne reconnaissait pas. Toute la petite famille avait pris des coups de soleil. Tous avaient l'air fatigués.

Elle passa la photo à Cara, qui eut subitement l'air inquiète à sa vue.

— Qu'est-ce qu'il y a ? demanda Maya à voix basse.

Cara se contenta de secouer la tête, avant de faire suivre le petit portrait à Will. Le jeune homme parut encore plus surpris en voyant la photo. Il fixa Blair un instant, la tête penchée sur le côté, comme s'il la voyait sous un jour radicalement nouveau. Alister n'eut aucune réaction. Il se contenta de regarder sans rien montrer.

Owen l'examina à son tour, sans manifester aucune réaction.

— Il y a une différence majeure entre chacun d'entre vous et moi, dit Blair. Je savais pour les Jeux de l'Extinction avant de me réveiller dans la station. On m'avait dit qu'ils allaient me sauver la vie.

— Qui t'avait dit ça ? demanda Owen.

— Mon père, répondit Blair. C'est l'homme sur la photo.

— C'est aussi le fondateur de Genesis Biosciences, dit Will.

— C'est vrai, acquiesça Blair.

— Et ta mère, dit Cara, c'est l'urgentiste qui m'a sortie de la voiture et sauvé la vie quand j'étais petite.

Blair resta silencieuse un instant.

— Je ne savais pas ça, répondit-elle. Ce que je sais en revanche, c'est qu'elle est la raison pour laquelle mon père a démarré Genesis Biosciences. La raison pour laquelle il était si obsédé par la mémoire et les souvenirs. Tout cela, c'est à cause de ce qui est arrivé à ma mère.

— Elle est toujours en vie ? l'interrogea Cara. Du moins, est-ce qu'elle l'était avant que tu n'entres dans les Jeux de l'Extinction ?

— Oui, répondit Blair. Mais ce n'était plus la même personne qu'avant. Chaque année, les choses devenaient plus difficiles pour elle. Quand elle rentrait de son travail aux urgences, elle s'asseyait sur le canapé et regardait la télé. Elle avait l'air triste. Et toujours fatiguée. Elle me racontait combien d'accidents elle avait vus dans la journée. Elle me disait que, le plus souvent, les gens n'étaient tout simplement pas au bon endroit au bon moment. Et puis que certaines personnes n'avaient d'autre choix que de venir aux urgences parce qu'elles n'avaient nulle part ailleurs où aller. Papa disait que maman était un brillant médecin, mais qu'elle détestait être le témoin de ce qui arrivait aux gens tous les jours. Mon père voulait l'aider. Il la suppliait de quitter son travail, mais elle refusait. Maman disait toujours qu'elle était faite pour la médecine.

—Je connais ça, murmura Cara.

—Mon père a donc élaboré un nouveau plan. Il se disait qu'en modifiant la façon dont l'esprit de maman stockait ses souvenirs elle irait mieux. Comme s'il s'agissait de ranger différents souvenirs dans différentes boîtes.

Blair regarda la photo une nouvelle fois.

—Mon papa est un homme bien. Il voulait seulement aider ma maman et les gens comme elle.

Puis elle la remit dans l'enveloppe.

—Le jour avant mon arrivée à la station 17, il m'a réveillée au milieu de la nuit. Il avait l'air effrayé. Il ne voulait pas nous dire, à mon frère et moi, ce qui se passait. Nous sommes montés dans l'hélicoptère. On a volé toute la nuit. Je ne sais pas où nous sommes allés, mais je me souviens que nous nous sommes posés sur une piste et qu'il y avait une chaîne de montagnes éclairée par le soleil qui se levait. Nous avons marché jusqu'à la station. Il m'a dit que j'allais dormir un moment et que le monde serait complètement différent à mon réveil. Que ce serait un monde meilleur – sans crime, sans famine, sans maladies, sans rien de mal dont je pourrais avoir le souvenir. Il m'a dit aussi qu'il serait là à mon réveil. Et ma maman aussi, et qu'elle serait comme elle était avant.

Blair se tut un moment, comme pour se préparer.

—J'avais peur. La station était tellement étrange. Comme un hôpital. Mon père n'était pas là à mon réveil. Je ne savais pas ce qui se passait.

Elle brandit son enveloppe pour la montrer à tous.

— Mais je crois que je sais pourquoi il m'a laissé cette photo. Le jour où elle a été prise, je m'étais perdue dans le parc. J'étais terrifiée. Mon père et ma mère me cherchaient partout. Et puis ils m'ont trouvée. J'ai arrêté de pleurer et je me suis calmée. Avec cette photo, je pense qu'il veut me dire qu'il me cherche et que tout ira bien quand on sera ensemble. Je crois qu'il m'attend peut-être à l'Issue de secours. Et s'il est là, alors tout sera comme le jour où ils m'avaient retrouvée dans le parc.

Chapitre 40

Au crépuscule, le groupe se réunit sur le pont pour le dîner – avec les sempiternelles rations au menu.

— Je commence à en avoir ma dose de la nourriture ARC, déclara Alister.

— On peut s'estimer heureux d'avoir à manger, rétorqua Cara. Il y a sans doute un paquet de gens qui ont le ventre vide et qui ne sont pas près de faire un repas. Et quand ils réussissent à avoir un petit quelque chose, c'est la guerre pour eux.

— Vous avez raison, souffla Alister. Pardonnez-moi. Je bosse pour gagner ma croûte, alors râler est une seconde nature chez moi.

Sa réponse était à mi-chemin entre l'excuse et l'insulte. Owen regretta de ne pas pouvoir lire sur son visage de quel côté penchait la balance. Quoi qu'il en soit, Cara ne trouva rien à répliquer.

Quand la nuit s'installa, les lumières du bord illuminèrent le pont et les six passagers trouvèrent à s'occuper de différentes manières. Au grand étonnement d'Owen, Alister et Cara se lancèrent dans une partie de cartes, installés sur la banquette. Maya prit place sur le divan pour lire une nouvelle fois le journal. Owen se dit qu'elle cherchait sans doute des indices qui avaient pu leur échapper. Il ne la connaissait pas depuis bien longtemps, mais il savait déjà un certain nombre de choses à son sujet : elle n'avait pas sa pareille pour relever les détails et le courage ne lui faisait pas défaut.

Installé dans le poste de pilotage, Will explorait le tableau de bord pour en maîtriser tous les systèmes. Apparemment, il apprenait exceptionnellement vite.

Assise sur le divan près d'Owen et Maya, Blair contemplait les étoiles. Owen regrettait de n'avoir rien à lui donner pour la distraire. Il se disait qu'elle devait penser à ses parents et son frère, se demander où ils étaient et ce qu'il était advenu d'eux. Depuis la fin de leur conversation générale de l'après-midi, Owen avait lui-même passé beaucoup de temps à penser à sa mère. Était-elle seulement encore en vie ?

Il avait aussi beaucoup réfléchi à ce qu'il avait entendu. Les récits des autres l'avaient secoué. Il avait l'impression qu'on lui avait donné les pièces d'un puzzle – qui certes s'emboîtaient entre elles, mais d'une façon tout à fait inattendue. En fait, il y en avait juste une qui ne collait pas. Il ne parvenait pas à mettre le doigt dessus, mais il savait qu'elle était là. Le fait qu'il existe un lien entre eux tous éclairait en partie ce qui se tramait. Mais qu'est-ce que tout cela pouvait bien signifier ? Qu'est-ce que cela voulait dire que la mère de Blair ait sauvé Cara et orienté son choix de vie ? Et que Maya ait travaillé dans la société du père de Blair ? Et que Will ait travaillé lui aussi pour cette même entreprise, d'une façon potentiellement liée aux Jeux de l'Extinction ?

Et puis il y avait Owen lui-même et Alister. Owen avait sauvé la vie de la sœur de Maya, mais il n'était semblait-il absolument pas lié à Genesis Biosciences ou aux Jeux de l'Extinction. Alister non plus n'avait aucun rapport. Mais il n'y avait aucune enveloppe pour lui à la station 17. Qu'est-ce que cela voulait dire ?

— Blair ? appela Cara. (La fillette se redressa.) Tu veux jouer aux cartes avec nous ?

Avec un sourire, elle rejoignit Alister et Cara sur la banquette autour de la table. Owen songea que Cara était beaucoup mieux disposée à l'égard de la petite depuis qu'elle avait entendu son histoire. Owen avait vu très juste sur un point : apprendre à se connaître les uns les autres avait potentiellement tout changé.

Il gagna le poste de pilotage, où Will était plongé dans un examen approfondi de l'écran de commande. Il eut le temps d'apercevoir ce qui était affiché, juste avant que Will ne quitte brutalement le système. En l'occurrence, il s'agissait du système de communications, ce qui ne manqua pas d'étonner Owen.

— Les communications sont opérationnelles ?

— Non, répondit Will. Toujours rien. C'est étrange d'ailleurs. Le logiciel fonctionne et tous les composants sont là. Normalement, ça devrait marcher. C'est comme si quelque chose bloquait le système.

— Quelque chose dans quel genre ?

— Aucune idée.

— Est-ce que les anciens propriétaires auraient pu intégrer ce blocage dans leur conception, par exemple, si le fait d'émettre les exposait à un risque ? Et que cet élément inhibiteur soit toujours actif pour nous ?

Will réfléchit un instant.

— C'est possible. Cela étant, si on parvenait à rétablir les communications, je crois qu'il faudrait les utiliser avec la plus grande prudence.

— Comment ça ?

— Dans le détail, je suggérerais de trouver un lieu ouvert avec diverses caches à proximité. Ensuite, on émettrait un message demandant de l'aide et on cacherait le bateau dans un coin d'où on pourrait observer.

— Pour voir qui vient.

— Exactement, répondit Will.

— Ce n'est pas une mauvaise idée, approuva Owen en repartant vers le divan.

Il réfléchit quelques instants à la perspective de communiquer par radio. *Oui, ça pourrait bien être notre salut. Ou notre malédiction.* Comme à peu près toutes les initiatives dans ce monde en ruine.

Finalement, il ouvrit son livre pour en reprendre la lecture.

— C'est le club de lecture de la fin du monde ici, dit Maya sans relever le nez de son carnet.

Owen sourit.

— C'est ma première adhésion à ce genre de club.

— Moi aussi.

— En tout cas, fin du monde ou pas, je crois que j'apprécie d'en faire partie.

Un sourire s'épanouit doucement sur les lèvres de Maya. Pour autant, elle ne quitta pas son journal des yeux.

— Je dois bien dire que c'est un sentiment que je partage.

Le pont était silencieux. On n'entendait que le bruit soyeux de l'étrave fendant les flots dans la nuit, de Will tapotant l'écran de commande, et le chuintement des cartes sur la table. Owen trouva sa page et se replongea dans *Le Droit imprescriptible*.

L'esprit humain est comme une boîte à outils qui tout à la fois détermine notre destinée et notre capacité au bonheur.

Mais plus encore, notre esprit est une boîte à outils qu'on ne nous a jamais appris à utiliser.

Ce temps est révolu.

L'outil le plus puissant que possède notre esprit est sans doute la perspective.

Pour prendre la mesure de sa puissance, considérons une application concrète de la perspective. À quoi ressemble le monde ? De quoi est-il fait ? Plantez votre nez dans le sol et vous n'aurez qu'une perspective. Volez au-dessus dans un hélicoptère et vous en aurez une autre. Partez dans l'espace à bord d'une fusée et une troisième vous est donnée.

Ce sont toutes des perspectives d'une même chose : notre monde.

Mais son aspect, son parfum, les sensations qu'il procure varient considérablement selon le point de vue. Selon la perspective.

Et la même chose vaut pour les gens dans notre vie. Et pour nos problèmes.

Dans un contexte donné, une personne peut paraître irrationnelle. Mais pour peu qu'on prenne du recul, qu'on considère sa vie à une échelle élargie, alors ses actes paraissent logiques.

Même chose pour les problèmes qu'on rencontre. Certains peuvent paraître insolubles quand on les observe par le prisme étroit que notre esprit utilise par défaut. Mais qu'on change de perspective, qu'on fasse un pas en arrière pour élargir la focale, et une solution apparaît. Avec le nez sur le sol, on ne voit pas la passe dans les montagnes. Quand on gravit une montagne, on ne voit pas l'océan de l'autre côté. Depuis le ciel, on voit la mer, mais les dangers tapis au sol nous échappent.

La perspective est une chose puissante.

Quand le groupe se sépara à l'heure du coucher, Maya se tourna vers Owen.

— C'était vraiment une bonne idée de partager nos histoires.

— Que voulez-vous, je rapproche les gens.

— Vous minimisez, mais parfois faire en sorte que les autres se parlent et se comprennent est aussi important que de les sortir d'un bâtiment en flammes.

— Ouais, mais c'est moins excitant.

— Pour l'heure, moins excitant, ça me va très bien.

Quand vint l'heure du quart d'Alister, Owen descendit la petite volée de marches, ouvrit la porte et jeta un œil dans la chambre. Alister tournait le dos à l'entrée. Par-dessus l'épaule du mécanicien, Owen vit que celui-ci était penché en avant, en train d'observer un tatouage sur son avant-bras – un dessin qu'Owen n'avait jamais remarqué jusqu'alors. Ou du moins, il n'en avait pas le souvenir.

Tout à coup, Alister sentit la présence d'Owen dans son dos. D'un geste vif, il rabattit sa manche sur son avant-bras, cachant son tatouage.

— On ne frappe plus à la porte de nos jours ?

— Désolé. La porte était entrouverte.

— Eh bien, ferme-la. Il faut que je te parle de quelque chose.

Owen s'exécuta, pour se retrouver un peu mal à l'aise dans la petite chambre que le grand lit occupait en grande partie. Envahissant et perturbant, le bruit des vagues sur la proue faisait penser à de l'électricité statique.

— Tu la crois ? demanda Alister.

— Qui ?

— Blair.

— Bien sûr, répondit Owen en haussant les épaules. Pourquoi est-ce que je ne la croirais pas ?

— Eh bien, ça paraît évident.

— Apparemment, ça ne l'est pas pour moi.

— Étrange… J'avais pensé que c'était toi le futé du lot.

— Je suis le type qui rentre dans des bâtiments en feu. Je ne dois pas être le plus intelligent ici.

— Je parlais de bon sens. Je ne suis pas sûr que les autres en aient tant que ça. Toi, je pense que tu en as. Et l'histoire de Blair ne me semble pas frappée au coin du bon sens.

— Pourquoi ?

— Réfléchis un peu. Si son père est dans les parages, pourquoi est-ce qu'il n'est pas venu la chercher ? Manifestement, il savait où elle était.

Owen ne savait absolument pas quoi répondre. Pourtant, Alister n'avait pas tort. C'était une bonne question. Cette nuit-là, ce fut l'une des nombreuses interrogations qui occupèrent son esprit, tandis qu'il veillait allongé sur son étroite couchette, dans la petite cabine qu'il partageait avec Will.

Ce qu'il ignorait, c'était que Cara, Alister et Will avaient raconté d'énormes mensonges.

Des mensonges qui allaient tout changer.

Chapitre 41

Une nouvelle fois, Maya fut la première à se lever. Owen était seul sur le pont.

— Bonjour, dit-il avec un grand sourire.

— Bonjour.

— Nous devrions atteindre la position de l'Issue de secours tard dans la nuit, annonça-t-il, une lueur d'excitation dans les yeux.

— Pendant votre quart ?

— Pile au début.

— Je me réveillerai pour être là.

Il sourit.

— C'est un rencard…

Le groupe prit le petit déjeuner, puis chacun partit vaquer aux occupations qu'il s'était trouvées. Cara, Alister et Blair jouaient aux cartes. Will examinait le vaisseau sous toutes les coutures – du moteur à l'intégralité des systèmes informatisés. C'était comme s'il explorait une nouvelle terre sans parvenir à être jamais rassasié d'informations.

Maya s'installa sur le divan à côté d'Owen.

— J'ai une faveur à vous demander, murmura-t-elle.

— Tout ce que vous voulez.

— Il n'y a rien à lire à bord. Je me demandais si on ne pouvait pas lire ensemble.

— *Le Droit imprescriptible* ?

— C'est peut-être gênant qu'on soit si près l'un de l'autre…

— Au contraire, c'est un plaisir. Mais je vous préviens, je lis lentement.

— Alors c'est vous qui tournerez les pages.

— D'accord. Vous voulez reprendre au début ?

— Non. Allons-y à partir de là où vous vous êtes arrêté.

Et sur ce, Owen ouvrit l'ouvrage et Maya se mit à lire avec lui.

Soumis au stress, l'esprit résiste au repos. C'est une machine perpétuellement sous tension.

Pourtant, le plus souvent, la seule façon de surmonter les difficultés induites par le stress passe par une bonne récupération pour atteindre un niveau de performance supérieur.

Par conséquent, il y a lieu d'adopter une nouvelle perspective fondée sur d'autres préceptes : le repos est productif et, en période de grand stress, le repos est bien souvent l'activité la plus valable.

Maya avait eu l'intention de dormir sur la petite couchette étroite dans le couloir, en comptant sur le petit réveil sur la table de nuit pour être debout au moment de l'arrivée à l'Issue de secours. Mais impossible de penser à aller se coucher. Elle était bien trop excitée. Ou anxieuse. Difficile à dire.

Donc, elle resta sur le pont, en compagnie d'Owen, tandis que le bateau filait dans la nuit.

Régulièrement, elle allait jusqu'à la proue pour sonder la nuit, espérant déceler des lumières à l'horizon, une côte, voire un phare.

Il n'y avait que les ténèbres.

À mesure que le temps passait, son excitation se muait en peur.

Elle n'était pas la seule dans cet état. Owen tournait comme un lion en cage sur le pont.

—À quoi pensez-vous ? demanda-t-elle.

—Je pense que je me suis trompé. Peut-être que j'ai mal interprété le message.

—On n'y est pas encore.

—Mais on est suffisamment près pour voir quelque chose.

—Il faut attendre. Et garder la foi.

Il hocha la tête, mais elle voyait bien qu'il était profondément préoccupé.

—Lisons encore un peu. On verra quand on sera arrivés à la position des coordonnées. Qu'en dites-vous ?

Sans dire un mot, il se laissa tomber sur le divan. Maya ouvrit le livre. Une bourrasque un peu fraîche passa sur eux et elle se pelotonna contre lui. De son bras passé derrière elle, il la serra plus étroitement encore. À cet instant, elle n'avait plus envie de lire.

Elle leva les yeux vers lui et il inclina la tête pour la regarder. Dans les pupilles d'Owen luisait un feu couvant à la chaleur duquel elle aurait pu passer le reste de sa vie. Un feu qui la réchauffait de l'intérieur.

Owen secoua la tête et murmura à l'oreille de Maya.

—Je donnerais tout pour décrypter l'expression sur ton visage.

—Je peux tout te dire sans que tu débourses rien.

Maya s'approcha encore plus près, sans lâcher une seconde son regard, puis posa ses lèvres sur celles d'Owen. Leur baiser sembla durer une éternité, mais, quand ils s'écartèrent, elle ressentit instantanément un immense vide que lui seul pouvait combler. Elle voulait retrouver son contact contre lui.

Owen tourna la tête vers la porte donnant sur l'escalier menant aux cabines.

—Les autres…

—C'est la fin du monde, dit Maya. Tu ne vas pas t'inquiéter que quelqu'un nous voie ?

—Non. Si tu ne t'inquiètes pas, je me fous que le monde entier nous regarde.

Owen la serra contre lui et l'embrassa encore. Pleines de fièvre et de feu, ses mains descendirent pour lui retirer son tee-shirt, avides comme celles d'un homme affamé à l'heure de son dernier repas. Et c'est exactement ce que fut l'instant suivant pour Maya – une rencontre qui rassasia une faim nichée au creux de son ventre dont elle avait fini par oublier l'existence.

Quand le moteur du bateau s'éteignit, Maya et Owen étaient couchés sous une couverture sur le divan. D'une certaine façon, pendant cet instant qu'ils avaient passé ensemble, le monde avait disparu. Les Jeux de l'Extinction. ARC. Genesis Biosciences. Et le Changement. Tout s'était évanoui. Tout avait été oublié.

À cet instant, sous les étoiles, Maya avait véritablement l'impression qu'Owen et elle étaient les deux derniers êtres vivants, que le monde leur appartenait, qu'ils étaient en sécurité et que rien d'autre n'avait d'importance.

Venue du poste de pilotage, l'alarme leur rappela bruyamment et douloureusement que l'autre univers qu'ils venaient de visiter devait à présent se refermer.

Owen se rhabilla à la vitesse de l'éclair. Maya en resta stupéfaite. Puis elle se souvint qu'il était pompier. C'était l'une de ses nombreuses compétences spécialisées, dont elle venait tout juste d'explorer un autre échantillon.

Il bondit sur ses pieds pour s'élancer jusqu'au poste de pilotage. Elle voyait l'arrière de sa tête aller de droite et de gauche tandis qu'il parcourait le panneau d'affichage.

—Nous sommes à la position des coordonnées, cria-t-il à son intention.

Dès que Maya eut enfilé ses vêtements, elle se leva et pivota sur elle-même pour regarder dans toutes les directions.

Owen décrivit très précisément ce qu'elle voyait, d'une phrase qui disait exactement ce qu'elle pensait.

—Il n'y a rien.

Chapitre 42

Owen resta un long moment à fixer la mer vide autour de lui.

Intérieurement, il se sentait épuisé, terrifié et infiniment abattu. Il avait fait le mauvais choix. C'était lui qui avait mené le groupe ici – dans une impasse.

Ils se retrouvaient bel et bien coincés, sans aucune échappatoire. Très bientôt, ils allaient être à court de vivres.

Où s'était-il fourvoyé ? Les coordonnées données par la vidéo « Issue de secours » ? Les aurait-il mal interprétées ? Avait-il vu des causes et des effets là où il n'y en avait pas ? Avait-il vu une logique qui n'existait pas ? Et si oui, pourquoi ? Voulait-il se rendre important aux yeux du groupe, se pousser du col, s'imposer comme chef ? C'était incontestablement un trait de son caractère. Dans sa carrière, il avait toujours été enclin à endosser ce rôle.

En cet instant même, alors que ces pensées tourbillonnaient dans son esprit, il n'ignorait pas qu'il était lancé dans une spirale infernale – à gamberger et s'autoflageller –, uniquement à cause de la peur et de la déception.

À ses côtés, Maya scrutait l'horizon. Owen aurait tout sacrifié pour pouvoir lire ce qui passait sur son visage. Était-elle aussi morte de peur que lui ? Le tenait-elle pour responsable ?

— J'ai une idée, dit Maya.

— Très bien. Ça me paraît normal de dire que les miennes ne sont pas aussi brillantes que je veux bien le croire.

— Ne fais pas ça. Nous avons tous voté pour venir ici. C'était ton idée, mais notre décision. Nous l'avons prise tous ensemble.

Chez Owen, ces mots firent l'effet d'un baume apaisant sur une plaie ouverte.

Maya descendit l'escalier, Owen sur les talons. Tout doucement, elle tourna la poignée de la porte de la cabine qu'Owen partageait avec Will, puis l'entrouvrit.

— Will, appela-t-elle dans le noir.

— Oui ? répondit-il d'une voix tranquille.

Il ne paraissait aucunement endormi. Owen se demanda s'il avait fermé l'œil.

— Vous avez votre monoculaire ?

Owen l'entendit se lever de sa couchette pour les rejoindre dans la coursive. Il remit son objet à Maya, qui s'élança aussitôt dans l'escalier. Sur le pont, elle le plaça devant un œil pour scruter l'horizon.

— Alors ? demanda Owen.

— Rien.

— Ça valait le coup d'essayer, dit Owen.

À ses yeux, la route à suivre était toute tracée. La Colonie était leur seule destination possible. Malheureusement, le temps jouait contre eux. Il fallait qu'ils calculent une nouvelle route et partent dans cette direction aussi vite que possible.

— On réveille les autres ? demanda-t-il.

Maya opina du chef, mais Will secouait la tête avec véhémence.

— Non. Attendons.

— Pourquoi ? demanda Owen.

— Tous les deux, vous n'avez pas fermé l'œil de la nuit, n'est-ce pas ?

— En effet, répondit Maya.

Owen vit une nuance de rose envahir ses pommettes. Elle rougissait. Il se dit qu'il devait lui aussi afficher un air de confusion, mais Will ne semblait rien remarquer.

— Moi non plus, je n'ai pas dormi, reprit Will. Nous sommes tous épuisés et nous aurons bientôt à prendre une décision. Elle peut paraître simple, mais je crois que nous devrions y faire face l'esprit clair et le corps reposé.

C'était une bonne idée, Owen devait bien le reconnaître, mais, à la seconde où il s'allongea sur l'étroite couchette, son envie de dormir s'évanouit.

Combien de temps passa-t-il à tourner et virer sur sa couche ? Impossible à dire. Toujours est-il qu'il finit par sombrer dans un sommeil agité, probablement quelques instants avant l'aube.

La sensation d'une main sur ses épaules réveilla Owen.

Il ouvrit les yeux et découvrit Maya penchée sur lui.

— Qu'est-ce qui se passe ? marmonna-t-il.

— Viens voir.

Ils remontèrent les marches quatre à quatre, jusqu'au pont où se tenait Will.

— Regardez, dit ce dernier en montrant un point au loin.

Owen pivota sur lui-même et le vit immédiatement sur l'horizon.

Un bateau.

Chapitre 43

Peu après, le groupe tout entier était réuni sur le pont, tous les regards tournés vers l'énorme navire flottant au loin.

— C'est un porte-conteneurs, dit Will.

— C'est un piège, dit Alister.

— On ne sait pas, dit Maya en secouant la tête. En revanche, on peut raisonnablement supposer que ce bateau est ce à quoi mène le message de l'« Issue de secours ». Il est pile dans le secteur des coordonnées GPS. Il a peut-être un peu dérivé.

— Ce qui signifierait qu'il n'y a plus d'équipage à bord, dit Owen. Qu'il est à la dérive.

— Exact, dit Maya. Ce qui peut se révéler aussi bien positif que négatif pour nous. En tout cas, s'il n'y a personne à bord, ce n'est sans doute pas une menace.

— Les endroits qui paraissent désertés peuvent se révéler très dangereux, grommela Alister. Je me permets de vous rappeler ce qui est arrivé à ces pauvres fous du journal, transpercés par des flèches, aux abords de l'écoutille qui avait l'air abandonnée et non surveillée. Voici notre propre version de l'écoutille.

— Tout cela ne mène nulle part, dit Cara, sur un ton où perçaient le ressentiment et la frustration. Nous n'avons plus rien à manger. Ce navire est notre meilleure chance de survie. Alors c'est simple, on monte à bord.

—Je suis d'accord, dit Owen. Je vais y aller.

—Non, intervint Maya. Moi, je vais y aller.

Alister haussa les épaules.

—Vous pouvez bien y aller tous les deux. Du moment que moi je ne bouge pas d'ici.

—J'ai quelque chose qui pourrait vous aider, dit Will avant de foncer en direction des cabines.

Peu après, il revint avec un genre d'oreillettes.

—Ce sont des éléments de la radio que j'ai prélevés sur le casque. Je les ai programmés pour qu'ils fonctionnent sur le système de communications du bateau.

Il en tendit un à Maya, qui le mit en place dans son oreille. Ensuite, Will passa dans le poste de pilotage pour tapoter sur le panneau de commande.

—Vous m'entendez ? demanda-t-il.

Alister leva les yeux au ciel.

—Ah, les programmeurs… Bien sûr qu'elle t'entend ! Tu es à trois mètres d'elle.

—Dans l'oreillette, bien sûr.

—Oui, répondit Maya avec un sourire. Je vous entends. C'est du beau travail. Cela va vraiment nous aider à bord de cet énorme navire.

Cara allait et venait sur le pont, les bras croisés, immergée dans ses pensées.

—Vous devriez peut-être porter une combinaison, là-bas, dit-elle.

—Elles n'ont plus d'oxygène, rétorqua Owen. Enfin, pratiquement plus.

—Ce serait quand même plus sûr. Au cas où il y aurait un agent pathogène à bord, ou quelque chose comme ça.

Owen réfléchit un instant.

—L'idée est intéressante, mais dans les faits, c'est plus difficile de se mouvoir avec une combinaison. Mieux vaut privilégier l'agilité.

Il n'avait pas été plus précis, mais Maya pensait bien connaître le fond de sa pensée : ils risquaient de tomber sur des éléments malintentionnés et il leur serait plus facile de se battre sans leurs combinaisons.

Cette idée fit remonter un souvenir, une fulgurance. Elle était à l'hôpital, dans un fauteuil roulant, et elle se levait pour se battre avec quelqu'un dans la pièce. *Je sais donc me battre.* Est-ce que cela faisait partie de son travail ? de sa formation ? *Qu'est-ce que cela signifie ?*

Une nouvelle fois, elle ressentit durement la disparition de ses souvenirs, aussi aiguë qu'une vieille blessure qui se rouvre. C'était tellement perturbant. Sa détermination à monter à bord de ce navire n'en fut que plus que forte – pour penser à autre chose, pour trouver un traitement.

Au poste de pilotage, Will programma une trajectoire d'approche du porte-conteneurs. Les moteurs vrombirent et leur bateau glissa sur l'eau.

Sur le pont, tous les regards étaient braqués sur l'énorme vaisseau qui barrait l'horizon.

Owen se rapprocha de Maya.

— Qu'est-ce qu'on va trouver d'après toi ?

— Des réponses, répondit-elle dans un murmure. Des vivres. À ce stade, je ne sais pas ce dont j'ai le plus envie.

— J'en suis là moi aussi, dit-il avec un sourire.

Maya scrutait le bâtiment qui se rapprochait, mais sans y apercevoir le moindre mouvement. Aucune inscription n'était visible sur la coque – ni nom, ni immatriculation d'aucune sorte. Des conteneurs métalliques étaient empilés sur trois rangs, sur toute la longueur. Des bleus, des rouges, des verts. Tous fermés apparemment.

Ce qu'elle ne voyait pas était ce qui l'inquiétait le plus : un moyen de monter à bord. Le pont était très loin au-dessus de l'eau, bien au-dessus de leur petit yacht.

Owen avait dû arriver aux mêmes conclusions.

— Will, vous voulez bien passer sur l'autre flanc pour voir s'il y a un moyen de monter ?

Pendant qu'ils faisaient le tour du navire, Maya aperçut un petit ravitailleur accroché dans le vide le long de la coque – un canot orange qui faisait la moitié de leur propre yacht. À côté, une échelle en caoutchouc pendait du pont du porte-conteneurs jusqu'à mi-coque. Cela n'allait pas être simple de l'atteindre depuis leur position au ras de l'eau, mais Maya était confiante. Owen et elle allaient y arriver.

Une nouvelle pensée la traversa : cette échelle signifiait que quelqu'un était monté à bord pendant que le porte-conteneurs était en mer. Elle se demanda si ce ou ces visiteurs étaient toujours vivants. Et toujours à bord.

D'une façon ou d'une autre, ils n'allaient pas tarder à le savoir.

Une fois le bateau en position juste en dessous de l'échelle, Maya grimpa sur la terrasse-solarium à l'arrière du bateau. Son oreillette était en place. Dans ses poches, elle avait glissé une lampe-torche et la montre de gousset de son père – la première pour s'éclairer, la seconde pour se porter chance.

Owen leva les mains.

— Je vais te soulever. Quand je te porterai, attrape l'échelle. Je serai juste derrière toi.

Ses mains étaient fortes et ses bras puissants. Il la prit par les hanches et la hissa sans la moindre difficulté.

Les doigts de Maya se refermèrent sur la structure de caoutchouc, trempée par les vagues, ballottée par la houle. Un frisson glacé lui parcourut l'échine. Le frottement de l'échelle sur le métal de la coque produisait un crissement strident. Elle sentit les mains d'Owen sous ses pieds, puis une poussée ascendante. Elle exerça une traction en tirant de toutes ses forces sur ses bras, heureuse à cet instant de ne pas avoir passé une combinaison. Ainsi harnachée, jamais elle n'aurait eu la force de se soulever.

Son pied trouva le premier échelon et elle put grimper. D'un coup d'œil vers le bas, elle vit qu'Alister prêtait main-forte à Owen.

Au sommet de son ascension, elle franchit le bastingage et prit pied sur le pont. Puis elle découvrit le navire. Une coursive couverte courait tout le long du bâtiment. Des étais métalliques saillaient d'un côté pour revenir en courbes, telles des poutres IPN qui auraient été cintrées. La peinture s'écaillait par pans entiers, exposant des plaques d'acier rongées par la rouille, comme si quelque créature marine avait entrepris de rogner la chair du vaisseau pour mettre ses côtelettes à nu.

Cette vision rappela à Maya les mots de l'auteur du journal décrivant un monde en pleine déréliction, lentement supplicié par le temps. C'était exactement ce que ce navire lui évoquait : un artefact flottant que l'eau salée et le vent dépeçaient doucement.

— Contrôle radio, dit Will.

— Reçu cinq sur cinq, répondit Owen.

— Par où on commence ? demanda Maya.

— La passerelle, répondit Owen. Puis la salle des machines, les quartiers de l'équipage et la cambuse.

— J'ai le sentiment que vous devriez vous annoncer pendant que vous explorerez le bâtiment, dit Will.

Dans son oreillette, Maya entendit la grosse voix d'Alister derrière Will.

— Mauvaise idée !

— C'est une question de prudence, répliqua Will, aussi posé qu'à son habitude. Nous avons été envoyés sur cette position. Nous venons en paix. Ceux qui sont à bord pourraient nous percevoir comme une menace si on ne s'annonce pas.

Maya entendit la querelle des deux hommes qui se poursuivait à voix basse. Will s'était donc écarté du micro dans le poste de pilotage.

De toute évidence, Owen s'était fait un avis. Dans le soleil du matin, il mit ses mains en porte-voix pour crier à pleins poumons, éveillant d'innombrables échos entre les murailles de métal.

— Ohé ! Ohé !

Il régnait un silence absolu, que seuls venaient troubler les ronronnements de leurs propres moteurs.

Owen s'avança à pas prudents sur le matelas de caoutchouc posé tout le long de la coursive. Ils étaient arrivés à peu près au milieu du navire et remontaient à présent vers la poupe, où se dressait une tour de plusieurs étages, en surplomb des conteneurs empilés. Maya apercevait quelques rangées de conteneurs derrière la superstructure, mais elles étaient bien plus nombreuses sur l'avant. L'ensemble lui faisait penser à un petit gratte-ciel posé au milieu d'un arpent de conteneurs flottant sur la mer.

Ils gravirent un escalier branlant au flanc de la tour, en évitant soigneusement les marches rongées par la rouille et le temps. Au niveau du palier supérieur, Owen manœuvra la longue poignée métallique d'une écoutille et tira. Le métal rouillé égrena sa complainte dans l'air du petit matin.

— Nous pénétrons sur la passerelle, annonça Owen via la radio. Toujours aucun signe de vie.

Puis, d'une voix forte, il reprit ses appels à la cantonade.

— Ohé ! Ohé !

Sur la gauche, de vastes baies donnaient sur le pont et la mer. Il y avait toute une batterie de stations informatiques, aussi vieillottes qu'obsolètes aux yeux de Maya.

Derrière les ordinateurs se dressaient quatre cylindres de verre semblables à ceux de la station. Tous étaient ouverts. Sur deux d'entre eux, le verre était ébréché dans la partie supérieure en forme de dôme.

Par terre, au milieu de la passerelle, gisait un corps, face contre terre, immobile. *Un homme*, songea Maya. Owen fit un geste en direction de Maya, en s'avançant vers la personne inanimée. Du bout du pied, il la retourna.

C'était Bryce. Du moins, un autre Bryce.

— Nous avons trouvé une sentinelle, dit Owen. HS apparemment.

— Le navire est-il opérationnel ? demanda Will.

Owen examina les panneaux de commande, époussetant d'un revers de manche les claviers et les contacteurs.

— Tout est éteint. On dirait qu'il n'est plus alimenté. Apparemment, cela fait un moment qu'il n'a pas été utilisé.

— Il y a quelqu'un d'autre ? demanda Will.

— Non, pas sur la passerelle, répondit Owen.

À cet instant, Maya découvrit par une fenêtre quelque chose qui lui fit manquer un battement de cœur.

— Les gars, on a un problème. Il y a une tempête qui arrive.

Devant ses yeux, l'entonnoir nuageux devint plus noir, plus dense et plus affirmé. Il gagnait en vigueur. Et il arrivait droit sur eux.

Chapitre 44

Owen se précipita à la fenêtre et resta un instant à étudier le terrible orage en formation, tentant d'évaluer sa vitesse et sa direction. Sur ces deux critères, les nouvelles n'étaient vraiment pas bonnes.

Il allait frapper le bateau de plein fouet – cela ne faisait guère de doutes.

Toute la question était de savoir ce qui surviendrait au moment du choc. Sur l'île, il n'avait jamais pu observer la tempête depuis une position élevée, mais il supposait qu'elle était assez semblable à ce qui s'annonçait. De la pluie et du vent.

Quelque chose dans cette précédente tourmente, ou dans l'air sur l'île, avait tué le vieil homme sorti du bunker. Les combinaisons avaient protégé Owen et le reste de l'équipe. Ensuite, ils avaient pu les retirer une fois en pleine mer – loin de l'île et de ses aléas climatiques. Or, les combinaisons étaient quasiment vides, à présent. Elles ne pourraient pas être d'un grand secours.

Il n'y avait qu'une seule solution.

Sans quitter des yeux le grain à l'approche, Owen rompit le silence.

— Maya, il faut que tu partes d'ici. J'arrive juste après.

La réponse de la jeune femme fut instantanée.

— Non. On finit ça ensemble et ensuite on s'en va. On ira deux fois plus vite.

Il esquissa un geste des mains, se préparant à entamer une discussion, mais elle lui tourna le dos et quitta la passerelle en l'interpellant par-dessus son épaule.

— Plus on cause, plus on perd du temps.

Il la rattrapa dans l'escalier branlant, qu'elle descendait avec témérité.

À l'étage inférieur, ils se glissèrent par la porte dans ce qui ressemblait fort à un mess. Les tables étaient couvertes de poussière. Il y avait des assiettes, vides, sans le moindre relief de nourriture. Çà et là traînaient des emballages de rations ARC, vides eux aussi.

Qui les avait mangées ? Des survivants d'une autre station ? Le personnel affecté à cette Issue de secours ? Et que leur était-il arrivé ?

Dans la cuisine contiguë, tout était vide également – réfrigérateurs et congélateurs compris. À en juger par leur aspect, ils l'étaient depuis un bon moment.

À l'étage suivant, Owen et Maya tombèrent sur un véritable labyrinthe de petites coursives. Owen eut l'impression de se retrouver à l'intérieur d'une bête mécanique, comme s'il se déplaçait dans des veines et des artères irriguant son organisme.

Derrière la première porte se trouvait un local technique. La suivante ouvrait sur une cabine avec un lit étroit. Elle comprenait également un bureau et une petite salle de bains.

— Il semblerait qu'on soit à présent dans les quartiers de l'équipage, dit Maya à la radio.

— Reçu, fit Will. Soyez prudents.

— Ohé ! cria Owen.

Personne ne lui répondit. Il ressortit dans la coursive et ouvrit la cabine d'en face. Vide également. La suivante l'était aussi, ainsi que celle d'après.

Dans son oreillette, Owen entendit rugir les moteurs de leur bateau. Maya et lui s'entreregardèrent.

— Vous partez ? demanda-t-elle.

— Non, s'empressa de répondre Will. On fait le tour du porte-conteneurs pour voir la tempête.

Dans la cabine suivante, ils trouvèrent un corps. Une femme, en décomposition très avancée. Elle portait le même pull côtelé que celui que Maya et Owen avaient reçu à la station ARC après leur réveil. Le sol était jonché de boîtes de rations vides. Owen examina la pièce d'un coup d'œil à la ronde, mais sans rien repérer d'intéressant. Le bureau ne comportait aucun papier.

— Nous avons trouvé un corps, dit Maya. Une femme. Apparemment, son décès remonte à un certain temps.

Ils fouillèrent le reste de cette section, sans plus rien trouver.

La vision de la malheureuse trépassée avait ébranlé Owen. Avait-elle été cantonnée à bord de ce vaisseau ? Et si oui, pendant combien de temps ?

Ou bien était-elle arrivée jusqu'ici à bord d'un autre navire reparti depuis – ce qui expliquerait la présence de l'échelle le long de la coque ? Et si tel était le cas, où était cet autre navire, à présent ? Avait-elle été abandonnée ici par sa cohorte ? Et qu'était-il arrivé à la sentinelle sur la passerelle ? Cet endroit n'était qu'un immense mystère sans aucun indice.

Plus avant dans les quartiers, la lumière venue de l'extérieur par les portes vitrées s'estompait. Owen alluma sa lampe-torche, rapidement imité par Maya.

Au bout du couloir, ils tombèrent sur un escalier intérieur qui menait à un niveau empli d'équipements mécaniques. Owen devina qu'ils avaient atteint le ventre de la bête, les entrailles qui faisaient autrefois avancer le bâtiment. À présent, elles étaient en plein délabrement. Les pièces étaient poussiéreuses et immobiles. Certaines commençaient à rouiller. Les fils et les tuyaux fléchissaient sous le poids de la gravité et du temps.

En promenant son faisceau sur ce décor désolé, Owen avait l'impression de visiter un tombeau scellé depuis bien longtemps.

— Je crois que nous avons trouvé la salle des machines, dit Owen à la radio. Une partie tout au moins. (Il plaça ses mains en porte-voix devant sa bouche.) Ohé ! Ohé ! Nous venons vous aider !

Silence.

Les pas d'Owen et Maya éveillaient des échos caverneux sur le sol de métal tandis qu'ils exploraient le vaste espace. Tombées du plafond, des gouttes d'eau leur mouillaient les cheveux, comme si le navire avait sangloté sur sa propre disparition.

À un autre étage, ils trouvèrent les moteurs. Ici non plus il n'y avait personne et, selon toute vraisemblance, la dernière visite d'un humain remontait à bien longtemps.

— Personne dans la salle des machines, annonça-t-il à la radio.

— Reçu, répondit Will. Faites attention, la tempête a l'air de gagner de la vitesse. Je pense que vous devriez sortir. Il faut s'attendre à un choc comparable à celui survenu sur l'île.

Maya dirigea sa lampe vers le visage d'Owen.

— Il faut fouiller les conteneurs.

— Il y en a des centaines, des milliers peut-être, dit-il après un instant de réflexion.

— Alors dépêchons-nous.

Elle tourna les talons et s'élança avant qu'il n'ait eu le temps de discuter. Cela commençait à devenir une habitude.

Owen sentait pulser l'adrénaline dans ses veines – l'excitation de la course contre la montre, le frisson d'un défi à relever dans lequel des vies étaient en jeu. Il éprouvait la même sensation qu'à la station. Pour lui, ce porte-conteneurs était comme un immeuble en flammes. Il fallait qu'ils trouvent ce qu'ils étaient venus chercher, puis qu'ils parviennent à sortir avant qu'il ne soit trop tard.

À l'écoutille suivante, Maya tenta de tourner le volant. En vain.

— Viens m'aider.

Il mit toute sa puissance dans la balance et la porte de métal céda en grinçant. Ils poussèrent et elle finit par céder, révélant une étroite passerelle avec un sol en treillis métallique et des garde-corps maintenus par de la corde en caoutchouc. Elle se prolongeait jusqu'à l'air libre, sans plus aucune construction au-dessus. Depuis ce perchoir, Owen voyait jusqu'au fond du navire loin en contrebas, une immense surface plane sur laquelle étaient empilées au moins trois hauteurs de conteneurs.

— Nous sommes dans la soute dans le prolongement de la salle des machines, annonça-t-il à la radio. Nous commençons à chercher.

— Faites vite, dit Will. Dépêchez-vous.

Depuis la passerelle, aucun conteneur n'était accessible, mais Owen avait remarqué qu'ils étaient numérotés – et apparemment stockés dans l'ordre. Sur la face tournée vers eux, il y avait de grandes inscriptions en lettres blanches : « ARC Technologies ».

Au bout de la passerelle, un escalier descendait. Maya et lui se déplaçaient en courant, à présent, en prenant tous les risques sur cette structure métallique branlante. Ils arrivèrent vite en bas.

Owen ne l'avait pas encore remarqué, mais il se rendit compte à cet instant que le conteneur le plus proche était ouvert. L'interstice entre les vantaux de la double porte avait juste la taille voulue pour lui permettre de se glisser à l'intérieur. Sa torche éclaira l'espace exigu, dans lequel se dressaient une dizaine au moins de cylindres de verre.

Par radio, Maya communiqua au groupe le fruit de leur découverte.

Également ouvert, le conteneur suivant renfermait des cylindres de verre lui aussi, ainsi que tous les autres dans la rangée.

Heureusement, un étroit passage était ménagé entre les conteneurs toutes les sept rangées, juste assez large pour leur permettre de s'y glisser. Un petit couloir entre les empilements gigantesques en quelque sorte.

À toute vitesse, Owen et Maya passèrent à la rangée suivante. Ici aussi, les portes des énormes caissons métalliques étaient ouvertes. À l'intérieur, ils trouvèrent ce qu'Owen supposa être des serveurs.

Il comprit alors ce que ce porte-conteneurs transportait : des pièces pour construire des stations ARC. C'était exactement à ça que devaient servir ces cylindres et ces serveurs.

Dans la rangée suivante, la moitié seulement des conteneurs étaient ouverts. Ils renfermaient des alcôves verticales semblables à celles qu'ils avaient vues à la station 17, et dont Owen supposait qu'elles permettaient aux sentinelles de se recharger.

Il se tourna vers Maya.

— On peut rayer cette zone de la liste. Il n'y a que des éléments pour construire des stations.

— Il faut poursuivre les recherches, dit-elle.

— Maya, on n'a plus le temps.

Chapitre 45

Maya observait les rangées de conteneurs empilés. Les réponses qu'ils cherchaient étaient là, quelque part. Elle le sentait au plus profond d'elle-même.

— Maya, dit Owen avec insistance. Il faut partir.

Il tourna les talons et commença à se diriger vers l'escalier remontant à la passerelle, dans l'espoir peut-être que son mouvement inciterait Maya à le suivre.

— Attends, dit Maya.

La réponse était là, juste là, au bord la pensée consciente dans son esprit.

— On n'a plus le temps ! cria Owen par-dessus son épaule, une main déjà posée sur la rampe de l'escalier.

— Plus le temps, murmura-t-elle.

Oui, c'est ça. Le temps.

Elle sortit la montre de sa poche pour la montrer à Owen.

— Pourquoi est-ce qu'ils m'ont donné ça ?

— Quoi ? s'exclama Owen en fronçant les sourcils.

— Ils ont bougé les aiguilles de la montre. Quatre-huit-un-cinq-un. Le temps est la réponse. Ils nous ont donné la position de ce navire. Et ils nous ont donné un autre chiffre par l'intermédiaire de cette montre. Nous allons trouver le conteneur correspondant à ces chiffres, puis trouver ce qu'ils ont laissé pour nous.

—Maya…

—Je t'en supplie, Owen. Tu avais le sentiment que nous devions venir ici – et tu avais raison. Il y a quelque chose ici. Nous savons que c'était un bâtiment de la société ARC. Il transporte les pièces pour faire des stations. Et moi, j'ai l'intuition qu'il y a autre chose ici. C'est ARC qui a bougé les aiguilles du temps sur la montre. C'est un message. Je le sais. Ils nous ont emmenés dans l'avenir et laissé un indice lié à ce que nous sommes censés trouver.

—Nous ramenons le bateau de l'autre côté, intervint Will sur la radio. Il faut vraiment vous dépêcher, maintenant. Le temps file. La tempête ne va pas tarder à être sur nous.

Owen fixait Maya.

—Je t'en supplie, Owen.

Lentement, il hocha la tête.

—D'accord. Allons le trouver.

Ils s'élancèrent dans les passages labyrinthiques, s'arrêtant à chaque rangée pour regarder le numéro du premier conteneur. Heureusement, les rangées étaient toujours dans l'ordre croissant. Quand ils tombèrent sur un chiffre supérieur à 48151, ils revinrent à la rangée précédente pour la remonter coudes au corps, en lisant les numéros au fur et à mesure.

—Attends ! s'écria Owen en s'arrêtant brutalement, au point de déraper sur le sol métallique.

La tête basculée en arrière, les yeux plissés, il lisait les numéros des conteneurs au-dessus.

Maya sentit passer sur elle une pointe d'angoisse et de découragement. Elle suivit son regard. Le conteneur qu'ils cherchaient, le 48151, trônait tout en haut, posé sur deux autres empilés. En hauteur, les poignées des portes étaient à au moins quatre fois la taille de Maya.

Sans dire un mot, Owen plaça un pied sur le conteneur derrière eux, avant de poser ses deux mains sur celui devant eux. À l'intense stupéfaction de Maya, il se lança dans une ascension, les mains et les pieds en appui de part et d'autre, le corps tendu au-dessus du vide.

Il progressait dans une sorte d'étrange dandinement, mais à une vitesse étonnante. Son souffle rauque résonnait dans la radio.

Quand il atteignit le conteneur, il attrapa la poignée et laissa ses jambes traverser le vide en décrivant un arc de cercle, jusqu'à ce que ses pieds prennent appui sur la paroi d'acier. Bien vite, il actionna la barre de métal et fit pivoter le panneau sur ses gonds. Le grincement du métal fut comme un cri dans le passage entre les parois.

Accroché d'une main, il prit sa torche de l'autre pour éclairer l'intérieur.

— Qu'est-ce que tu vois ? demanda Maya.

— Deux sacs de toile et une tablette.

D'un saut carpé, il se propulsa à l'intérieur du conteneur. Un instant plus tard, il reparaissait dans l'encadrement, les deux sacs dans une main. Allongé sur le sol, il descendit un premier sac aussi bas que possible en le tenant à bout de bras. Maya leva les bras et le rattrapa quand il le lâcha. Elle l'ouvrit sans attendre. Il contenait des dizaines de rations. Voilà qui résolvait la question des vivres – pour un temps tout au moins.

Owen lâcha le second sac. Maya en vérifia le contenu : des rations ARC.

Le temps qu'elle achève son inventaire de leur contenu – et confirme qu'ils ne contenaient rien d'autre que de la nourriture –, Owen était redescendu. De l'intérieur de son pull, il sortit une tablette ARC en tout point comparable à celle trouvée à la station 17.

— On file d'ici, dit-il.

Quelques instants plus tard, ils descendaient l'échelle souple qui claquait contre la coque du porte-conteneurs. Le vent avait sérieusement forci. La mer se creusait. Alister et Will attendaient sur le pont, prêts à recevoir Maya quand elle sauta de l'échelle.

Owen lança ensuite les deux sacs. Puis, à la seconde où ses pieds entrèrent en contact avec le pont quand il sauta à son tour, Will fonça dans le poste de pilotage pour entamer sa manœuvre. Un instant plus tard, il donnait toute la puissance des moteurs, dans l'espoir d'échapper à la tempête.

Maya n'aurait su dire si c'était l'effet d'une nuit presque blanche ou celui des efforts, du stress et de l'adrénaline de leur exploration du navire, toujours est-il qu'elle se sentait absolument vidée.

Elle descendit dans sa cabine pour s'allonger. Et, malgré le roulis et les hurlements des moteurs, le sommeil s'empara d'elle presque instantanément.

À son réveil, elle trouva le groupe en train de déjeuner sur le pont. Tout le monde avait l'air tendu, anxieux presque.

Il s'était passé quelque chose pendant qu'elle dormait.

— Qu'est-ce que j'ai loupé ? demanda-t-elle, en s'efforçant d'affecter une certaine nonchalance.

Owen se leva du divan.

— Nous t'attendions pour regarder les vidéos.

— Les vidéos ?

Will montra la tablette ARC.

— Il y en a six sur ce terminal.

Maya parcourut la liste :

```
1_Jeux-Genesis ................. [16]
2_ARC Technologies ........... [23]
3_Révélation ..................... [90]
4_Dark .............................. [30]
5_Issue ............................. [32]
6_Notes pour la suite ... [51]
```

— Je suppose que les chiffres du début correspondent à l'ordre dans lequel il faut les regarder ? demanda Maya.

— J'imagine, répondit Owen.

— Et ceux à la fin ?

— C'est leur durée, expliqua Will.

Cette information parut capter l'attention d'Owen. Il s'approcha pour examiner l'écran. Maya crut qu'il allait dire quelque chose, mais il se contenta de hocher la tête à l'intention de Will – qui appuya son index sur l'écran.

La première vidéo débuta sur l'image d'une sentinelle – sosie de Bryce – debout sur la passerelle du porte-conteneurs, près de l'endroit où Maya et Owen avaient trouvé un gisant qui lui ressemblait fort. Il s'exprimait d'une voix calme. Ses yeux ne cillaient pas.

— Bonjour. Vous avez trouvé le message d'urgence pour la station 91. Je suis une PI de la société ARC, auparavant responsable du soutien logistique du projet des Jeux de l'Extinction. À compter d'aujourd'hui, ma mission première est achevée. Je serai stationné ici à titre d'aide auxiliaire, en fonction des instructions qui me seront communiquées.

Il marqua une petite pause – *à l'intention spécifique des spectateurs humains*, songea Maya.

— L'instruction m'a été donnée de créer cette vidéo pour fournir des informations de contexte qui pourraient se révéler nécessaires. Le premier sujet porte sur Genesis Biosciences. À ce stade, nous savons que Genesis fait partie d'une coalition appelée l'Union humaine, ou simplement l'Union, dont l'objectif est de déclencher un changement aux effets inconnus. Nous savons que plusieurs gouvernements menaient des investigations sur l'Union, et plus spécifiquement sur Genesis. Nous savons qu'un agent d'infiltration sous couverture, dont le nom de code est « Noisette », a découvert la composante Genesis du Changement : le virus Genesis ou VG. Il y a une chose dont nous sommes certains : le VG a pour effet d'effacer les souvenirs. Il est efficace chez 90 % des hôtes infectés. Les 10 % restants meurent. Nous estimons que Genesis se préparait à libérer ce virus, mais que Noisette a eu vent de ses intentions. L'agent a informé les autorités, qui ont alors déclenché des actions préventives contre les cellules de l'Union et ciblé les sites de Genesis depuis lesquels le Changement était susceptible de démarrer. « La Frappe » est le nom que nous donnons à cet événement. La Frappe n'a que partiellement atteint ses objectifs. Un nombre suffisant d'éléments de l'Union ont survécu pour initier le Changement. En réalité, nous pensons que l'Union a été si dévastée par la Frappe qu'elle a déclenché le Changement plus tôt que prévu, dans une tentative désespérée visant à gagner du temps pour remettre sa structure sur pied. D'autres données de contexte sont présentées dans des vidéos complémentaires.

La tablette s'éteignit. Maya leva la main.

— Il y a quelque chose que vous devez savoir. Comme je vous l'ai dit, quand je suis tombée malade, j'ai reçu la visite d'un certain Parrish à l'hôpital. Il m'a confirmé que je travaillais chez Genesis Biosciences. Mais il m'a aussi appris que j'étais chargée en tant qu'agent du gouvernement de mener une enquête sur Genesis et que mon nom de code était Noisette. À cause de la couleur de mes yeux.

Elle considéra le groupe réuni devant elle.

— Si ce qu'il m'a dit est exact, si je suis bien Noisette, alors ce sont mes agissements qui sont à l'origine de cet immense marasme – le raid sur Genesis Biosciences, le Changement et même les Jeux de l'Extinction.

Chapitre 46

Pendant un long moment, personne ne dit rien. Le bateau filait à toute allure, loin du porte-conteneurs et de la terrible trombe qui le dévorait.

L'esprit d'Owen tournait lui aussi à plein régime pour intégrer les informations révélées par Maya. Elle était donc une sorte… d'agent opérant sous couverture. À bien y réfléchir, cela avait un sens. À plusieurs reprises, dans des situations de grand danger, l'instinct de la jeune femme avait sauvé Owen – et le groupe tout entier. Elle maîtrisait sa peur et avait le courage de mener à bien ses missions.

À présent, elle arpentait le pont, la tête baissée, la mine concentrée.

— Cette vidéo confirme ce qui m'est arrivé. Je n'étais pas une simple employée de Genesis Biosciences. J'étais un agent infiltré, chargé d'enquêter sur les agissements de l'entreprise. J'ai découvert ce qui se tramait et averti les autorités. Un raid a été mené – la Frappe – et Genesis m'a inoculé le virus pour effacer mes souvenirs et m'empêcher de transmettre d'autres informations. Je pense qu'ils escomptaient que le VG me tuerait. Comme ma mort n'arrivait pas assez vite, ils ont envoyé quelqu'un pour finir le travail, mais je me suis défendue et enfuie.

— Si tout cela est vrai, comment as-tu atterri dans les Jeux de l'Extinction ? demanda Alister.

— Aucune idée, répondit Maya dans un murmure.

— Je crois que nous devrions regarder les autres vidéos avant de tirer des conclusions, intervint Owen.

Comme personne n'objectait rien, Owen fit signe à Will de lancer la vidéo suivante :

`2_ARC Technologies … [23]`

La sentinelle apparut de nouveau, toujours sur la passerelle du porte-conteneurs.

— Deuxième sujet : ARC Technologies. Comme indiqué dans la première vidéo, que vous avez dû visionner, je suis un employé de la société ARC Technologies, spécialisée à l'origine dans l'entreposage et le stockage de données archives. Par la suite, nos activités se sont développées dans le stockage des données spécialisées et l'analyse de données. À ce titre, nous entretenions des relations privilégiées avec les organisations devenues les acteurs majeurs du Changement – et des événements qui en ont découlé. Parmi elles, il y avait une équipe dédiée à Genesis Biosciences et aux entreprises connexes qui ensemble composent l'Union humaine – ce que nous appelons le groupe ARC-Union. Ce dernier a pris conscience de l'imminence du déclenchement du Changement après la frappe déclenchée par la coalition des autorités contre Genesis Biosciences et ses partenaires au sein de l'Union. Par la suite, je désignerai cette coalition des autorités par une simple appellation : l'Alliance. Les vidéos suivantes présentent en détail le rôle de la société et ce que nous n'avons pas tardé à découvrir.

Alister allongea ses jambes en posant ses pieds sur la table basse du coin salon.

— Pourquoi ? Mais pourquoi est-ce qu'ils ont fait six vidéos au lieu d'une seule ? Pourquoi semer des petites miettes comme ça le long du chemin ? Pourquoi est-ce qu'ils ne nous donnent pas directement les réponses dont on a besoin ?

— Je pense que la réponse ne va pas tarder à nous apparaître, dit Owen. Peut-être ont-ils laissé des instructions claires quelque part mais que cela n'a pas abouti. Nous avons été les derniers à nous réveiller dans cette station. Apparemment, les efforts antérieurs n'ont rien donné. C'est leur dernière chance, du moins le dernier espoir d'ARC Technologies de mener à bien les Jeux de l'Extinction.

—Aucune pression, marmonna Alister.

Du bout de l'index, Will lança la lecture de la vidéo suivante :

`3_Révélation........... [90]`

—Vidéo numéro trois. Cette vidéo présuppose que vous avez visionné les deux vidéos qui la précèdent. Elle concerne le projet Révélation de la société ARC, principalement dédié à Genesis Biosciences et divers programmes gouvernementaux, avec pour objectif d'améliorer la santé à long terme et la longévité des citoyens. Mais pour commencer, quelques éléments de contexte. Pendant un certain temps, ARC a travaillé à un projet baptisé les Jeux de l'Extinction. Les domaines de spécialité de la société ARC portant traditionnellement sur le stockage de données et de certains échantillons chimiques et biologiques, les Jeux de l'Extinction ont marqué pour l'entreprise le lancement d'un nouveau défi : l'archivage des êtres humains avant la survenue d'un événement susceptible d'entraîner une extinction de masse. Il était entendu que les Jeux de l'Extinction seraient activés à un horizon assez lointain. Toutefois, les événements préalablement décrits – le Changement et les diverses actions l'ayant précédé – ont accéléré leur déclenchement. Fort heureusement, ARC disposait de sources internes au sein des deux organisations à présent en guerre l'une contre l'autre, dans un monde en mutation rapide. En outre, nous détenions un outil spécifique permettant de déterminer les conséquences potentielles de toutes sortes de paramètres – un projet nommé « Révélation ». Au moment du Changement, puis pendant la guerre du Changement qui s'est ensuivie, nous avons collecté d'immenses quantités de données que nous avons chargées dans le programme Révélation. Ces données ont été analysées et des prévisions ont été établies. La vidéo suivante donne une présentation détaillée de nos conclusions.

Quand la vidéo s'arrêta, Owen tourna la tête pour regarder au loin. Le porte-conteneurs devenait tout petit à l'horizon. La tempête lâchait sur lui une furie de pluie et de vent, l'agitant en tous sens comme un jouet dans une baignoire. Heureusement, leur embarcation filait plus vite que les éléments déchaînés. Étonnamment, l'orage semblait avoir ralenti pour stagner au-dessus du grand bâtiment dans le lointain. Owen trouvait cela étrange sans saisir ce que cela pouvait bien signifier.

Will lança la vidéo suivante.

`4_Dark................. [30]`

La sentinelle revint occuper l'écran, toujours depuis la passerelle.

— Vidéo numéro quatre.

La sentinelle se tut un instant, sans doute pour permettre à son public de se préparer pour prendre des notes.

— Après que le Changement eut déferlé sur le monde, l'Alliance lança une contre-attaque. Avec des forces militaires diminuées, elle ne pouvait plus mener une guerre conventionnelle. Elle s'est donc tournée vers la même arme que celle que l'Union humaine avait utilisée contre elle : la technologie. En l'espèce, les gouvernements réunis au sein de l'Alliance disposaient d'une force de frappe toujours opérationnelle : des drones. Et très vite, ils se sont servis de ces systèmes pour déclencher des événements météorologiques à hautes altitudes : de petites tempêtes pour commencer, puis d'énormes par la suite. Peu après, nous avons découvert que ces phénomènes provoqués par l'Alliance étaient mortels pour ceux qui avaient subi le Changement. Du point de vue de la société ARC, nous étions en présence d'un événement susceptible d'entraîner une extinction de masse. Les Jeux de l'Extinction ont alors commencé. Initialement, notre protocole prévoyait d'attendre une éventuelle résolution pacifique de la guerre du Changement. Notre objectif était très simple : rassembler le plus grand nombre possible d'humains et les archiver jusqu'à une période dans l'avenir où des conditions favorables à la paix et la survie seraient enfin réunies. Les obstacles à surmonter étaient clairement identifiés : mise au point d'un vaccin et d'un traitement contre le virus Genesis et création d'humains à même de survivre aux tempêtes de l'Alliance.

La sentinelle laissa filer un instant de silence.

— C'était un moment charnière pour ARC et les Jeux de l'Extinction : nous avions en notre possession les derniers survivants humains. Or, les deux groupes antagonistes – l'Alliance et l'Union – avaient besoin de ces survivants pour former une armée et peupler les colonies qui allaient reprendre possession de la planète. Ils ont donc traqué et razzié nos stations. Dans ce contexte, nous nous sommes dissimulés encore plus profondément, en adoptant notamment des protocoles de confinement encore plus stricts. Nous sommes passés en mode silence total, ce que nous appelons le protocole « Dark ». Et nous n'en sommes jamais sortis.

Quand l'écran devint noir, Owen se tourna spontanément vers la tempête qui s'acharnait sur le porte-conteneurs. S'agissait-il d'un de ces phénomènes climatiques extrêmes contrôlés par les drones de l'Alliance ? C'était une coïncidence peu probable.

Mais, dans l'affirmative, pourquoi s'en prendre au porte-conteneurs ? Était-ce à cause de leur présence sur place ? Pour Owen, cela semblait être la conclusion logique.

Maya désigna la table d'un signe de tête.

— Je pense que les autorités m'ont intégrée dans les Jeux de l'Extinction pour me faire disparaître et me protéger de l'Union humaine – et de Genesis. Pour me sauver potentiellement. Si les Jeux de l'Extinction permettent la mise au point d'une thérapie, je serai aux premières loges pour en bénéficier.

— Apparemment, dit Alister, les autorités vous ont surtout abandonnée.

— On dirait bien, murmura Maya. Mais je crois que je n'étais pas la seule dans cette situation. Vous vous souvenez de Roman ? Le vieil homme avec nous à la station 17, celui qui a tué Bryce ? Juste avant de sortir, il nous a dit que les Jeux de l'Extinction n'étaient absolument pas ce qu'on croyait. Il n'imaginait pas qu'il puisse y avoir une tempête. Je crois qu'on peut considérer qu'il était lui aussi un agent, auquel on avait dit que les Jeux de l'Extinction prenaient les survivants humains de l'Alliance et refusaient de les rendre ou de donner la moindre information sur une thérapie. Il avait dû être ramassé et intégré dans les Jeux avant la mise en place du protocole Dark.

— Oui, dit Owen. Cela semble logique.

— Il y a encore deux vidéos, déclara Will. Elles nous donneront peut-être des éclairages supplémentaires.

Il appuya son index sur le titre « 5_Issue ». De nouveau, la sentinelle apparut, toujours postée sur la passerelle du porte-conteneurs.

— Vidéo numéro cinq.

Une fois encore, la sentinelle observa une petite pause.

— Si vous regardez cette vidéo, cela signifie que les Jeux de l'Extinction ont échoué. Nos tentatives pour identifier une cohorte à même de survivre aux interventions à l'échelle mondiale menées par l'Alliance et l'Union se sont révélées infructueuses à ce jour. Ce qui complique d'autant plus la tâche qui m'échoit de vous apporter des conseils pour vos prochaines étapes. Vous avez quitté votre station et espérez à présent la résolution d'un conflit qui est peut-être terminé – à moins qu'il ne soit toujours en cours. À ce stade, les questions auxquelles vous devez répondre sont les suivantes : L'Union est-elle toujours active ? Le Changement est-il achevé ? L'Alliance a-t-elle été vaincue ou bien a-t-elle triomphé ? Les divergences de vues sur l'humanité et les façons de procéder constituent le nœud du problème. ARC Technologies et les Jeux de l'Extinction n'aspirent qu'à un avenir durable pour la race humaine. Pour des instructions complémentaires, consultez la dernière vidéo.

Will referma le fichier et lança la dernière séquence.

— Vidéo numéro six. Notes pour la suite. Comme le prévoit le rôle qui m'est dévolu, je suis tenu de vous fournir une feuille de route claire et précise pour aller de l'avant. C'est ce que j'ai déjà fait. Bonne chance.

La vidéo se referma et l'écran de la tablette vira au noir.

Alister se prit la tête dans les mains.

— Non, mais sérieux ?

— Je ne pige pas, dit Cara.

Mais Owen avait compris. Il arpentait le pont en ruminant tous les éléments qu'il venait de voir.

— Je ne vois pas d'autre solution, dit Alister. On file à la Colonie immédiatement. On n'a pas le choix.

— Mais qui contrôle la Colonie ? demanda Cara. L'Alliance – c'est-à-dire la coalition des gouvernements – ou l'Union humaine ? Et au-delà de ça, où se trouve le camp du bien dans toute cette histoire ?

Alister leva les yeux au ciel.

— Mais bon sang de bois, il n'y a pas de camp du bien ! Les gentils, ce sont ceux qui nous donnent à manger et ne nous tirent pas des flèches dans le corps.

— Je ne suis pas d'accord avec ça, dit Maya.

— Oui, eh bien, les morts sont de mon avis, rétorqua Alister.

Owen se retourna face au groupe.

— Nous n'allons pas à la Colonie, dit-il. Nous allons à la station Jardin. Nous allons achever les Jeux de l'Extinction.

Alister éclata de rire.

— Ah oui ? C'est merveilleux... En bateau ou en hélico ? Tout de suite ou à notre convenance ?

— Nous partons immédiatement. En bateau.

— Tu es impayable, mon garçon, marmonna Alister.

— Explique, dit Maya en fixant intensément Owen.

— C'est très simple. Ils viennent de nous dire où elle se trouve. Dans les vidéos. Dans un code.

Chapitre 47

Sur le pont du bateau, Maya s'assit sur le divan, les yeux fixés sur le visage d'Owen. Il avait sur les traits cette même expression qu'à la station quand il avait deviné que la vieille clé déverrouillait la tablette et que les coordonnées GPS du porte-conteneurs étaient intégrées dans les vidéos.

— Affiche la liste des fichiers, dit Owen en interpellant Will d'un geste.

Will s'exécuta en présentant l'écran au groupe devant lui.

Maya examina attentivement la liste. Elle ne voyait toujours pas ce qu'Owen pouvait bien voir.

```
1_Jeux-Genesis ................... [16]
2_ARC Technologies ......... [23]
3_Révélation ........................ [90]
4_Dark ..................................... [30]
5_Issue .................................... [32]
6_Notes pour la suite ... [51]
```

Owen marchait de long en large, le regard perdu au loin.

— Repensez à la façon dont nous sommes arrivés ici. Nous avons vu dans la vidéo un sens qui avait peut-être échappé à d'autres. Nous ne savons pas ce qui est arrivé aux cohortes qui nous ont précédés, mais on peut partir du principe que la position de l'Issue de secours leur était communiquée à elles aussi. De la même façon qu'à nous. Ou bien explicitement.

— Cela ne veut rien dire, marmonna Alister.

— Mais si, répondit Owen en contemplant l'orage dans le lointain. Cela nous donne un indice sur ce à quoi on a affaire ici. Nous avons trouvé les coordonnées relatives au porte-conteneurs au milieu de données erronées figurant dans les vidéos. Un décompte incorrect des patients. Or, on retrouve des incorrections dans ces vidéos également. Une erreur numérique encore une fois.

Il se retourna vers le groupe et attendit.

— Maya, comment avons-nous trouvé le conteneur ?

— L'heure sur la montre de gousset.

— Qu'avait-elle ?

— Elle était différente. Ce n'était plus la même qu'avant les Jeux de l'Extinction.

— Exactement. Et maintenant, regarde la liste.

Maya se concentra sur l'écran de la tablette, mais rien à faire, elle ne voyait pas ce qui ne collait pas.

— C'est le temps qui ne va pas ici non plus, expliqua Owen. Les durées. Les vidéos sont soit plus longues soit plus courtes que ce qu'indique la liste. En réalité, ce ne sont pas des durées, mais des coordonnées GPS.

Le groupe se massa autour de la tablette pour regarder à nouveau.

— Des coordonnées pour où ? demanda Maya.

— Où mène une issue de secours ? À la sécurité, au salut. Je pense que nous sommes tout près d'achever notre mission, de trouver la station Jardin et de venir au secours des personnes récupérées par la société ARC.

— Je n'ai pas l'impression qu'on soit près de quoi que ce soit, marmonna Alister.

— Regardez la liste. Les noms, dit Owen en pointant l'écran.

```
1_Jeux-Genesis .................... [16]
2_ARC Technologies ......... [23]
3_Révélation ......................... [90]
```

4_Dark .... [30]
5_Issue .... [32]
6_Notes pour la suite … [51]

—Les initiales, dit Owen. Elles forment le mot « Jardin ». Je parierais que ces coordonnées nous mèneront à la station Jardin.

Chapitre 48

Pendant que le bateau filait en direction des coordonnées de la station Jardin, Owen se glissa dans la cabine qu'il partageait avec Will pour s'allonger sur sa petite couchette. Il escomptait bien piquer un somme, mais le sommeil le fuyait.

En boucle, il ne cessait de s'interroger sur ce qu'ils allaient trouver à leur arrivée. La station Jardin était-elle vraiment un salut pour l'humanité ? une sortie de l'immeuble en flammes qu'était devenu le monde ?

Sans cesse, son esprit dérivait vers la dernière fois qu'il avait vu sa mère. Serait-elle là à l'attendre ? Ou avait-elle disparu comme tant d'autres choses, tant d'autres habitants du monde, avalée par la guerre du Changement et ses conséquences ?

Un autre détail le tourmentait. Un par un, il passa en revue les récits de tous les autres. Instinctivement, il sentait qu'il passait à côté de quelque chose.

Mais quoi ?

La porte s'entrouvrit et Maya passa la tête.

— Pardon, je ne pensais pas que tu dormais.

— Non, je réfléchissais. Entre.

Elle se glissa dans la petite pièce, refermant la porte derrière elle.

— C'était brillant, ce raisonnement sur les temps indiqués dans la liste des fichiers.

— Cela m'a paru évident.

— Je crois que ça ne l'était pour personne d'autre.

— C'est lié à la façon dont mon esprit fonctionne.

Maya s'assit sur l'autre couchette. D'être si près d'elle, Owen sentit le feu flamber au creux de son ventre. Oh comme il aurait voulu pouvoir la tenir contre lui, l'embrasser, fermer la porte et passer du temps seul avec elle avant qu'ils n'atteignent la station Jardin. Mais il fallait à tout prix qu'il mette le doigt sur ce qui ne collait pas dans les récits de ses compagnons d'infortune. Au fond de lui, il sentait que leur survie à tous en dépendait.

Apparemment, Maya lisait en lui comme dans un livre ouvert.

— Quelque chose te tracasse.

— Oui, répondit Owen. J'ai l'impression de louper quelque chose et je n'arrive pas à trouver quoi.

— De quel genre ?

— Quelque chose dans les histoires qu'ils nous ont racontées. Il y a un truc qui ne colle pas. Je sais que c'est là, mais je n'arrive pas à le faire remonter à la surface.

— Je pense qu'on est tous épuisés et stressés. Nos esprits cherchent peut-être à trouver des significations là où il n'y en a pas.

— Peut-être…

Pour une raison ou une autre, une pensée traversa soudain l'esprit d'Owen.

— Tu as vu le tatouage d'Alister ? Sur son avant-bras ?

— Non. Il n'est pas tatoué à cet endroit.

Owen se redressa sur son lit.

— Si. Je l'ai vu hier dans sa cabine. Un dessin très élaboré.

— Intéressant. Parce que sur le pont, à un moment où il faisait chaud, il a retiré son pull. Et je n'ai rien vu.

Owen essaya de mettre un peu de logique dans tout cela. *Je devais être épuisé quand j'ai vu ce tatouage. Ou du moins, quand j'ai cru le voir.* L'avait-il imaginé ? Apparemment.

— Est-ce que ce serait un genre d'indice ? demanda Maya.

— Oui… ou j'ai eu une hallucination.

Un instant de silence tranquille passa doucement.

—Au fait, merci d'avoir fait confiance à mon instinct sur le porte-conteneurs.

—Ton instinct est sûr. Il nous a déjà sauvé la mise à plusieurs reprises.

—Et le tien, donc.

Dans l'esprit d'Owen, la pièce du puzzle vint trouver sa place.

—Oui, cela fait partie du tout. Nous. Je pense que nous six formons un ensemble, comme une sorte de tapisserie.

—Une tapisserie?

—Oui, nos histoires sont comme des fils tricotés ensemble. Et nos compétences aussi, nos personnalités. Même nos valeurs. Il y a quelque chose là. Et je pense que c'est peut-être la clé de tout.

À un certain moment, Maya et Owen avaient cessé de parler. Elle s'était allongée sur la couchette, un bras passé autour de lui. Avec la chaleur de son corps contre le sien, le bruit soyeux des vagues contre la coque, Owen s'était laissé bercer jusqu'à sombrer dans un profond sommeil.

Une main douce et légère sur son visage et son épaule le réveilla.

—Owen, dit la voix de Maya. Nous sommes arrivés.

Il se leva, bondit dans la coursive, grimpa l'escalier quatre à quatre et jaillit sur le pont.

Le soleil se couchait dans le lointain. Ébloui, il dut mettre une main en visière au-dessus de ses yeux.

Owen s'attendait à découvrir une île. Ou bien une côte avec une ville. Voire un autre porte-conteneurs.

Mais il n'y avait rien. Absolument rien.

Dans toutes les directions, rien d'autre que la mer à l'infini.

Il s'était trompé.

Chapitre 49

Maya vit la déception sur le visage d'Owen. Elle savait exactement ce qu'il ressentait. Sur le navire à la dérive, quand elle l'avait supplié de chercher le conteneur, elle s'était elle aussi mise en quatre pour aboutir à un résultat.

Cette fois-ci, c'était lui qui s'était jeté à l'eau. Et son initiative les avait menés dans une impasse. Au milieu de la mer. Et le temps s'amenuisait.

Si leur réserve de vivres s'était étoffée grâce aux deux sacs de toile, ils n'avaient aucun moyen de se ravitailler de nouveau.

Debout sur le pont, les yeux fixés sur l'horizon, Owen avait ce petit air que Maya commençait à bien connaître depuis leur réveil dans la station 17. Une concentration suraiguë capable de venir à bout de n'importe quel problème.

— Will, dit-il d'une voix calme mais puissante. Tu veux bien me passer le monoculaire ?

Maya sentit un frisson passer sur elle. *Oui, c'est ça. C'est forcément ça.*

Owen porta le petit objet à son œil et pivota lentement sur lui-même.

Elle attendit. Sur le visage d'Owen, elle vit la vérité avant même qu'il ne la dise.

— Rien, marmonna-t-il en rendant son monoculaire à Will – qui ne put s'empêcher de l'essayer à son tour.

— Peut-être qu'il ne fonctionne que dans la nuit, dit le jeune homme. Après le coucher du soleil, peut-être que nous verrons ce qu'il y a à voir.

Alister poussa un énorme soupir.

— Ouais, peut-être qu'il y aura un feu d'artifice aussi.

Comme personne ne répondait, Alister poursuivit sur sa lancée.

— Écoutez, on a essayé, mais il n'y a rien ici. On part à la Colonie. Fin de l'histoire.

— J'aimerais attendre, répondit posément Owen. Je veux être sûr qu'il n'y a rien ici.

Une idée surgit dans l'esprit de Maya.

— Attendre… C'est peut-être ça la réponse. (Elle sortit sa montre.) Le temps. Attendons jusqu'à l'heure indiquée par la montre. Ce qu'on est censés trouver n'est peut-être pas ici. Peut-être que c'est ce qui va venir.

Moteurs coupés, le bateau roulait doucement sur la mer agitée. Ils attendaient.

Autour de la grande table, Alister, Cara et Blair jouaient aux cartes.

Will occupait son temps en examinant les combinaisons sous toutes les coutures. Maya savait que la vue de la tempête l'avait profondément secoué. Il cherchait un moyen d'accroître la quantité d'oxygène dans les bouteilles – juste au cas où.

Affalés sur le divan, Maya et Owen lisaient *Le Droit imprescriptible*. Elle s'arrêta sur un passage qu'elle trouvait particulièrement intéressant.

« Dans la vie, les retours d'expérience négatifs ont une fonction : ce sont des jalons utiles sur la voie d'un plus grand succès. Pour celui qui ne sait pas mettre à profit ces retours d'expérience négatifs pour s'améliorer, l'action la plus judicieuse est toute trouvée : ne rien faire. »

Quand le soleil eut disparu, Owen refit un essai avec le monoculaire.
—Il n'y a rien.
—Pas encore, dit Maya. Pas encore.

Dans le plus grand silence, le groupe avala les ultimes rations ARC emportées de la station 17. On n'entendait que le bruit des vagues léchant les flancs du bateau.

Quand ils eurent fini, ils attendirent l'heure indiquée par la montre de gousset de Maya.

Le moment arriva, puis s'en fut. Rien ne se passa. Aucun vaisseau. Aucun signe.

Aucun hélicoptère.

Will essaya de nouveau le monoculaire. Il ne prit même pas la peine d'annoncer que sa tentative n'avait rien donné. Il se contenta de remiser son ustensile dans l'enveloppe, comme s'il refermait le dossier pour de bon.

—Je vais prendre le premier quart, dit-il. Outre que je suis plus reposé que la plupart d'entre vous, je crois que j'ai besoin de moins de sommeil.

En dépit de sa sieste de l'après-midi, Maya se sentait toujours fatiguée. Pourtant, au lieu de gagner directement son lit, elle fit un crochet par la cabine qu'Owen partageait avec Will.

—Peut-être aurons-nous une réponse demain matin, dit-elle en musardant sur le seuil.

—Peut-être.

—Tu penses à quoi ?

—J'étais en train de me dire à quel point le monde est vide.

Elle entra et referma la porte derrière elle. Elle ne voulait pas que Blair puisse entendre leur conversation. Ils étaient dans une situation passablement désespérée et Maya voulait épargner la fillette. Qu'elle n'entende pas les gens sur lesquels elle comptait exprimer leur peur.

Rien n'est plus contagieux que la peur – une infection capable de rendre tout le groupe malade.

— Dans la station, nous étions coincés, dit Owen. Pratiquement à court d'oxygène et d'énergie. (D'un geste, il attira son attention sur le bruit des vagues contre la coque.) On ne voulait qu'une chose : sortir. À présent, nous sommes ici, avec de l'air et de l'énergie à ne plus savoir qu'en faire. Au beau milieu de nulle part. Sans la moindre idée d'où aller, la plus petite parcelle de terre sur laquelle nous tenir. Regardons les choses en face : on est à la dérive.

— Il y a la Colonie.

— C'est vrai. Mais je ne peux pas m'empêcher de penser qu'il y a quelque chose ici. Je passe à côté d'un énorme indice.

Elle posa une main sur son épaule.

— Repose-toi. On ne peut jamais savoir. Les choses seront peut-être différentes demain matin.

Il hocha la tête.

— C'est une histoire de foi, pas vrai ? Exactement comme dans mon boulot. On plonge au cœur d'une situation dangereuse et imprévisible. On ne sait pas ce qui va se passer, mais on continue parce qu'il n'y a rien d'autre qu'on puisse faire.

— Exactement.

— C'est bizarre, je me sentais vivant à la station 17, quand on essayait de fuir. Même chose sur le porte-conteneurs, quand le compte à rebours était lancé et qu'on avait un objectif. À présent, je me sens comme avant la Chute. À la dérive. Je ne sais pas où est ma place dans le monde.

— Je pense que ta place est de faire partie intégrante de cette équipe. Et pour ça, il faut que tu te reposes.

À son réveil, Maya gravit l'escalier pour gagner le pont, où Will, Owen et Alister attendaient déjà. Le soleil se levait à l'horizon, chassant les ténèbres de la nuit.

Lentement, elle se tourna dans toutes les directions. Sans rien voir.

Owen porta le monoculaire à son œil.

— Toujours rien, annonça-t-il d'une voix calme.

Quand tout le monde eut fini le petit déjeuner, Owen se leva pour dire à tous ce que Maya pensait en son for intérieur.

— Ce qui était ici est parti. Ou ce qui devait venir n'est pas venu. Et ne viendra pas. Il est temps de partir.

Alister haussa un sourcil.

— À la Colonie ?

— À la Colonie, répondit Owen, avant de se tourner vers Will. Tu peux programmer un itinéraire ?

— Je l'ai déjà entré dans le système de navigation.

— Est-ce qu'on aura assez de vivres pour tenir jusqu'à l'arrivée ? demanda Cara.

— Plus qu'il n'en faut, répondit Will. D'après mes estimations, on devrait avoir trois jours de marge, à condition que la Colonie soit au bord de l'eau. S'il faut marcher vers l'intérieur des terres, on risque de se faire taxer nos rations, mais on pourrait tout aussi bien trouver du ravitaillement avant d'arriver à destination.

Jour et nuit, le bateau avançait sur la mer. La famille – selon l'image que Maya commençait à se faire du petit groupe – s'installa dans une routine. Comme toutes les familles, il y avait des membres qui s'entendaient bien, certains qui s'accrochaient à d'autres, et d'autres encore qui se repoussaient mutuellement, un peu à vif aux entournures quand ils se frôlaient de trop près. Pour autant, en cas de choc, ils ne mettaient pas longtemps à recoller les morceaux.

Alister et Cara se prenaient le bec sur à peu près tous les sujets imaginables.

Quand personne ne la regardait, Maya observait Blair sortir son enveloppe pour contempler la photo de sa mère, son père et son frère.

Maya était déchirée entre l'envie de prendre la fillette dans ses bras et le sentiment qu'elle devait lui laisser de l'espace.

Pour finir, Maya avait choisi de laisser à Blair du temps pour elle-même. Elle avait l'impression que c'était ce dont la petite avait besoin, bien plus que d'être couvée. D'une certaine manière, pendant ce long voyage sur les immensités tranquilles du néant liquide, chacun d'eux se retrouvait confronté à ses propres pensées, ses propres peurs, ses propres démons.

Owen était celui qui semblait en souffrir le plus. Quand il n'était pas en train de lire *Le Droit imprescriptible* avec Maya sur le divan, il arpentait le pont ou s'enfermait dans sa cabine pour ruminer. Maya pouvait presque voir fonctionner les rouages de son cerveau. Il paraissait comme hanté, avec son esprit tout entier tourné vers un problème sans solution. Elle brûlait de lui venir en aide, mais elle ne voyait aucun moyen de lui changer les idées ou de le lancer sur une nouvelle voie.

Et puis elle avait elle aussi son lot de problèmes. Chaque matin, elle se réveillait avec du sang séché sur les lèvres et sur les joues, plus une migraine qui lui martelait les tempes. Elle s'empressait d'aller se laver dans la salle de bains, avant que Blair ou Cara ne voient les dégâts.

Elle ne voulait pas que les autres sachent que sa maladie gagnait du terrain.

Elle avait appris à sentir arriver ses saignements de nez. *Illico*, elle plongeait vers leur cabine et attendait dans la salle de bains que le sang cesse de couler.

Une fois, elle tomba sur Owen qui l'attendait de l'autre côté de la porte.

— Ça empire, n'est-ce pas ?

— Non.

— Ce n'est pas l'exacte vérité. Je ne peux pas lire sur ton visage, mais je sais que ta vessie n'a pas pu rétrécir à ce point. Sans compter que la peau est à vif sous ton nez.

— C'est le mal de mer.

Il poussa un soupir.

— Eh bien, j'espère que tu me tiendras informé des éventuels effets secondaires de ta « naupathie ».

Elle confirma d'un hochement de tête tout en pensant : *Et qu'est-ce qu'on ferait contre ces effets secondaires ?* Il n'y avait ni hôpital, ni pharmacie, ni thérapie en vue.

Ce soir-là, allongée dans son lit, elle tenta de retracer mentalement le fil des événements. Elle s'était réveillée dans un bunker. Une station… Il y avait un numéro, mais elle ne s'en souvenait plus. *La station 19 ? Oui, c'est ça. Enfin…*

Et avant ça… qu'est-ce qui s'est passé ? Elle avait été malade, elle le savait. *À l'hôpital. Quelqu'un est venu me voir ? Qui ?*

Les souvenirs s'échappaient, comme emportés par le temps. Et le temps la rattrapait, à présent. Quel répit avant qu'elle ne se souvienne plus de rien – qui elle était, ce qu'elle faisait sur ce bateau au milieu de la mer, qui étaient les autres… qui était Owen ? Ni non plus de ce qu'ils avaient partagé sur le pont avant d'atteindre le porte-conteneurs. D'une certaine manière, elle était à la dérive elle aussi. Et il fallait qu'elle trouve une thérapie.

Très vite.

Chapitre 50

Ce furent des cris venus du dessus qui réveillèrent Owen dans sa cabine.

Il bondit de son lit pour s'élancer dans le petit escalier étroit. Will était recroquevillé par terre au milieu d'une étendue d'éléments informatiques et de pièces d'ordinateur jonchant le sol, du poste de pilotage jusqu'au divan. C'était la console du bord qui avait été réduite à cet état.

Owen entendait le rugissement des moteurs. Le bateau filait toujours sur l'eau. Pour quelque mystérieuse raison, il avait l'air de très bien fonctionner sans son cerveau électronique.

Dressé de toute sa hauteur au-dessus du jeune homme, Alister fulminait, les mains sur les hanches.

— Tu l'as démantibulé !

— Non, ce n'est pas ce que j'ai fait, répliqua calmement Will.

— Attends, dit Alister en désignant d'un geste toutes les pièces dispersées. Laisse-moi deviner. Je sais ! Le cockpit s'est autodétruit parce qu'il est assez intelligent pour savoir qu'on est perdus.

— *Primo*, rétorqua Will, on n'est absolument pas perdus. *Secundo*, j'ai démonté l'ordinateur embarqué pour inventorier toutes ses pièces afin d'identifier toutes celles qu'on pourrait récupérer et emporter quand on arrivera à terre.

— C'est bien ce que je disais, railla Alister. Tu le démantibules.

— Tu n'es pas le seul à savoir bricoler, Alister.

Owen s'interposa, une main levée en un geste d'apaisement, afin de tuer dans l'œuf la dispute sur le point d'éclater.

— Je croyais que tu étais programmeur, dit-il.

— Ce qui ne m'empêche pas d'avoir de bonnes notions du versant matériel de l'informatique.

Un bruit de pas montait de l'escalier. Owen se retourna et vit Maya qui arrivait en se massant les yeux du pouce et de l'index.

— Qu'est-ce qui se passe ?

— Il y a le petit génie qui charcute le bateau, marmonna Alister.

— Quelles sont les pièces qui t'intéressent ? demanda Owen, ignorant les sarcasmes d'Alister.

— La radio, répondit Will. Si je parviens à l'extraire, elle sera peut-être opérationnelle quand on sera à terre. On pourrait bien avoir besoin d'appeler à l'aide.

Alister ferma les yeux et poussa un soupir, les joues gonflées.

— À supposer que ce bazar tout désossé puisse fonctionner à terre – et j'en doute fortement –, on y gagnerait quoi ? De voir rappliquer des éléments hostiles ?

— Avoir une radio en état de marche nous offre la possibilité de l'utiliser, répondit Will. Ce n'est pas une obligation. On ne doit l'utiliser que quand on n'a rien à perdre.

— Le bateau avance toujours ? observa Owen en désignant la console en pièces détachées.

— Oui. Le système de navigation et les commandes moteurs sont toujours actifs. J'ai seulement shunté la partie affichage. Il fallait que je les désactive pour pouvoir retirer les éléments de la radio. (Will esquissa un geste visant à tranquilliser son auditoire.) Mais il n'y a aucune correction de trajectoire prévue avant un bon moment. J'aurai fini d'ici là.

— Fais vite quand même, dit Owen. On ne sait jamais sur quoi on va tomber ici.

— Si on se fie à l'expérience passée, murmura Alister, on va tomber sur rien du tout.

En allant prendre son quart, Owen retrouva Will sur le pont. L'ordinateur était intégralement remonté.

— Désolé pour ce remue-ménage, dit Will.

— Tu n'y peux rien, répondit Owen en se frottant le visage pour en chasser le sommeil. C'est Alister. Il est un peu sensible sur la question du bateau.

— Effectivement, murmura Will. Il est sensible.

Owen perçut comme un sous-entendu dans ces paroles. Il aurait tout donné pour être capable de le saisir.

— Des résultats avec la radio ?

— Oui, répondit Will. Nous avons ce que je crois être une radio en état de marche. Nous verrons à l'usage. J'ai aussi récupéré l'un des panneaux solaires sur le toit. Cela pourrait se révéler utile.

Le jour passa, semblable aux précédents, à la nuance près que Maya descendait de plus en plus souvent dans la grande cabine avec la salle de bains. Quand Cara la rejoignit pour prendre de ses nouvelles, elles restèrent en bas un long moment.

Owen en était pour le moins perturbé. Peu à peu, la Maya qu'il connaissait s'évanouissait. La maladie gagnait. Le temps s'amenuisait à bien des égards.

Owen l'aperçut alors que le soleil se couchait : une ligne fine intercalée entre la mer et le ciel.

La terre.

Ce littoral posé sur l'horizon gagna en épaisseur et précision.

— Regardez ! cria Owen.

Maya était à côté de lui, une main en visière devant ses yeux. Owen sentit son autre main glisser le long de son dos et s'accrocher à son épaule.

Derrière eux, les autres criaient de soulagement et de joie. Il enveloppa Maya de ses deux bras et la souleva en tournant sur lui-même. Alister étreignait Cara en une joyeuse accolade. Blair et Will rayonnaient.

Ils avaient réussi.

Très vite, la côte devint visible. Il n'y avait aucune ville, du moins aucune discernable, rien d'autre qu'un immense tapis d'arbres bleu-vert, d'où saillaient çà et là des pans de rocher – falaises abruptes semblables à des visages contemplant les vagues de l'océan qui venaient se fracasser à leur pied.

D'un côté comme de l'autre, le rivage s'étirait sans paraître s'arrêter. Owen n'était pas sûr d'être face à une île. Peut-être était-ce une masse continentale.

—Il faut trouver un endroit où débarquer, dit Alister.

Ils approchèrent suffisamment pour apercevoir une échancrure dans le couvert forestier.

—Je crois qu'on pourra toucher terre là-bas. À l'aube, dit Owen.

—À l'aube? s'exclama Alister avec un mouvement de recul. Pourquoi attendre?

—La lumière, répondit Cara sur le ton de l'évidence. Owen a raison. Allons nous reposer. Apparemment, on a une sacrée marche qui nous attend. Et je n'ai pas envie de la faire dans le noir.

Le lendemain matin, ils garnirent les sacs de toile de tous les vivres qui leur restaient, en y ajoutant lampes-torches et couvertures, puis échouèrent le bateau dans la petite baie.

Dans un sac en bandoulière, Will emportait sa radio improvisée et tout leur matériel médical.

—J'aurais bien aimé qu'on ait une clé pour fermer le bateau, dit Cara.

—Il se trouve qu'on en a une, répondit Alister avec un petit sourire.

Il disparut quelques instants dans le compartiment moteur et s'en revint avec une poignée de pièces mécaniques.

— Sans ça, impossible de le démarrer. Et je doute qu'on trouve beaucoup de fournisseurs ouverts par les temps qui courent.

Owen se dit que c'était une bonne idée – à laquelle il n'avait lui-même pas pensé. Alister l'avait menée à bien spontanément et sans effort. *Intéressant…*

Owen fut surpris de constater à quel point il était agréable de sentir la terre ferme sous ses pieds.

— Venez voir, cria Will, accroupi, une pierre à la main.

En s'approchant, Owen vit que c'était un morceau d'une bordure de trottoir.

— Il y avait une route ici, dit Will.

— Qui menait droit dans la mer, poursuivit Alister.

— Je crois que c'est le niveau de la mer qui a monté. Elle est submergée, à présent. Et il y a probablement une ville sous l'eau également.

— Elle devait bien mener quelque part cette route, dit Maya.

Will brandit le GPS.

— Pour l'instant, elle mène là où nous allons.

Quatrième partie

Les friches

Chapitre 51

Sur la route, il n'y avait nulle part où se cacher. Les six membres du groupe avançaient en silence tandis que le soleil montait lentement dans le ciel derrière eux. Il passa au-dessus des arbres et commença à les réchauffer, tant et si bien que Maya finit par troquer son pull contre une chemisette dégottée sur le bateau.

La chaussée avait pratiquement disparu, noyée sous les arbres et les buissons poussés là au fil du temps, tels des doigts et des mains de la planète se dressant pour reprendre possession de son domaine.

Maya guettait la présence du moindre panneau, du moindre signe. Elle n'en repéra aucun.

Ils s'arrêtèrent pour déjeuner et Will alluma sa radio. Ils n'entendirent que les grésillements de l'électricité statique, mais le jeune homme parut y voir un signe encourageant. Là où Owen discernait des liens invisibles pour les autres, Will semblait entendre des choses inaudibles pour le commun des mortels.

L'après-midi, ils poursuivirent leur randonnée, toujours dans le plus grand silence, attentifs à l'environnement autour d'eux. Maya était frappée de ne voir aucun animal – aucun suffisamment gros pour produire du bruit dans la forêt. Les plus grosses créatures vivantes qu'elle aperçut furent des insectes sur l'écorce des arbres.

Elle s'inquiétait de la fatigue de Blair, mais la fillette soutenait admirablement le rythme des cinq adultes.

En s'éloignant de la côte, le terrain se fit plus accidenté. Maya sentit son souffle s'accélérer et ses jambes brûler un peu. Ils s'arrêtaient de plus en plus souvent pour récupérer, généralement à la demande d'Alister.

— Alors, c'est ça la fin du monde ? dit-il en soufflant comme une forge, les mains posées sur ses cuisses. Marcher dans les bois jusqu'à ce que mort s'ensuive ?

— On est exposés, ici, murmura Will. Il vaudrait mieux faire silence.

— Ouais, ouais, murmura Alister.

À leur arrêt suivant, le jour n'était pas tombé, mais leur réserve de vigueur était à sec.

— On va camper ici pour la nuit, dit Owen. On repartira à l'aube.

Et sur ces bonnes paroles, ils étendirent les couvertures et sortirent les rations.

— Sur la base de notre progression aujourd'hui, demanda Owen en s'adressant à Will, il nous faudra combien de temps pour atteindre la Colonie ?

— On devrait y être demain.

Tous les regards se tournèrent vers lui. Will inclina la tête sur le côté.

— Cela étant, ça pourrait n'être que le jour suivant si on ralentit le rythme. Or, cette éventualité n'est pas exclue puisque la zone devant nous a l'air de plus en plus montagneuse.

À la tombée de la nuit, le froid se fit plus vif. Maya remit son pull, avant de se pelotonner sous une couverture avec Blair et Cara. Elle aurait voulu qu'ils puissent faire du feu, mais le risque était trop grand. Même chose pour les lampes. Ils restèrent donc dans le noir à attendre que revienne le soleil, pour une nouvelle journée de marche vers ce qu'ils espéraient bien être leur salut.

Avant d'être emportée dans le sommeil, Maya s'efforça de repenser aux derniers souvenirs encore présents dans sa mémoire. Les plus anciennes images dont elle avait souvenance étaient celles d'un homme qui sortait d'un sas et qui mourait. Mais elle savait qu'il y avait eu d'autres choses avant cela. Mais quoi ? C'était comme si l'horizon de ses souvenirs se rétrécissait. Combien de temps lui restait-il ? Combien de temps avant qu'elle n'oublie qui étaient Cara et Blair ? Owen ? Et même ce qu'elle faisait là ?

Des éclats de voix réveillèrent Maya. C'étaient Cara et Will qui se chamaillaient. Maya jeta un regard par-dessus son épaule juste à temps pour voir l'urgentiste tirer sur la couverture qui recouvrait Will, exposant les lueurs de la façade de la radio. Sans un mot, Will s'enfonça d'un pas lourd dans l'obscurité de la forêt, Cara sur les talons, en murmurant des choses. Maya voulait se lever pour les suivre, mais une accablante torpeur la terrassait.

Elle sentit une impression d'humidité sous son nez et y porta la main. Ses doigts étaient tachés de sang. Une brume envahissait sa tête. Le sommeil la submergea pour l'emporter au loin.

Quand Maya se réveilla de nouveau, Blair était blottie contre elle, profondément endormie. Cara et Will n'étaient pas revenus. Owen ronflotait doucement.

Alister était réveillé et lui tournait le dos, le regard fixé sur son avant-bras. Depuis sa position, Maya pouvait effectivement constater que la face interne de son poignet était bel et bien ornée d'un tatouage. Owen était dans le vrai. De son autre main, Alister toucha le dessin, enfonçant ses doigts, tirant et déformant la peau. L'esprit encore ensommeillé de Maya était si confus qu'elle comprenait à peine ce qu'elle voyait. Elle referma les yeux, avant de s'apercevoir qu'elle ne pouvait plus les rouvrir.

Ensuite, elle entendit la voix de Cara qui criait au loin, sans apparemment se soucier d'être entendue.

— Il faut répondre ! clamait-elle.

L'agitation ramena Maya à la conscience. D'un coup d'œil à la ronde, elle découvrit l'état de leur campement : les couvertures en tas çà et là autour des sacs et plus personne, hormis Blair et elle. Les autres s'étaient éloignés dans les bois, peut-être pour que leurs voix ne les réveillent pas.

— Répondre à quoi ? demanda Owen.

Maya entendait sa voix, mais sans parvenir à le voir à travers le rideau d'arbres et la brume matinale.

Elle se leva et partit à l'estime d'un pas chancelant dans la forêt, sur un sol irrégulier, jusqu'à une petite clairière où Alister, Will, Owen et Cara se tenaient en cercle autour de la radio posée par terre.

Alister avait remis son pull.

— Absolument pas ! disait-il en secouant vigoureusement la tête.

— Qu'est-ce qui se passe ? demanda Maya.

— Nous avons reçu une transmission, répondit Will.

— De qui ?

— C'est sûrement des parasites, dit Alister.

Will se pencha sur la radio pour tapoter sur son écran.

— Ce ne sont pas des parasites.

Des petits coups sortaient du haut-parleur, un battement rythmique qui s'achevait sur un long bip, avant de reprendre. Quatre coups. Un bip court. Sept coups. Un bip long.

— Quarante-sept, murmura Maya. Je ne comprends pas.

— C'est une radiodiffusion en ondes courtes, dit Will.

— Mais qu'est-ce que ça veut dire ? s'enquit Maya.

— Rien ! s'exclama Alister en levant les mains au ciel. Ça ne veut rien dire. Quarante-sept. La belle affaire.

— Non, ce n'est pas rien, dit Cara.

— Ah bon ? persifla Alister. Et ça veut dire quoi alors ?

Cara le foudroya du regard.

— C'est une station de nombres qui nous soumet une question. Nous devons répondre.

Chapitre 52

Les lumières de l'aube s'infiltraient à travers les frondaisons des grands arbres. Pendant un long moment, personne ne dit rien. Seuls les battements rythmiques et les bips de la radio troublaient le silence.

— Comment tu sais que c'est une station de nombres ? demanda Alister en s'adressant à Cara.

— C'est évident, répondit-elle, avant de se tourner vers Will. Il faut répondre. Immédiatement.

— Par quoi ? demanda Will.

— Les coordonnées de la station Jardin.

— Pourquoi ? demanda Will, la tête penchée sur le côté.

— Pourquoi pas ? rétorqua Cara.

— Cela ne nous aide pas beaucoup, répondit Will, en ménageant un instant de silence à la fin de sa réplique. Je me disais qu'on pourrait répondre « quarante-sept », une formule standard pour accuser réception. Voire « quarante-huit » pour marquer une progression.

— Ça ne nous aide pas plus, dit Cara. Cela ne ferait que révéler notre présence – et même notre position à supposer que l'émission puisse faire l'objet d'une triangulation. Non, il faut transmettre les coordonnées de la station Jardin.

Will la fixa en plissant les yeux.

— Notre position n'en serait pas moins révélée si l'émetteur peut trianguler.

— C'est vrai, mais notre réponse pour se révéler utile pour ceux qui émettent.

Owen scrutait attentivement leurs visages et leurs langages corporels, en souhaitant de toutes ses forces que son esprit parvienne à saisir le sens de ce qui se tramait sous ses yeux. Il éprouvait exactement la même sensation qu'à la station 17, quand le groupe s'était retrouvé pour la première fois dans la salle d'observation, au moment où Roman avait détruit Bryce après avoir placé les gens autour de lui comme des pièces sur un échiquier. Pour Owen, la situation produisait le même effet. Seulement, il ne voyait pas l'échiquier, il ne discernait ni l'objectif ni la façon dont les joueurs évoluaient. En tout cas, il avait la nette sensation que Cara et Will savaient quelque chose dont ils ne disaient rien. Malheureusement, les indices susceptibles de révéler ce dont il s'agissait lui échappaient totalement.

— Ces deux idées ne valent pas mieux l'une que l'autre ! rugit Alister. Il n'y a rien à la position de la station Jardin. Quant à révéler notre position et attendre tranquillement, c'est un suicide. On va se faire tuer.

— On ne sait pas, dit Will.

— Regarde ce qui est arrivé à ces andouilles dans le journal, répliqua Alister.

— On pourrait transmettre notre réponse et continuer à bouger, dit Will. On envoie « quarante-sept » et on voit ce qui revient. Cela nous dira au moins si la station de nombres est aux mains de quelqu'un qui nous veut du bien.

— Rappelle-moi quel est le nombre qui dit qu'on nous veut du bien ? ricana Alister. C'est quoi déjà ?

À cet instant, un bruit attira l'attention d'Owen – un bruissement quelque part dans les bois. Est-ce que cela venait de leur campement ? Il se reconcentra sur la conversation.

— Il faut établir un lexique de travail, disait Will.

— Foutaise…

La voix d'Alister s'amenuisa derrière Owen. Il s'était retourné et avait fait quelques pas en direction du camp.

Des bancs de brouillard dérivaient entre les arbres, comme sur l'île de la station 17. Le bruit se répéta. *Une branche qui craque.*

Le groupe en était arrivé au stade de la franche dispute, à présent.

Un fracas de métal et de plastique brisé mit fin à la conversation. Owen se retourna d'un bloc. Alister était en train de piétiner la radio.

— Voilà ! Comme ça, c'est fait ! On ne répond pas, point final. Et maintenant, on s'en va.

— Alister, espèce d'idiot ! s'écria Cara. Comment… ?

Le cri de Blair déchira la forêt, comme un coup de couteau aurait transpercé le cœur d'Owen.

— AU SECOURS !

Son corps réagit avant que la moindre pensée ne prenne forme dans son esprit. Il s'élança à grandes enjambées, bondissant vers l'endroit où devait se trouver la fillette, sautant par-dessus des troncs, esquivant des branches.

— Va-t'en ! hurla Blair.

L'espace d'une seconde, il envisagea de l'appeler, avant de renoncer. Un cri aurait révélé son arrivée imminente, ce qui pouvait être un handicap s'il était amené à se battre.

Au campement, Owen s'arrêta dans un véritable dérapage. Deux silhouettes, la tête recouverte d'une capuche, étaient à la manœuvre. La première soulevait un sac pour l'emporter, tandis que la seconde maintenait au sol une Blair qui se débattait. L'une comme l'autre portaient le même pull qu'Owen.

C'étaient des participants aux Jeux de l'Extinction.

— Arrêtez ! cria Owen en levant les mains.

La silhouette lestée du sac tourna les talons pour foncer dans la forêt. L'autre relâcha Blair pour filer à son tour.

Owen les prit en chasse, en se demandant s'il ne ferait pas mieux de les laisser tout bonnement filer. Mais il ne pouvait pas. Ils emportaient les derniers vivres de l'équipe.

Derrière lui, il entendit Maya qui parlait à Blair d'une voix douce.

— Ça va ? Ils sont partis par où ?

Owen se rapprochait de sa proie. Quand il fut à la distance voulue, il bondit, enfonçant son épaule dans le dos du fuyard, ceinturant son torse de ses bras. À son intense stupéfaction, il sentit le pull du fugitif se resserrer sous son étreinte, jusqu'à ce qu'il n'ait plus sous son placage qu'un corps atrocement maigre, presque inhumain.

Il s'écroula au sol sur la pauvre silhouette, avec l'impression que son corps pulvérisait celui d'en dessous.

Owen repoussa la capuche, révélant un visage mangé de barbe où luisaient deux yeux sauvages et fous. Ses joues creusées donnaient l'impression qu'il était sur le point de mourir de faim.

L'homme tenta de se libérer, mais Owen le maintenait implacablement.

— Je ne veux pas te faire de mal.

À grands gestes, l'homme tâtonnait à la ronde, comme un noyé qui tente désespérément de s'accrocher. Ou bien qui cherche une pierre, un bâton pour riposter.

Owen examinait son visage. *Je connais cet homme.* Il l'avait déjà vu une fois dans sa vie. À l'hôpital, pendant la Chute.

Parrish.

Il avait vieilli. Et, de toute évidence, il n'était pas en très grande forme. Comme Owen ouvrait la bouche pour lui parler, Parrish mit à profit cet instant de sidération. Sa main s'était refermée sur une grosse pierre, qu'il abattit sur le crâne d'Owen.

Le monde se mit à tournoyer et tout devint noir.

Chapitre 53

Maya courait dans la forêt en direction des cris de Blair. Les arbres et les buissons la ralentissaient, mais devant elle Owen fonçait à travers la végétation sans faiblir.

Il avait l'habitude de courir dans des environnements dangereux – et de supporter l'effort et la douleur. À l'évidence, son corps était depuis longtemps rompu à ces exercices.

Bientôt, il fut si loin que Maya ne le voyait même plus.

Quand elle arriva au campement, Blair était debout, accrochée à l'un des sacs, le visage inondé de larmes. Maya la prit dans ses bras.

— Ça va ? Ils sont partis par où ?

— Oui, ça va, répond Blair d'une voix tremblante. Ils étaient deux. Ils ont emporté l'autre sac de nourriture.

— Où est Owen ?

— Il les a poursuivis, répondit Blair, un doigt pointé vers la forêt.

Sans rien ajouter, Maya s'élança, l'oreille aux aguets, esquivant et repoussant les branches sur son passage. Elle envisagea une seconde de l'appeler, mais son instinct lui hurla de n'en rien faire.

Sur sa gauche, elle entendit un bruit de corps roulant sur des feuilles. Puis des voix – sans qu'elle parvienne à distinguer le moindre mot.

C'était Owen.

Elle infléchit sa course et chargea bille en tête. Son cœur battait à tout rompre. Les muscles de ses jambes étaient en feu, mais ses nerfs la portaient.

Elle s'arrêta sur place en découvrant Owen, gisant par terre, le visage couvert de sang.

— Cara ! cria-t-elle en direction des bois où flottaient des bancs de brouillard, sans se soucier le moins du monde de qui pourrait l'entendre.

S'il le fallait, elle serait prête à se battre contre ceux qui viendraient.

Elle se laissa tomber à genoux et posa une main sur le cou d'Owen. Le pouls était là, puissant. Il était vivant.

Elle se pencha sur lui, la bouche contre son oreille.

— Owen, murmura-t-elle.

Il ne bougea pas.

Elle s'assit et tourna la tête par-dessus son épaule. Elle était sur le point d'appeler de nouveau quand la voix de Cara lui parvint.

— Maya !

— Ici !

Un instant plus tard, l'urgentiste la rejoignait. À genoux, elle entreprit un examen méthodique du pompier inanimé. De la petite trousse de secours, elle sortit une petite capsule qu'elle brisa sous son nez. Owen inspira vivement et se mit à s'agiter. D'une main ferme sur sa tête, Cara le calma.

— Tranquille.

Tout doucement, Owen ouvrit des yeux larmoyants qui fixaient le vide.

— Qu'est-ce qui s'est passé ? demanda Maya.

— C'est Parrish. Il m'a frappé avec une pierre. Il n'avait pas l'air de se souvenir de moi.

— Qui est Parrish ? demanda Maya.

Owen se redressa.

— Tu ne te souviens pas ? (Maya secoua la tête.) Tu m'as dit que tu l'avais vu à l'hôpital, que tu le connaissais.

Un nouveau sentiment de peur s'empara de Maya. Ce Parrish... elle avait tout oublié de lui. Mais le pire, c'était qu'elle se souvenait encore de lui quelques jours plus tôt puisqu'elle avait dit à Owen qu'elle le connaissait.

Son passé s'effaçait de plus en plus.

—Les choses empirent, n'est-ce pas ? dit Owen.

—Concentrons-nous sur ton cas pour l'instant.

—Je vais bien, dit Owen en se remettant sur ses pieds. Mais ils ont embarqué la moitié de nos vivres.

Sur ces entrefaites, Alister, Will et Blair arrivèrent avec l'autre sac, les couvertures et le reste de leurs affaires.

—Il faut bouger, dit Alister entre ses dents serrées.

—Tu as détruit la radio, dit Owen en pointant un index accusateur sur lui.

—Moins fort.

—Qu'est-ce que ça peut faire ? Ils savent qu'on est ici. Ils sont affamés. Ils veulent juste bouffer.

—Pour ce qui me concerne, les gens qui ont faim sont tous dangereux, dit Alister. Cette radio n'aurait fait qu'attirer l'attention sur nous. Tout comme notre petite conversation ici. Il faut partir maintenant. Ils ne vont plus nous lâcher.

Cara se tourna vers Will.

—Tu peux réparer la radio ?

—Non.

Elle haussa les sourcils.

—Tu es sûr ? Même avec ton équipement ?

Il lui jeta un regard étrange.

—J'en suis certain, répondit-il. Elle est détruite. De plus, Alister a raison. On ne peut pas rester ici. Et moi, je ne peux rien réparer en marchant, même si j'avais les pièces pour ça. Il faut partir maintenant. Et vite.

Ils fonçaient à travers la forêt sans plus se soucier de rien, piétinant branches et racines, traversant en ligne droite buissons et bosquets. Toujours pas la moindre trace d'animaux – petits ou grands. Ni le moindre signe de civilisation.

Personne ne parlait, mais Maya sentait clairement que tout le monde partageait la même pensée : *C'est une course contre un adversaire invisible pour atteindre en premier un abri sûr qu'on pourra défendre.*

L'attaque dans les bois avait tout changé.

Maya se répétait sans cesse qu'ils pouvaient atteindre la Colonie avant le coucher du soleil. Qu'ils pouvaient y arriver s'ils tenaient la cadence. Et qu'ils trouveraient tout le nécessaire une fois sur place : la sécurité, la nourriture et une thérapie contre le virus qui grignotait un peu plus ses souvenirs à chacun de ses pas.

Elle sentait le temps qui filait et son passé qui lui échappait. C'était une sensation déchirante.

Le souvenir auquel elle s'accrochait le plus, de toutes ses forces, c'était la nuit passée avec Owen sur le bateau, quand ils avaient fait fi de toute prudence pour s'abandonner l'un à l'autre.

Vers le milieu du jour, ils s'arrêtèrent juste le temps d'avaler une ration ARC, sans même échanger quelques paroles. Chacun d'eux scrutait la forêt en mâchant, guettant le moindre signe. Autour d'eux, tout paraissait anormalement calme aux yeux de Maya. Plus elle découvrait ce monde et moins elle l'aimait.

Leur rythme ralentit dans l'après-midi. Ils étaient tous épuisés. Et morts d'angoisse. Mais ils continuaient d'avancer vaillamment, un pied devant l'autre.

Will était le plus frais. Il décida de partir en reconnaissance en avant du groupe. Bientôt, Maya l'aperçut au sommet de la colline suivante. La lumière du jour était plus éclatante au-delà des arbres, comme à l'orée d'une vaste trouée.

Quand Maya rejoignit Will au sommet de son perchoir, elle vit qu'un problème se profilait. Au fond de la vallée en contrebas s'étendaient les ruines d'une grande ville. Les bâtiments et les gratte-ciel n'étaient plus que des tas gris de débris de verre et de béton. Ils se tenaient au bord d'une immensité de destructions, les décombres empilés faisant office de monuments à la mémoire de la cité tombée. Des herbes, des arbres et des lichens bleu-vert avaient commencé à recouvrir la titanesque carcasse, la nature reprenant lentement possession de ce qui lui appartenait autrefois.

— La Colonie est située dans la ville ? demanda Owen.

— Non, répondit Will. Elle est juste après. De l'autre côté.

— Pour bien faire, il faudrait la contourner, dit Owen en grimaçant malgré lui devant la vision de l'immense friche urbaine.

— Ça prendrait du temps, dit Will.

— Et du temps, on n'en a pas, dit Alister.

— Je suis d'accord, dit Will de son ton posé. Si on traverse tout droit, on peut arriver avant la nuit. À condition de faire vite.

Personne ne broncha. Pour Maya – et apparemment pour tous les autres –, il y avait peu de chances qu'ils survivent à une nouvelle nuit à l'extérieur. Qu'ils tentent la traversée ou qu'ils dorment dans la forêt, ils risquaient leur vie tout pareil. Tacitement, le groupe avait décidé de tenter sa chance, en espérant atteindre la Colonie avant le crépuscule.

Ils entamèrent la descente vers les ruines hostiles et silencieuses.

Chapitre 54

La route conduisant à la ville était depuis longtemps envahie par les buissons et les arbres. Les voitures abandonnées étaient les seuls indices qui révélaient encore sa présence.

Les six marcheurs remontaient l'énorme colonne de véhicules étalée sur quatre files. Les portières béaient. Les habitacles étaient pleins de poussière, de saleté et de moisissures.

À leur passage, un petit animal s'agitait parfois, avant de détaler pour se cacher. Apparemment, les voitures faisaient de bonnes tanières pour les petites bêtes qui avaient reçu le monde en héritage après la Chute.

Owen ne pouvait s'empêcher de jeter un œil à l'intérieur de toutes celles devant lesquelles il passait, comme s'il avait assisté au passage d'un défilé immobile, traquant le moindre détail qui pourrait leur indiquer ce que pouvait renfermer la ville en ruine.

Aucun bruit ne leur parvenait depuis l'énorme cité devant eux, hormis la chute de temps à autre d'un pan de mur de verre et de béton. À croire que les décombres étaient vivants, et qu'ils versaient des larmes sur le temps qui passe.

À la lisière de la partie urbaine proprement dite, il y avait des rangées de pavillons effondrés, aux toits éventrés et aux fenêtres brisées. Les portes étaient ouvertes. Des arbres les entouraient comme autant de bosquets regroupés çà et là pour observer ces constructions en train de retourner à la terre pour de bon.

Venaient ensuite les immeubles de logements. Les parkings étaient envahis d'arbres et de buissons, hormis aux endroits où gisaient des voitures abandonnées. Cette vision fit remonter à la mémoire d'Owen le souvenir de l'immeuble « Oasis Park » et son sauvetage d'une jeune fille avant la Chute. La famille de Maya. Il se demanda si elle pensait à sa mère et sa sœur. Si elle se souvenait encore d'elles. Le temps s'enfuyait pour elle. Allait-elle l'oublier lui aussi – lui et ce qu'ils avaient partagé sur le pont du bateau ?

Comme il passait devant un autre immeuble d'appartements, un autre souvenir surgit dans son esprit. Il se vit marchant dans un couloir où des personnes âgées, hommes et femmes, étaient assises sur le seuil de leurs chambres. Une maison de retraite. Il s'arrêtait devant une chambre pour passer la tête à l'intérieur. Il voyait quelqu'un – une vieille dame à qui il rendait visite. Mais il ne se rappelait plus qui elle était. C'était pourtant quelqu'un qui comptait pour lui, de ça il se souvenait. Il avait beau faire des efforts, Owen ne parvenait pas à visualiser son visage. Était-ce un membre de sa famille ?

Tout à coup, il prit conscience de ce qui se passait : il était touché lui aussi. Ses souvenirs s'effritaient, exactement comme la ville, comme ceux de Maya. À chacun de ses pas, il sentait son passé se déliter un petit peu plus.

Une nouvelle peur s'empara de lui. La terreur de perdre son identité, la perception de lui-même, la notion de qui il était.

La voix de Cara attira son attention, l'arrachant à sa spirale mentale.

— Ici, appela-t-elle à mi-voix, attentive à ne pas attirer l'attention.

Elle s'approcha d'un monticule, près d'un groupe de voitures, dans ce qui avait été le parking d'une résidence.

Au moment où il la rejoignit, Owen vit ce qu'elle avait vu : une personne couchée sur le sol près d'une voiture. Elle portait une combinaison de protection siglée ARC Technologies, copie conforme de celle que lui-même avait endossée pour sortir de la station 17.

La personne ne bougeait pas.

Cara retourna le corps. La visière du casque était salement endommagée. Par le verre brisé, Owen aperçut un visage en décomposition. Pour autant, difficile de dire à quand remontait le décès.

La combinaison montrait un trou aux bords déchiquetés à la hauteur de la poitrine.

— C'est une flèche qui a fait ça, dit Alister.

— Ça colle, murmura Cara tout en continuant d'examiner le corps.

— Depuis combien de temps est-il mort ? demanda Owen.

— Impossible à dire, répondit Cara.

— Ce qu'on peut affirmer en revanche, dit Alister, c'est que quelqu'un pratiquait la chasse dans la ville. Et ce quelqu'un est peut-être encore là.

Personne ne jugea nécessaire d'ajouter quelque chose. Le groupe repartit, d'un pas plus rapide cette fois-ci. Tous savaient que celui ou celle qui avait abattu la personne dans la combinaison ARC était peut-être encore à l'affût dans les parages.

Ils longèrent d'autres immeubles résidentiels, de petits centres commerciaux disséminés çà et là. Puis Owen commença à repérer de grands immeubles de bureaux et des projets immobiliers mixtes, avec des boutiques au niveau de la rue, des bureaux au-dessus et des appartements tout en haut.

Sur un mur de brique, quelqu'un avait vissé des bandes de métal pour former un message :

« LE CHANGEMENT NOUS SAUVERA »

Il y avait eu au moins une personne tant soit peu optimiste au sujet du Changement. C'était le premier indice jetant un brin de lumière sur ce qui était arrivé à la ville – en plus du trépassé, probable participant aux Jeux de l'Extinction.

Will marchait en tête, menant le groupe à travers la ville, jetant de temps en temps un coup d'œil au GPS. De ce qu'Owen pouvait voir, ils empruntaient la voie la plus directe, avec l'espoir de sortir de l'autre côté en tombant pile sur la Colonie.

Ils franchirent un carrefour et commencèrent à descendre une autre rue quand Owen remarqua un papier d'emballage tourbillonnant dans le vent, tel un virevoltant dans une ville abandonnée. Il se pencha et le ramassa pour l'examiner. C'était une ration ARC.

Il le montra aux autres.

— Impossible de dire de quand il date, dit Alister.

Cara l'examina à son tour.

— Il pourrait y avoir quelqu'un de vivant dans les environs.

— Vous entendez ? demanda Will, qui semblait n'avoir pas suivi la conversation.

— Qu'est-ce que c'est ? demanda Owen.

— Le vent. Il forcit.

Non loin se dressait un tas de décombres sur au moins quatre étages de ce qui avait probablement été un immeuble de bureaux.

Sans dire un mot, Will fonça vers l'étrange pyramide et entreprit de l'escalader à une vitesse presque surhumaine. Owen le regardait faire en n'en croyant pas ses yeux. Près du sommet, Will posa ses mains en visière sur son front pour regarder au loin. Ensuite, il sortit son monoculaire pour observer dans toutes les directions. Sans rien livrer de ce qu'il avait vu, il remisa son ustensile et descendit de son empilement de gravats comme s'il avait fait ça toute sa vie. Des bouts de béton et de morceaux de verre cédèrent à deux reprises à son passage, mais il se rattrapa chaque fois sans difficulté, rattrapant sa chute d'une main avant de reprendre tout naturellement sa foulée.

— Une tempête arrive, annonça-t-il en rejoignant le groupe. Il faut se dépêcher.

Chapitre 55

Le cœur de Maya battait à tout rompre dans sa poitrine – et pas uniquement à cause de la tempête annoncée par Will. Non, la ville en ruine la mettait sur des charbons ardents. Tout son instinct lui hurlait qu'il leur fallait fuir d'ici immédiatement.

Blair serrait très fort la main de Maya. La fillette était terrorisée elle aussi.

— Il faut qu'on trouve un endroit où se mettre à l'abri, dit Alister.

— Pas le temps, trancha Will. Et j'ai trouvé mieux.

Il tendit le monoculaire à Alister, qui le porta à son œil et regarda à la ronde.

— Comment as-tu su ? demanda-t-il en passant l'objet à Owen.

— La logique, répondit Will sur le ton de l'évidence.

Owen plaça le monoculaire devant son œil, puis examina la rue. Ensuite, il le passa à Maya.

Tout d'abord, elle crut qu'il n'y avait rien à voir, mais c'est alors qu'elle remarqua toute une série de rais de lumière très discrets jaillissant vers le ciel, espacés régulièrement les uns des autres. Un à l'intersection suivante, un autre un peu plus loin dans la rue sur la droite. Cette lumière devait être dans une longueur d'onde en dehors du spectre visible – une fréquence que le monoculaire permettait spécifiquement de distinguer.

Will et Alister s'étaient déjà mis en route vers le premier repère lumineux quand Maya transmit le monoculaire à Cara. Owen attendait pour escorter Maya, Cara et Blair, mais Cara s'élança derrière Will et Alister sans prendre la peine de regarder.

— Je vous crois sur parole.

L'arrière-garde ne tarda pas à rejoindre les deux éclaireurs et le groupe reconstitué poursuivit sa route à toute allure.

Will ralentit un peu pour se laisser rattraper par Cara.

— Le monoculaire, s'il te plaît.

Comme elle le lui remettait, un mouvement furtif dans un tas de décombres attira l'œil de Maya. Elle se retourna pour mieux regarder, mais elle ne vit rien – rien d'autre que des amas de béton, de verre et d'acier. Son imagination lui jouait-elle des tours ?

Toujours est-il que cet instant de distraction lui valait d'avoir été distancée – et Blair avec elle puisque la fillette lui tenait la main.

Owen ralentit et, peu après, il était aux côtés de la jeune femme et de la petite fille. Dans la foulée, les trois échappés diminuèrent l'allure pour que le peloton se reconstitue.

— On fait des cibles faciles ici, grogna Alister entre ses dents. Faudrait voir à accélérer la cadence.

Maya était sur le point de dire que Blair ne pouvait pas aller plus vite quand une détonation perça le silence.

Alister pivota sur lui-même et tomba au sol.

Un autre coup de feu suivit, dont les échos roulèrent longuement dans la cité en ruine.

Will chancela avant de s'affaisser à son tour. Il amortit souplement sa réception sur les mains, apparemment indemne.

Owen et Cara se penchèrent sur Alister.

— Laissez-moi ! cria-t-il.

Ignorant son imprécation, Owen passa un bras de lui par-dessus son épaule pour le soulever et filer d'un pas lourd en direction d'un gratte-ciel partiellement écroulé, un peu à l'écart de la rue. Le lieu donnait l'impression qu'on pouvait s'y abriter.

Cara s'approcha pour prêter main-forte, mais Alister la repoussa sèchement. Elle s'élança donc vers Will, mais le jeune homme s'était déjà relevé pour suivre le groupe.

Pendant leur course effrénée d'autres tirs vinrent frapper la rue et les carcasses de voiture, emplissant l'air de poussière, d'étincelles et d'éclats métalliques.

Maya saisit Blair par le haut du bras pour la faire passer devant elle, s'assurant de pouvoir faire écran avec son corps pour la protéger.

Ils pénétrèrent dans le bâtiment par ce qui avait tout l'air d'un quai de chargement, avec une vaste zone de réception ouverte et un débarcadère de béton un peu surélevé. Les doubles portes étaient fermées, mais il suffit à Will de les pousser pour les ouvrir.

À l'intérieur, Owen déposa Alister sur le sol, lui arrachant un grognement de douleur atroce. Le souffle court, les dents serrées, il avait plaqué une main sur son épaule. Du sang coulait entre ses doigts.

— Alister…, murmura Cara, mais il l'écarta d'un geste avant qu'elle ne puisse aller plus loin.

— Laisse-moi.

Comme Owen ouvrait la bouche pour insister, une balle vint ricocher sur un mur, obligeant tout le monde à baisser la tête.

Courbé en deux, Will chargea Alister sur son épaule, arrachant un nouveau hurlement à l'homme beaucoup plus lourd que lui. Maya était stupéfaite de la vigueur de Will.

Un nouveau tir vint labourer la surface de béton du quai de chargement, soulevant une gerbe d'éclats.

Will remonta la grande halle pour s'enfoncer vers l'intérieur de la structure. Maya suivit en emmenant Blair qu'elle tenait toujours par la main. Owen et Cara fermaient la marche.

Au grand soulagement de Maya, les tirs cessèrent.

Après une nouvelle bifurcation, ils débouchèrent dans un vaste espace avec des tables, des chaises et des terminaux informatiques couverts de poussière et de crasse.

Will se retourna et prit le monoculaire dans sa poche pour le lancer à Cara.

—Au cas où on serait séparés, dit-il sans ralentir le rythme.

La porte suivante débouchait sur un couloir étroit menant à un autre quai de chargement. À l'extrémité une grande porte enroulable était ouverte sur ce que Maya supposa être la rue adjacente.

Will descendit un escalier métallique à toute allure pour faire irruption dans la rue. Aussitôt, il y eut un véritable feu roulant de détonations, qui obligea Will à esquiver, slalomer, danser sous l'averse de plomb brûlant.

Une balle l'atteignit.

Il tomba au sol, entraînant Alister avec lui.

À l'intense sidération de Maya, Will se releva, saisit Alister et parvint à gagner d'un pas chancelant l'immeuble de l'autre côté.

Leurs poursuivants sortirent à découvert. Maya les vit se déployer dans la rue.

Elle n'en crut pas ses yeux.

Chapitre 56

Dehors, les coups de feu se turent.

Owen s'avança sur le quai de chargement.

De l'autre côté de la rue, Will et Alister disparaissaient dans la pénombre d'un autre immeuble.

L'armée qui les traquait descendait la rue en ruine, contournant les zones herbeuses et les buissons, grimpant sur les carcasses de voiture empilées comme si elles avaient été de simples monticules de terre.

L'un des tueurs pénétra dans la zone de chargement sans faire preuve de la moindre hésitation, sans montrer le moindre signe de peur.

Un autre le rejoignit, puis un autre encore. Bientôt, ils furent sept à fixer Owen, Maya, Cara et Blair.

Personne ne disait rien.

Lentement, tout doucement, Maya fit passer Blair derrière elle.

Owen vint se placer devant elles. Il n'y avait absolument rien qu'ils puissent faire hormis affronter leur destin avec courage. Même si Owen sentait ses souvenirs lui échapper, il restait incontestablement celui qu'il était tout au fond. En cet instant, il prit conscience de cette donnée tandis qu'il faisait bravement face. Son acte silencieux était un témoignage indiscutable de sa nature profonde.

Les tueurs qui leur avaient tiré dessus ne bougeaient pas. Ils attendaient. Et Owen les regardait.

Ces tueurs n'étaient pas humains. C'étaient de petits robots qui avançaient sur six pattes. Le métal argenté de leurs corps rutilait, même dans la pénombre chichement éclairée par quelques rais de lumière venus de l'extérieur.

À l'extrémité de leurs pattes, nul pied, mais des pinces aiguisées qui mordaient dans le béton. Un souvenir jaillit dans l'esprit d'Owen. Il vit un autre robot fonçant sur lui en projetant un épais liquide blanc, puis une silhouette vêtue d'une combinaison plaquant le robot, lui permettant à lui, Owen, de s'enfuir. Cette personne l'avait sauvé. Mais qui était-ce ?

Tout se désagrégeait petit à petit.

Tandis que cette pensée s'emparait d'Owen, le groupe de sept robots fit demi-tour et quitta la zone de chargement, comme s'ils venaient de décider qu'Owen ne constituait pas une menace – qu'un homme en train de perdre ses souvenirs ne pouvait pas leur nuire.

Cara s'élança dans l'escalier métallique à la poursuite des robots.

—Allez, venez.

—Tu es folle ! cria Owen.

Elle s'arrêta net.

—Ils ne nous feront aucun mal. Il faut qu'on aille se réfugier sous terre avant que la tempête ne s'abatte.

—Comment tu sais tout ça ? demanda Maya.

—Je… Je le sais. D'accord ? Allez, on y va.

Owen ne voyait pas ce qu'ils pourraient faire d'autre. Il rejoignit donc Cara dans la rue, le monoculaire à l'œil, regardant les repères de lumière invisible – ces petits cailloux blancs qui allaient les mener à la sécurité… Du moins Owen l'espérait-il.

Devant eux, les robots investissaient toute la rue de leurs petits pas saccadés, ne s'arrêtant que pour fouiller les voitures et se glisser dans les boutiques par les portes et les fenêtres brisées.

Maya courait à côté d'Owen, le souffle un peu court.

—Ils traquent Will et Alister.

—On dirait bien, répondit Owen.

—Mais pourquoi ?

— Je l'ignore.

Quelque chose dans les événements qui venaient de se produire perturbait Owen. Profondément. Cara savait ce qu'étaient ces robots. Du moins, c'était l'impression qu'elle donnait. En avait-elle déjà vu avant la Chute ? Si tel était le cas, elle n'en avait rien dit.

— Par ici, cria Cara qui marchait devant eux, apparemment sans se soucier de se montrer discrète.

Ils bifurquèrent dans une rue presque entièrement bouchée par un camion de pompiers et plusieurs véhicules de police renversés. Une barricade avait été érigée ici, manifestement pour empêcher quelqu'un ou quelque chose d'avancer. Cette ville avait été une zone de guerre. Et elle l'était encore.

Les robots crapahutèrent par-dessus la muraille de ferraille.

Au-dessus de leurs têtes, le ciel s'assombrissait. Le tonnerre fracassa le silence et roula longuement. C'était un avertissement de l'arrivée imminente de la tempête.

Cara les mena dans un bâtiment dont les murs de béton avaient été réduits en charpie par d'innombrables tirs, puis flétris par le temps. À l'intérieur, elle fonça droit devant elle, se glissant dans les couloirs et les pièces ouvertes, jusqu'à déboucher à l'arrière dans une étroite ruelle encombrée de papiers et de détritus, que le vent forcissant commençait à chahuter en tous sens. On aurait dit des fantômes se relevant d'entre les morts.

Cara montra un escalier de brique qui descendait jusqu'à une paire de doubles portes au sous-sol.

— C'est ici, annonça-t-elle.

L'une des doubles portes était ouverte.

Quelqu'un était-il déjà là ? Alister et Will ? Quelqu'un d'autre ?

À l'autre bout de la ruelle, un groupe de robots passa sans même s'arrêter pour examiner Owen et les autres.

Ils descendirent la volée de marches pour se glisser par l'entrée dans un sous-sol humide et bas de plafond.

Le mur du fond était intégralement occupé par une batterie de grosses armoires métalliques de congélation. Owen se dit que ce devait être la chambre froide d'un restaurant ou d'une boucherie au-dessus.

Cara sortit son monoculaire pour regarder dedans, avant de le passer à Owen. À son tour, il examina la pièce autour de lui. À sa grande surprise, le pavé numérique du dernier frigo émettait une lumière verte.

Cara s'approcha et tapa deux chiffres. Le verrou émit un cliquetis et la lourde porte s'ouvrit sur une chambre de décontamination pratiquement identique à celle de la station 17.

Cara pénétra à l'intérieur, suivie par Owen, Maya et Blair. Quand la porte extérieure fut refermée, une brume jaillit des buses suspendues au plafond – un liquide frais qui fit frissonner Owen. Il eut le soulagement de découvrir cinq combinaisons de protection accrochées à une patère. Il examina la plus proche : le niveau d'oxygène était à 100 %. Il leur en manquait une pour équiper tout le groupe, mais ils pourraient voir ça plus tard – à condition, bien sûr, de retrouver Alister et Will.

Une voix métallique sortit des haut-parleurs.

— Décontamination terminée. Bienvenue à la station 47.

L'écoutille s'ouvrit avec un claquement. Cara s'avança, mais Owen la retint par le bras.

— Comment connaissais-tu le code de la porte extérieure ?

— J'ai deviné.

— Tu as des sacrés dons de divination.

— C'était la seule solution : le nombre transmis par radiodiffusion. Quarante-sept. Je pense que cette station des Jeux de l'Extinction fait également office de station de nombres.

Ils sortirent du sas pour déboucher sur une plate-forme dotée d'un escalier métallique menant à un soubassement où les attendait une écoutille avec un volant d'ouverture. Elle était déjà ouverte, mais ce qui se cachait derrière était plongé dans l'obscurité.

Owen, Maya et Cara allumèrent leurs lampes-torches et descendirent l'escalier branlant et humide.

— Ohé ! cria Owen.

Aucune réponse.

Sur le seuil, il éclaira l'étroite coursive sur laquelle s'ouvrait l'écoutille. Il y avait des portes de part et d'autre, exactement comme à la station 17, à la nuance près que cet endroit n'était pas fait d'acier et de plastique blanc. C'était plutôt une structure existante de brique et de béton qui avait été transformée et réaffectée.

—Ohé ! cria Owen une nouvelle fois avec l'espoir que...

—Silence ! répondit Alister d'une voix rauque et crispée par la douleur, un peu plus loin dans le couloir. J'aimerais bien pouvoir mourir en paix.

Owen ne put contenir un sourire.

Cara s'élança vers lui, sa trousse de soins à la main. Maya s'avança à son tour, mais Owen brisa son élan d'un geste de la main.

—Allons-y doucement. Assurons-nous d'abord qu'il n'y a pas de danger, dit-il. Comme quand on a exploré la station 17.

Maya ne répondit rien. Les yeux ronds, elle fixait sur lui un regard plein d'incompréhension. Owen était incapable de lire sur ses traits, mais il devina la vérité.

—Tu ne te souviens pas, n'est-ce pas ? Quand on a exploré la station tous les deux, toi et moi ?

Maya secoua la tête.

Blair glissa sa petite main dans celle de Maya.

—La dernière chose dont je me souvienne, c'est quand on a trouvé le bateau avec Alister.

—Ce n'est rien, dit Owen. On va régler ce problème. Bientôt.

Il s'approcha de la première porte et l'ouvrit à la volée. Elle comprenait sept cylindres de stase, comme ceux à la station 17. Tous vides. Les écrans muraux étaient allumés. On y lisait quelques mots en lettres majuscules blanches :

STATION 47

PROTOCOLE TERMINÉ

MODE NOMBRES ACTIVÉ

La pièce en face comportait elle aussi des cylindres vides, ainsi que des chariots métalliques sans rien dessus.

Venait ensuite une salle d'observation, avec une petite salle de bains et des chaises métalliques éparpillées çà et là. Il n'y avait aucune couverture. Alister était allongé par terre, avec Cara penchée sur lui, avec son kit de secours ouvert, de la gaze répandue un peu partout, et une compresse imbibée de sang. Will gisait au sol lui aussi, mais Owen ne vit pas une goutte de sang autour de lui. Il murmurait des choses à Cara sur un ton fébrile, tandis qu'Alister grinçait des dents sous les assauts de la douleur.

— Besoin d'aide ? proposa Owen.

Cara jeta un regard par-dessus son épaule.

— Regarde si tu trouves des antalgiques.

Doucement, Maya fit sortir Blair de la pièce, désireuse d'épargner cette scène à la fillette, quels que soient les soins en passe d'être prodigués à Alister.

Plus loin dans la coursive, Owen trouva trois autres pièces avec des cylindres, tous vides, et une salle d'observation totalement déserte.

— On dirait bien que quelqu'un est déjà passé par ici, dit Maya. L'endroit a été ratissé.

Il ne restait plus qu'une porte, tout au fond du couloir, légèrement entrouverte. Owen y découvrit une petite chambre de décontamination. Il s'y aventura, jusqu'à l'écoutille de l'autre côté. Cette dernière donnait sur un petit poste de contrôle équipé de plusieurs stations informatiques et un mur d'écrans.

Mais c'est ce qu'il vit sur le sol qui le tétanisa.

Un corps.

Tout d'abord, il crut être victime d'une hallucination.

Il s'approcha, se pencha et éclaira de sa lampe le visage du jeune homme.

— C'est Will, murmura Maya.

Owen nageait en pleine confusion. Comment Will pouvait-il être ici ?

Il venait de voir le jeune homme dans la salle d'observation derrière eux, avec Cara et Alister.

Et la vérité s'imposa à lui.

Chapitre 57

Dans le poste de contrôle de la station, Owen bascula le corps sur le ventre, révélant une longue entaille dans le dos, d'où sortaient des amas de fils.

—C'est un androïde, dit Owen. Will est une sentinelle.

—Une sentinelle ?

Maya ne connaissait pas ce mot. Pour Owen, sa question fit l'effet d'un coup à l'estomac.

—Tu ne te souviens pas ?

—Je ne me souviens pas de quoi ?

—De Bryce.

—Qui est Bryce ?

Owen sentit sa gorge se nouer.

—Il fait partie des Jeux de l'Extinction. Du moins, il en faisait partie. Will aussi. Il nous a tous manipulés.

—Pourquoi ?

Owen se leva.

—Je ne sais pas. Mais je vais aller le demander. Les choses pourraient mal tourner. Je crois que tu devrais rester ici avec Blair. Porte fermée.

—Certainement pas.

—Hein ?

—Si c'est une machine et que tu penses qu'il nous veut du mal, tu vas avoir besoin de toute l'aide possible.

Douce et posée, la voix de Will fit irruption dans le petit espace.

—Je suis une machine, mais je ne vous veux aucun mal. Je suis désolé de ne pas avoir été en mesure de vous prévenir plus tôt.

Maya pivota sur elle-même pour se retrouver face à Will, debout sur le seuil, les mains le long du corps, une expression tranquille sur les traits.

Un gros trou ornait le haut de son torse, juste en dessous de l'épaule droite, là où une balle l'avait traversé. Des fils blancs et une lueur bleutée s'en échappaient. Un autre trou était visible en haut de sa cuisse gauche.

—Il faudrait que vous rejoigniez les autres. Je veux que tout le monde entende ce que j'ai à dire.

Dans la salle d'observation, Maya s'installa près de la porte, la main de Blair toujours glissée dans la sienne. Owen se plaça entre elles et Will. Son corps était tendu tout entier.

—Comme vous le savez, je suis une machine. Pour être précis, je suis ce que la société ARC appelle une « sentinelle terminale », déclara Will.

—Pourquoi tu ne nous as rien dit ? l'interrogea Owen.

—Ma programmation l'interdit. J'ai été consigné dans mon alcôve pendant toute la durée des Jeux. On ne m'a fourni aucune donnée. Concrètement, j'étais une sauvegarde d'urgence, protégée derrière un pare-feu. Dans l'éventualité où les Jeux seraient un échec, mon rôle consistait à quitter la station avec la dernière cohorte et à la protéger dans le monde dans lequel elle se retrouverait.

—Ouais, eh bien tu as été nul ! rugit Alister.

—De ce point de vue, tu as raison. J'ai échoué. Mais j'espère que dans ma dernière intervention je me montrerai à la hauteur de ma fonction.

Owen leva la main.

—Attends. Revenons un peu en arrière. Pourquoi est-ce que ces robots… appelons-les des « araignées », pourquoi vous ont-ils tiré dessus, à Alister et toi, et pas sur nous ?

—La réponse est évidente, dit Will. Je pense que ces araignées ont été créées par l'un des groupes en guerre – que ce soit l'Alliance ou bien l'Union – et elles sont programmées pour éliminer les autres robots.

Le regard de Maya vint se poser sur Alister.

— Ne me regarde pas comme ça ! cracha-t-il entre ses dents. Je suis en train de me vider de mon sang. Je suis fait de chair et d'os, comme vous tous !

— Alors pourquoi t'ont-elles tiré dessus ? insista Owen.

— Comme si je le savais, marmonna Alister. Peut-être à cause de ma prothèse de genou. Excusez-moi d'avoir bossé toute ma vie et de m'être esquinté au service d'un ramassis de bêtes ingrates. (De l'index, il désigna Will.) Ce n'est pas moi le menteur ici. C'est à lui qu'il faut poser la question.

— Je ne mens jamais, dit Will. Certes, j'ai omis de vous fournir certaines informations, mais mon créateur m'a imposé de suivre ces instructions. Elles ont été élaborées avec le souci de protéger vos intérêts – et ceux des Jeux – de façon qu'on puisse aller sauver ceux qui sont retenus au Jardin.

Le regard de Will s'attarda tour à tour sur Cara et Alister.

— Au demeurant, je ne suis pas le seul à avoir des secrets.

— Qu'est-ce que ça veut dire ? demanda Owen.

— Ça veut dire que c'est un menteur, rétorqua Alister.

— Je le répète, je ne mens jamais, dit Will. Je ne vous ai pas dit toute la vérité parce que je ne pouvais pas – jusqu'à ce que vous la découvriez par ailleurs ou qu'il devienne impératif que je vous informe pour sauver vos vies. Ce moment est venu. Viendra un autre moment où les autres secrets que conservent certains dans cette pièce devront être révélés. Mais ce moment n'est pas encore venu. Pour l'heure, vous devez partir. J'ai compté vingt araignées dehors. Si je ne me trompe pas, d'autres vont arriver. Elles attendront dehors jusqu'à ce que nous sortions.

Alister secoua la tête.

— Peu importent les araignées. Il n'y a qu'après moi qu'elles en ont – et toi, Will. Les autres peuvent sortir. Et ils feraient bien d'y aller. La tempête arrive.

— La tempête est précisément la raison pour laquelle vous devez tous partir, dit Will. Mais il n'y a pas qu'elle qui vient.

— Comment ça ? demanda Owen.

— Il y en a d'autres.

— D'autres quoi ?

— D'autres participants aux Jeux de l'Extinction. Ils ont des combinaisons et je capte leurs radios. Ils nous ont vus et ils nous cherchent. Ils ne tarderont pas à nous trouver.

— Assez parlé, trancha Alister. Partez tous maintenant.

— Pas question de te laisser, dit Owen en secouant la tête.

— Bien sûr que si.

— On n'abandonne pas les nôtres derrière, dit Owen d'un ton ferme, catégorique.

— Comme c'est mignon. C'est bien gentil tout ça, mais c'est le monde réel…

— Exactement, Alister. Le monde réel. Un monde en ruine. Tout ce qui nous reste, c'est nous, les uns pour les autres, dans un monde qui veut nous supprimer. Tu sais ce qui est important à mes yeux ?

Alister poussa un énorme soupir.

— Ce qui est important c'est ce qu'on fait dans un monde dans cet état, la façon dont on se comporte, déclara Owen. Nous sommes les derniers. C'est à nous de décider ce qu'est le monde aujourd'hui. C'est à nous de dire ce qui est important. Ce sera peut-être notre dernière décision. Quand nous sortirons d'ici, nous serons peut-être abattus par des gens sortis avant nous des Jeux de l'Extinction – des gens qui ont décidé que nous chasser les uns les autres ou abandonner les siens était une manière acceptable de survivre. Peut-être que la tempête sera notre perte. Ou les robots. Ou autre chose Mais si nous livrons ici notre dernière bataille, alors nous tomberons avec la dernière chose qui compte en ce bas monde : notre dignité et notre humanité. Nous mourrons comme nous avons vécu : avec nos valeurs.

Chapitre 58

Pendant un long moment, il n'y eut plus un bruit dans la salle d'observation. Tous les membres du groupe paraissaient méditer les paroles d'Owen.

Ce fut Cara qui rompit le silence.

— Je n'ai jamais été aussi d'accord avec quelque chose de toute mon existence. Nous partons tous ensemble ou nous ne partons pas.

— Moi aussi, je suis d'accord, dit Maya.

— Moi aussi, dit Blair.

Alister leva les yeux au ciel.

— Je vous déteste tous.

Owen sourit.

— Nous aussi, Alister. Je te porterai s'il le faut, même si tu cries et rues dans les brancards.

— Je peux marcher, marmonna Alister. J'ai été touché à l'épaule, pas aux jambes.

— Mais tu vas fatiguer, objecta Owen. Et tu devras nous dire quand tu te sentiras faible.

— Il faut se dépêcher, dit Will. J'ai l'intuition que cette station n'est qu'un piège. Il y a des discussions à la radio. J'ai l'impression que les autres savent que nous sommes ici. À l'évidence, ils disposent d'une autre station où ils peuvent recharger leurs bouteilles d'oxygène. Je soupçonne que cette station de nombres a été laissée spécifiquement pour attirer d'autres participants aux Jeux de l'Extinction. Après tout, il n'y a qu'une seule façon de sortir d'ici.

— Quel est le plan ? demanda Owen.

— Enfilez tous une combinaison pour vous protéger de la tempête, répondit Will. Je ne sais pas au juste à quel moment elle frappera la ville. Si cela se trouve, elle est déjà sur nous. Moi, je vais entraîner les robots ailleurs. Quand je serais certain qu'ils me suivent, je vous enverrai un signal par la radio de vos combinaisons. Vous sortirez d'ici pour tenter de rallier la Colonie. Mais il faudra faire vite. Votre unique espoir est d'aller plus vite que les autres et d'atteindre la Colonie avant d'être à court d'oxygène.

Sans rien ajouter, ils se dirigèrent vers le sas pour y enfiler leurs combinaisons. Alister grogna et gémit tout du long.

— La position de la Colonie est déjà programmée, dit Will en remettant le GPS à Owen.

Il saisit la poignée de l'écoutille extérieure, mais suspendit son geste pour se retourner.

— Bonne chance à vous tous. J'aurais aimé pouvoir faire plus.

Et sur ces paroles, Will ouvrit la porte pour foncer dehors, disparaissant à une vitesse qui n'avait rien d'humain.

Par l'intermédiaire du micro externe de sa combinaison, Owen entendit des coups de feu au loin, très forts tout d'abord, puis de plus en plus faibles.

— Vous pouvez y aller, annonça Will à la radio.

Owen et Alister menèrent le groupe dans la petite ruelle, puis rampèrent dans l'ouverture pour jeter un coup d'œil dans la rue.

Elle était vide.

Les cinq équipiers partirent au petit trot en direction de la Colonie. Les seuls bruits qu'ils entendaient étaient les grognements de douleur d'Alister et des détonations dans le lointain.

Owen guettait le moindre signe d'autres participants des Jeux de l'Extinction. Il ne voyait que des décombres, des voitures abandonnées, des arbres et des buissons qui envahissaient tout.

À chaque pas qu'il faisait, il se sentait un peu plus optimiste. *Oui, on va y arriver.*

Au-dessus d'eux le tonnerre gronda, ouvrant le ciel en deux. La pluie se mit à tomber, une averse violente, dont les gouttes martelaient le sol en éclatant, comme des galets jetés dans un étang.

Le vent se fit plus violent, au point de ballotter Owen jusqu'à lui faire perdre l'équilibre.

Il entendit un cri dans la radio. Il se retourna et vit Blair couchée sur le pavé. Maya réagit instantanément. Elle glissa ses mains sous les bras de la petite fille et la remit sur ses pieds. D'un coup d'œil rapide, elle s'assura que sa combinaison n'était pas déchirée.

— C'est bon, dit Maya. On continue.

Ils repartirent avec une énergie renouvelée. Ils piétinaient en cadence des flaques de plus en plus grandes. Le vent cinglait leurs combinaisons, se glissant partout entre les amas de décombres, dans un hurlement qui donnait l'impression qu'un monstre les poursuivait.

La voix d'Alister s'éleva dans la radio, laborieuse et hachée. Ses halètements étaient presque aussi bruyants que le vent.

— Je… n'y… arrive… plus. Laissez… Laissez-moi…

Owen se porta à sa hauteur et lui saisit le bras – du côté qui n'avait pas été touché – pour le passer sur ses épaules, tout en glissant son propre bras autour de la taille du mécano, et en le soulevant légèrement. Alister poussa un cri de douleur, mais Owen savait qu'il allégeait le fardeau sur les jambes du blessé.

Le groupe avait ralenti, mais avançait toujours. Devant eux, les gratte-ciel effondrés cédaient le pas à des immeubles de moindre hauteur.

Ils n'entendaient plus les tirs des robots. Owen se demanda si le bruit de la pluie couvrait les détonations ou s'ils avaient tué Will. À ce sujet, il éprouvait un étrange dilemme. Au moment de la Chute, les robots avaient tué son équipier et tenté de s'en prendre à lui. Il ne se souvenait plus du nom de cet homme, mais il n'avait pas oublié la haine qu'il avait éprouvée quand son esprit s'était remémoré ce souvenir – sa haine des machines qui l'avaient attaqué.

Mais en même temps, Will les avait aidés. Certes, il n'avait rien dit de sa véritable nature, mais en y réfléchissant, Owen devait bien reconnaître que c'était la seule solution. Il aurait fracassé le crâne de Will si celui-ci lui avait révélé la vérité à la station 17.

Les constructions urbaines disparurent peu à peu, remplacées par des files de véhicules abandonnés, que la nature recouvrait peu à peu. Une fois passé les limites de la ville, le revêtement routier devenait invisible. Il avait totalement disparu. En revanche, on en devinait le tracé à l'absence d'arbres. La route sinuait à travers les champs et les collines.

Au sommet de la première crête à l'extérieur de la ville, Owen entendit de nouveau des coups de feu à la radio. Il se retourna pour examiner l'immense champ de ruines. Il aperçut Will qui gravissait un gigantesque amas de décombres – auparavant un gratte-ciel fièrement dressé – en crapahutant sur ses quatre membres mécaniques plus vite qu'aucun humain n'aurait pu le faire. Il y eut une nouvelle détonation et Will bascula. Mais il se reprit bien vite, pour repartir à l'assaut de ce qui restait de l'édifice.

À cet instant, Owen vit les robots, une vingtaine d'araignées, qui se ruaient vers Will, s'arrêtant de temps à autre pour ficher leurs pinces dans les gravats et ajuster un tir.

Il se demanda si la guerre du Changement avait ressemblé à ça : des robots livrant bataille dans les ruines d'un monde perdu.

Au grand étonnement d'Owen, une silhouette vêtue d'une combinaison foncée apparut alors, en sortant de l'ombre d'un autre bâtiment. D'un pas nonchalant et tranquille, elle s'approcha de la colline d'éboulis que Will gravissait.

— La sentinelle n'a aucune chance, dit une voix masculine.

Owen comprit alors que c'était par le biais de la combinaison de cet inconnu qu'il avait entendu les coups de feu. Il diffusait sur leur fréquence.

— Qui êtes-vous ? demanda Owen.

— J'imagine que je suis quelqu'un comme vous. Un type qui s'est réveillé dans un monde en miettes et qui cherche un moyen de survivre.

Les robots se rapprochaient de Will, à présent, tirant de plus en plus en souvent. Chaque fois qu'une balle l'atteignait, le corps de Will tressautait violemment.

— Qu'est-ce que vous voulez ? demanda Owen.

— Ça me semble évident, non ? Vous aider.

— Vous avez une façon bien étrange de le montrer. Vous avez tiré sur l'un des nôtres. Et sur notre sentinelle.

Will ne bougeait plus, à présent. Son corps gisait sur les gravats et les araignées convergeaient vers lui.

— Eh bien, vous me remercierez plus tard de vous avoir débarrassés de la sentinelle, dit l'homme à la radio.

— Et pourquoi je ferais ça ?

— Parce qu'elle vous menait à la mort – comme elles le font toutes.

— Et comment vous savez ça ?

— Je suis déjà allé au bout de la route que vous suivez. Elle ne mène pas là où vous croyez.

— Et elle mène où ?

— Nulle part.

— Prouvez-le.

— Je pense que vous savez déjà que c'est vrai. Laissez-moi deviner : ils vous ont dit que vous alliez sauver l'humanité. Que vous étiez le dernier espoir de notre espèce.

— Quelle est la vérité ?

— La vérité, c'est qu'il n'y a pas d'espoir. Vous avez sous les yeux ce qui reste du monde. Alors vous pouvez soit venir avec moi et survivre, soit faire un choix stupide.

— Il y a quand même un problème, dit Owen. Vous avez tiré sur l'un des nôtres.

— Nous pouvons vous expliquer... quand vous nous aurez rejoints.

— J'aimerais une réponse tout de suite. Vous êtes qui ?

— L'Alliance. Nous sommes ce qui reste du gouvernement, plus des gens qui ont fui les Jeux de l'Extinction et eu le bon sens de se rallier au bon côté.

Cara intervint à la radio pour la première fois.

—Vous n'êtes pas de la Colonie?

—Non. La Colonie est sous le contrôle de l'Union. Si vous allez là-bas, ils mettront le Changement en œuvre sur vous.

—Il faut partir, grogna Alister à la radio. Ils mentent. Ces gens nous tueront dès qu'ils nous auront mis la main dessus.

À sa grande surprise, Owen reconnut une nouvelle voix à la radio: celle de Will. L'androïde gisait toujours sur son tertre de gravats, la bouche fermée et le corps immobile, mais sa voix sortait parfaitement claire dans le haut-parleur. De toute évidence, c'était une transmission sans fil.

—Alister a raison. Allez à la Colonie, je vous en prie.

Les araignées déployées autour du corps de Will tirèrent à bout portant, jusqu'à vider leurs chargeurs. Quand ce fut fait, elles s'approchèrent de lui pour le dépecer à l'aide de leurs pinces, arracher sa peau synthétique, puis démantibuler absolument tout ce qui restait de lui.

—On devrait les rejoindre, dit Cara à la radio. Ils sont le gouvernement.

—Et ils utilisent une armée de robots pour traquer les gens, riposta Alister. Non, il faut partir. Maintenant.

Dans la ville en contrebas, une troisième silhouette vêtue d'une combinaison rejoignit les deux qui étaient déjà côte à côte. Ce nouvel arrivant portait une tablette. Apparemment, il s'était entretenu avec les deux autres sur une fréquence privée. Tout à coup, le trio s'agita en levant les yeux vers l'endroit où se tenaient Owen et les autres.

Aucun doute, ils avaient repéré l'endroit où se trouvait le groupe – peut-être via le signal radio de leurs combinaisons.

Owen tourna les talons et s'enfonça coudes au corps dans les bois, le GPS à la main. D'un coup d'œil par-dessus son épaule, il s'assura que les autres suivaient bien. Même Cara avait choisi de s'éloigner de la ville, en dépit de sa volonté affichée de les voir rejoindre l'Alliance. Pour autant, elle n'entendait pas capituler si facilement.

—Est-ce qu'on peut parler de ce qui se passe? demanda-t-elle.

— Oui, répondit le type de l'Alliance à la radio. Parlons-en. Arrêtez-vous et attendez un instant.

À grands gestes, Owen indiqua aux autres de poursuivre dans la forêt. Puis il revint sur ses pas en prenant soin de se dissimuler derrière un arbre pour regarder la ville. Très vite, il eut la réponse qu'il cherchait : les robots quittaient la ville pour marcher en direction de la forêt. Droit sur eux.

— Il y a encore un problème, dit Owen à la radio.

— Quoi donc ? demanda l'homme.

— Vos robots – ceux qui viennent juste de tuer notre sentinelle. Ils font présentement mouvement vers nous. Si vous vouliez seulement parler, vous ne nous traqueriez pas comme ça.

— Vous ne comprenez pas ce qui se passe ici.

— Je suis tout ouïe. Parlez, je vous écoute. Mais avant ça, si vous dites la vérité, demandez à vos robots de s'arrêter.

Owen vit les robots interrompre leur déploiement à la lisière de la ville.

À la radio, son interlocuteur se lança dans un vibrant laïus. C'était exactement ce à quoi Owen s'était attendu : des mots enchaînés qui ne formaient aucune réponse, des formules, des ambiguïtés, un sabir auquel une version plus naïve de lui-même aurait peut-être prêté l'oreille.

Mais Owen n'écoutait pas. Il avait tourné les talons pour foncer à travers bois et rattraper les autres. Une fois la jonction faite, il les avait menés à fond de train, aussi vite que possible, en direction de la Colonie.

À la radio, l'homme avait cessé de parler depuis un moment déjà.

— Vous avez entendu ce que j'ai dit ?

Owen posa un doigt sur son casque à l'endroit où se trouvaient ses lèvres, indiquant aux autres d'observer le silence. Il n'était pas expert en technologie, mais il se disait que les autres devaient pouvoir tracer les transmissions radio et les localiser.

— Même si vous n'êtes pas convaincu, au moins répondez, que je sache que tout va bien. Que l'on puisse poursuivre cette conversation.

Via le panneau de commande sur son avant-bras, Owen éteignit sa radio. Les autres l'imitèrent. Puis ils continuèrent à marcher en silence, aussi vite qu'ils le pouvaient. Le vent et la pluie touchaient les collines, à présent, agitant les arbres en tous sens. Des feuilles et des branches tombaient sans relâche, comme si la forêt avait été prise sous un feu d'artillerie.

Plusieurs fois, Owen se retourna pour regarder derrière eux, s'assurer qu'ils n'avaient pas été suivis. Chaque fois, il ne vit rien d'autre que la forêt sombre, des bancs de brouillard et des feuilles dans le vent.

Régulièrement, Owen regardait aussi son GPS. Lentement, la distance restant à parcourir diminuait. Quand la valeur atteignit zéro, un message vert se mit à clignoter sur l'écran :

VOUS ÊTES ARRIVÉS

Owen regarda autour de lui. Le brouillard arrivait par vagues.

Ils étaient loin d'être tirés d'affaire.

Chapitre 59

Pendant un moment, le groupe resta figé, immobile au milieu des arbres, tous les sens aux aguets, à sonder les environs avec l'espoir de trouver le moindre indice leur disant où se rendre à présent.

La Colonie aurait dû être à l'endroit exact où ils étaient.

Mais elle n'y était pas.

Maya aurait voulu qu'ils puissent utiliser leurs radios pour discuter. Et à défaut de leurs radios à courte portée, au moins les micros et haut-parleurs intégrés de leurs combinaisons. Malheureusement, l'une comme l'autre, ces deux options présentaient un trop grand risque. Les autres – ceux qui prétendaient être des agents de l'Alliance – étaient très certainement à leurs trousses, déjà en train de ratisser cette zone. Le temps encore une fois leur faisait défaut.

Et ce n'était pas l'unique menace.

Sur l'écran de son avant-bras, Maya contrôla son niveau d'oxygène : 68 %.

C'était tout ce qui leur restait pour trouver un lieu où se mettre à l'abri de la tempête, que ce soit à la Colonie ou ailleurs.

Autour d'elle, la forêt semblait se désintégrer. Des morceaux d'arbres tombaient partout. Le ciel devenait de plus en plus noir, tandis que le phénomène affirmait son emprise.

Il n'y a vraiment rien ici ? se demanda-t-elle. Étaient-ils véritablement arrivés au bout, comme quand ils avaient tenté de trouver la station Jardin ?

Maya avait la certitude que les membres de l'Alliance ratissaient les bois, à présent. Que feraient-ils quand ils leur auraient mis la main dessus ? Subiraient-ils le même sort que Will ?

Du pied, Owen martela le sol jusqu'à y former un genre de petite cuvette. Ensuite, il pointa son index dans toutes les directions, puis sur le trou qu'il venait de creuser. Maya n'était pas certaine de saisir. Mais quand elle le vit s'éloigner lentement, la tête baissée pour inspecter le sol à ses pieds, elle comprit. Le message était simple : on se disperse, on fouille et on se retrouve à ce point de rendez-vous.

Maya prit Blair par la main et toutes deux s'éloignèrent de Cara, Alister et Owen.

Maya progressait lentement, en faisant bien attention où elle mettait les pieds, infiniment consciente du danger que représenterait une chute. Une branche, une pierre suffirait pour déchirer une combinaison. Et par le moindre accroc, l'air pourrait s'engouffrer, apportant avec lui ce qui avait tué Roman à la station 17.

À chaque pas qu'elle faisait, elle sentait filer le temps. La forêt devenait plus sombre, le vent plus fort. Elle ne tarda pas à perdre le contact avec les autres. Que faire ? Revenir sur ses pas ? Allumer sa radio ?

Quel pétrin !

Tout à coup, Maya sentit le sol se dérober sous ses pieds.

La main de Blair lui échappa. Elle tomba à la renverse et culbuta plusieurs fois en chutant jusqu'au fond d'un trou. Aussi dur que la pierre, le sol la meurtrissait aux flancs, aux cuisses, aux côtes, aux épaules.

Sa combinaison n'y résisterait pas. Elle le savait. Cette pensée était plus terrible, plus effrayante encore que la douleur. Mais ce fut la dernière qu'elle eut avant que sa vision ne se brouille et que tout ne devienne noir.

Chapitre 60

Owen avançait dans le bois en sondant méticuleusement le sol, à droite et à gauche, cherchant le moindre signe de la Colonie.

Autour de lui, il pleuvait des feuilles et des branches, comme si les arbres se désagrégeaient sous les assauts des éléments. D'un coup d'œil, il contrôla son niveau d'oxygène : 57 %.

En cet instant, il se sentait exactement comme à la station 17, lors de sa première sortie du bunker pour explorer la forêt secouée par la tempête, en quête d'un espoir de survie.

Il avait cru que la Colonie serait un camp ou une ville derrière un mur d'enceinte. Ou qu'à tout le moins un indice leur dirait où aller. En tout cas, ce vide, cette absence de toute indication était la dernière chose à laquelle il s'était attendu.

Il s'enfonçait dans les bois toujours plus loin et il ne voyait toujours rien.

Combien de temps leur restait-il ?

Fatalement, ceux qui les traquaient depuis la ville finiraient par les trouver. Ou bien l'oxygène leur ferait défaut et ils n'auraient d'autre choix que de retirer leurs combinaisons pour affronter la tempête.

Owen avait l'impression d'être coincé dans une pièce dont les murs se resserraient inexorablement. D'une certaine façon, ce n'était pas sans lui rappeler le combat contre un incendie – quand les murs s'effondrent et qu'un immeuble tout entier s'écroule sur vous. Son boulot consistait à faire en sorte que tout le monde soit évacué avant que ne survienne une telle extrémité. C'était ce qu'il ressentait, ce besoin impérieux de sauver son équipe et tous ceux qui comptaient sur eux à la station Jardin. S'ils étaient la dernière chance de l'humanité, alors ses équipiers et lui devaient réussir.

L'échec n'était pas une option.

Son regard se porta à nouveau sur son avant-bras : 54 %.

Il s'arrêta et regarda autour de lui – les grands arbres et les bancs de brouillard. Il était largement en dehors de la zone correspondant aux coordonnées GPS. Et il n'avait rien vu.

Il n'y avait rien ici.

Et maintenant ?

Les autres allaient se tourner vers lui pour décider d'une action. Quelle issue allait-il choisir ? Et les mènerait-elle au salut ?

Dans son esprit, un plan prenait forme.

De l'index, il tapota sur son avant-bras, activant la radio. À la seconde où il allait parler sur la fréquence, il entendit la voix paniquée de Blair qui lui brûlait la priorité.

—Au secours ! C'est Maya !

—Qu'est-ce qui s'est passé ? demanda Owen, l'esprit instantanément sous pression.

—Elle est tombée dans un trou…

—Où ça ?

—Je ne sais pas.

—Tu es où ?

—Je suis… Je… Je ne sais pas.

—Retourne à l'endroit où j'ai fait une marque dans le sol. J'arrive.

Owen fit demi-tour et s'élança dans la forêt, une boule de terreur au creux du ventre. Dans son esprit défilaient des images de cet instant sur le bateau. *Tous les deux allongés sur le divan,* Le Droit imprescriptible *tenu dans sa main, et Maya qui le regarde au fond des yeux. Elle se rapproche encore de lui et son monde explose tandis qu'éclôt quelque chose de magnifique, une indicible merveille dont il ignorait qu'elle puisse exister.* Si

Maya disparaissait, il perdrait tout cela à jamais. Avec une terrible acuité, il ressentait au plus profond de lui-même l'horreur d'une telle perte.

Il fonçait droit devant lui, bondissant par-dessus les obstacles, prenant tous les risques sans craindre de tomber ou de déchirer sa combinaison.

La voix de Cara s'éleva dans la radio.

— Si vous écoutez, je n'ai rien trouvé...

— Retourne au point de rendez-vous, dit Owen d'une voix hachée.

— Qu'est-ce qui se passe ?

— Maya est blessée.

— J'arrive, dit Cara d'une voix tendue.

Owen courait toujours plus vite, esquivait des branches, des arbres, tandis que le vent le secouait en tous sens.

— Bande d'idiots, vous avez trouvé quelque chose ? demanda Alister sur la fréquence.

— Alister, ordonna Owen, retourne au point de départ.

— Ça va être vite fait. Je ne suis pas allé bien loin.

Quand Owen atteignit l'endroit où il avait fait une marque, Blair l'y attendait déjà. La fillette se retourna pour indiquer la direction dans laquelle Maya et elle étaient parties explorer.

— Elle est là-bas. Blessée. Je n'ai pas réussi à la réveiller.

— Tout va bien, dit Owen, en pensant que tout allait plutôt de travers. Allons-y.

À cet instant, Cara les rejoignit. Les mains posées sur ses genoux, elle inspirait avidement de grandes goulées d'air. Elle avait couru aussi vite que possible.

Alister parut dans la petite clairière, d'un pas lent de promeneur. Il soufflait lui aussi, mais Owen n'aurait su dire si c'était à mettre au compte de son épaule ou de sa marche dans les bois.

Ensemble, ils repartirent dans la forêt, dans le sillage de Blair. Owen était derrière elle, tandis qu'Alister et Cara fermaient la marche.

Devant eux, Owen aperçut quelque chose dans le sol : un genre de doline, mais de section carrée, une ouverture qui plongeait directement dans les ténèbres.

Blair s'arrêta au bord en montrant le fond. Owen alluma sa lampe pour éclairer. Maya était là, sur le sol tout au fond, les yeux fermés. Immobile.

Chapitre 61

C'est un bruit régulier qui arracha Maya à sa torpeur. Un tapotement.

Sa tête lui faisait un mal de chien. Son corps aussi.

Le tapotement revint, des petits coups secs sur la visière de son casque. Elle ouvrit les yeux – pour les refermer encore plus vite. Une violente lumière lui agressait le visage.

Le faisceau s'écarta et elle fit une nouvelle tentative. Cette fois-ci, elle découvrit Owen penché sur elle. Blair se tenait juste derrière lui.

— Ça va ? demanda-t-il à la radio.

Elle tendit la main vers son avant-bras pour activer le système.

— J'ai déjà allumé ta radio, dit Owen.

— Ça va, répondit-elle dans un souffle rauque.

— Ta combinaison n'a rien, précisa Owen.

Maya vit que Cara était là elle aussi, de l'autre côté d'Owen. D'une main doucement posée dans le dos de Maya, l'urgentiste l'aida à se redresser. La douleur se faisait plus vive à chaque mouvement.

Une fois assise, Maya vit ce qui s'était passé : elle avait dévalé une volée de marches de béton, camouflée sous un amas de branches et de feuilles. Dans la pénombre apportée par la tempête, sous l'averse et les débris de bois qui volaient, comment pouvait-elle repérer le petit escalier ?

Elle se retourna pour voir derrière elle, et découvrit une écoutille avec un pavé numérique à côté.

— Comment m'avez-vous retrouvée ? demanda Maya, d'une voix un peu raffermie.

Owen tourna la visière de son casque en direction de Blair.

— Tu as eu de la chance. Blair m'a prévenu et j'ai rassemblé tout le monde.

— Bon, tout cela est très émouvant, grommela Alister, mais il faudrait voir à activer, maintenant.

Il s'approcha du pavé à côté de la porte et commença à tapoter dessus.

— Tu connais le code ? demanda Owen.

— N'utilisez pas la radio ! gronda Alister. En fait, coupez-les.

Joignant le geste à la parole, il s'activa sur son avant-bras. Ensuite, il pointa l'index sur le GPS puis sur sa tête. Maya commençait à suffisamment bien connaître le personnage pour comprendre son message muet : « Utilisez votre tête, bande d'idiots. »

Il avait conjecturé que le code devait être les coordonnées GPS de la position. Et il avait raison. L'écoutille s'ouvrit avec un claquement, sur une salle plongée dans le noir.

Owen aida Maya à se relever et franchir le seuil. Blair était juste derrière eux. Enfin, Cara referma le panneau métallique sur eux et Alister alluma sa lampe. Maya s'était attendue à découvrir une chambre de décontamination, mais ce n'était qu'une petite pièce exiguë aux murs de béton nu. Un petit couloir était l'unique autre sortie.

Owen prit la tête pour s'enfoncer dans le passage obscur. Maya suivait, avec les autres derrière elle.

Au bout du boyau, ils tombèrent sur une autre écoutille, elle aussi associée à un pavé numérique. Owen consulta le GPS, puis saisit les coordonnées sur le clavier. Une diode rouge clignota.

Pendant un moment, il ne se passa rien. Tout le monde resta là, les bras ballants, à s'entreregarder en se demandant ce qu'ils allaient bien pouvoir faire. Alister se gratta l'avant-bras en se trémoussant, visiblement mal à l'aise. Maya se dit que l'épuisement et sa blessure devaient commencer à peser sur lui. D'ailleurs, elle était passablement étonnée qu'il tienne encore debout. Derrière la visière de son casque, elle voyait qu'il transpirait à grosses gouttes.

Et puis, à la surprise générale, l'écoutille s'ouvrit – sur une chambre de décontamination cette fois-ci. Le groupe pénétra à l'intérieur et le panneau métallique se referma derrière eux. Les buses au plafond entrèrent en action, les aspergeant d'une brume d'un blanc laiteux.

Quand la douche fut finie, une voix d'homme éclata dans les haut-parleurs.

— Retirez vos combinaisons.

Je ne vois pas pourquoi on les garderait, songea Maya. Les autres partageaient sûrement son point de vue. Toujours est-il qu'ils se débarrassèrent *illico* de leurs encombrantes tenues, qu'ils abandonnèrent en tas sur le sol.

Pendant qu'elle se tortillait pour sortir de sa combinaison, Maya fit tomber sa page blanche de sa poche. Au terme d'une gracieuse courbe, la feuille de papier atterrit au beau milieu d'une flaque du liquide décontaminant.

Maya se pencha pour la ramasser. Comme elle allait la remettre dans sa poche, elle s'aperçut que des lignes noires étaient apparues, là où la page avait été imbibée. Elle brûlait d'approfondir son examen, mais elle savait que cela ne manquerait pas d'attirer l'attention. Elle eut le sentiment que mieux valait garder pour elle l'information jusqu'à ce qu'elle en comprenne la nature et la portée. Et aussi, jusqu'à ce qu'elle sache si la Colonie était véritablement un lieu sûr.

Discrètement, elle glissa la feuille à l'intérieur de sa poche.

— Vous avez des armes ? interrogea la voix dans la radio.

— Non, aboya Alister. Je me suis fait tirer dessus. Laisse-nous entrer !

Les haut-parleurs transmirent le ricanement amusé de leur interlocuteur.

— Heureux de voir que tu es resté le même. Tu n'as pas changé, Guthrie.

L'écoutille intérieure s'ouvrit et un homme de haute taille parut. Il portait les cheveux courts et la barbe longue. Et il contemplait Alister, le visage barré d'un grand sourire.

— Sois le bienvenu. Et félicitations. C'était du beau boulot.

Chapitre 62

L'espace d'un long moment, Owen ne parvint pas à décrypter ce qui se passait devant lui.

Cet homme connaissait Alister.

Alister – ou Guthrie, ou quel que soit son nom – était déjà venu ici.

Comment était-ce possible ? Comment ce mécano dans une régie de bus, qui s'était réveillé avec eux à la station 17, pouvait-il être déjà venu ici ?

— Nous avions pratiquement perdu espoir, affirma l'homme en s'avançant dans la pièce.

Il voulut donner l'accolade à Alister, mais celui-ci leva son unique bras valide.

— Attention, j'ai pris une balle dans l'épaule.

— On va te rafistoler ça.

Alister riva un regard dur sur le grand barbu.

— Est-ce que… ?

— Non, répondit l'homme. Elle est ici. Notre accord est toujours valide. Nous tenons nos promesses.

Alister poussa un soupir.

— Très bien. Merci. (D'un signe de tête, il désigna Maya.) Elle a contracté le VG.

Le barbu examina Maya.

— Oh, nous savons exactement qui elle est et ce qui l'infecte. Cela fait un sacré bail qu'on vous cherche, docteur Young. Nous avons quelques questions à vous poser. Nous aurons bientôt les réponses.

L'homme se pencha sur Blair.

— Et nous t'avons cherchée toi aussi. Il y a quelqu'un ici qui a très envie de te voir, Blair. À l'heure qu'il est, on est en train de le réveiller.

Puis il se redressa pour s'adresser au groupe tout entier.

— Bienvenue à la Colonie.

Des gardes armés les escortèrent jusqu'à une sorte de salle d'attente – ou de rétention – qui rappelait fort à Owen la salle d'observation des stations ARC. Il y avait une petite salle de bains, un divan, plusieurs chaises, et un grand miroir encastré dans le mur. Owen supposa qu'il devait y avoir plusieurs personnes de l'autre côté, occupées à les observer en discutant de ce qu'elles voyaient, voire en concoctant des expériences à mener sur eux. Il avait espéré que la Colonie se révélerait être leur salut. Jusque-là, il avait surtout l'impression qu'ils avaient atterri dans une nouvelle cage.

Les gardes n'avaient accordé aucune attention à Alister. Au niveau du sas, il avait quitté le groupe pour s'éloigner avec le barbu qui les avait accueillis, en parlant comme deux vieux amis qui se retrouvent.

Qui était donc Alister ?

Qu'est-ce qui se tramait ici ?

— Il faut qu'on parle, murmura Cara à l'intention d'Owen et Maya.

Avant que l'un ou l'autre n'ait pu répondre, la porte s'ouvrit… et le père de Blair entra.

— Blair, ma puce ! s'exclama-t-il en s'agenouillant, les bras tendus devant lui.

La fillette se jeta dans ses bras pour le serrer très fort, les yeux clos.

— Papa, murmura-t-elle.

— Tu m'as tellement manqué, ma petite chérie. Je suis tellement désolé de ne pas avoir été là quand tu t'es réveillée…

— J'ai eu si peur.

— Je sais. Mais tout est fini, maintenant. Tout va bien se passer.

Il se releva en la soulevant de terre, pour la bercer doucement contre lui.

— Merci de m'avoir ramené ma fille, dit-il en s'adressant à tout le groupe. Je n'imagine même pas tout ce que vous avez dû traverser pour arriver jusqu'ici.

— Pourquoi est-ce qu'on nous retient ? demanda Owen.

L'homme reposa Blair et appela à travers la porte.

— Melissa, tu peux emmener ma fille, s'il te plaît ?

Une grande femme vêtue d'un uniforme gris entra dans la pièce et tendit la main en direction de Blair.

— Va, ma chérie, dit son père. J'arrive tout de suite.

Blair jeta un regard derrière elle quand la femme en gris lui prit gentiment la main pour la convaincre de sortir. Tout à coup, Blair se libéra pour revenir se blottir dans les bras de Maya.

— Tout va bien, murmura Maya en serrant la fillette contre elle. Tout va bien se passer.

— Tu vas aller où ? demanda Blair.

— Je ne sais pas, répondit Maya, la gorge nouée.

Le père de Blair contemplait la scène, pour le moins surpris apparemment par l'attachement de sa fille envers Maya.

— Elle doit rester ici quelque temps, ma belle, répondit-il. Le docteur Young est malade. (Son regard restait intensément fixé sur Maya.) On va la soigner. Et ensuite, on va parler de ce qui s'est passé.

Quand ils furent de nouveau seuls, Cara entraîna Owen et Maya dans un coin.

— Il faut partir d'ici. Tout de suite, murmura-t-elle.

— Pourquoi ? s'enquit Owen d'un ton tranquille, jetant un regard vers le miroir sans tain en se demandant si quelqu'un écoutait leur conversation.

— Je ne peux rien vous dire. Pas ici. Pas maintenant.

— À la station dans la ville, Will nous a dit que vous dissimuliez des secrets, Alister et toi, rétorqua Owen, murmurant lui aussi. Je crois que nous connaissons le secret d'Alister : il appartient à la Colonie. Quel est le tien, Cara ?

— Je t'expliquerai. Dès qu'on sera sortis d'ici. Il faut qu'on récupère la thérapie contre le virus Genesis et qu'on file d'ici.

— Pour aller où ?

— Retourner à la ville.

— Avec les gens qui ont tué Will ?

— Oui.

Owen allait répondre quand la porte s'ouvrit de nouveau. Le père de Blair entra, suivi de la femme en gris qui poussait un petit chariot métallique. Trois dispositifs d'injection étaient posés sur le plateau du haut, avec une pile de compresses désinfectantes.

L'homme affichait un large sourire.

— Le temps des secrets est révolu, mes amis.

Owen s'avança d'un pas dans sa direction.

— Je suis amplement de cet avis. Pourquoi est-ce que vous nous retenez ici ?

— Pour votre propre protection. Et la nôtre, répondit l'homme en glissant ses mains dans ses poches. Je m'appelle Darius Aldridge. Je suis le fondateur de Genesis Biosciences. (Il porta son regard sur Maya.) Et l'un de vos anciens collègues, comme vous vous en souviendrez très bientôt.

— Que voulez-vous de nous ? demanda Owen.

— Vous aurez toutes les réponses très bientôt.

Owen s'avança encore d'un pas.

— Je veux voir Alister.

Aldridge se tourna vers le miroir.

— C'est qui cet Alister ?

Une voix éclata dans les haut-parleurs.

— Son vrai nom est Guthrie. C'est l'agent qui les a amenés ici.

— Ah. D'accord, faites-le venir ici quand ils auront été traités. (Il reporta son attention sur Maya.) Je suis content de te revoir, Maya. Je sais que tu ne te souviens plus de moi. Ni de ce qui s'est passé entre nous. Mais nous en reparlerons très bientôt, quand tes souvenirs seront revenus.

Il se tourna vers le chariot et ses trois injecteurs.

— Et c'est pour tout de suite. C'est une thérapie contre le virus Genesis – le VG, comme on dit.

— Vous avez un traitement ? demanda Maya.

Même Owen entendit l'espoir dans sa voix.

Darius Aldridge laissa échapper un petit rire.

— Comme c'est ironique. Oui, Maya, nous avons un traitement. Et c'est toi qui l'as développé. Tout comme tu avais contribué à développer le virus.

Chapitre 63

Maya les laissa procéder à l'injection du produit présenté comme un traitement contre le virus Genesis. Quel autre choix avait-elle ? Apparemment, Owen et Cara étaient arrivés à la même conclusion qu'elle. Ils auraient pu se rebiffer, mais à quoi bon ? C'était une attitude vouée à l'échec. En outre, si l'injecteur contenait bien une thérapie, elle était toute prête à la recevoir.

Elle était également prête à recevoir des réponses. Et à retrouver ses souvenirs. Et à partir d'ici.

Avait-elle réellement fait partie de l'équipe qui avait créé le virus et son traitement ? Si tel était le cas, elle était en partie – voire en totalité – responsable du Changement et de la guerre survenue après la Chute. Tandis qu'elle tournait en rond dans la petite pièce où on les retenait, elle sentait cette pensée peser sur ses épaules.

La porte s'ouvrit, livrant passage à un Alister à la mine sombre. Il portait la même tenue que le père de Blair : une tunique grise sur un pantalon de la même teinte. De toute évidence, il avait pris un bain. Du côté de son épaule touchée, son bras était en écharpe. Globalement, Alister avait l'air briqué à neuf.

Owen et Cara parlèrent en même temps. Alister leva la main au bout de son bras valide.

— Je sais que vous avez des questions. Laissez-moi… vous expliquer.

— Qui es-tu ? demanda Owen.

— Je m'appelle Guthrie.

— Pas Alister ?

— Non. Alister était un type mort dans la chambre de décontamination. Je l'ai trouvé à la station 17 et j'ai pris son identité quand je suis arrivé.

— Reviens en arrière, le pria Maya. Et reprends du début. Je veux entendre toute ton histoire.

— Tu l'as déjà entendue, murmura Alister avec un sourire un peu triste.

— Comment ça ?

— Le journal.

— Celui du bateau ?

— Oui. C'est moi qui l'ai écrit.

Maya était stupéfaite. Elle n'avait pas anticipé cette révélation. Elle tenta de passer en revue le fil des événements, de se remémorer les détails.

— Donc, tu n'es pas mécanicien ? Tu ne répares pas des bus ? demanda Owen.

— En fait, si. Tout ce que j'ai dit est vrai. J'étais bien mécano et j'étais là le jour de la Chute. J'étais dans la salle des serveurs et j'ai bien failli y laisser la peau quand le bus est venu s'y encastrer.

Alister leva sa main en un geste empreint d'éloquence.

— L'autre partie de mon histoire était dans le journal. Je me suis réveillé dans les Jeux de l'Extinction, exactement comme vous. Dans la ville que nous venons de traverser. C'était une zone de guerre. J'ai écrit ce journal parce qu'on m'avait demandé de le faire. Et à l'époque, j'étais encore celui que j'avais toujours été : un employé modèle qui faisait ce qu'on lui demandait de faire.

Il laissa fuser un rire.

— Non mais quelle cruche, je te jure. J'ai écrit le journal, et vous savez ce qui est arrivé ? Ce monde nous a cueillis un par un. Nous nous sommes tous trahis les uns les autres. On s'est fait tuer. Et deux d'entre nous ont été sauvés.

D'un geste, Alister désigna la pièce autour d'eux.

— Par l'Union humaine. Ils nous ont amenés ici, à la Colonie. Ils nous ont nourris et protégés.

— Et tu les as rejoints ? dit Owen.

— Je n'avais pas le choix.

— Pourquoi ?

— L'amour.

— Je ne te suis pas, dit Maya.

— Je l'ai écrit dans mon journal, dit Alister en se détournant d'eux.

Apparemment, il ne voulait pas s'étendre sur le sujet.

Maya s'efforça de se remémorer ce qu'elle avait lu.

— Ah oui, tu disais que tu étais tombé amoureux de l'une des participantes.

Alister hocha la tête.

— Elle et moi étions les deux derniers. Elle s'appelle Carmen. Elle avait contracté le virus Genesis, comme toi. Ils l'ont guérie. Et ils nous ont montré ce que pourrait être notre vie, ici, à la Colonie.

— Et à quoi ressemble cette vie ? demanda Owen.

— Ce n'est pas parfait, je vous le concède. Mais au moins, on ne fuit pas en permanence pour sauver sa peau. Et il y a à manger. Et puis… Le dernier aspect de la vie ici est difficile à expliquer.

— On est où ? demanda Cara. Où se trouve la Colonie ?

— En vérité, je ne sais pas. Nous sommes sous terre, dans une immense ville-bunker, avec des tunnels de liaison menant à des terminaux d'accès tels que celui-ci.

— Des terminaux d'accès ? demanda Owen.

— Fondamentalement, ce sont des zones de rétention, des zones tampons par où entrent les agents de terrain comme moi, mais où l'on peut aussi confiner et mettre en quarantaine les personnes potentiellement dangereuses.

— Et qui donc peut représenter un danger pour la Colonie ? demanda Owen.

— Tous ceux qui n'ont pas rejoint l'Union, répondit Alister. La guerre du Changement n'est pas terminée. Elle fait toujours rage.

Vous en avez vous-mêmes été les témoins. C'est devenu une guerre de tranchées. Les deux camps se terrent dans leurs bunkers et remontent à la surface uniquement pour traquer les survivants et se livrer à des escarmouches.

— C'est ça que tu fais dehors ? Tu te livres à des escarmouches ? Ou alors tu cherches des survivants ? demanda Maya.

— C'est ça le problème. Il n'y a plus de différence entre les deux. Celui qui contrôle les survivants triomphe dans l'avenir. À ce stade, c'est pour ça qu'on se bat : les gens.

— Donc, si tu étais dehors, c'était pour nous chercher ? demanda Owen.

— Pas vous spécialement. Juste des survivants. Et la fille d'Aldridge en particulier. C'est l'accord que j'avais passé. Ils gardaient Carmen dans un cylindre de stase à condition que j'intègre une équipe d'éclaireurs. Nous y étions trois. Nous sommes partis sur le bateau à la recherche de cette station des Jeux de l'Extinction. Nous connaissions sa position. Comme vous le savez, ARC Technologies faisait partie de l'Union à une certaine époque. Jusqu'à ce qu'ils trahissent le groupe quand les Jeux de l'Extinction sont passés sous le régime du protocole Dark.

Cara leva la main.

— Tu nous as dit que vous étiez trois ?

— Vous avez vu les deux autres, répondit Alister. Les deux morts sur le bateau, l'homme et la femme.

— Que leur est-il arrivé ? demanda Owen.

— Quand nous sommes arrivés sur l'île, nous avons tout de suite attaqué l'exploration. Je suis resté à bord du bateau. Je venais de finir mon quart et je voulais me reposer un peu. Par l'intermédiaire de la résille, j'ai prévenu la Colonie que nous avions une piste.

— La résille ? demanda Owen.

— Oui, tu m'as presque surpris en train de l'utiliser, expliqua Alister en montrant son avant-bras.

Il appuya deux doigts juste à la base de sa paume et une image apparut à l'intérieur de son avant-bras, sur la zone glabre. C'était une interface comparable à celle d'un système d'exploitation informatique. Il tapota sur sa peau et l'interface se modifia: des menus s'ouvrirent et des messages s'affichèrent.

— Tu étais en train de l'utiliser à bord du bateau, dit Owen. Dans ta cabine.

— Oui. J'envoyais un rapport à la Colonie. Pour être précis, je les informais que la résille est probablement ce qui provoque les tempêtes.

Cette information prit Maya au dépourvu.

— Comment le sais-tu ?

— L'expérience. Comme je vous ai dit, nous étions trois à l'arrivée sur l'îlot de la station 17. Deux sont partis en exploration, pendant que je transmettais mon rapport avant de faire une sieste. Je dormais quand la tempête s'est abattue. Les deux autres m'ont prévenu par radio qu'ils étaient malades. J'ai enfilé une combinaison et j'ai survécu.

Alister se mit à faire les cent pas dans la pièce.

— Via la résille, j'ai demandé des instructions à la Colonie. On m'a dit ne pas rentrer sans participants ou sans réponses au sujet des tempêtes. Et, de préférence, de revenir avec les deux. On m'a précisé que, si je revenais les mains vides, on ne me laisserait pas rentrer. À ce moment-là, j'ignorais le lien entre la résille et les tempêtes. Je le sais depuis peu. La théorie retenue pour l'instant serait que les tempêtes sont créées par des drones en haute altitude, programmés pour traquer les signaux, qui libèrent une substance ou bien modifient la composition de l'air de façon à éliminer les utilisateurs de résilles.

— C'est ce qui est arrivé au vieil homme qui s'est réveillé dans la station 17 ? demanda Cara.

Alister confirma d'un hochement de tête.

— Je pense pouvoir dire que c'était un membre de l'Union, équipé d'une résille. J'ignore à quel moment il est entré dans les Jeux de l'Extinction, mais sans doute après la trahison de la société ARC. Il devait tenter de regagner la surface pour contacter l'Union via sa résille. J'ai compris que c'était la résille qui provoquait les tempêtes quand je l'ai utilisée à bord du bateau et qu'un grain a commencé à nous suivre en convergeant vers le porte-conteneurs. Après ça, je ne l'ai plus utilisée jusqu'à ce qu'on atteigne la ville.

— Si je comprends bien, les tempêtes n'ont jamais constitué une menace pour nous ? demanda Owen.

— Pour vous, non. J'en avais la forte intuition, sans en être absolument certain.

— Elles étaient une menace pour toi à cause de la résille, mais tu nous as laissés croire qu'elles pouvaient nous nuire, déduisit Maya.

— Je n'avais pas de certitude. Et puis c'était un bon prétexte pour vous faire quitter la station et gagner la Colonie. Roman, le vieil homme qui est mort par inadvertance, m'a fourni l'argument que je comptais vous servir – qu'il nous fallait gagner un endroit sûr.

Owen secoua la tête avec une moue dubitative.

— Mais Bryce savait que les tempêtes étaient mortelles.

— Oui. ARC devait avoir des capteurs à la surface qui ont relevé les anomalies dans les tempêtes. C'est la seule solution logique.

— Et c'est à cause de la résille que les robots t'ont attaqué également ? demanda Owen.

— Oui. Ils s'en sont pris à Will et moi parce qu'ils sont programmés pour attaquer les sentinelles ARC et les personnes équipées d'une résille. L'Alliance considère qu'elle est en guerre ouverte contre ARC et l'Union. J'étais au courant pour les robots, mais j'espérais qu'on parviendrait à passer sous leur nez avant qu'ils ne convergent sur nous.

— C'est toi ! s'exclama Maya tout à coup, sous le coup d'une soudaine révélation. C'est toi qui as saboté la station 17, Alister.

— Oui, avoua-t-il, un brin mal à l'aise.

— Comment ?

— Je disposais d'un moyen d'accès à l'intérieur de la station – le pouce d'une autre sentinelle capturée par l'Union. Je m'en suis servi pour entrer et j'ai trouvé un endroit totalement à l'arrêt. La plupart des cylindres étaient vides. Comme je vous ai dit, j'ai aussi trouvé un participant. J'ignore si c'était de cause naturelle ou en raison des interventions pratiquées sur lui, toujours est-il qu'il était mort. Il s'appelait Alister. L'unique sentinelle était dans son alcôve. J'ai aussi mis la main sur le dossier du mort, mais je m'en suis débarrassé. Je n'aurais jamais pu expliquer ce qu'il y avait dedans – et je doutais que cela puisse avoir la moindre importance.

Alister écarta les mains en un geste empreint de fatalisme.

— J'ai fait ce qu'il fallait que je fasse. Ce que la Colonie voulait que je fasse. Vous avez entendu ce qu'était notre situation, à moi et tous ceux de ma cohorte. Je ne pouvais pas revenir les mains vides. J'ai enfilé leurs combinaisons aux deux autres membres de mon équipe et je les ai installés sur le bateau. J'ai laissé mon journal parce que j'y parlais de la Colonie. Après l'avoir lu, j'étais certain que vous seriez convaincus de venir ici. J'ai mis le moteur hors d'état de fonctionner pour qu'aucun d'entre vous ne puisse quitter l'île sans moi. Puis je suis entré dans la station et j'ai endommagé la centrale géothermique en faisant en sorte qu'elle en soit au stade terminal. Ensuite, je me suis glissé dans le cylindre du dénommé Alister et j'ai attendu. Après ça, je me suis réveillé en même temps que vous. À ce moment-là, la sentinelle savait que je n'appartenais pas à cette cohorte. Je crois qu'elle était sur le point de me dénoncer dans la salle d'observation quand Roman a commis l'acte que j'étais moi-même sur le point d'accomplir : détruire la sentinelle.

— Est-ce que Will ne connaissait pas ton secret ? demanda Owen.

— Je pense que si, répondit Alister. Du moins, je crois qu'il nourrissait de forts soupçons quand nous sommes montés à bord. Les pièces que j'avais prises dans la centrale n'allaient pas sur le moteur du bateau. Je lui ai demandé de s'éloigner et je les ai récupérées là où je les avais cachées dans le compartiment des machines. Cela dit, selon les données auxquelles il pouvait accéder à la station, peut-être était-il déjà au courant. Je ne sais pas.

— Pourquoi s'est-il prêté au jeu ? demanda Cara.

— Je pense que sa programmation le lui imposait, répondit Alister. En tant que sentinelle terminale, je crois que son rôle consistait simplement à voir dans quel sens évoluaient les situations et à faire en sorte de nous garder en vie. Dans ce contexte, me dénoncer m'aurait assurément causé du tort, et peut-être au reste du groupe également.

Autre possibilité, il estimait que la Colonie était votre meilleure chance de survie. En tout cas, c'est un point de vue que je partage.

Owen secoua la tête.

— Si la station Jardin existe quelque part – et que d'innombrables humains y soient enfermés en attendant de pouvoir repeupler la terre –, c'est notre devoir d'aller les chercher.

— Tout juste, dit Alister. Et c'est d'ailleurs devenu l'objectif des deux camps, à présent : trouver le Jardin et se constituer une armée. Quand nous l'aurons trouvé, nous soignerons les survivants infectés au VG pour les intégrer dans l'Union. Alors nous aurons l'armée dont nous avons besoin pour gagner cette guerre. Nous avons attendu très longtemps que ce jour arrive. N'oubliez pas une chose : nous disposons des mêmes cylindres que ceux qu'utilisait ARC Technologies dans les Jeux de l'Extinction. Nous aussi nous pouvons nous propulser dans le temps. C'est ce qui se passe en ce moment : une interminable guerre d'usure, un affrontement entre bunkers mené au ralenti dans un monde en ruine.

— Et si vous ne trouvez pas la station Jardin ? demanda Owen.

Alister haussa les épaules.

— Je ne sais pas. L'Alliance finira peut-être par tomber à court de vivres. La moitié d'entre eux ont le virus Genesis. Ce doit être une pression inimaginable sur leur société, tous ces gens qui en permanence finissent par oublier leur passé. Ils ont besoin d'une thérapie. Et nous, nous l'avons. Ils ont des robots et des tempêtes qui nous traquent. Eux comme nous avons besoin des gens qu'ARC Technologies garde à la station Jardin. C'est la clé pour gagner la guerre et revenir à la surface pour y vivre de façon définitive. La Colonie n'est pas assez grande pour soutenir une croissance démographique naturelle. Nous avons besoin d'espace. Nous avons besoin d'adultes que nous pouvons armer et former à éliminer les robots et l'Alliance. Comme je vous ai dit, le premier qui trouve le Jardin a toutes les chances de gagner la guerre et de reprendre possession de la surface et du monde.

Maya s'assit sur le divan.

— Et pourquoi ne pas négocier une paix ?

— La chose a été tentée, répondit Alister d'une voix sourde. À de nombreuses reprises. Et ça finit toujours pareil, par une trahison d'un camp ou de l'autre. Il y a eu tellement de vies sacrifiées, du côté de la Colonie comme de celui de l'Alliance.

— Le monde a besoin de nous pour mener les Jeux à leur terme, dit Owen. Pour trouver un moyen de remettre les choses en ordre.

— Vois les choses en face, Owen : le monde est foutu. La Colonie est votre demeure, désormais. Le Changement est votre avenir.

— Je ne sais pas ce qu'est le Changement, mais je n'en veux pas, dit Owen.

— Peu importe que tu le veuilles ou non, marmonna Alister. Tu l'as déjà pris. (Il releva la tête, les yeux perdus dans le lointain.) Il était dans l'injection avec le traitement du VG. Vous allez tous changer d'ici peu.

Chapitre 64

Quand Alister quitta la pièce, des gardes vinrent pour emmener Maya et Cara. L'instinct d'Owen lui soufflait de se battre, d'attaquer les gardes. Son bon sens lui imposa de se tenir tranquille pendant qu'on les faisait sortir.

Maya s'arrêta sur le seuil pour jeter un dernier regard à Owen. Cet instant sembla s'étirer indéfiniment – une éternité à l'intérieur de laquelle étaient enfermées toutes les choses qu'ils ne s'étaient pas dites et toutes celles qu'il craignait de ne jamais pouvoir dire.

Plus que tout, il regrettait qu'ils n'aient jamais pu passer plus de temps tous les deux. Oh comme il aurait voulu pouvoir revenir à ces journées sur le bateau pour lui dire exactement ce qu'il ressentait. Il ne pouvait rien lire sur le visage de Maya, mais il savait ce qu'elle pensait. *Il faut qu'on parte d'ici.* Oui, il fallait qu'ils s'échappent de la Colonie. Mais pour aller où ? Rejoindre l'Alliance ? C'était la seule et unique autre option, semblait-il.

Une fois encore, Owen se sentit dans la peau d'un homme piégé dans un immeuble en feu, à l'intérieur d'une pièce emplie de fumée avec deux portes devant lui, en train de se demander laquelle ouvrir.

Il se demandait également où pouvait bien être sa mère. Était-elle ici, dans la Colonie ? Ou bien avec l'Alliance ? Ou encore à la station Jardin ? C'étaient les trois possibilités. Il en existait toutefois une quatrième : qu'elle ne soit plus de ce monde, emportée pendant la Chute, disparue dans les ruines comme tant d'autres.

La porte se referma. Owen était seul dans la salle de rétention. Il se mit à tourner en rond, en attendant, à se demander ce que pouvait bien être le Changement, à quel moment il le sentirait et s'il y survivrait.

Il éprouvait des sentiments contradictoires à l'égard du traitement de l'Union, à la fois reconnaissant à la perspective de retrouver bientôt tous ses souvenirs, et inquiet à l'idée de ce que le Changement pourrait lui faire.

Un planton vêtu d'un uniforme gris lui apporta un repas sur un plateau en plastique souple : des feuilles vertes et un genre de matière visqueuse de couleur rouge – qui n'était pas sans lui rappeler la gélatine verte des rations ARC. Apparemment, la gastronomie était une autre des victimes de la guerre du Changement.

Quand il eut fini de manger, le planton vint reprendre le plateau et déposer de nouveaux vètements : la même tenue grise que celle que portait Alister. Owen retira son pantalon pour le remplacer par le gris. Puis il se souvint du petit objet dans sa poche et suspendit son geste. Doucement, il le récupéra et l'étudia un instant en se remémorant l'acte altruiste et désintéressé de l'homme qui lui avait fait ce présent.

Il ignorait ce qu'était le Changement, mais il savait ce qu'il avait à faire. La Colonie était un immeuble en flammes. Et il allait en sortir, en arrachant également de l'incendie Maya et Cara. Il n'avait aucune idée d'où ils pourraient bien aller, mais il était déterminé à les emmener en un lieu sûr.

Tandis qu'il enfilait sa nouvelle tenue grise, il sentit une présence dans la pièce, celle d'un étranger, assis quelque part dans un coin. Il se retourna vivement, mais le fauteuil à côté du divan était vide. Et quoi de plus normal ? La porte ne s'était pas ouverte. Personne n'était entré. Pourtant, il aurait juré qu'il y avait quelqu'un dans la pièce.

Comme sa sensation refluait, il prit conscience de son état d'épuisement. Il s'allongea sur le divan en se disant qu'il allait seulement fermer les yeux un instant. À la seconde où tombèrent ses paupières, le sommeil l'emporta.

Owen ne savait pas combien de temps il avait dormi, mais sûrement très longtemps. Quand il ouvrit les yeux, son corps était tout raide, endolori par endroits. Il payait le prix de leur marche à travers la ville et les collines jusqu'à la Colonie.

Il était encore embrumé, mais ce sentiment d'une autre présence dans la pièce revint tout d'un coup.

Il se redressa. Ses yeux s'accoutumèrent à la lumière. Et il put constater que, cette fois, il y avait bien quelqu'un dans la pièce.

Le père de Blair.

Assis dans le fauteuil en face du divan, il contemplait son avant-bras. En voyant qu'Owen était réveillé, il rabattit la manche de son pull.

— Bonjour.

Owen s'assit.

— Nous n'avons pas été formellement présentés hier. Je suis Darius Aldridge, le fondateur de Genesis Biosciences.

Il lui tendit la main, mais Owen ne la serra pas.

— Je tenais à vous remercier personnellement de m'avoir ramené ma fille. Je ne saurais vous dire ce qu'elle représente pour moi.

— Je vous en prie. C'est une petite fille remarquable. Mais le mérite en revient surtout à Maya et Cara. Et à ce sujet, je voudrais les voir.

Darius hocha la tête.

— Ça pourrait s'arranger… En fonction de notre conversation.

— À quel sujet ?

— Votre avenir – au sein de la Colonie.

Owen scruta le visage de son interlocuteur. Quelque chose avait changé. Il n'était même pas sûr de ce qu'il voyait. Il sentit comme un picotement sur son avant-bras. Il releva la manche de son pull et découvrit trois mots écrits sur sa peau :

`CHARGEMENT EN COURS…`

Il était horrifié par ce qu'il voyait.

`Initialisation SE-Résille…`

De nouveau il éprouva cette sensation de n'être pas seul.

— Qu'est-ce qui se passe ?

Un petit sourire étira les lèvres de son visiteur. Une chose stupéfiante se produisit alors : Owen comprit la signification de sa mimique. Il pouvait lire et décrypter l'expression sur le visage de Darius. D'instinct, Owen comprenait que Darius ne souriait pas parce qu'il trouvait drôle ce qu'il voyait. Ou triste. Non, il souriait parce qu'il était fier, un peu comme un peintre qui s'extasie intérieurement en contemplant son chef-d'œuvre.

Owen avait l'impression de comprendre une langue étrangère – un idiome qu'il aurait entendu et pratiqué toute sa vie, comme tout le monde, mais avec lequel il aurait toujours eu quelques difficultés. Une langue désormais parfaitement limpide pour lui. Il se dit que ce devait être ce qu'éprouve une personne quasi aveugle qui recouvre la vue.

En un mot, il se sentait complet.

— Cette pièce n'est pas qu'une cellule de rétention, dit Darius. C'est l'une des quelques suites que compte ce terminal d'accès. C'est une zone de transition pour les gens que nous intégrons dans la Colonie. Des transfuges de l'Alliance. Des participants aux Jeux de l'Extinction. Et même des personnels d'ARC Technologies, juste après la Chute. Les terminaux d'accès garantissent une sécurité, mais l'action la plus essentielle qu'ils réalisent, c'est un scanner de tous ceux qui pénètrent dans la Colonie.

— Un scanner de quoi ? demanda Owen.

— Du cerveau. Pour déceler toute éventuelle anomalie. C'est toujours ce qui nous préoccupe le plus.

— Pourquoi ?

— Parce qu'elles sont toujours susceptibles de perturber le Changement. Nous avons constaté que certains esprits ne le supportent pas. Chaque humain oppose une résistance, à un degré ou un autre. Certains plus que d'autres. En particulier ceux qui ont été endoctrinés contre notre idéologie. Et puis il y a les individus bornés qui ne changeront jamais. Nous étions un peu inquiets à votre sujet. Et pas uniquement en raison de vos convictions.

Darius se leva.

— Comme vous le savez, j'en suis sûr, votre hémisphère droit présente une déformation. Un défaut génétique qui, je l'imagine, a dû vous handicaper votre vie durant. Comment se manifeste-t-il ? Vous avez du mal à distinguer les couleurs ? des difficultés à vous exprimer ?

— Non. À déchiffrer les expressions du visage et le langage corporel.

Darius hocha la tête avec gravité.

— Cela n'a pas dû être simple quand vous étiez enfant.

— Je me suis débrouillé.

— Bien sûr. Et vous avez grandi. Dites-moi, est-ce que ce défaut se manifestait d'autres façons ? Aviez-vous des affinités particulières ? des points forts ? une aptitude particulière de votre cerveau qui compensait votre déficience ?

— La reconnaissance des formes.

— Intéressant, murmura Darius. L'esprit humain est la chose la plus fascinante de l'univers, de mon point de vue. Votre esprit a vu les impasses dans cette aire de votre cerveau, ces neurones recevant l'influx électrique mais incapables de le relayer, et il a procédé à un nouveau câblage tout autour, comme pour un muscle sectionné où se reconstitue du tissu cicatriciel avec renforcement des connexions périphériques. Une autoroute déroutée en quelque sorte. Mais une autoroute reconstruite, grâce à nous. En effet, ces neurones défectueux ont été remplacés par une nano-résille de synthèse.

— Quelle sorte de nano-résille ? De quoi parlez-vous ?

— Voyez ça comme une sorte de neuro-prothèse. Nous considérons le cerveau comme n'importe quelle autre partie du corps. Si vous perdez une jambe, les médecins vous mettent une prothèse. Vous êtes venu au monde privé d'une partie de votre cerveau. Une toute petite partie, mais une partie essentielle. Invisible, mais avec une incidence au quotidien. La résille a comblé cette lacune. Mais la résille est bien plus que cela.

— Plus que quoi ? Qu'est-ce que vous me racontez ?

— Je vous explique que la résille est une partie intégrante du Changement.

— Intégrante… Comment ça ?

— La résille est la réponse à la plus ancienne question de l'existence humaine : qu'est-ce que notre avenir ?

Comme Owen ne disait rien, Darius marcha jusqu'à la porte et l'ouvrit.

— Vous voulez voir la Colonie ?

Owen suivit Darius dans le couloir, en jetant des coups d'œil à la ronde, dans l'espoir de repérer le moindre indice indiquant où pouvaient se trouver Maya et Cara.

— Elles ont été conduites dans un autre terminal d'accès, dit Darius. Nous avons… d'autres plans pour elles.

Sans rien ajouter, il marcha jusqu'à une porte au bout du hall. Il leva son avant-bras et tapota sur l'interface qui s'y trouvait. La porte coulissa dans le mur, révélant une somptueuse voiture.

Ils s'installèrent à bord et Owen ressentit le moment d'inertie. Le trajet ne dura pas bien longtemps, mais Owen ne savait au juste à quelle vitesse se déplaçait le véhicule. Il avait escompté deviner la distance séparant la Colonie de la petite entrée au milieu de la forêt. Son esprit était toujours focalisé sur l'idée de retrouver Maya et Cara pour s'enfuir avec elles.

Cependant, une autre question occupait son esprit depuis leur arrivée dans le sas.

— Est-ce que ma mère est ici ?

— Non, répondit Darius en regardant le sol.

— Est-ce qu'elle est vivante ? Est-ce que c'est l'Alliance qui la détient ? ARC Technologies ?

— Je l'ignore. Je suis désolé, Owen.

— Et la famille de Maya ?

— Même réponse. Ils ne sont pas ici et nous ne savons pas où ils sont.

Le silence s'éternisa jusqu'à ce que la porte de la voiture s'ouvre, révélant un genre de parc avec des allées bordées de buissons et de grands arbres. Au-dessus de leurs têtes, un soleil brumeux jaune-orangé brillait dans un ciel bleu et blanc. C'est ce qu'Owen ne voyait pas qui révélait la véritable nature de l'endroit : il n'y avait ni oiseaux, ni insectes, ni vent.

— Nous sommes toujours sous terre, n'est-ce pas ? demanda Owen.

— Oui. Et même un peu plus profondément sous terre.

Darius descendit de la voiture et mena Owen le long d'une allée.

Ils passèrent devant des adultes assis sur des bancs de bois et d'acier. Des enfants jouaient à chat et au ballon sur des terrains herbeux. Sous un kiosque, des adolescents discutaient d'un livre intitulé *La Garde des étoiles*.

Owen ne put s'empêcher de s'arrêter pour observer leurs visages. L'une des adolescentes s'exprimait avec feu et passion en faisant de grands gestes.

— Bien sûr, tout le monde aime les fins heureuses, disait-elle en levant les yeux au ciel.

Avant, Owen aurait supposé qu'elle avait adoré le livre. À présent, en se fondant sur ses expressions et son langage corporel, il comprenait spontanément qu'elle faisait de l'ironie.

Owen se rendit compte que Darius l'observait intensément.

— Ce que vous ressentez en ce moment même, ce n'est que le début, dit-il.

— Le début de quoi ? demanda Owen.

— Votre nouvelle vie.

Darius reprit sa marche sur le sentier, la tête baissée, le regard obstinément fixé sur ses pieds.

— D'après vous, Owen, qu'est-ce qui a provoqué la Chute ?

— Vous. Genesis. L'Union.

— Et pourquoi pensez-vous cela ?

— C'est bien la réalité, n'est-ce pas ? Vous avez répandu le virus Genesis ?

— Oui.

— Et c'est cela qui a entraîné la Chute.

Darius inclina la tête sur le côté, en reportant son regard scrutateur sur Owen.

— Je parlais de la cause originelle. La cause première. Selon vous, pourquoi avons-nous créé le virus Genesis ?

— Je vous retourne la question.

— Si vous me répondez, cela nous est utile à tous les deux.

— En quoi ?

— Cela me permet de savoir où vous en êtes, répondit Darius en esquissant un geste. De toute façon, je le saurai bientôt. Mais c'est préférable si c'est vous qui me le dites.

— Qu'est-ce que ça veut dire : « Je le saurai bientôt » ?

— Cette présence que vous ressentez. C'est la résille. En ce moment même, elle dresse une cartographie de votre cerveau. Quand elle aura fini, la résille connaîtra vos pensées.

Owen se figea sur place.

— Ne vous inquiétez pas, dit Darius avec un sourire. Un type comme vous n'a rien à craindre.

— Un « type comme moi », qu'est-ce que ça veut dire ?

— Quelqu'un dont les pensées sont pures. Un être humain authentiquement aimable et respectable. Quelqu'un qui a consacré sa vie au service des autres.

— Que se passe-t-il quand quelqu'un pense quelque chose qui vous déplaît ?

— Cela dépend de la nature de ses pensées. Nous disposons d'une technologie très avancée au sein de la Colonie. Nous avons la capacité de modeler l'activité cérébrale, de prédire les incidences comportementales. Si nous identifions un câblage neuronal susceptible de présenter un danger pour la collectivité, nous… nous le rectifions. De la même façon que nous avons rectifié votre défaut. C'est ainsi que nous voyons les choses. Les perturbateurs de l'équilibre du bien commun n'ont pas leur place ici, Owen. Mais vous, vous l'avez. Pour en avoir fait l'expérience personnelle, vous savez ce que peut apporter la résille. Voyez ce qu'elle a fait pour vous. Vous étiez aveugle, elle vous a permis de voir. Et puis vous avez un rôle à jouer ici.

— Quel rôle ?

— Réfléchissez. Il y a peut-être des gens comme vous au-dehors – coincés dans des stations des Jeux de l'Extinction, qui attendent que quelqu'un vienne les tirer de l'immeuble en flammes.

— Vous voulez que je devienne un agent. Comme Alister.

— C'est votre avenir tout tracé. C'est exactement pour ça que vous vous êtes retrouvé ici. À cet instant, pendant que nous parlons, votre mère est peut-être confinée dans un cylindre dans une station ARC, la même que celle où vous vous êtes réveillé. Et son temps s'échappe tandis qu'elle attend une aide qui ne viendra peut-être jamais. Vous pourriez la sauver. En fait, c'est peut-être votre unique chance de la sauver.

Ces paroles – la perspective de voler au secours de sa mère – emportaient Owen aussi sûrement que le ressac entraîne le nageur au large au jusant. Comme une force de la nature à laquelle il est impossible de résister. Mais il voulait en apprendre plus tout d'abord.

D'un geste, Owen désigna le parc autour d'eux et les gens qui s'y promenaient.

— C'est ça le Changement ? Et eux, ils sont le Changement ?

Darius lui tourna le dos et s'éloigna de quelques pas, comme pour mettre de l'ordre dans ses pensées.

— L'Union était confrontée à une tâche impossible. Nous savions que notre monde arrivait à son terme. Ce n'était qu'une question de temps avant que ne survienne une catastrophe. Nous avons alors pris une décision difficile : une éradication contrôlée avant un redémarrage de la race humaine en tenant compte des enseignements tirés.

— Qu'est-ce que ça veut dire au juste ?

— Le virus Genesis était censé être une réinitialisation mondiale.

— Je ne vous suis pas.

— Pour vaincre une armée mondiale déployée face à vous, une armée aux ressources et aux effectifs illimités, comment faites-vous ?

— Pour commencer, il faut la convaincre de ne pas combattre.

Darius contint un petit sourire.

— C'est une très bonne réponse. En fait, d'une certaine manière, c'est précisément la voie que nous avons empruntée. Pour vaincre un ennemi supérieur sans tirer un coup de feu, ni sacrifier une seule vie, il y a une solution toute simple : effacer les souvenirs de tout le monde. Une armée ne combat pas quand elle ne sait plus pourquoi elle se bat.

— Votre stratégie consistait à rendre le monde entier amnésique ?

— Une amnésie guérissable. Notre plan était on ne peut plus simple. Une fois la population mondiale infectée par le VG, nous aurions réunifié la race humaine et tout recommencé.

— En quoi la résille règle-t-elle les problèmes du monde ?

— Réfléchissez. Dans un monde où la résille connaît vos pensées : pas de crime, pas de famine, pas de souffrance.

Owen secoua la tête.

— Et aucune liberté.

— La liberté est une illusion. Une monnaie qu'on dépense pour obtenir ce que l'on veut. De tous temps, nous avons cédé une part de notre liberté en échange de choses nécessaires pour survivre. En prenant un travail, on renonce à sa liberté en échange d'une compensation financière. Même chose pour la sécurité quand on autorise la police à fouiller chez soi ou à nous arrêter dans la rue. La résille n'est pas autre chose.

— La résille est le Changement, c'est ça ?

— Le Changement est ce que la résille nous fait. Elle crée une société modifiée dans laquelle nos pensées déterminent notre destinée. Les choses ont toujours été ainsi : de nos pensées découlent nos mots et nos actions, et nos mots et nos actions déterminent notre sort dans l'existence. La résille ne fait que pousser un peu plus cette chaîne de causalité. En surveillant les pensées, on perfectionne la société. La résille est le levier de l'évolution humaine : l'Union, la communion de la conscience humaine tout entière. En vérité, nous étions de tous temps destinés à nous fondre dans un organisme humain unique, un tout cohérent doté d'une conscience partagée. C'est ça le Changement. C'est ça qui terrifie l'Alliance. L'unité. Un progrès sans limites dans lequel on n'a plus besoin de ce qu'elle peut avoir à offrir.

D'un large geste du bras, Darius montra le parc autour d'eux.

— Et vous en avez la preuve sous les yeux.

— Je ne vois pas en quoi la résille peut résoudre nos problèmes. Lier nos esprits nous permet uniquement de nous connecter. Cela ne nous rend pas nécessairement meilleurs.

Darius se tourna vers Owen.

— C'est parce que vous ne saisissez pas pleinement la portée de la résille et de Révélation – notre technologie prédictive.

— Expliquez-moi.

— Je vais commencer par un exemple qui va vous parler. Vous savez comment démarre un incendie, Owen ?

— Bien sûr. Un combustible, un oxydant et une source de chaleur qui dépasse le point d'inflammabilité…

— Je voulais dire conceptuellement. C'est une étincelle qui démarre l'incendie. C'est d'elle que naît la flamme, qui va produire l'embrasement, qui devient brasier, qui lui-même finira en incendie impossible à éteindre. C'est ainsi que procèdent les mauvaises pensées dans nos esprits. Elles commencent comme une étincelle – une idée minuscule qui grandit. Et si cette idée trouve suffisamment d'oxygène, elle peut mener une personne à la ruine. La résille empêche cet enchaînement fatal. C'est un détecteur d'incendie psychique. C'est quelque chose que vous comprenez, je pense.

— Et moi, je pense que l'esprit est le lieu qu'on contrôle le moins – et qu'il doit rester le domaine de chacun.

— On pourrait dire la même chose d'une maison. Et pourtant, les autorités imposent qu'on y installe un détecteur de fumée pour protéger les habitants. C'est exactement pareil. À l'époque dans laquelle on vit, les pensées sont ce qu'il y a de plus dangereux au monde.

— Et *Le Droit imprescriptible* ? Il fournit un cadre pour gérer l'esprit, comprendre comment il fonctionne. Même chose pour une moralité – un code éthique partagé.

— Ce sont des risques que nous ne pouvons pas courir, malheureusement. Notre solution – la résille – garantit le succès de notre société. Contrairement à l'adhésion volontaire à un code. On ne prend plus de risques avec la race humaine. Nous avons vu où cela nous a menés.

Owen réfléchit un instant. Et ses pensées l'emmenèrent vers ce qu'ils n'avaient pas vu. Maya. Et Cara.

— Un peu plus tôt, vous avez dit que les cerveaux présentant un câblage neuronal différent, les cerveaux susceptibles de s'opposer au Changement, devaient être « rectifiés ». Qu'entendez-vous par là exactement ?

Darius scruta le visage d'Owen.

— Vous me parlez de Maya et Cara.

— Je ne les ai pas vues.

— Vous les reverrez.

— Quand ?

— Bientôt.

— Que va-t-il leur arriver ?

— Dans le passé, notre société emprisonnait ceux qui n'obéissaient pas aux lois – ceux dont les actions allaient à l'encontre du bien commun. Si vous voulez mon avis, c'est inhumain. Bien souvent, ces contrevenants ne se remettent jamais de leur captivité. Et cela n'est pas sans incidence sur leur entourage. Cette séparation forcée d'avec ceux qu'on aime. À tous ceux-là, en plus d'apporter une vie meilleure, la résille offre le salut.

Owen sentit son corps se paralyser.

— De quel salut parle-t-on ?

— De la même vie offerte à chacun par la résille. D'une société unifiée où nos esprits ne font qu'un. S'agissant des esprits tels que ceux de Cara et Maya, nous apportons quelques modifications au câblage neuronal pour leur épargner de nuire au bien commun. Tout comme vous, elles changeront.

— Elles changeront comment ?

— C'est un processus que nous appelons « pacification ». Les individus pacifiés ne peuvent utiliser que les zones sûres de leur cerveau. Les effets sont variables, mais en règle générale les pacifiés qu'on peut voir – parents ou amis – sont affectés à des tâches…

plus élémentaires. Maya sera peut-être la femme portant un tablier dans l'arrière-boutique d'un fleuriste, chargée de rentrer les plantes ou de balayer. Ou de nettoyer les tables dans un café. Elle prendra plaisir à mener à bien son travail. Sa vie sera simple, débarrassée du fardeau de ces pensées susceptibles de nuire – à elle comme à nous tous.

— Est-ce qu'elle se souviendra de moi ? demanda Owen, la gorge nouée.

— Non, Owen. Ce serait beaucoup trop dangereux. Mais vous pourrez la voir tous les jours, si vous le voulez.

— Quand va-t-elle changer ?

— Le processus est déjà commencé. Tout d'abord, le traitement contre le VG va lui rendre ses souvenirs. Puis la résille entamera la cartographie de son cerveau pour identifier les zones problématiques. La durée du processus varie selon les sujets, mais je pense qu'elle sera pleinement pacifiée d'ici à demain matin.

Chapitre 65

Les plantons en tenue grise emmenèrent Maya et Cara jusqu'à une voiture qui les conduisit à toute allure dans une autre partie de la Colonie en tout point comparable à la zone par laquelle ils étaient entrés la première fois, avec un couloir, plusieurs portes et un sas tout au bout.

La pièce dans laquelle ils laissèrent Maya comportait un divan, deux fauteuils et une salle de bains. Il y avait aussi un miroir encastré dans le mur. C'était une sorte de salle d'observation. De cela, elle était bien certaine.

Quand la porte se referma et qu'elle se retrouva seule, une soudaine fatigue s'abattit sur elle. *Qu'est-ce qui provoque ça ? Le traitement contre le virus Genesis qu'on vient de m'administrer ou ma chute à l'entrée de la Colonie ? Ou alors, tout simplement la marche depuis la mer ?*

En tout cas, pour quelque cause que ce soit, Maya sombra rapidement dans le sommeil.

À son réveil, elle était toute raide et percluse de douleurs. Mais le plus important, c'était qu'elle était de nouveau en possession de quelque chose après quoi elle soupirait ardemment depuis son réveil dans la station 17 : ses souvenirs.

Enfin, elle se souvenait. De tout.

Installée sur le divan, elle concentra son esprit sur son premier souvenir de Genesis Biosciences. Elle se revit marchant sur le trottoir devant l'immeuble Genesis Biosciences, vêtue d'un tailleur fraîchement repassé. Une petite brise faisait voleter ses cheveux, qui fleuraient encore le doux parfum de son shampoing. Dans sa main droite, elle tenait un porte-documents. Il contenait une sortie imprimée de son CV – que plus personne ne demandait à présent, mais elle craignait plus que tout de ne pouvoir le produire si d'aventure on le lui réclamait – ainsi qu'un bloc-notes. Elle prenait des notes lors de ses entretiens. Chez elle, dans son petit appartement, une corbeille à côté de son bureau était remplie de pages chiffonnées couvertes d'observations sur des employeurs potentiels qui n'avaient pas voulu d'elle. Et plus encore, de notes sur des postes qu'elle n'avait retenus.

On accédait au gratte-ciel par une porte vitrée tournante, qui avalait des gens d'un côté et en recrachait de l'autre. Comme elle s'engageait dans la porte à tambour, les recommandations de sa mère lui revinrent en mémoire. « Pour ton premier emploi, ne prends pas le mieux payé. Ni celui où tu apprécies le plus tes collègues. Choisis celui où tu pourras apprendre le plus de choses. »

— Des choses sur quoi ? avait-elle demandé.

— Sur toi. Apprendre sur soi est comme un investissement. Si tu connais tes points forts et tes faiblesses et que tu trouves la bonne opportunité, alors il n'y a pas de limites à ce que tu peux accomplir, Maya.

Dans la salle de conférences, la personne qui la reçut lui posa toute une série de questions – techniques et générales. Comme escompté, elle ne lui demanda pas son CV. Et Maya s'abstint de le proposer. Comme ceux qui l'avaient précédé, une dizaine au moins, cet entretien s'acheva par la promesse d'un appel prochain.

Maya reçut un appel le jour même – ce qu'elle interpréta comme un indice des qualités de l'entreprise Genesis Biosciences : déterminée, efficace et pressée. Cela lui plaisait bien. Elle était exactement comme ça elle aussi.

Le deuxième entretien eut lieu le lendemain. Les questions se révélèrent plus difficiles. Elle ne maîtrisait pas très bien le sujet de l'une des questions scientifiques qui lui furent posées. Heureusement, elle ne bafouilla pas, formulant une réponse simple et directe.

— Je ne connais pas grand-chose au séquençage quantique du génome humain, mais j'entends bien creuser le sujet dès la fin de cet entretien.

Son interlocuteur avait souri.

— C'est une carence bien compréhensible. Nous venons de l'inventer. En dehors de ce bâtiment, personne n'en a jamais entendu parler.

— Alors pourquoi... ? (Maya n'acheva pas sa question. La réponse lui était apparue.) Ah. Je vois.

— Nous recherchons les meilleurs et les plus brillants, docteur Young. Mais nous voulons autre chose également. Un certain type d'esprits. Des esprits curieux. Des gens qui ont une réelle inclination pour ce type de travail. Vous en aurez besoin, ici. Genesis peut parfois être un environnement de travail assez brutal. C'est éprouvant à bien des égards. Pour les tièdes, c'est une voie difficile. Mais pour ceux qui ont soif d'apprendre, ceux qui apprécient de réaliser l'impossible, ici tout est permis.

À l'intense surprise de Maya, il s'était levé pour se diriger vers la porte.

— Pour moi, c'est un oui, Maya. Mais il vous reste un dernier entretien. Je vous souhaite bonne chance.

Pour cette épreuve finale, un homme l'attendait dans la grande salle surplombant le fleuve. Il n'avait nul besoin de se présenter, mais il le fit quand même en lui tendant sa main à serrer.

— Bonjour Maya. Je suis Darius Aldridge. Merci d'être venue.

— C'est un honneur, docteur Aldridge.

— Appelez-moi Darius, je vous en prie, comme tout le monde ici. C'est nous qui sommes honorés que vous ayez postulé chez Genesis. J'ai juste une question à vous poser.

Maya déglutit, la gorge nouée.

— Pourquoi êtes-vous ici ?
— Je suis intéressée par les travaux de Genesis.
— Pourquoi ?
— Je veux sauver des vies. Je veux créer ce qui change le monde.
— Pourquoi ?
Maya prit une profonde inspiration.
— Mon père est mort d'une maladie cardiaque rarissime. Quelques années plus tard, un tri génétique spécifique a été mis en place. S'il avait vécu un peu plus longtemps, le mal dont il souffrait aurait été décelé lors d'un examen de routine. Je me suis toujours demandé ce qu'aurait été ma vie si ce test avait été lancé plus tôt sur le marché.
Aldridge resta un long moment à fixer Maya – au point que la jeune femme éprouva le besoin de rompre le silence.
— C'est ça qui m'a poussée vers la médecine génétique. Je veux rentrer chez moi le soir en sachant que je vais peut-être développer un test qui sauvera la vie d'un père, d'une mère, d'un frère ou d'une sœur.
— Je sais exactement ce que vous ressentez, Maya, dit Darius en hochant la tête. Bienvenue chez Genesis Biosciences.

Les premières années de Maya au sein de l'entreprise Genesis furent les plus exigeantes et intenses de son existence. Ce n'étaient pas uniquement les horaires à n'en plus finir. Ou les quelques fois où elle avait fini en larmes à son bureau. Non, le plus dur pour Maya était de se déconnecter de son travail. Elle y pensait en rentrant chez elle. Sous la douche. Sur le chemin du labo.

Elle ne sortait pas, n'avait personne dans sa vie. Elle n'avait pas d'amis en dehors du travail. Sa vie, c'était Genesis Biosciences et ses travaux de recherche. Et puis tout changea le jour où sa route croisa celle de Sherman Parrish.

Leur première rencontre eut lieu un samedi après-midi, quand il vint sonner à sa porte. Il portait l'uniforme d'une entreprise de lutte contre les nuisibles. Elle entrouvrit et il la salua d'un signe de tête.

— Désolé du dérangement, m'dame, mais je suis chargé de la désinsectisation des appartements par le syndic de l'immeuble. Vous avez dû recevoir un avis à ce sujet.

— En effet, répondit Maya avec un hochement de tête. Entrez.

Il s'était avancé d'un pas nonchalant, avait regardé dans les coins les plus inaccessibles, déposé quelques boîtes insecticides, puis était reparti.

Deux semaines plus tard, il était revenu, mais ce jour-là, une fois la porte refermée derrière lui, il ne s'était pas aventuré à l'intérieur de l'appartement. Il l'avait regardée droit dans les yeux.

— J'ai un aveu à vous faire, avait-il dit.

— Quoi ? avait demandé Maya, sourcils froncés.

— Je ne travaille pas pour le syndic. Certes, j'ai fait le tour de chez vous, mais c'était pour y mettre des micros. Nous vous surveillons, Maya.

Une boule de peur s'était logée dans son ventre. Son regard avait glissé vers la porte, mais Parrish avait levé ses deux mains pour la tranquilliser.

— Ce n'est pas ce que vous pensez. Je travaille pour le gouvernement. Je suis ici pour vous recruter. Et c'est pour ça que nous vous espionnons.

— Me recruter pour quoi ?

— Une opération qui peut sauver le monde.

— Je ne comprends pas.

— L'entreprise pour laquelle vous travaillez – Genesis Biosciences – n'est pas ce que vous pensez.

— Et qu'est-ce qu'elle est alors ? rétorqua Maya, les mains sur les hanches.

— Une organisation terroriste scientifique dont l'objectif est de prendre le contrôle de la race humaine tout entière.

Maya avait éclaté de rire.

— Vous êtes impayable, vous. Qui a orchestré ce truc ? C'est Darius ? avait-elle demandé en regardant partout autour d'elle. Vous filmez pour une émission de canulars, c'est ça ? Vous avez failli m'avoir.

Mais Parrish ne riait pas. Il dévisageait Maya.

— Ce n'est pas une plaisanterie, docteur Young. C'est l'opération la plus sérieuse à laquelle vous participerez jamais. Je peux vous l'assurer.

De sa poche intérieure, Parrish avait tiré une petite unité de stockage de données pour la remettre à Maya.

— Voici qui vous convaincra. Je repasserai demain. Nous discuterons de ce qu'il y a lieu de faire.

Quand il fut parti, Maya déposa le petit disque dur sur sa table et se mit à tourner en rond dans son salon en se mordillant la lèvre. Et si ce type était un fou dangereux – un harceleur pris d'un délire psychotique ? Elle ferait mieux d'appeler la police. Oui, c'était certainement ce qui était le plus prudent.

Maya expliqua la situation à l'opérateur au bout du fil, aussi clairement que possible, puis attendit qu'on l'oriente vers le service voulu.

Il y eut des cliquetis sur la ligne puis elle entendit Parrish qui poussait un profond soupir.

— Je vous l'ai dit, Maya, je travaille pour le gouvernement. Ne vous en faites pas, on s'attendait à ce que vous fassiez quelque chose comme ça. Nous avons très précisément étudié votre profil. C'est d'ailleurs pour ça qu'on vous a choisie. Vous êtes quelqu'un qui agit comme il faut.

Le cœur de Maya battait la chamade. Un sentiment de peur s'était emparé d'elle.

— Je…

— Regardez ce que contient le disque dur, Maya. Ça va tout changer. Je vous verrai demain.

Parrish avait raison. Les données avaient changé le point de vue de Maya.

En l'occurrence, le disque dur contenait des données de recherche de Genesis Biosciences liées aux travaux menés par Maya pour la mise au point d'un traitement de la démence. Ce qu'elle avait découvert dans ces fichiers l'avait empêchée de dormir. Elle n'avait pas fermé l'œil de la nuit. Le lendemain, au travail, elle n'avait pas cessé d'y penser. Elle ne voyait plus Genesis du même œil.

Ce soir-là, on vint frapper à sa porte. Maya ouvrit. C'était Parrish. Sans un mot, il entra et se retourna pendant que Maya refermait la porte.

— Comment puis-je être sûre que les fichiers sont authentiques ? demanda Maya.

— Vous savez qu'ils le sont. Vous en connaissez le format et les modalités, vous savez comment Genesis mène ses essais. Et ils sont liés à vos travaux sur la démence.

— Ils inversent mon traitement. Ils l'utilisent pour créer un virus.

— Exactement.

— Pourquoi ?

— D'après vous, que se passerait-il si le monde entier était frappé de démence – une forme particulière qui affecte essentiellement les souvenirs ?

— Un effondrement généralisé.

— Oui. Pour un temps. Et ensuite, que pourriez-vous faire si vous disposiez d'un traitement ? Si vous pouviez organiser les populations et leur donner quelque chose ayant une incidence biologique sur leurs cerveaux ?

— Tout et n'importe quoi.

— Exact. Vous pourriez améliorer la race humaine. C'est ce qu'ils veulent faire.

— L'améliorer comment ?

— Nous l'ignorons. En revanche, ce que nous savons, c'est que l'ordre mondial actuel ne leur convient pas. Ils veulent être aux manettes. Et ils préparent quelque chose d'énorme pour que cela advienne. Ils vous utilisent – vous et vos recherches – pour y parvenir. Des millions de personnes mourront. Peut-être même des milliards.

— Qu'attendez-vous de moi ? demanda Maya, la gorge nouée.

— Une seule chose : soyez nos yeux et nos oreilles à l'intérieur de Genesis. Collectez des données et transmettez-les-moi.

— Vous voulez que je devienne une espionne.

— Oui.

— Apparemment, observa Maya en désignant le disque dur sur la table, vous avez déjà quelqu'un.

— Nous avions.

— Que s'est-il passé ?

Parrish la considéra en silence.

— Je vois, murmura Maya. Donc, Genesis sait que vous vous intéressez à eux ?

— Genesis fait partie d'une coalition d'entreprises. Ils se sont baptisés l'Union humaine – ou tout simplement l'Union. Et oui, ils savent que nous avons eu vent de leurs intentions. Ils accélèrent leurs manigances. Nous avons besoin de plus d'informations. Et pour cela, vous êtes notre meilleure chance. Je sais que cela peut sembler fou, mais l'avenir de la race humaine tout entière dépend peut-être de ce que vous allez faire, Maya. Nous avons besoin de votre aide. Nous avons besoin que vous récoltiez des informations pour nous.

— Et si je termine comme votre dernier agent ? Celui qui a collecté les données sur ce disque ?

— Vous avez ma parole que je ferai tout ce qui est en mon pouvoir pour que cela n'arrive pas.

— Comment ?

— Pour commencer, nous allons vous former.

— Me former à quoi ?

— Aux techniques de combat. Vous allez vous inscrire dans un dojo spécialisé dans les arts martiaux, pas très loin d'ici Je serai votre instructeur. Au cours des séances, nous échangerons des informations, et même des supports de données si vous pouvez les sortir clandestinement.

— Quelque chose me dit que ce n'est pas le genre d'activités dont je pourrais me sortir uniquement avec mes poings et mes pieds

— Effectivement. Mais si les choses tournent mal, si vous êtes piégée, je promets que je viendrai vous chercher. Je ferai tout mon possible pour vous mettre en sécurité, n'importe où dans le monde. Je vous le promets, Maya.

Dans la salle d'observation, Maya se leva. Elle s'efforçait de digérer le souvenir qu'elle venait de se remémorer. Elle savait que ses travaux avaient été utilisés pour la mise au point du virus Genesis, et que Parrish l'avait recrutée, puis enrôlée dans les Jeux de l'Extinction afin de la sauver, mais revoir défiler dans son esprit le fil de ces événements était une tout autre affaire.

Son souvenir suivant portait sur la Chute.

Vêtue d'une combinaison de protection, Maya travaillait en milieu stérile dans une salle blanche quand une voix jaillit des haut-parleurs.

— Maya.

— Oui, Darius ?

— Il faut que je vous voie.

— Nous sommes en pleine…

— C'est urgent. Je suis désolé, Maya, mais il en va peut-être de votre vie.

Maya sortit du labo, puis retira sa combinaison avant de rejoindre la salle de conférences, où Darius Aldridge l'attendait en compagnie de deux opérateurs cliniques. Le premier lui fit une prise de sang, tandis que le second lui passait une compresse alcoolisée sur l'épaule en préparant une seringue.

— Qu'est-ce que c'est ? demanda Maya.

— Un vaccin, répondit Darius en la contemplant.

— Un vaccin contre quoi ?

— Quelque chose sur quoi nous travaillons. C'est juste au cas où il s'échapperait. Nous voulons vous protéger, Maya. Tout comme vous nous protégez.

Il attendit un instant, mais, comme elle ne disait rien, il insista.

— Vous ne me faites pas confiance ?

— Si, évidemment, répondit Maya en s'efforçant sans y parvenir de conserver une voix calme.

Darius adressa un signe de tête au jeune homme derrière elle. Et il lui plongea la seringue dans l'épaule. Elle était quasi certaine qu'elle savait alors ce que c'était – et qu'ils l'observaient probablement.

En rentrant chez elle du bureau, Maya ouvrit le carnet de rendez-vous de style rétro qu'elle avait tout spécialement acheté pour ses opérations avec Parrish, et lui écrivit un petit mot. « Je pense qu'ils savent à mon sujet. Je vais télécharger toutes les données et je les déposerai demain au déjeuner. »

Dans un parc pas très loin de chez elle, elle s'installa sur un banc en mâchant un chewing-gum, tout en surveillant discrètement autour d'elle. L'air de rien, elle prit la gomme dans sa bouche, la déposa sur sa feuille et colla le tout sous le banc.

Cette nuit-là fut sa dernière dans son appartement. Le lendemain matin, au gymnase, la maladie la frappait.

La porte de la salle d'observation de la Colonie s'ouvrit et Darius Aldridge s'avança.

— Bonjour, Maya.

— Salut, répondit-elle tranquillement.

— Tu te souviens à présent ?

— Oui.
— Tu sais que tu m'as brisé le cœur, Maya.
— Et toi, tu as brisé le monde.
Sa repartie plongea Darius dans une profonde réflexion. Debout, immobile, il l'examinait attentivement comme s'il était occupé à choisir quels mots utiliser contre elle, avec la mine de quelqu'un considérant un plateau plein d'objets contondants et tranchants, tous mortels.
— Le monde était déjà brisé.
— Pas autant qu'aujourd'hui.
— C'est vrai.
Darius fit quelques pas vers elle, avant de bifurquer d'un bloc pour s'asseoir dans l'un des fauteuils en face du divan.
— Tu sais ce que nous faisons aux patients atteints du cancer, Maya ?
— Je suppose que tu vas me le dire.
— Si on détecte la tumeur suffisamment tôt, le patient n'en est pas conscient. Il se sent bien. En bonne santé. Il ignore qu'il est malade. Il ne sait pas que grandit en lui quelque chose qui finira par le tuer.
— Je sens venir l'analogie.
— Tu n'étais pas si désabusée autrefois.
— Traverser l'apocalypse fait ça aux gens.
— De fait, reconnut Darius avec un sourire. Ce que je voulais dire, c'est que nous avons fait ce que nous devions faire pour sauver l'humanité. Bien sûr, on aurait préféré que les choses se passent différemment. Si tu n'avais pas interféré, peut-être n'en aurait-il pas été ainsi.
— Tu ne manques pas d'air de rejeter toute la faute sur moi.
— Je ne fais qu'énoncer des faits.
— Pour moi, ça ressemblait plus à une opinion.
— Cela ne sert à rien de débattre, Maya.
— Alors pourquoi es-tu là ?
— Je voulais te voir… une dernière fois.
Maya sentit son cœur s'accélérer. La peur grandissait en elle.
— Une dernière fois avant quoi ?
— Avant que tu ne changes.

— Que je change comment ?

— C'est sans importance, répondit Darius en se levant. La vie est étrange – la façon dont les gens entrent et sortent de notre existence, les rôles qu'ils y jouent. Avant la Chute, tu m'as vraiment poignardé en plein cœur, Maya. J'avais confiance en toi comme si tu avais été de mon propre sang.

Il secoua la tête et le contact se rompit entre leurs regards.

— Hier matin, j'étais seul dans ce monde en ruine. J'étais entouré de plein de gens, mais j'avais perdu ma fille. La seule famille qui me reste. J'ai chargé Guthrie – celui que tu appelles Alister – de la retrouver, mais c'est toi qui me l'as ramenée. Je t'en serai éternellement reconnaissant. C'est pour ça que je voulais te voir. Pour te remercier.

— On dirait plutôt que tu me dis adieu.

— C'est le cas. Nous nous reverrons, Maya, mais ceci est un adieu.

Darius prit une profonde inspiration et se lança dans une explication méticuleuse de la nature de la résille et de l'effet pacifiant qu'elle aurait bientôt sur l'esprit de Maya.

Quand il repartit, Maya resta à fixer la porte close, tétanisée. Elle avait envie de pleurer, mais elle décida qu'elle n'allait pas se laisser aller.

Elle allait s'évader de cette pièce et de la Colonie. Elle allait arracher la résille de son corps.

La seule chose, c'est qu'elle ne savait pas comment.

Pas encore.

Chapitre 66

Quand Darius le laissa dans le parc, Owen ne savait pas trop ce qu'il allait bien pouvoir faire.

Assis sur un banc, il observait les citoyens de la Colonie autour de lui tout en considérant ses options.

Être ici lui semblait tellement étrange – surtout après toutes les épreuves qu'il avait traversées : la fuite de la station 17, le voyage en mer, la marche à travers la ville en ruine. À présent, voilà qu'il était dans un refuge souterrain, à l'abri. Du moins, s'il acceptait de faire sienne la vision qu'avait l'Union de l'avenir de l'humanité.

Et ce qu'ils s'apprêtaient à faire subir à Maya et Cara.

Alors que des gens passaient sur le chemin – des parents et des enfants, des amis en train de parler –, il restait estomaqué de l'effet de la résille, de la façon dont elle avait ouvert son monde. Il voyait tous ces êtres. Il les comprenait comme jamais encore il n'avait compris quelqu'un. C'était une action qui ne lui demandait aucun effort. Qu'il accomplissait dans la sérénité. L'harmonie.

À chaque instant, il sentait la résille s'emparer d'un nouveau pan de son esprit. Il sentait s'en aller une partie de lui-même, remplacée par une autre chose extraordinaire et merveilleuse.

Cependant, alors qu'il tournait et retournait la question dans son esprit, ses pensées volèrent tout à coup vers Maya. La douleur qu'il ressentit à l'idée de ce qu'on allait lui infliger fut infiniment plus aiguë que tout ce que la résille ou l'Union pourraient jamais lui donner.

Il repensa aussi aux légions innombrables qui attendaient à la station Jardin que quelqu'un vienne les sauver. Combien d'entre eux l'Union pacifierait-elle si elle jugeait leurs esprits dangereux ?

Owen releva la tête. Une jeune fille s'était écartée du sentier pour venir à lui.

Il sourit en reconnaissant Blair. À la main, elle tenait une fleur rose, qu'elle lui tendit en approchant. Une touche de rouge envahit ses joues. Elle éprouvait un peu de gêne, mais souriait tout de même. À cet instant, Owen comprit quelque chose qu'il n'avait jamais su voir jusqu'alors : Blair avait un petit béguin pour lui.

— Mes parents voulaient que je te remercie de m'avoir ramenée, dit Blair quand Owen prit la fleur. Et moi aussi, je voulais te dire merci, ajouta-t-elle, virant à l'écarlate.

Owen la prit dans ses bras pour la serrer contre lui.

— Je t'en prie, Blair. C'est tout naturel.

— Mon père dit que tu vas rester, reprit-elle sans le regarder dans les yeux. Et Maya aussi.

Owen hocha la tête, ne sachant trop quoi dire.

— C'est ce qui semble prévu. Tu sais où est Alister ?

— Bien sûr. Viens avec moi.

Ils remontèrent le sentier, puis sortirent du parc pour gagner un genre de village pittoresque au charme désuet. Les rues étaient bordées de boutiques. Des clients étaient attablés aux terrasses des restaurants, installés devant les échoppes des traiteurs. Apparemment, l'heure du déjeuner venait de sonner.

Un peu plus loin, Owen entendit des cognements sourds, un bruit de ferraille, puis une de ces bordées de jurons marmonnés qui semblaient être la bande-son officielle d'Alister au travail.

Dépourvue de toute zone d'accueil, ou même d'un bureau, sa boutique n'était qu'un atelier tout en longueur, dont l'entrée sur la rue était fermée par une porte enroulable. Alister était tout au fond, derrière plusieurs scooters, dont Owen supposa qu'ils avaient été réparés et n'attendaient plus que leurs propriétaires. Alister tapait au marteau sur un autre modèle près du mur.

Il leva la tête en entendant Owen et Blair approcher.

—Je ne te voyais pas en mécano pour scooters, dit Owen.

—Je te l'ai dit, je peux réparer n'importe quoi. Je le leur ai dit ici aussi : je peux réparer tout ce que vous voulez du moment que ça ne me roule pas dessus comme ce satané bus.

—Je comprends ça, dit Owen en riant.

Blair se tourna vers lui.

—Il faut que je rentre. (Elle lui sourit.) Est-ce je te reverrai par ici ?

—Peut-être.

Pendant que Blair s'en repartait, Alister se lava les mains dans l'évier. Puis, en les essuyant, il regarda Owen dans les yeux.

—Alors, ils t'ont servi la vieille rengaine sur l'Union ? Une société. Un esprit, bla-bla-bla ?

—Tu parais bien moins enthousiaste que dans la salle d'observation.

—Il n'y a plus grand-chose qui m'emballe désormais. C'est ça de vieillir.

—En fait, je crois que râler est juste une seconde nature chez toi.

—Il reste peut-être encore un espoir avec toi, Owen. Sinon, oui, tu as raison. Je râle et j'exécute. Et je répare des trucs. C'est ma vie.

—Et pourtant, la résille te tolère. Sans te pacifier.

Alister lui jeta un regard.

—Ouais, elle me tolère. Elle sait quand quelqu'un est juste frustré. Elle fait la différence entre celui qui va nuire à la collectivité et celui qui a juste besoin de relâcher la pression.

—Alors, elle sait ce que je pense en ce moment ?

Alister examina Owen.

—Pas complètement. Pas encore. Cela ne fait pas assez longtemps que tu l'as. Mais elle finira par tout savoir. Pour l'instant, elle cartographie ton cerveau. En quelque sorte, elle… ah, comment dirait Will ? Elle s'installe.

—C'est assez terrifiant quand on y pense. Pour toi aussi, certainement ?

— Le changement est terrifiant. Tous les changements – pas uniquement celui-là. Mais c'est la vie. Tu fais la part entre ce que l'Union te prend et ce qu'elle te donne. Et tu fais ton choix. C'est comme ça que ça marche.

Alister se pencha pour balancer quelques outils dans une caisse.

— Tu as faim ?

— J'espérais trouver Maya.

Alister le fixa un long moment.

— Ça va être plus facile de trouver à manger. Commençons par ça.

Il s'avéra que la maison d'Alister était au-dessus de sa boutique. C'était un lieu confortable avec une cuisine ouverte sur une pièce de vie, mais ce qu'on y trouvait de plus chaleureux, c'était la femme qui vint étreindre Alister dès la porte franchie. Elle était grande avec de longs cheveux bruns et des yeux emplis d'un océan de tendresse.

— Je ne savais pas que nous avions de la visite, dit-elle en relâchant Alister.

— Carmen, je te présente Owen Watts. C'est un ancien pompier, une âme charitable dans l'ensemble et un casse-pieds naïf qui m'a sauvé la vie.

Carmen salua Owen d'un signe de tête.

— Désolée pour cette présentation.

— Ne vous inquiétez pas, dit Owen en levant les mains. C'est exactement comme ça que je me présente moi aussi.

Carmen éclata d'un joli rire cristallin.

— Eh bien, dit-elle avec un sourire, nous sommes ravis de vous accueillir. Belden m'a dit qu'il avait d'excellents compagnons au-dehors, qui ont refusé de l'abandonner.

Owen se tourna vers Alister.

— Belden ?

— Pas un mot ! répliqua Alister en lui jetant un regard noir. Il n'y a qu'elle qui a le droit de m'appeler par mon prénom.

Owen secoua la tête et ils s'installèrent autour de la table. Carmen leur servit des sandwichs – de loin le meilleur repas d'Owen depuis ce qui lui semblait être une éternité. Quel plaisir de renouer avec des aliments solides. Et ce sentiment de normalité d'être assis avec des amis autour d'une table. Alister était un ami – et peut-être même plus.

Après le déjeuner, Carmen partit faire quelques courses. Owen revint au motif pour lequel il était venu voir Alister.

— Je veux voir Maya.

— Impossible, répondit Alister en secouant la tête.

— Pourquoi ?

— Elle est dans l'un des terminaux d'accès.

— En quoi est-ce un problème ?

— Ta résille ne te permet pas d'y accéder. Pas encore.

— Et quand est-ce qu'elle m'autorisera l'accès ?

— Quand elle se sera pleinement intégrée à toi. Quand elle sera en mesure de déceler chez toi la plus petite pensée susceptible de nuire à l'Union.

— Elle ne peut pas pour l'instant ?

— Non. Pas encore.

— Mais toi, tu peux me conduire jusqu'à elle.

Le regard muet d'Alister était exactement la confirmation dont Owen avait besoin.

— S'il te plaît, insista-t-il. Je veux juste la voir. Tu es ma seule chance d'y arriver avant… avant qu'elle ne soit pacifiée.

Alister secoua la tête.

Owen jeta un regard en direction de la porte par laquelle Carmen venait de sortir.

— Je pense que tu sais exactement ce que je ressens en ce moment. Tu es passé par là toi aussi. Tu t'es retrouvé dans la même situation. Tenu éloigné de celle que tu aimes alors que le temps file. Je veux juste la voir. Lui parler une dernière fois.

Chapitre 67

Dans la salle d'observation, allongée sur le divan, Cara tentait d'échafauder un plan pour s'évader de cette prison.

D'une certaine façon, elle retrouvait exactement les mêmes sensations que pendant la Chute.

À l'hôpital, les couloirs étaient pleins de chariots et de gens. À mesure que le temps passait, les personnels disparaissaient, puisqu'ils rejoignaient les rangs des victimes.

Elle avait travaillé jusqu'au bout de l'épuisement. En fait, son tout dernier souvenir remontait à l'instant où elle s'était effondrée dans une salle d'opération.

À son réveil, elle était allongée sur une couchette dans une salle de garde. L'administrateur de l'hôpital était penché sur elle, en compagnie d'un autre type aux cheveux courts, vêtu d'un pull côtelé.

— Excuse-moi de te réveiller, Cara, lui dit son chef.

Cara se passa une main sur le visage en balançant les jambes par-dessus le bord du lit.

— Il faut que je retourne...

— Tout doux, dit-il en posant une main sur son épaule. Ce monsieur veut te parler. Il s'appelle Parrish et tu vas écouter ce qu'il a à te dire.

Et sur ces mots, l'administrateur de l'hôpital s'en alla.

Cara examina Parrish. Pour elle, il avait tout du militaire. Il s'exprimait d'une voix chaude et sur un ton efficace, comme un homme qui doit lire un texte dans un temps imparti.

— J'irai droit au but, docteur Allen. Le gouvernement a besoin de vous.

— Pour quoi faire ?

— Nous sommes confrontés à une guerre d'une ampleur inédite à ce jour. Un conflit dans lequel toutes les technologies peuvent être utilisées contre nous. Un instant, on se sent bien, l'instant suivant, on ne se souvient même plus de son nom. C'est une guerre que nous sommes en train de perdre.

— J'avais remarqué.

— Vous pouvez contribuer à inverser la situation.

— Moi ?

— Vous êtes au bon endroit au bon moment. Et vous avez les compétences requises.

— Je ne vous suis pas.

— Vous connaissez l'entreprise ARC Technologies ?

— Bien sûr. C'est leur logiciel qui gère les enregistrements médicaux de l'hôpital.

— Ils font bien plus que ça.

— Quoi par exemple ? demanda Cara.

— ARC met sur pied un essai pour trouver une solution afin de contrer l'action de ce groupe terroriste scientifique – quelle qu'elle soit. Concrètement, ils vont constituer une cohorte capable de survivre à ce virus et à tout ce que notre ennemi est en train de préparer.

— Je ne vois pas ce que peut être ma place dans ce tableau.

— Il y a une scientifique qui connaît la thérapie contre ce virus. C'est le docteur Maya Young. Sans le savoir, elle a travaillé sur le projet – jusqu'au moment où nous l'avons recrutée. (Parrish prit une profonde inspiration.) Il y a un problème : ils ont découvert qu'elle travaillait pour nous. Et ils lui ont inoculé le virus.

— Ce qui signifie qu'elle a tout oublié de ses recherches.

— Exactement.

— Je ne vois toujours pas ce que je viens faire là-dedans.

— Nous allons intégrer le docteur Young dans le programme d'ARC Technologies : les Jeux de l'Extinction. Ce dont nous avons besoin, c'est un médecin qui puisse se glisser dans sa cohorte, quelqu'un capable de la maintenir en vie si besoin. Notre espoir est que ce programme lui permettra de recouvrer ses souvenirs. Quand ce sera fait, vous devrez nous l'amener.

— Et comment je ferai ça ?

Parrish glissa la main dans sa poche.

— Il y a une autre raison pour laquelle nous vous recrutons, c'est que vous êtes dans cet hôpital, en ce moment même, soit au même endroit que le docteur Young. Nous allons implanter ce dispositif dans votre jambe. Une salle d'opération est prête et n'attend plus que vous.

— C'est quoi ce dispositif ?

— C'est une balise. Votre mission est on ne peut plus simple, docteur Allen. Vous faites en sorte que Maya Young reste en vie, vous l'aidez à recouvrer ses souvenirs, et quand c'est fait vous activez la balise. À partir de là, nous venons vous chercher et on s'occupe de tout.

— Comment je l'active ?

— Elle sera dans votre jambe droite. Vous appuyez dessus et maintenez la pression douze secondes.

— Et si on ne trouve pas de traitement pour elle ? Si elle ne récupère jamais ses souvenirs ?

— Alors, ils auront probablement gagné la guerre. Le monde sera à eux. Je ne sais pas à quoi il ressemblera, mais je pense que les humains seront beaucoup moins nombreux. Quant à ceux qui resteront, je suis prêt à parier qu'ils seront sous leur contrôle quasi absolu. Au bout du compte, c'est le sens de cette guerre : qui domine le monde ?

Cara était assoupie quand la porte s'ouvrit. Elle avait l'esprit embrumé et le corps raide.

Darius Aldridge vint se placer devant elle, en surplomb. Il semblait attendre qu'elle retrouve ses sens.

— C'est la résille, dit-il. Elle provoque une réponse inflammatoire systémique pendant la phase d'intégration.

— Merveilleux, marmonna Cara.

Darius referma doucement la porte.

— Nous vous avons cherchée pendant très longtemps, docteur Allen.

— Ah bon ?

— Nous savons que vous êtes un agent de l'Alliance. Une recrue de fraîche date. Nous avons trouvé votre nom dans des fichiers que nous avons récupérés pendant la guerre.

— Qu'est-ce que vous voulez ?

— Quelque chose de très simple. Quelque chose qui peut contribuer à mettre fin à la guerre. (Cara le fixait du regard.) Je suppose qu'on vous a donné un moyen d'entrer en contact avec l'Alliance.

— Je ne comprends rien à ce que vous me dites.

— Vous pouvez encore mentir pour l'instant, mais bientôt ça n'aura plus d'importance. La résille fera partie de vous. Nous aurons accès à vos souvenirs et nous découvrirons la vérité. Mais… ce serait mieux si vous nous la disiez. Ce serait un acte de soutien envers l'Union, le genre de geste qui pourrait améliorer votre situation ici.

— Vous me tenez enfermée dans une cage. Comment ma situation peut-elle s'améliorer ?

— Le monde est une cage, docteur Allen. Nous ne faisons que construire une cage plus sûre.

Chapitre 68

Maya sentait comme un picotement sur son avant-bras, comme si un insecte s'était glissé sous sa peau. Elle regarda, mais ne vit rien.

Elle posa un doigt juste en dessous de sa paume et des mots apparurent sur son avant-bras, en lettres noires.

`Initialisation SE-Résille`

`Chargement 22%`

Il fallait qu'elle sorte d'ici – et vite. Tant qu'elle pouvait encore penser et réfléchir. Tant qu'elle était encore elle-même.

Mais comment ? Et pour aller où ?

Pour quelque raison mystérieuse, elle repensa à la page qu'elle avait trouvée dans l'enveloppe à son nom à la station 17. Dans le sas du terminal d'accès, quelques gouttes de liquide avaient fait apparaître des lignes à la surface de la page blanche – d'une façon tout à fait comparable à l'apparition de l'interface SE-Résille sur sa peau.

La page était toujours dans sa poche. Ils n'avaient même pas pris la peine de la fouiller. D'ailleurs, pourquoi l'auraient-ils fait ? Elle était piégée ici. Et bientôt, ils la contrôleraient via la résille.

Elle se leva du divan pour passer dans la salle de bains. Après avoir fermé la porte, elle se pencha au-dessus du lavabo, en s'efforçant de dissimuler ce qu'elle faisait à la curiosité d'éventuelles caméras. Elle croisait les doigts pour qu'il n'y en ait aucune.

Elle ouvrit le robinet, tira la feuille de sa poche et laissa couler l'eau dessus.

Lentement, par vagues, l'image prit forme. Les lignes grises foncèrent, puis devinrent noires.

Maya resta stupéfaite en découvrant ce qu'elle avait sous les yeux. Au début, elle ne comprit pas. Puis le jour se fit dans son esprit. En réalité, c'était extrêmement simple. Les symboles étaient là depuis le début. Des poteaux indicateurs plantés le long de la route et que tout le monde pouvait lire.

Elle vit ce qu'ils devaient faire.

Oui, ils avaient une chance de s'en sortir.

À travers la porte de la salle de bains, elle entendit un grand bruit dans l'autre pièce, puis la porte d'entrée s'ouvrir à la volée pour venir s'écraser violemment contre le mur.

Ils savent! La Colonie avait vu ce qu'elle venait de faire. Ils savaient ce qu'elle venait de découvrir. Elle secoua la tête avec un sentiment d'accablement, regrettant son geste. Abattue, elle remit la page dans sa poche.

La porte de la salle de bains s'ouvrit brutalement. Maya chancela en arrière. Mais quand elle découvrit celui qui se tenait sur le seuil, elle sentit son cœur exploser.

Owen.

Il haletait, le souffle court. Un sourire s'épanouit sur son visage.

— Salut, dit-il.

— Salut, répondit-elle, tandis qu'une envie de rire s'emparait d'elle. Comment es-tu arrivé… ?

Par-dessus l'épaule d'Owen, Maya aperçut alors Alister debout au milieu de la pièce voisine, la mine revêche, l'air résigné. Une expression tout à fait typique d'Alister.

— Je sais où nous devons aller, dit Maya.

— Vraiment ? s'étonna Owen, manifestement surpris.

— Il faut d'abord sortir d'ici.

— Sur ce point-là, tu as parfaitement raison, répondit Owen en lui tendant la main.

Elle y glissa la sienne et ils filèrent dans la salle d'observation, droit vers la porte d'entrée. Alister ne bougea pas d'un pouce.

—Il faut que vous m'enfermiez ici, annonça-t-il calmement.

—Tu viens avec nous, s'exclama Owen.

Le mécanicien secoua la tête, les dents serrées.

—Non.

—Alister, on ne laisse personne derrière...

—Pas cette fois, Owen. Nous ne sommes pas dans un conte de fées. Ils voient et entendent tout ce que je vois et entends. En ce moment même, ils envoient des gardes. J'en ai déjà fait beaucoup trop.

—Viens avec nous, dit Owen.

—Ma place est ici, avec Carmen. Et maintenant, partez.

—Merci, Alister, dit Maya. Ou plutôt Guthrie. C'est bien ton nom, n'est-ce pas ?

—Alister est très bien. Souvenez-vous de moi sous ce nom-là. Allez, filez ! Je ne sais pas à quel point la résille peut me contrôler.

Dans le couloir, Owen ferma la porte à l'aide d'une carte magnétique.

—Où est Cara ? demanda Maya.

—Dans l'une de ces pièces, répondit Owen en désignant les trois autres portes fermées le long du couloir.

À cet instant, Maya aperçut les deux gardes assommés près de la porte tout au bout du couloir. C'était sûrement sur eux qu'il avait récupéré la carte d'accès.

—C'étaient les seuls gardes, dit Owen. Mais d'autres vont arriver, c'est sûr. Ils doivent déjà être en train de monter dans leurs voitures.

Maya hocha la tête. Ils allaient devoir faire vite.

—Cara ! cria-t-elle.

—Ici, hurla Cara derrière une porte.

Owen se rua dessus, passant la carte sur le lecteur. Le dispositif émit un bip et une diode rouge se mit à clignoter.

—Ils savent qu'on essaie de s'évader, dit Maya.

—Ils ont tout verrouillé, dit Owen en reculant de quelques pas, le regard fixé sur la porte.

— Qu'est-ce que tu fais ? demanda Maya.

— Ne t'inquiète pas. C'est comme ça que je gagnais ma vie.

Owen s'élança sur quelques mètres pour assener un coup de pied dans la porte, juste à côté de la poignée. Elle trembla, le mur gémit, mais elle ne s'ouvrit pas.

Imperturbable, il recula pour une nouvelle prise d'élan, délivrant un coup de pied encore plus fort. Le chambranle bougea et le mur se fissura. À la troisième tentative, le panneau céda. Cara jaillit de sa prison et ils foncèrent droit devant vers l'extrémité du couloir.

Owen scanna la carte sur le lecteur de l'écoutille, mais, les mêmes causes produisant les mêmes effets, il n'y eut qu'un bip et un clignotement rouge.

L'accès au sas était verrouillé.

Et cette porte de métal, Owen ne pouvait pas espérer la défoncer.

Chapitre 69

Owen resta un long moment à fixer l'écoutille. Ils étaient arrivés jusque-là, mais c'était le bout du chemin.

Pourtant, ils étaient si près du but. Il avait presque réussi à délivrer Maya et Cara.

Bien sûr, il ne savait pas où ils seraient allés après, mais dehors, il avait une chance de conquérir sa liberté. Une chance d'aller sauver tous ceux qui comptaient sur lui à la station Jardin.

Maya se glissa devant lui pour passer sa main sur le cadre de plastique blanc autour de l'écoutille.

— Qu'est-ce que tu fais ? demanda Cara.

— Je cherche le mécanisme de secours. Tous les sas de Genesis Bio en sont équipés – en cas de panne informatique.

— Oh, murmura Owen.

Pourquoi n'y avait-il pas pensé ? Il aurait dû. Depuis la Chute, son existence tout entière n'était qu'une longue succession d'issues de secours.

Maya retira un panneau du mur, introduisit sa main dans le logement, et bascula une poignée sur le côté. L'écoutille émit un claquement, mais sans bouger. Le déverrouillage d'urgence n'intégrait pas l'ouverture.

Owen s'arc-bouta pour repousser la lourde trappe métallique. Maya et Cara se ruèrent à l'intérieur du sas, jusqu'au petit judas de l'écoutille extérieure. Leurs deux têtes l'une contre l'autre, elles regardèrent à l'extérieur.

—On a un problème, murmura Maya.

—Gros comment, le problème ? s'informa Owen.

—De la taille d'une tempête, répondit Maya.

Owen les rejoignit pour regarder par la petite lucarne à son tour. Au sommet de la petite volée de marches de béton, un vent furieux agitait la forêt. Des trombes d'eau tombaient pratiquement à l'horizontale. Des feuilles et des branches volaient en tous sens. C'était un phénomène aussi dévastateur que sur l'île et le porte-conteneurs – assurément mortel pour eux désormais. Impossible de survivre à l'extérieur, du moins pas sans combinaison.

—Je ne sais pas s'il reste assez d'oxygène pour réussir à sortir de la tempête, dit Maya en considérant les cinq combinaisons accrochées à leurs patères. Et maintenant que la résille est en nous, la tempête – ou plutôt le drone qui la dirige – va nous suivre à la trace. Si on sort, jamais on n'ira plus vite qu'elle.

—Ne vous inquiétez pas de ça…, dit Cara en s'avançant vers les combinaisons. J'ai un plan.

En hâte, ils passèrent leurs tenues de protection.

Dehors, des bourrasques furieuses se ruaient à l'assaut du sas. Même s'ils ne tombaient pas à court d'oxygène, éviter les chutes – et les risques d'accroc – s'annonçait comme une sacrée gageure.

Du couloir de l'autre côté du sas leur parvint le bruit d'une porte.

—Ils arrivent ! s'exclama Owen en prenant un casque sur l'étagère.

Maya considéra les deux dernières combinaisons. Un véritable dilemme pour eux.

—On pourrait les mettre hors d'usage, dit Cara.

—On n'a pas le temps, répondit Maya, avant de se tourner vers Owen. Referme la porte.

Il repoussa l'écoutille intérieure et manœuvra le volant de fermeture.

Maya et Cara verrouillèrent leurs casques, imitées ensuite par Owen.

Sur le panneau autour de l'écoutille extérieure, Maya chercha à tâtons le mécanisme de secours. Comme elle en actionnait la poignée et ouvrait la porte extérieure, des visages parurent derrière la petite lucarne de l'écoutille intérieure.

Owen sentit le vent du dehors qui s'engouffrait et s'accrochait à sa tenue. Pivotant sur lui-même, il vit le regard furieux de Darius Aldridge de l'autre côté du judas. Ses lèvres bougeaient à toute vitesse, mais aucun son ne parvenait à l'intérieur. Darius tapota quelque chose sur le panneau de commande et sa voix éclata dans les haut-parleurs.

— Tu n'es pas obligé de faire ça, Owen. Referme le sas, on va discuter. (Darius tenait Owen sous le feu de son regard.) Reste ! Ici, tu pourras faire partie de quelque chose de grand.

Owen se tourna vers Maya pour la regarder dans les yeux.

— Je fais déjà partie de quelque chose d'immense.

Elle se pencha, ramassa l'une des deux combinaisons vides et sortit. Owen comprit son intention et s'empara de la dernière tenue de protection. Et il rejoignit les deux femmes sous les éléments déchaînés.

Il ignorait combien de temps il faudrait à Darius pour faire venir d'autres équipements jusqu'au sas, mais Owen était certain qu'il le ferait.

Et à ce moment-là, ils auraient un chasseur implacable à leurs trousses.

Chapitre 70

De l'autre côté du sas, ils tombèrent sur la même volée de marches de béton que celle par laquelle ils étaient entrés dans la Colonie.

Maya les gravit en courant, en tirant sa combinaison supplémentaire derrière elle. La forêt était plongée dans les ténèbres, soit à cause de la tempête, soit parce que c'était la nuit. Immédiatement, le vent la chahuta en tous sens. Des feuilles tombaient par vagues entières, comme si les arbres eux-mêmes avaient pleuré sur les malheurs à venir.

Maya était sur le point d'activer la radio de sa combinaison quand Owen la retint par le bras. Il secoua la tête et jeta un regard du côté de Cara. Elle avait tout vu, mais dans ses yeux brillait une lueur pleine de confiance. Silencieusement, elle réaffirmait à Maya et Owen ce qu'elle leur avait dit dans le sas. « J'ai un plan. »

Cara se pencha en avant, empoigna fermement sa jambe et exerça une pression pendant un long moment. Maya n'avait pas la moindre idée de ce qui se passait. Owen semblait aussi perdu qu'elle. Il releva la tête vers Maya – qui lui répondit d'un simple haussement d'épaules.

Sans rien dire, Cara se releva et les fit s'éloigner de l'entrée du sas.

Ils couraient en file indienne à travers la forêt, Cara en tête. Elle progressait avec prudence et méthode, sans hâte excessive.

Le poids de sa combinaison ralentissait Maya – tout comme celle qu'elle traînait derrière elle. Par deux fois, la combinaison se prit dans des branches, la freinant brutalement. D'une saccade, elle l'avait libérée pour reprendre sa course dans le bois sombre sous un déluge indescriptible.

Dans une clairière devant eux, Maya aperçut une ombre dans le ciel qui avançait furtivement juste au-dessus des grands arbres.

Les hautes herbes dans la trouée étaient agitées par le vent, martelées par la pluie. Tout à coup, elles furent plaquées à terre quand un objet piqua depuis le ciel vers le sol. Sidérée, Maya vit que c'était un hélicoptère, dépourvu de tout insigne, toute immatriculation. Son premier réflexe fut de tourner les talons pour fuir, mais elle vit Cara qui au contraire fonçait vers l'engin.

Owen lui emboîta le pas – et Maya se résolut à les suivre, les muscles tétanisés par l'effort.

Quand ils atteignirent l'hélico, Maya constata qu'il n'y avait personne à bord. C'était un appareil piloté à distance, ou autonome.

Cara prit place dans le cockpit, tandis que Maya et Owen s'installaient à l'arrière. Cara appuya sur un bouton sur le tableau de bord et l'engin décolla, agité de frémissements et battu par la pluie.

Les moteurs au-dessus de leurs têtes rugissaient tandis qu'ils filaient à travers la tourmente. Les mains de Cara dansèrent au-dessus de l'affichage numérique et l'hélico vira à gauche, projetant Maya contre Owen. D'une main, il s'accrocha à la poignée à côté de la porte coulissante, tout en passant son autre bras autour de la taille de Maya pour la tenir fermement serrée contre lui.

Leur vol fut une expérience éprouvante. L'hélicoptère livrait un véritable combat contre la pluie et le vent. Cara devait en permanence ajuster sa course pour prendre les bourrasques de vitesse et déjouer leurs perfidies.

Enfin, ils parvinrent à sortir du grain pour déboucher dans un ciel nocturne dégagé, dans lequel ils n'entendaient plus que le bruit rythmique des pales fendant l'air.

Aux commandes, Cara se démenait fébrilement. Elle saisit les coordonnées GPS d'une nouvelle destination.

Maya allait activer sa radio pour poser des questions quand Cara l'arrêta d'un geste parfaitement éloquent. « Pas de radio. »

Ils volèrent donc en silence. Owen entreprit de fouiller l'habitacle. À la recherche de quoi ? Maya n'aurait su le dire. Toujours est-il qu'il mit la main sur deux kits de secours, six grandes bouteilles d'eau, huit cartouches fumigènes, utiles pour couvrir les opérations d'atterrissage et de récupération, ainsi qu'une pile d'épaisses couvertures. À l'aide de ces dernières, il sécha leurs combinaisons – celles qu'ils portaient et les deux surnuméraires.

Ils étaient juste à l'aplomb du littoral quand Owen ouvrit la porte coulissante pour jeter les couvertures dans le vide. Elles dérivèrent dans le vent, s'étalèrent largement, puis chutèrent comme des fantômes relâchés vers la mer.

Owen laissa encore la porte ouverte un moment. L'air s'engouffrait dans l'habitacle. À l'avant, Cara ouvrit la petite porte du côté opposé pour créer un courant d'air, manière de procéder à l'aération de l'espace intérieur.

Maya s'émerveillait de voir à quel point leur petite équipe fonctionnait efficacement – et sans même échanger une parole.

Owen referma la porte coulissante. Cara fit de même à l'avant, puis retira son casque.

Maya ôta le sien également. À peine Owen fut-il tête nue qu'il se tourna vers la pilote.

— Cara, je te suis infiniment reconnaissant de cette évasion, mais si tu me dis que tu avais cet hélico sous le coude depuis le début, je crois que je vais griller un fusible.

— Non, s'empressa de répondre Cara en levant les mains. Je ne l'avais pas. Du moins, je ne savais pas que ça m'enverrait un hélico.

— Qu'est-ce qui t'enverrait un hélico ? demanda Maya.

— Il faut que je revienne en arrière, expliqua Cara. Et pour commencer, il faut que je vous dise quelque chose.

— Ton fameux secret, dit Owen.

— Oui. Ce que je vous ai dit quand on était sur le bateau est parfaitement exact : j'étais bien médecin urgentiste. Et je le suis toujours.

J'exerçais à l'hôpital pendant la Chute. Il est rapidement devenu évident que nous étions engagés dans une guerre que nous étions en train de perdre. C'est alors que j'ai été recrutée par l'Alliance, par Parrish, qui m'a chargée d'intégrer les Jeux de l'Extinction.

Maya parvenait à peine à assimiler ce qu'elle entendait.

— On m'a confié une mission bien spécifique, poursuivit-elle en regardant Maya. Veiller sur ta sécurité, Maya. Te procurer un traitement au besoin, t'aider à recouvrer tes souvenirs. Leur idée était que, si tu pouvais renouer le fil de tes travaux, alors tu pourrais les aider à vaincre le virus Genesis et inverser le cours de la guerre. L'objectif était que je te ramène à l'Alliance avant qu'on se réveille.

— Il y avait un petit problème, intervint Owen. Maya n'avait aucun souvenir à son réveil.

— Exact, acquiesça Cara. Apparemment les Jeux ont échoué. C'est pour cette raison que je n'ai pas activé plus tôt la balise.

— La balise ? répéta Maya.

— Un dispositif implanté dans ma jambe. C'est lui qui a appelé l'hélico.

— Et au fait, comment ça se fait que tu saches piloter ? s'enquit Owen.

— C'est le même modèle que celui qu'on utilise pour les transports sanitaires héliportés. J'ai fait quelques rotations à bord de ces appareils. J'avais appris le système des commandes manuelles, à utiliser en cas de défaillance de l'ordinateur de bord ou des communications par satellite.

— Et donc, tu es présentement en train d'achever ta mission ? demanda Owen. Tu nous ramènes à l'Alliance ?

Cara les regarda sans rien répondre.

Owen secoua la tête.

— D'après toi, qu'est-ce qu'ils vont nous faire, Cara ? Ils vont interroger Maya. Ils vont sans doute nous dépecer pour étudier la résille. Ils vont nous arracher les coordonnées des accès à la Colonie. Et quand ils auront un traitement contre le VG, ils réorganiseront leur armée et la guerre repartira de plus belle.

— Je sais, annonça tranquillement Cara. L'hélico était programmé pour nous ramener sur ce que je suppose être une base de l'Alliance. Je l'ai reprogrammé.

— Pour aller où ? demanda Owen. La résille est en nous, à présent. L'Alliance a les tempêtes. Et nous, on n'a qu'une quantité finie d'oxygène. D'un côté comme de l'autre, on est morts, dehors. Tout comme l'espoir de trouver la station Jardin et de mettre fin à tout ça.

Maya posa sa main sur le bras d'Owen.

— Ce n'est pas forcément vrai, dit-elle.

Chapitre 71

À bord de l'hélicoptère, Cara et Owen regardaient fixement Maya quand elle sortit la page blanche de sa poche. Owen se dit que c'était celle qu'elle avait trouvée dans l'enveloppe à son nom à la station 17.

Elle ouvrit l'une des bouteilles pour verser de l'eau sur la feuille.

Lentement, des lignes apparurent pour former une illustration représentant des rangées de plantes.

Un jardin.

— Qu'est-ce que ça veut dire ? murmura Cara.

— C'est l'indice manquant, murmura Owen. Un jardin. Uniquement visible sous l'eau.

— Je ne comprends pas, dit Cara.

Un large sourire s'épanouit sur le visage d'Owen qui, lui, avait compris.

— Bien joué, Maya. Comment as-tu su ?

— Un coup de chance, honnêtement. À notre arrivée dans la Colonie, dans la chambre de décontamination, la feuille est tombée dans du liquide. J'ai vu l'image qui commençait à se former.

— Est-ce que quelqu'un veut bien me mettre dans la confidence ?

— On l'avait, dit Owen. On avait la position de la station Jardin. Elle était codée dans les vidéos. On a juste commis une erreur.

— La station Jardin n'est pas à la surface, précisa Maya. Elle est sous l'eau.

Cara ouvrit la bouche une nouvelle fois… avant de se raviser. Un instant s'écoula.

— Alors celle-là, dit-elle finalement, je ne l'avais pas vue venir.

— Toute la question est maintenant de savoir ce qu'on va faire, reprit Owen. Je crois qu'on peut considérer que l'Alliance est en mesure de suivre cet hélico. Mais je subodore qu'il faut aussi se demander si l'Union ne nous a pas laissés filer un peu trop facilement. Je suis sûr qu'ils peuvent nous tracer à présent que la résille est en nous. Je serais prêt à parier que l'Union espère que nous allons les mener à l'Alliance. Et puis, je pense que les mener tous à la station Jardin n'est pas sans risque.

— À supposer qu'on puisse atteindre la station, dit Maya. On est à bord d'un hélico, pas d'un sous-marin.

— Très juste. Cependant, je crois qu'on a tout ce qu'il nous faut ici, dit Owen en désignant les bouteilles d'oxygène raccordées aux combinaisons. De toute évidence, ces tenues sont faites pour fonctionner dans une atmosphère normale. Je doute qu'elles soient opérationnelles sous l'eau. Et d'ailleurs, je n'ai aucune envie de me risquer à le vérifier. En revanche, les bouteilles devraient parfaitement faire l'affaire. Il suffit de les découpler pour les embarquer avec nous. Ensuite, ajouta-t-il en montrant les fumigènes, on pourra utiliser ces trucs comme lests pour la descente.

— Ce plan ne me dit rien qui vaille, dit Maya, manifestement angoissée.

Owen lui prit la main.

— C'est notre meilleure option.

Tout doucement, il lui caressa du pouce l'intérieur de l'avant-bras en exerçant une pression. Puis il retroussa la manche. Des lignes commençaient à apparaître sur la peau de Maya.

`Initialisation SE-Résille`

`Chargement 41%`

— Est-ce que tu te sens différente ? demanda Owen.

— Non. Pas encore.

— Est-ce que Darius t'a dit ce que la résille allait te faire ?

— Ouais, répondit Maya en jetant un coup d'œil sur la mer. Je sais que le temps est compté pour moi. Mais que se passe-t-il si la station est à une trop grande profondeur ? Du genre accessible uniquement avec un engin submersible ? Qu'arrivera-t-il si on descend sous l'eau jusqu'à être écrasés par la pression ? Et si nos coordonnées étaient tout simplement erronées ? On finirait par tourner en rond sur le plancher océanique – ou plus vraisemblablement sur un haut-fond où la pression serait supportable – jusqu'à épuisement de notre oxygène.

— C'est un risque, concéda Owen. Plus exactement, c'est un saut dans le vide. Il m'est arrivé plusieurs fois de le faire – pour sortir d'un immeuble en feu. C'est comme ça que j'ai sauvé ta sœur. Et je crois que c'est ce que nous devons faire. Pour le bien de tous.

Maya hocha la tête en se tordant les mains.

— D'accord.

— Il y a tout de même un problème, reprit Owen. Même si on survit, il y a fort à parier que l'Alliance et l'Union seront sur nos talons. Ils trouveront la station Jardin.

Cara leva une main.

— J'ai une solution pour ça. (D'un coup de menton, elle désigna les kits de secours.) Il y a un truc dingue qui vient de m'apparaître, c'est à quel point on se complète à la perfection. Ça ne peut pas être le fruit du hasard. Quelqu'un a cogité tout ça.

— Qu'est-ce que tu racontes ?

— J'ai un rôle à jouer dans cette histoire, dit Cara. Avant, je croyais que c'était de ramener Maya à l'Alliance et de trouver le traitement contre le virus Genesis. Mais maintenant, je vois la vérité – dans sa globalité. Je sais ce qu'il faut que je fasse.

Cara leur exposa alors son plan. Et Owen dut bien admettre qu'il était brillant. C'était un plan dont il n'aurait pas pu accoucher lui-même.

Et qui pouvait tout à fait fonctionner.

Chapitre 72

Maya grimaça quand l'aiguille s'enfonça dans son bras. Les vibrations de l'hélicoptère n'arrangeaient pas les choses.

Cara préleva le sang dans l'un des tubes, avant de le refermer, puis remplit un autre tube entier. À présent, sur le sol de la cabine, il y avait un petit tas de tubes remplis de sang. À l'aide d'un ruban adhésif, Owen les collait aux cartouches fumigènes, ainsi qu'à d'autres objets lourds trouvés à bord.

Leur plan reposait sur l'hypothèse que la résille était présente dans le système sanguin. Ils savaient qu'elle était dans le liquide céphalo-rachidien et qu'elle pouvait modifier la pigmentation de la peau de leur avant-bras, de sorte qu'il paraissait logique d'inférer que la technologie circulait dans leur système sanguin. Ils misaient leurs vies sur cette intuition.

Cara avait programmé une série de coordonnées dans le système de navigation de l'hélico. Au premier arrêt, elle ouvrit la porte du cockpit pour balancer une cartouche fumigène avec deux tubes de sang : un de Maya, l'autre d'Owen.

Aux trois arrêts suivants, elle renouvela l'opération.

Au quatrième arrêt, Cara maintint l'hélicoptère en vol stationnaire au ras des flots. Elle se tourna vers Maya et Owen. En plus d'une ceinture de lests improvisés autour de la taille, chacun d'eux tenait une bouteille d'oxygène entre ses jambes.

Au grand soulagement de Maya, les bouteilles des combinaisons étaient équipées d'un flexible avec un embout buccal – pour permettre une utilisation hors combinaison en cas d'urgence. Et précisément, ils étaient dans une situation d'urgence.

— Tu pourrais venir avec nous, dit Owen.

Cara sourit en secouant la tête.

— On sait tous que ce n'est pas possible. C'est la seule solution.

— Si on trouve de l'aide là-dessous, dit Maya, on viendra te chercher.

— Je sais, dit Cara avec un hochement de tête. Mais je suis à peu près sûre que c'est un adieu. Et c'est très bien. Comme je vous l'ai dit, je crois que c'était écrit.

— Nous ne t'oublierons jamais, Cara. Nous n'oublierons pas ce que tu as fait pour nous, dit Owen.

— Et moi non plus, je ne vous oublierai pas, répondit Cara. (D'un coup de menton, elle désigna la porte coulissante.) Vous feriez mieux d'y aller, maintenant. Si l'arrêt dure plus longtemps que les autres, ils pourraient avoir quelques soupçons.

Maya jeta un regard par la fenêtre, puis remonta la manche de son pull. Du pouce, elle appuya sur son avant-bras et attendit que les lignes de mots apparaissent.

`Initialisation SE-Résille`

`Chargement 48%`

Elle espéra de tout son cœur avoir le temps d'atteindre la station Jardin. *Si elle est bien là.*

Owen fit coulisser la porte, puis se pencha sur l'eau, examinant les vagues en dessous. Une dernière fois, il jeta un regard par-dessus son épaule. Maya l'encouragea d'un hochement de tête ferme et décidé.

Il s'avança sur le patin, sa bouteille d'oxygène dans une main. De l'autre, il glissa l'embout entre ses dents. Puis il avança une jambe et chuta verticalement.

Maya s'engagea à son tour sur le patin et suivit Owen – tout droit vers l'eau. Vers le salut de l'humanité tout entière.

De tout son cœur, c'était ce qu'elle espérait.

Chapitre 73

Cara vit Owen et Maya disparaître dans l'océan, en ne laissant derrière eux que des petits sillages blancs, comme deux cicatrices sur la vaste mer, toutes minuscules et qui guériront bien vite.

D'une certaine façon, elle se sentait comme tant de fois auparavant dans la salle d'opération, juste après avoir refermé une incision. Le geste chirurgical – sa partie à elle tout au moins – était achevé. À présent, c'était au patient de vivre ou mourir. Comme chaque fois alors, elle mit tous ses espoirs dans leur survie. Elle aurait voulu pouvoir faire plus. Mais parfois, la vie impose d'avoir la foi, d'attendre et d'accomplir uniquement ce qu'on peut faire.

Pour elle, cela se résumait à entrer les coordonnées du prochain arrêt dans le système de navigation. L'appareil vira sur la droite et elle s'accrocha au manche à balai. Au loin, une tempête se formait à l'horizon – à n'en pas douter, une de ces fusions mortelles de pluie et de vent lancées aux trousses de la résille dans son organisme. Bientôt, le cataclysme la rattraperait. *Mais pas avant que je n'aie joué mon rôle*, se dit-elle avec force.

À l'arrêt suivant, elle largua une nouvelle tournée de tubes lestés. Puis elle le fit encore six fois, avant d'entrer les coordonnées qu'elle avait mémorisées.

Elle retournait là où tout avait commencé – enfin presque, à leur première destination après la station.

Bientôt, la silhouette massive du porte-conteneurs apparut à l'horizon. Au fil des secondes, elle devenait plus énorme – tout comme l'ouragan qui la traquait.

Elle posa l'hélicoptère sur l'empilement de conteneurs métalliques, puis remonta le passage entre les colonnes jusqu'à la superstructure du bâtiment. Par l'escalier branlant, elle gagna la passerelle. Là, elle mit la main sur une paire de jumelles puis alla se poster devant les larges baies.

Dans le lointain, elle repéra le terrible orage. Sur la gauche, une flottille d'hélicoptères venait dans sa direction. Ce n'étaient pas les mêmes appareils que ceux de l'Alliance, comme celui qu'elle venait de poser. Aucun doute : c'était un escadron de l'Union, qui ne pouvait pas se permettre de laisser l'Alliance mettre la main sur Maya.

Les deux derniers tubes dans la poche de Cara allaient les mener tout droit ici. Et ils allaient fouiller le navire de fond en comble à la recherche de Maya.

Cara glissa ses jumelles vers la droite et découvrit exactement ce qu'elle espérait voir : une seconde flotte d'hélicoptères. Cette fois-ci, les appareils étaient tous des copies conformes de celui immobile en haut des conteneurs. L'Alliance avait dépêché un détachement complet.

D'ici peu, les deux formations allaient arriver sur le bâtiment – et la bataille allait commencer.

Cara repassa par l'escalier branlant pour s'enfoncer dans les entrailles du bâtiment, en quête d'un endroit où se cacher.

Un lieu destiné à devenir son tombeau. Elle le savait.

Chapitre 74

Maya tenait la bouteille d'oxygène serrée contre elle tandis que les poids dont elle était lestée l'entraînaient vers le fond de l'océan. Elle ignorait combien de temps s'était déjà écoulé. Pire, il n'y avait absolument rien qu'elle puisse faire, à part étreindre sa bouteille et attendre.

Owen avait raison : c'était vraiment un saut dans le vide. Un acte de foi.

Tandis que s'éloignait la surface, que la mer au-dessus d'elle devenait plus sombre, son instinct lui criait de plus en plus fort de se débarrasser de ses lests dès qu'elle toucherait le fond, puis de prendre une grande inspiration et de pousser de toutes ses forces pour repartir vers l'air et la lumière. Elle puisait au plus profond de sa volonté pour résister aux appels de son instinct de survie, pour garder confiance et s'en tenir au plan, pour tout miser sur la réalité d'une station Jardin là-bas, tout en bas.

Si elle n'était pas là, tout serait fini. Fini pour elle. Fini pour Owen. Ils allaient franchir le point de non-retour, ce moment où ils ne pourraient plus remonter à la surface. De toute façon, quand bien même pourraient-ils remonter, que feraient-ils une fois à la surface ? Ils attendraient les secours en se laissant flotter. Mais qui viendrait ? En vérité, il n'y avait plus un seul endroit sûr pour eux à la surface de la planète, ce monde perpétuellement en guerre, sans compromis ni concession.

D'une certaine façon, elle avait l'impression d'être revenue au début, à la station 17, cet endroit où ils étaient piégés, sans guère de possibilités, et où foncer droit devant était le seul moyen d'espérer survivre. À présent, c'était ce qu'elle faisait : foncer droit devant. Ou plutôt, vers le fond.

À cette distance de la côte, elle savait que l'océan était profond. Du moins, il l'était dans le monde d'avant. Bien sûr, elle n'était pas certaine de l'endroit où ils se trouvaient. Se pouvait-il que la station Jardin ait été édifiée au-dessus du niveau de la mer avant la Chute, et que la montée des eaux l'ait recouverte ?

Apparemment, la station 17 avait été installée dans les montagnes avant la Chute. Aujourd'hui, c'était une île. Que la station Jardin soit là, de préférence sur un plateau ou une dorsale, était son seul et unique espoir.

Plus que tout, elle aurait voulu voir Owen, pouvoir le toucher et tenir sa main, pendant qu'ils affronteraient ensemble leur destin. De tout ce qu'elle avait pu voir dans le monde d'après la Chute, il était incontestablement le plus remarquable. Il avait éveillé en elle une chose qu'elle pensait morte depuis longtemps. Il était l'une des raisons pour lesquelles elle s'accrochait à la vie, aussi désespérément qu'elle étreignait sa bouteille, tandis que les ténèbres autour d'elle se faisaient absolues.

Chapitre 75

Depuis combien de temps descendait-il ? Owen n'en avait aucune idée. Longtemps. Peut-être même trop longtemps. Il sentait la pression qui s'exerçait sur lui, de plus en plus forte.

Cela lui rappelait l'intérieur d'un bâtiment en feu, quand la température grimpe, que l'air se raréfie et que tout rétrécit.

Il aurait dû parler beaucoup plus avec Maya. Lui dire ce qu'il ressentait profondément pour elle. Ce qu'elle représentait pour lui. Si ce devait être la fin, alors ce serait son plus grand regret.

Il était tellement perdu dans ses pensées qu'il en resta saisi quand ses pieds s'enfoncèrent dans un doux lit de limon.

Il aurait voulu jeter la tête en arrière pour rire tout à sa guise, fou de bonheur, mais il était solidement arrimé à sa bouteille d'oxygène. Combien en avait-il consommé au cours de cette descente ? Impossible à savoir sans la combinaison.

Il fallait qu'il aille à la découverte des lieux. Il laissa tomber la bouteille à ses pieds et pivota sur lui-même, les yeux grands ouverts.

Il n'y voyait pas grand-chose, mais de près, même sans masque ni lunettes, il pouvait distinguer un peu. En l'occurrence, il ne voyait rien qui puisse être la station Jardin. Rien qui ressemble à des arbres, aux ruines d'une cité. Apparemment, il se trouvait au milieu d'un désert sur le fond de la mer.

Il retira l'un de ses lests et attendit de voir s'il remontait un peu. Il poursuivit l'opération jusqu'à sentir une poussée vers le haut, suffisamment légère pour qu'il puisse la maîtriser en s'accrochant à sa bouteille. Il lui faudrait la transporter, de sorte que mieux valait se débarrasser des autres poids.

De sa poche, il tira la lampe-torche récupérée dans le kit de secours de l'hélicoptère. Il était sur le point de connaître un nouveau moment de vérité – un de plus. Il alluma et, à son grand soulagement, un faisceau éclaira l'obscurité un peu trouble et les abysses tout autour.

Il pivota encore, sans repérer le moindre signe de Maya. Ils avaient pénétré dans l'eau à peu près au même moment et au même endroit, mais Owen ne s'inquiétait pas. Du moins pas encore. Il avait bien pensé qu'il coulerait plus vite.

Il attendit donc, promenant le faisceau de sa lampe à droite et à gauche, un peu comme un phare au fond de l'océan.

Et il sourit en voyant le rai de lumière de Maya répondre au sien. Il hala sa bouteille avec lui. Ses pieds s'enfonçaient dans le fond meuble. L'effort était épuisant, surtout après leur course folle dans la forêt, mais il avançait sans rien lâcher, conscient que chaque seconde comptait.

Quand il fut devant elle, Owen vit que Maya souriait autour de son embout. Des petites rides soulignaient la lumière dans ses yeux. Les commissures de ses lèvres remontaient vers ses pommettes.

Faute de pouvoir libérer sa bouche pour l'embrasser, il vint tout contre elle pour poser son front sur le sien. Elle lui rendit son geste. Ce n'était ni un baiser, ni une étreinte, mais une sorte de moment parfait néanmoins, au fond de l'océan sur un monde en ruine. Comme s'ils étaient les deux derniers survivants, unis par un amour au-delà des mots, inventant son propre langage.

Quand il s'écarta d'elle, elle le regardait. Et il sut exactement ce qu'elle pensait. *Finissons cette histoire. Ensemble. Maintenant.*

Lentement, il éclaira les abords autour d'eux. Il ne voyait qu'une obscurité trouble, sans aucun chemin à suivre. Mais Owen avait déjà connu ce genre de situation avec Maya. Et ils avaient toujours trouvé vers où aller.

Il ne leur restait plus qu'à faire de même encore une fois.

Une dernière fois.

Chapitre 76

Cara entendit des tirs d'armes légères et de missiles. Quelque part à l'extérieur du bateau, le combat était engagé. Un instant plus tard, il y eut un immense fracas – un hélicoptère qui s'était écrasé sur le pont sans doute. Elle entendit une éclaboussure gigantesque dans la mer. Un ou plusieurs conteneurs avaient dû passer par-dessus bord.

Les coups de feu se multipliaient, les explosions se rapprochaient. Le bâtiment tout entier tremblait. Cara se fraya un chemin jusqu'au cœur de la salle des machines. Et là, dans un coin, elle s'accroupit.

Le fond de l'océan était une étendue sauvage, nue et immense. Maya et Owen la traversaient en faisant la seule chose qu'ils pouvaient : éclairer tout autour et mettre un pied devant l'autre. Maya avait presque l'impression d'être un explorateur sur une autre planète.

Elle n'aurait su dire combien de temps ils avaient pu marcher, mais à chaque pas qu'elle faisait, elle sentait que son oxygène s'amenuisait. Et aucune possibilité de s'en procurer. Soit ils trouvaient où s'abriter. Soit c'était la fin.

Tout à coup, le faisceau de sa lampe passa sur une masse devant eux. Une masse qui avait tout à fait la taille d'un être humain. D'un coup de coude, elle alerta Owen et braqua sa lampe.

Owen s'arrêta pour observer, avant de se remettre en marche d'un pas décidé vers le petit tertre sur le fond sablonneux. Il se pencha pour dégager la boue et les sédiments.

C'était bien une personne, vêtue d'une combinaison de plongée. Owen dégagea méthodiquement le torse et le casque. À travers la visière, Maya éclaira le visage du mort. Un détail l'arrêta net, un petit bout de vêtement. L'homme portait le même pull côtelé noir que celui qu'on lui avait remis à son réveil à la station 17.

Owen se concentra sur la combinaison. Apparemment, il avait succombé à un manque d'oxygène. C'était une pensée bien perturbante pour Maya. D'une certaine manière, ce mort était la manifestation de toutes ses peurs réunies. Il lui disait qu'ils n'étaient pas les premiers à chercher la station Jardin au fond de la mer. Et qu'une personne au moins avait trouvé la mort en la cherchant. Y avait-il seulement quelque chose sous toute cette eau ?

En cet instant, elle aurait tout donné pour parler à Owen. Au moins pouvoir lui dire toutes ses peurs. Il la regarda et, dans ses yeux, elle vit le reflet de ses propres pensées. *Il n'y a rien d'autre à faire à part continuer.*

Aussi repartirent-ils, avançant inlassablement sur les fonds marins, fouillant partout. Ils tombèrent sur un autre corps couché sur les sédiments. Sa combinaison était légèrement différente – plus ajustée avec de grandes lunettes. Maya se demanda si c'était un représentant de l'Union ou de l'Alliance.

Ils avançaient. La peur envahissait Maya. Ses jambes n'en pouvaient plus.

Devant, le faisceau de sa lampe passa sur une grande masse sombre, un peu plus haute qu'elle. De forme oblongue, elle était reliée à un autre objet bien plus grand, au moins quatre fois plus haut qu'elle.

Owen hâta l'allure et Maya dut produire un effort pour rester à sa hauteur. Quand ils furent devant le plus petit des deux objets, Maya reconnut un submersible. Maya éclaira à gauche et à droite sans voir la fin du plus grand. Il se prolongeait indéfiniment, tel un gigantesque bâtiment posé sur le plancher de l'océan.

Un sentiment de fierté s'empara de Maya. Elle avait eu raison : il y avait bien quelque chose ici. Avaient-ils trouvé leur salut ? Ou une nouvelle impasse ?

Owen fit le tour du sous-marin, avant de reculer de quelques pas pour l'éclairer sur toute sa longueur. Son faisceau s'arrêta sur une écoutille au sommet – ouverte. Lentement, il remonta le faisceau tout le long du bâtiment, jusqu'à trouver une suite de barreaux soudés au flanc qui formaient une échelle verticale menant à la trappe sommitale.

Par gestes, il demanda à Maya de rester sur place, mais de l'éclairer pendant qu'il grimpait l'échelle tout en transbahutant sa bouteille d'oxygène et sa lampe éteinte.

Au sommet, il la ralluma pour regarder à l'intérieur. Il resta un long moment à examiner ce qu'il voyait. Puis il fit signe à Maya de le rejoindre.

Cette fois-ci, ce fut lui qui éclaira les barreaux pendant qu'elle les gravissait. Parvenue au but, elle le rejoignit dans la découverte du petit local empli de limon sous l'écoutille ouverte. Des écrans d'ordinateurs, tout noirs, occupaient toutes les parois. Il n'y avait pas la moindre trace de l'équipage. Maya se demanda si l'un des corps qu'ils avaient vus venait de ce bâtiment. Dans l'affirmative, ils risquaient fort d'avoir échoué dans une impasse.

Owen éteignit sa lampe et souleva sa bouteille pour l'introduire dans l'écoutille. Puis il descendit pour éclairer le passage depuis le bas à l'intention de Maya.

Quand elle l'eut rejoint, elle éclaira l'intérieur de ce qui avait tout l'air d'avoir été un petit submersible de recherche, peut-être lancé depuis un vaisseau plus grand.

Tout au bout, il y avait une autre écoutille, ouverte elle aussi. Toujours avec sa bouteille d'oxygène à la main, Owen se dirigea vers ce nouvel objectif, Maya juste derrière lui.

De toute évidence, le petit sous-marin était amarré à une grande installation posée au fond de la mer, peut-être un genre de vaisseau. De l'autre côté de l'écoutille, ils découvrirent ce qui était sans doute la porte extérieure de la vaste structure contiguë. Au centre du panneau, il y avait une petite fenêtre oblongue. Owen vint y coller sa lampe. De l'autre côté, il n'y avait qu'un sas intérieur, entièrement vide.

Du faisceau de sa lampe, Maya balaya tous les abords. Autour de la porte du sas, il n'y avait ni poignée à actionner, ni volant à tourner, ni levier de secours à faire jouer. En revanche, il y avait un pavé numérique.

Owen l'examina attentivement, la tête inclinée sur le côté. Maya voyait presque les engrenages à l'œuvre à l'intérieur de son crâne. Elle espérait de tout son être qu'il allait trouver la solution. L'oxygène commençait à se raréfier dans sa bouteille.

Chapitre 77

Sur le clavier du pavé numérique, Owen saisit les coordonnées GPS du porte-conteneurs. À ses yeux, ce code était logique. C'était la preuve que ceux qui entraient là étaient passés par cette étape en mer, et avaient suivi les indications données par ARC Technologies.

Avec un claquement, la porte s'ouvrit vers l'intérieur. Heureusement, la pièce de l'autre côté était pleine d'eau, ce qui permit à Owen et Maya de s'y glisser doucement au lieu d'y être projetés par une vague.

Ils avaient trouvé cette grande structure au fond de la mer pile dans les temps : la bouteille d'oxygène d'Owen était pratiquement vide.

Il referma l'écoutille et attendit que le sas se vidange. Une fois l'eau partie, il examina les murs et la conception d'ensemble. À son grand soulagement, tout semblait bien être l'œuvre de la société ARC : peinture blanche, conduites et buses au plafond, bancs et patères au mur – sans combinaisons – et une écoutille intérieure dotée d'un judas, qui ne révélait rien d'autre que l'obscurité de l'autre côté.

Maya laissa tomber sa bouteille d'oxygène sur le sol et avala une grande goulée d'air. Son corps était agité d'énormes frissons. Owen mit ses bras autour d'elle pour la serrer contre lui, laissant la chaleur de son propre corps infuser dans celui de Maya.

Les buses émirent un sifflement en diffusant le liquide d'un blanc laiteux. Malheureusement, il était froid. Owen espéra que des couvertures les attendaient de l'autre côté de l'écoutille.

Elle s'ouvrit en émettant un doux bruissement et Owen sentit passer sur lui un souffle d'air froid. Si quelqu'un vivait ici, il n'était pas du genre frileux. Il ne verbalisa pas son inquiétude, mais cette température très basse ne lui paraissait pas de bon augure.

Maya leva les yeux vers lui, un sourire sur le visage malgré ses tremblements.

— On a réussi, murmura-t-elle.

— Grâce à toi.

Elle secoua la tête.

— Grâce à nous tous. Toi. Cara. Alister. Will.

Owen libéra Maya de son étreinte et lui prit la main pour lui faire franchir le seuil de l'écoutille intérieure. Ils débouchèrent dans un étroit couloir dont les murs, le sol et le plafond étaient intégralement de métal gris. Des lampes à l'éclat vif s'allumèrent à leur passage.

Le couloir se terminait dans une pièce à peu près de la taille de la salle d'observation de la station 17. Ce qu'Owen y découvrit était aussi étrange que l'avaient été les premières minutes dans la salle d'observation : trois corps gisaient sur le sol, immobiles. Devant eux, il n'y avait qu'une porte.

Sans fenêtre.

Sans pavé numérique.

Sans poignée.

Dans les quartiers de l'équipage du porte-conteneurs, Cara trouva une cabine. Elle s'allongea sur la couchette du bas. C'était un choix tout à fait approprié. Ce petit lit étroit dans cette pièce minuscule lui rappelait la salle de garde où Parrish l'avait recrutée pour qu'elle rejoigne les Jeux de l'Extinction. Thématiquement, la fin et le début se rejoignaient.

Dehors, les combats faisaient rage. Des projectiles de tous calibres arrosaient le navire et les conteneurs, martelaient les murs extérieurs. Des explosions retentissaient au-dessus de sa tête. Dans un fracas d'apocalypse un appareil s'écrasa sur le bateau.

Les yeux clos, Cara écoutait, certaine que le sommeil ne viendrait jamais. Son esprit savait ce qui allait arriver.

Elle serra contre elle les tubes contenant le sang d'Owen et de Maya, inspirant longuement pour ralentir son souffle. Elle ne sentit absolument rien quand l'étage au-dessus vint s'abattre sur elle.

Chapitre 78

Malgré le froid, Maya sentit sa main devenir moite dans celle d'Owen. Il la lui serra doucement, puis la relâcha pour s'approcher du premier corps. C'était une femme, vêtue d'une combinaison de plongée. Elle avait retiré son casque – qui traînait au sol juste à côté.

De ce qu'elle voyait, Maya aurait été incapable de dire à quand remontait la mort. Elle se demanda si ce lieu avait préservé le cadavre d'une façon ou d'une autre.

Maya et Owen examinèrent rapidement les autres trépassés. Certains indices permettaient de retracer leur parcours. Deux d'entre eux portaient le même pull noir côtelé que celui qu'on leur avait donné à leur réveil à la station 17. C'étaient des participants aux Jeux de l'Extinction. Ils étaient arrivés jusque-là. *Comme nous. Mais pas plus loin.* Maya sentit la peur s'insinuer en elle.

Était-elle parvenue au terme du chemin ? Si c'était le cas, au moins ce serait avec Owen. C'était déjà quelque chose. Ils avaient essayé. Ils avaient tout donné. Qu'auraient-ils pu faire de plus ?

Elle releva la manche de son pull gorgé d'eau et appuya son pouce sur son avant-bras.

```
Initialisation SE-Résille
Chargement 54%
```

En rabattant sa manche, Maya prit conscience d'un fait: elle mourait d'envie de quitter ses vêtements trempés et glacés pour en mettre des secs. Mais pour ce faire, la seule option consistait à prélever ceux d'un mort. Elle était sur le point de réviser son jugement moral sur un tel acte quand la porte s'ouvrit.

Immédiatement, Owen s'interposa devant elle, les poings serrés, paré à faire face à toute éventualité.

Une lueur blanche s'insinua dans la pièce et deux silhouettes franchirent le seuil. Des gens qu'Owen et Maya connaissaient.

L'un était la copie conforme de Will. L'autre le sosie de Bryce, la sentinelle de la station 17.

— Bonjour, Maya. Bonjour, Owen, dit le clone de Will.

Les yeux de Maya s'étaient accoutumés à l'éclairage. Derrière les androïdes, elle aperçut des empilements de tubes de verre identiques à ceux de la station 17. Ils s'étiraient dans la structure aussi loin que son œil pouvait voir, tels des sillons dans un champ infini. Et tous contenaient des corps humains, tout prêts, semblait-il, à être récoltés et libérés dans un monde où la vie aurait pu se développer à nouveau.

— Félicitations, dit le clone de Bryce. Vous êtes parvenus au bout des Jeux de l'Extinction.

Chapitre 79

Owen et Maya restèrent un long moment à fixer les deux androïdes, les yeux ronds.

— Cela fait très, très longtemps que nous vous attendons, dit le clone de Will.

— Commençons par le commencement, dit Owen. Comment doit-on vous appeler ?

— Les noms que vous connaissez sont parfaits. Bryce et Will. Nous avons vu et entendu chacune des expériences que vous avez vécues.

Un million de questions tournoyaient dans l'esprit d'Owen. Il commença par poser celle qui lui paraissait la plus énorme.

— Comment pouvez-vous voir absolument tout ?

— La Chute est survenue voici bien longtemps. Notre technologie a pas mal progressé depuis cette époque.

— Si c'est vrai, pourquoi n'avez-vous pas sauvé le monde ? demanda Owen.

— La réponse est évidente, dit Will.

— Pas pour moi.

— Mais si. Elle l'est. Vous reconnaissez les formes, Owen. Votre cerveau est génétiquement câblé pour ça. Vous connaissez déjà la vérité.

Owen fixa longuement les deux sentinelles. Il examina de nouveau sa question et la vérité lui apparut. Évidente. Seulement, c'était une éventualité qu'il n'avait jamais envisagée, jusqu'à ce qu'il voie les corps gisant au fond de la mer et dans la petite pièce voisine – les cailloux blancs semés le long de ce chemin mortel. Pour finir, il formula une vérité qu'il tenait pour certaine.

—Vous avez une thérapie contre le virus Genesis.

—Oui, dit Will.

—Depuis un bon moment déjà.

—Et une solution contre les tempêtes, dit Owen.

—Également. Nous avons trouvé les clés pour permettre à l'humanité de survivre – biologiquement – dans ce monde en ruine.

—Alors pourquoi sommes-nous ici ? demanda Owen. Pourquoi n'avez-vous pas libéré les humains que vous gardez ? Si vous n'êtes pas prêts à repeupler le monde, pourquoi nous avez-vous laissés entrer ? Pourquoi laissez-vous mourir tant de gens dehors, dans le couloir à côté, et partout dans ce monde en ruine ?

—Vous connaissez la réponse, dit Will, la tête inclinée sur le côté. Vous reconnaissez la forme.

—Nous sommes différents des autres cohortes.

—Oui.

—Plus intelligents.

—Non. De plus intelligents que vous ont échoué à arriver jusqu'ici. Ce que vous avez est bien plus important. Vous vous souvenez de ce que Bryce vous a dit au début, dans la salle d'observation de la station 17 ?

Owen repensa à ce moment, à l'intérieur de la salle d'observation numéro deux.

—Oui. Il a dit que les Jeux étaient une tentative visant à identifier une cohorte de sujets capables de survivre dans le monde d'après le Changement – et que les différences étaient la clé pour sauver ce qui reste de la race humaine.

Will fit un pas à l'intérieur de l'immense salle contenant les innombrables rangées de tubes de verre.

— On nous a confié une tâche toute simple : modifier les survivants de façon qu'ils puissent redémarrer la race humaine. Mais les tâches simples ne sont pas toujours faciles. En tout cas, la nôtre ne l'était pas. Nous avions deux outils à notre disposition : les participants, tels que vous, et le programme Révélation.

— Le projet de modélisation des données de masse que notre Will nous a décrit.

— C'est ça. Avec Révélation, nous avons pu simuler le monde d'après les Jeux – un monde dans lequel nous libérerions les survivants avec un traitement contre le virus Genesis et des modifications pour survivre aux tempêtes.

— Intéressant, murmura Owen.

— Et savez-vous ce que nos simulations ont révélé ?

— Je suppose qu'elles ont échoué.

— Chaque fois, dit Will. La conclusion s'imposait d'elle-même : si le monde s'était effondré, ce n'était pas à cause du Changement – de la résille, du virus Genesis, de l'Alliance ou de l'Union. Ni non plus à cause de la biologie, la technologie ou l'environnement. Non, c'était à cause de quelque chose de bien plus fondamental. Révélation nous a montré ce que c'était. Et votre arrivée le confirme. Savez-vous quelle a été la cause première de la chute de l'humanité ?

— L'élément qui nous distingue de l'autre cohorte – celle d'Alister.

— Oui, Owen.

— Ils se sont trahis les uns les autres. Pas nous.

— Cela en fait partie. Qu'est-ce qui est à la racine de ce comportement ?

— Nos valeurs. C'est ça qui nous distingue.

— Précisément.

— Qu'est-ce que vous nous dites au juste ? demanda Maya. Que nous avons réussi grâce à... nos convictions ?

— C'est ça. Schématiquement, vous n'êtes pas indifférents. Vous vous souciez des autres. Des étrangers. De l'avenir. Manifester de l'attention aux autres n'est pas toujours chose facile. Et de fait, ceux qui ne le font pas sont souvent plus heureux, libérés du fardeau que fait peser le malheur qu'on croise dans l'existence. Mais pas vous. Vous vous êtes accordé une confiance mutuelle. Vous avez pris le temps de vous connaître et vous comprendre. Vous aviez le souci les uns des autres. Vous avez refusé d'abandonner Alister, vous l'avez sauvé. Alister a pris le risque de tout perdre en vous aidant à fuir. Cara a donné sa vie pour vous aider à parvenir jusqu'ici. À maintes reprises, vous avez pris des risques les uns pour les autres. Les autres cohortes arrivées jusqu'ici avaient réussi aux dépens d'autres participants, pas dans un élan de sacrifice et d'entraide.

Bryce tendit les mains devant lui.

— Vos données sont toujours en cours d'analyse, mais nous pensons que l'enseignement essentiel est une perspective toute simple : traiter les autres de la façon dont on voudrait être traité soi-même. Les nuances viendront au fil du temps.

— Qu'est-ce que vous comptez faire de ces… révélations ? demanda Owen.

— Ce code que vous avez mis en évidence est la clé pour la création d'une race humaine capable de survivre dans le long terme – dans un contexte de forte densité démographique. À ce titre, il est le traitement des maux de votre espèce. Il sera administré comme n'importe quel autre traitement.

— Comment ?

— Ces valeurs – clés de la survie de l'humanité – seront intégrées dans la psyché de tous les survivants. Elles agiront à un niveau fondamental en se manifestant dans les systèmes de croyances et les mythologies qui seront créés et reproduits d'innombrables fois. Les humains que nous libérerons seront biologiquement programmés pour se tourner vers elles. De notre point de vue, ce n'est pas quelque chose que nous avons découvert, mais plutôt un phénomène qui est un élément d'une force infiniment supérieure, antérieure à l'humanité, à l'œuvre à une échelle qui nous échappe encore.

— Et les gens qui sont là, dehors ? demanda Maya en fixant les sentinelles de ses yeux plissés. Les citoyens de l'Union et de l'Alliance ?

Les deux androïdes se figèrent un instant, comme s'ils échangeaient muettement par la voie des ondes pour s'accorder sur ce qu'ils pouvaient dire.

— En ce moment même, répondit Will, une bataille finale fait rage autour du porte-conteneurs que vous aviez trouvé. D'après nos modèles, les pertes seront colossales. Les deux factions belligérantes n'ont pas eu une occasion pareille depuis la Chute : une ouverture pour mettre fin à ce conflit. Les deux camps ont jeté toutes leurs forces dans la bataille. Et ils se battront jusqu'à ce que le bateau coule.

— Vous pouvez l'arrêter ?

— Non. Il était écrit que la guerre du Changement s'achèverait ainsi.

— Et après, que ferez-vous ? demanda Maya.

— Nous enverrons des sentinelles auprès de l'Alliance et de l'Union – et tout particulièrement au sein de la Colonie – pour recueillir les survivants. Ces populations sont au dernier stade du déclin. Nous les ramènerons à la station Jardin.

— Pourquoi ne pas reprendre possession du monde ? demanda Owen.

— Songez à tout ce que vous n'avez pas vu sur ce monde.

— Les animaux.

— C'est ça. Ce monde est en ruine à bien des égards. Plus que vous ne l'imaginez.

— Vous pouvez le remettre en état, dit Owen.

— Non. Il y a des limites à ce que nous pouvons réaliser. Il faudra attendre et voir si ce monde peut se guérir de lui-même. Et si ce n'est pas possible… nous avons un plan B.

— Qu'est-ce que ça veut dire ? demanda Owen.

— Nous vous expliquerons le moment venu – si cela est nécessaire.

Owen sentit la main de Maya étreindre la sienne. Comme lui, elle avait peur, mais elle accueillait la nouvelle avec courage et stoïcisme.

— Et nous, Owen et moi, qu'allons-nous devenir ? demanda Maya.

— Une fois encore, vous avez un rôle à jouer dans ce nouveau monde. Un rôle comparable à celui que nous avons tenu dans ce monde-ci.

— Vous voulez faire de nous des sentinelles ? demanda Owen.

— En quelque sorte, répondit Will.

Quand il eut fini d'exposer la proposition d'ARC Technologies, Owen se tourna vers Maya, qui elle-même l'interrogeait du regard.

Elle hocha la tête, donnant un assentiment muet.

— Notre réponse est « oui », dit Owen. Et maintenant, qu'est-ce qui se passe ?

— Je crois que vous avez encore deux questions à nous poser, répondit Will. Pour chacun de vous, ce sont les mêmes.

Owen sentit sa gorge se nouer. Il savait ce qu'étaient ces deux questions – auxquelles les réponses le terrifiaient à l'avance. Il se tourna vers Maya.

— Toi d'abord, murmura-t-il.

— Est-ce que ma famille est ici ?

Bryce pivota sur lui-même pour les mener vers l'intérieur du gigantesque complexe, jusqu'à un tube de verre où dormait une jeune fille, les yeux clos. Owen l'avait déjà vue une fois au cours de son existence, couchée sur son lit dans l'appartement 1107 au onzième étage de l'immeuble « Oasis Park ». Ce matin-là, elle ressemblait beaucoup à celle qu'il avait sous les yeux. Par la suite, il avait découvert à la station 17 que cette jeune fille qu'il avait sauvée des flammes était la sœur de Maya. Depuis son réveil après la Chute, il n'avait cessé de se demander ce qu'il était advenu d'elle.

À présent, il savait. Et un profond sentiment de joie l'envahissait. Il sentit la main de Maya prendre la sienne pour la serrer très fort. Il tourna la tête vers elle, juste à temps pour voir une larme rouler sur sa joue. Avant la résille, il aurait pensé qu'elle était contrariée. Elle souriait et il savait que c'était tout le contraire. Il pouvait presque ressentir la puissance de son bonheur. Il l'éprouvait lui aussi. Ensemble, Maya et lui l'avaient sauvée.

Avant la Chute, Owen avait sauté de l'immeuble en flammes dans une tentative de sauvetage désespérée. À la fin, Maya et lui avaient sauté ensemble dans la mer, pour la sauver elle et toute l'humanité. Ils avaient tout risqué et, ensemble, ils avaient triomphé. Cependant, Owen sentait que ce triomphe n'était pas complet. Ce qu'il ne voyait pas disait ce qui était perdu à jamais. Il savait ce qu'allait être la question suivante de Maya.

— Ma mère… ? demanda-t-elle d'une voix empreinte d'émotion.

— Malheureusement, répondit Will, nous n'avons pas pu la récupérer.

Maya ravala ses larmes et hocha la tête. C'était la seule réponse qu'elle pouvait faire.

Owen ressentait si profondément son chagrin qu'il en restait tétanisé, incapable de s'enquérir de sa propre mère, alors qu'il le voulait plus que tout.

Will lui épargna ces affres, l'emmenant silencieusement jusqu'à un autre tube de verre. Owen sentit son cœur exploser dans sa poitrine. Les yeux fermés, sa mère reposait paisiblement à l'intérieur.

— L'établissement où elle vivait avait passé un contrat d'archivage et de gestion des données auprès d'ARC Technologies, expliqua Will. Elle fait partie des très nombreuses personnes que nous avons pu récupérer.

Owen sentit le bras de Maya autour de lui.

— Merci, murmura-t-il.

— Que vont-elles devenir ? demanda Maya. Elles seront… libérées avec les autres ?

— Non, répondit Will. Elles émergeront avec vous, quand le moment sera venu. Nous avons fait des simulations et mieux vaut que vous ne soyez pas seuls. La famille est importante. Cela vaut pour celle au sein de laquelle vous êtes nés, comme pour celle que vous avez constituée pendant les épreuves qui vous ont menés ici. Il ressort de nos analyses que la famille est l'un des facteurs les plus puissants qui soient.

Owen ne quittait pas sa mère des yeux. Depuis la station 17, il s'était si souvent demandé si le matin de la Chute serait à jamais la dernière image qu'il garderait d'elle. Il avait presque renoncé à tout espoir de la revoir un jour. Savoir qu'elle serait à ses côtés pour l'écouter et le conseiller raffermit sa résolution pour affronter les épreuves qui l'attendaient. Sa mère avait toujours été un socle pour lui – une infaillible constante sur laquelle il pouvait compter. Dans le nouveau monde, il aurait plus que jamais besoin d'elle.

— Et maintenant, déclara Will, posez votre dernière question. Celle qui vous concerne tous les deux.

— La résille, dit Maya. Vous pouvez la retirer ?

— Oui, répondit Bryce. À tous les deux.

Owen ouvrit la bouche pour parler, mais Will le prit de vitesse.

— Nous connaissons votre « insuffisance », Owen. Et nous savons que la résille a résolu le problème. Nous pouvons faire la même chose. Quand vous vous réveillerez dans le nouveau monde, vous serez libérés de la résille, mais vous conserverez ce qu'elle vous a apporté.

Sans un mot de plus, Will et Bryce s'enfoncèrent plus profondément dans ces installations qui semblaient n'avoir pas de fin. Le premier s'arrêta devant deux tubes vides et invita d'un geste Owen et Maya à y pénétrer.

Une fois installé, Owen se tourna vers Maya et sourit. Elle lui sourit en retour – un sourire à la fois grave et empreint de reconnaissance, qui disait tout ce que lui-même ressentait.

Will posa une main sur le sommet en forme de dôme du tube d'Owen.

— Et maintenant, tout finit comme tout a commencé, pour recommencer à nouveau comme tant de fois auparavant.

— Combien de temps allons-nous dormir ? demanda Maya.

— Très, très… très longtemps, répondit Will.

Cinquième partie

Le nouveau monde

Chapitre 80

Le tube de verre se déverrouilla avec un claquement. Maya tenta d'ouvrir les yeux, mais ses paupières restèrent collées, alourdies par le sommeil. Elle sentit une main chaude sur son épaule. C'était un contact qu'elle avait déjà senti une fois auparavant – la dernière fois qu'elle s'était réveillée dans un tube de verre.

Elle fit une nouvelle tentative et, cette fois, ses yeux s'ouvrirent. Elle leva la tête et vit Owen penché sur elle, un grand sourire sur le visage. Bryce et Will se tenaient derrière lui, immobiles.

Owen l'aida à se lever et enfiler le pull noir côtelé et le pantalon qui étaient des répliques exactes des vêtements qu'elle avait portés à son dernier réveil.

Elle adressa un sourire à Will.

— Je vois que vous n'avez pas modifié la garde-robe en notre absence.

— Que voulez-vous, docteur Young ? répliqua Will en poussant théâtralement un lourd soupir. Nous ne sommes que des androïdes de l'apocalypse, pas des grands couturiers.

Maya fut si surprise de sa petite plaisanterie qu'elle en éclata de rire.

— Apparemment, vous êtes devenus marrants pendant qu'on dormait.

— Face à une quasi-éternité d'attente, répondit Will avec un petit haussement d'épaules, je me suis réfugié dans le développement personnel – dans les limites de ma programmation.

—Je vois. Et combien de temps s'est-il écoulé ?

—Les chiffres ne signifient rien. Mieux vaut que vous voyiez par vous-même. Votre heure est venue et le nouveau monde vous attend.

En regardant autour d'elle, Maya vit alors que tous les tubes de verre étaient vides.

—Alors, c'est parti.

—Il y a bien longtemps, répondit Will. Notre rôle consistait à les aider à prendre leur envol. Notre mission est achevée. La vôtre commence.

Will et Bryce menèrent Owen et Maya dans la coursive qui avait été nettoyée, débarrassée des corps des participants aux Jeux de l'Extinction.

—Attendez, dit Maya. Ma sœur ? La mère d'Owen ?… Où sont-elles ?

—Elles vous attendent, déclara Will. Nous avons tout préparé pour vous.

Dans le sas, aucune combinaison intégrale ne les attendait – uniquement d'épais manteaux, de hautes guêtres et des bottes équipées de crampons métalliques.

Ils passèrent ces tenues faites pour affronter le froid. De l'autre côté du sas, Maya s'attendait à découvrir un sous-marin. Elle ne vit qu'un ciel bleu et immense, exempt du moindre nuage, d'une limpidité comme elle n'en avait jamais vu.

Le sol était encore plus étonnant – couvert de glace et de neige aussi loin que portait l'œil. C'était une immensité blanche qui la laissa bouche bée, le souffle littéralement coupé. Quand sa respiration repartit, elle vit que son souffle s'échappait de sa bouche en petits nuages blancs.

—Où sommes-nous ?

—Au pôle sud de la planète, répondit Bryce.

Puis il partit sur cet océan blanc. Ses pieds crissaient sur la glace. Owen, Maya et Will lui emboîtèrent le pas. Ils marchèrent en silence, cinglés par de petites bourrasques glacées. Maya constata que la marche était plus difficile pour elle. Elle se sentait plus lourde et se fatiguait plus vite.

Devant eux, là où la glace rencontrait la mer, un bateau les attendait. Il rappela à Maya celui qu'ils avaient trouvé sur l'île de la station 17, à la nuance près que celui-là ne comportait aucune informatique embarquée. Il était comme quelque chose venu d'un autre temps.

Ils embarquèrent et, dans les cabines sous le pont, Maya et Owen trouvèrent la sœur de l'une et la mère de l'autre installées dans la plus grande des chambres. Les deux portaient un dispositif blanc connecté à leurs tempes. Maya supposa que c'était un appareil pour les maintenir plongées dans un sommeil – ou plutôt un coma proche d'une stase.

Ils remontèrent sur le pont principal où les attendaient Will et Bryce.

— Combien de temps va durer le voyage ? demanda Owen.

— Un bon moment, répondit Will. Ce qui est parfait, car nous avons énormément de choses à vous dire. Ce nouveau monde est très différent de ce que vous connaissiez – au-delà même de ce que vous pouvez imaginer.

Chapitre 81

Le navire voguait sur la mer immense, sans jamais croiser au large d'une terre ou d'un autre vaisseau.

Pendant la journée, Maya s'installait dans le salon avec Owen, pour parler et jouer aux cartes, ou simplement rester blottis l'un contre l'autre, à écouter les moteurs du bateau et contempler le ballet des vagues qui s'élançaient vers le ciel pour retomber avant de toujours repartir.

Le soir, ils suivaient les exposés de Will et Bryce sur le monde qui les attendait et toutes les tâches qu'ils auraient à assumer. Ensuite, ils regagnaient leur cabine et se livraient à tout ce dont elle rêvait déjà sur le petit bateau trouvé sur l'île de la station 17.

Elle ne se souvenait pas d'avoir jamais été si heureuse.

Elle éprouvait presque un peu de culpabilité à souhaiter parfois que ce voyage ne se termine jamais. Mais il le fallait bien – elle le savait. Owen et elle avaient un rôle à jouer. Pour eux, les Jeux de l'Extinction n'étaient pas terminés.

Elle avait perdu le décompte des jours quand Owen aperçut la terre au loin. Installé dans le poste de pilotage, il scrutait l'horizon à la jumelle.

Il lui tendit l'instrument d'optique et elle sentit sa mâchoire se décrocher en découvrant la vue devant elle. Sur la droite, une ville s'étirait le long d'une péninsule, qui faisait face à une autre péninsule de l'autre côté de la baie. Flanquée d'un relief montagneux couvert de buissons, cette seconde langue de terre apparaissait nue et aride. Mais c'était l'immense construction entre les deux presqu'îles qui la laissait sans voix. De fait, les deux isthmes étaient reliés par le plus grand pont que Maya avait jamais vu. Intégralement rouge, il était lancé entre deux tours reliées entre elles par une structure suspendue et haubanée. Le soleil déclinant derrière le bateau jetait des lueurs dorées sur le pont rouge-orangé, réverbérées sur le brouillard apporté par la mer.

— C'est le pont suspendu le plus long du monde – pour sa travée principale, affirma Will. Pour le moment, tout au moins.

Des véhicules roulaient sur les chaussées de la colossale structure. Le bateau s'en rapprocha et glissa dessous.

Derrière, ils découvrirent une immense baie avec trois îles : une grande sur la gauche, une petite droit devant et une un peu plus grande sur la droite, que deux ponts reliaient au continent d'un côté et à la péninsule de l'autre.

— Qu'est-ce que c'est ? s'enquit Owen en désignant la petite île au centre.

— Une ancienne base militaire, répondit Will. Reconvertie en prison.

Ils avançaient doucement dans la baie. Maya s'enivrait du somptueux panorama, émerveillée de ce fragment de ce que l'humanité avait bâti pendant qu'Owen et elle dormaient.

Ils s'amarrèrent dans une marina et les deux androïdes briefèrent les deux humains à l'abri des regards.

— Leur langue est un peu différente, expliqua Will, mais nous avons implanté un lexique dans vos esprits. Vous pourrez échanger sans problème. Cela dit, je dois vous avertir que ce monde est très différent de celui que vous avez quitté. Il va vous falloir un petit moment d'adaptation.

— Nous comprenons, dit Owen.

— Leurs tenues sont différentes, reprit Will en déposant deux costumes sur le lit.

Maya examina le sien avec circonspection avant de le prendre.

— Qu'est-ce que c'est ?

— Ils appellent ça une « jupe ».

— C'est… ouvert en bas ?

— Oui.

— Étrange.

Une fois habillés, ils chargèrent leurs affaires dans un fourgon que Will et Bryce avaient laissé sur le parking de la marina à leur intention. La nuit était tombée quand ils transbordèrent la mère d'Owen et la sœur de Maya, installées dans des fauteuils roulants.

Puis ils traversèrent la ville. Le nez à la fenêtre, Owen et Maya contemplaient les moindres détails. Les rues étaient bondées, encombrées, le relief accidenté. Maya était sans cesse surprise de ce qu'elle voyait, parfois émue aux larmes, le cœur serré. Dans les ruelles, des personnes sans abri se massaient, serrées les unes contre les autres pour se tenir chaud. Au coin des rues, des prostituées prenaient des poses et interpellaient le chaland. Dans les recoins sombres, des revendeurs de drogue échangeaient de petits paquets contre de l'argent en murmurant tout bas.

Mais elle voyait aussi des actes qui lui réchauffaient le cœur et restauraient sa foi en l'humanité – des distributions de repas, des abris pour recueillir les gens à la rue, des ambulances fonçant dans la nuit pour aller sauver des vies.

Dans l'appartement loué par Will et Bryce, ils installèrent leurs deux parentes et déchargèrent leurs affaires. Ensuite, Will et Bryce firent venir Owen et Maya dans le salon.

— C'est ici que nos routes se séparent, annonça Will.

— Qu'allez-vous faire, maintenant ? demanda Maya.

— Nous allons ramener le bateau à la station Jardin et tout détruire. Le moment est venu. Si on attend trop, ils pourraient bien tout découvrir. Ils sont déjà en train de développer des technologies satellitaires. Nous avons retardé l'échéance aussi longtemps que possible.

— Parlez-nous du passé, dit Owen. Quand vous avez libéré les survivants.

Will les regarda un long moment.

—Au début, c'était difficile, dit-il. Comme on vous l'avait dit, nous n'étions pas certains que la planète puisse se remettre des ravages provoqués par la guerre du Changement. Nous avons attendu dans l'espoir qu'elle guérisse d'elle-même, mais les choses n'ont fait qu'empirer. Nos modèles ont confirmé que la surface ne serait plus jamais habitable pour l'homme. Nous avons donc mis en œuvre notre plan B. À votre époque, ce monde-ci était une terre volcanique en friche. L'atmosphère était pauvre en oxygène. Les dépôts de méthane gelé au fond des mers fondaient et s'échappaient dans l'air. À l'aide de Révélation, nous avons modélisé les changements à venir et constaté que ce monde-ci finirait un jour par devenir viable pour vous. Sur cette planète, l'atmosphère est légèrement différente et la gravité un peu plus forte, mais dans des limites tout à fait acceptables. D'un point de vue scientifique, cette planète est pratiquement la sœur jumelle de la nôtre, tout juste un peu plus jeune. Enfin, plus jeune à l'échelle géologique. L'attente a été longue, mais en tant que machines, le temps n'a pas de prise sur nous.

—Qu'avez-vous fait en arrivant ? demanda Maya.

—Nous avons utilisé une version modifiée du virus Genesis pour effacer les souvenirs des survivants, puis engrammer en profondeur le code éthique dans leur psyché. Ensuite, ils se sont mêlés aux espèces locales en voie d'émergence et, comme prévu, ils ont prospéré. Jamais vous n'aviez été si nombreux sur le premier monde.

—Je ne voudrais pas avoir l'air de critiquer, fit Owen, mais sur la base de ce que j'ai vu dehors, je dois bien dire que je n'ai pas l'impression que les choses aillent si bien. Sans vouloir vous offenser.

—Oui, ça donne cette impression-là, répondit Will. Mais ce que vous avez vu n'est au fond qu'une crise d'adolescence de votre espèce. Ça va se calmer avec le temps. Et dans le long terme, le résultat sera celui escompté. Nous en avons un degré de certitude élevé.

—Mais pas une certitude absolue, dit Owen. D'où notre présence ici.

Will hocha la tête.

— Exact. Ce serait irresponsable de ne pas tenir compte de l'inattendu – ces variables impossibles à anticiper et factoriser. Vous tiendrez le rôle qui nous était échu à une certaine époque. Vous serez une sorte de police d'assurance, au cas où l'humanité s'égarerait une nouvelle fois.

— À la différence que vous aviez à votre disposition toutes les ressources de l'entreprise ARC Technologies, un groupe énorme. Nous ne sommes que deux et on démarre de zéro.

— Vous disposez de trois atouts majeurs, répondit Will en s'approchant de la fenêtre pour regarder dehors. Tout d'abord, vous connaissez l'avenir, l'arc général du genre humain. Ne sous-estimez pas l'intérêt de cette donnée. Ensuite, et c'est sans doute l'élément le plus important, vous pouvez compter l'un sur l'autre. À vous deux, vous avez déjà sauvé le monde une fois – quand tant d'autres avaient échoué. Et enfin, vous avez un capital de départ.

Owen haussa les épaules.

— Qu'est-ce que vous racontez ? On n'a rien.

Bryce déposa un petit sac sur la table.

— Un cadeau d'adieu.

Owen dénoua le cordon pour verser le contenu sur la table : une centaine de petits cailloux, transparents et étincelants.

— Des diamants ? demanda Maya.

— Oui. Ils ont une grande valeur sur cette planète.

— Vous plaisantez, dit Maya.

— Nullement.

— C'est pour les lasers ? On en trouvait absolument partout sur notre monde, dit Owen.

— Exact. Mais ici, cette nouvelle société les utilise comme symbole de l'importance et du statut social. Et de l'amour qu'on porte à quelqu'un.

Owen prit l'un des diamants pour l'exposer à la lumière.

— Je ne comprends pas.

— Cette pierre que vous tenez vous fournira tout ce dont vous avez besoin. N'oubliez pas : il y a trois façons de contrôler l'avenir.

Vous pouvez le créer, l'inspirer ou le faciliter. Ce que vous tenez est un moyen pour le faciliter.

Owen sourit en faisant tourner le diamant entre ses doigts.

— D'accord. Maintenant, je comprends.

Le lendemain matin, Maya et Owen s'habillèrent et se rendirent chez un joaillier pour lui vendre le premier de leurs diamants.

De retour chez eux, ils s'installèrent dans le salon pour parler longuement de l'avenir.

— Tu penses que nous sommes totalement noyés ? demanda Maya. Submergés ? La tête sous l'eau ?

Owen sourit.

— Probablement. Définitivement. Mais c'est comme ça depuis le début des Jeux de l'Extinction.

— Qu'est-ce que tu veux faire ?

— J'y ai réfléchi. Et plus j'y pense et plus je suis certain de savoir ce que nous devons construire.

— Et c'est quoi ?

— La chose qui nous a sauvés.

— C'est-à-dire ?

— Une Issue de secours.

Chapitre 82

Cet après-midi-là, Owen trouva une place pour sa mère dans une résidence pour personnes âgées située dans le même quartier que leur maison. Elle était assez comparable à celle qu'elle avait connue sur le monde d'avant, mais Owen ne pouvait s'empêcher de s'inquiéter. *Est-ce qu'elle va s'adapter à son nouvel environnement ?*

Cette pensée lui occupait l'esprit quand il retira le petit dispositif blanc des tempes de sa maman.

Tout doucement, elle ouvrit les yeux et regarda tout autour d'elle, la chambre baignée de lumière.

— Owen ?

— Je suis là, maman, dit-il en lui prenant la main.

— Qu'est-ce qui s'est passé ?

— Il y a eu une guerre, qui a duré longtemps. Et quelques autres choses encore, dont il faut que je te parle.

Quand il eut fini de lui donner toutes les explications, il s'attendit à la trouver totalement perdue, à ce qu'elle lui pose mille questions. Mais rien de tout ça. Elle se contenta de le gratifier d'un sourire heureux et plein de sagesse.

— C'est dingue. Complètement dingue. Mais ainsi va le monde.

— Comment ça ?

— Le changement. Chaque génération grandit dans un monde un peu différent de celui de ses parents. Pour certaines générations, ce changement est plus grand que pour d'autres. Pour les gens de certaines générations, l'avenir ressemble à de la science-fiction. Et pour finir, leurs enfants grandissent dans quelque chose qui ressemble aux histoires auxquelles personne ne croyait quand eux-mêmes étaient petits. Ainsi va le monde. Certains changements apportent le meilleur. D'autres le pire. Mais tout change en permanence. (Elle resta un moment à scruter les traits de son fils.) Mais tous ces changements ne m'importent guère. Ce qui m'intéresse, c'est le changement en toi.

Owen haussa les sourcils.

— Tu as l'air heureux.

— Je le suis.

— Tu veux bien m'en dire plus ?

Owen sourit.

— J'ai rencontré quelqu'un. Quelqu'un qui compte énormément pour moi.

— Il me semblait bien, sourit sa mère en lui étreignant la main. (Son regard glissa vers la fenêtre.) Et ton travail ? Tu as trouvé une nouvelle activité ?

— Je crois qu'on pourrait dire que c'est plutôt elle qui m'a trouvé.

— Cela se passe comme ça parfois. Quel genre de travail ?

— Je suis dans les assurances, maintenant.

Une fois installés, Maya et Owen louèrent des bureaux et commencèrent à faire savoir qu'ils étaient prêts à investir dans des technologies novatrices et révolutionnaires – de celles susceptibles de changer à jamais la face du monde.

Ce jour-là, un mardi matin, ils avaient rendez-vous avec deux ingénieurs – Robert et Gordon. Présentement employés dans une entreprise, ces deux trentenaires ne se plaisaient guère à leurs postes et envisageaient de se lancer dans l'aventure entrepreneuriale.

— Merci d'être venus, commença Owen. J'irai droit au but : nous vous proposons du capital et des conseils. Pour le premier, les conditions sont généreuses. Et pour les seconds, c'est vous qui voyez. Ce ne sont que des suggestions dont vous faites ce que vous voulez.

Robert poussa un profond soupir.

— Qui dit que nous avons besoin d'un soutien en capitaux ? Ou de conseils ?

— Nous savons que vous n'êtes pas particulièrement heureux chez Fairchild. Et que vous pouvez faire bien plus.

Robert coula un regard du côté de Gordon, mais ne dit rien.

— D'ici à vingt ans, le monde aura radicalement changé, reprit Owen en écartant les mains devant lui. Vingt ans après, ces évolutions seront encore plus drastiques. Et vingt ans encore après, la vie ressemblera à de la science-fiction.

— Vous parlez de quoi au juste ? demanda Robert.

— De votre invention – le circuit intégré. Vous savez que c'est important, mais vous ne mesurez pas encore à quel point c'est essentiel pour la civilisation. Ce que je vais vous dire va vous sembler incroyable, mais au cours des dix à quinze prochaines années, on doublera chaque année le nombre de transistors sur un circuit imprimé haute densité. Ensuite, le nombre de transistors sur le même espace sera multiplié par deux à peu près tous les deux ans.

Robert fronça les sourcils.

— Qu'est-ce que tu dis de ça, Gordon ?

L'interpellé laissa encore passer quelques secondes avant de répondre.

— Je pense que c'est une idée tout à fait intéressante.

— C'est la vérité, dit Owen. La progression inendiguable de la puissance de traitement va rendre possibles un nombre de choses absolument incroyable – le calcul à des échelles inimaginables aujourd'hui.

Owen scrutait les deux hommes, évaluant leurs réactions.

— Pour l'heure, ce que vous avez créé n'est guère qu'un clapotis à la surface de l'océan, une ridule produite par un petit caillou jeté dans l'eau. Avec le temps, cela deviendra une vague. Et quand celle-ci touchera la terre, ce sera un tsunami. Les évolutions se multiplieront à une cadence accélérée et le monde sera bien plus difficile à contrôler. Croyez-moi.

— Supposons que ce soit vrai, dit Gordon. Supposons que cette… loi d'un accroissement constant de la densité des transistors se vérifie. Qu'est-ce que vous en tirez ? Qu'est-ce que vous attendez ?

— Nous avons appris toute l'importance d'une participation dans les entreprises capables de changer le monde. Et nous avons appris aussi que, parfois, c'est la seule manière de le préserver.

Au soir de cette même journée, installé dans le bureau de la maison victorienne qu'il partageait avec Maya et sa sœur, Owen regardait zigzaguer les voitures au long de l'étroite rue qui serpentait jusqu'au bas de la colline. Des piétons marchaient sur les trottoirs, des touristes armés de cartes pour rallier le lieu de leur soirée, des gens du cru rentrant chez eux après leur journée de travail.

Dans la grande pièce, la sœur de Maya faisait ses gammes sur le piano à queue. Sa musique était comme un hymne accompagnant la marche de la civilisation de l'autre côté des fenêtres.

On était dans l'année 1961 et la ville s'appelait San Francisco. Pour Owen, en ce lieu et cette époque, tout, absolument tout semblait possible. Et c'était sa responsabilité à lui de faire en sorte que ce monde tourne mieux que celui dans lequel il avait grandi.

Cette pensée fit monter en lui un sentiment de fierté et une résolution sans faille. Ici, dans cet endroit étrange, il avait enfin trouvé sa vocation – une cause au service de laquelle il pouvait mettre l'alliance unique de son expérience et de ses compétences. Un jour, ce monde serait un bâtiment en flammes, mais pour l'heure il ne brûlait pas. Il était à la fois sûr et bien sec – et quelques étincelles se produisaient de-ci de-là. À lui de veiller à ce que jamais il ne s'embrase.

Sa vie n'avait pas tourné comme il l'avait prévu. Ou imaginé. Elle était différente. *Mais ainsi va la vie.*

Il monta à l'étage, puis emprunta l'escalier grinçant menant à la terrasse sur le toit, où Maya contemplait le ciel, l'œil collé à un télescope.

Elle se retourna et lui sourit.

— Tu contemples la maison ? demanda-t-il.

— Ouais, ça m'aide à y voir clair dans tout ça.

— Je vois très bien ce que tu veux dire. Tout est encore un peu étrange ici. Les odeurs. La gravité.

Maya hocha la tête, avant de se pencher de nouveau sur l'oculaire.

— Rappelle-moi déjà comment s'appelle notre monde ici ?

— Vénus.

Épilogue

Dans le somptueux restaurant surplombant l'océan Pacifique, Owen se leva et tapota son verre de la pointe de sa fourchette. Trois fois. Le « ding-ding-ding » résonna dans l'immense salle.

Les convives levèrent la tête de leurs assiettes et reposèrent leurs verres de vin.

— Ce soir, dit Owen, j'ai à vous soumettre une question toute simple : quelle est la destinée de la race humaine ?

Il laissa ses paroles flotter dans l'air un instant avant de poursuivre.

— Nous connaissons tous la réponse. À un moment donné, notre espèce connaîtra l'extinction.

Il s'éloigna de sa table pour marcher jusqu'à une double porte donnant sur une vaste terrasse couverte. Devant lui, en contrebas, les vagues de l'océan venaient se fracasser sur la plage, où des couples, des petits groupes et des gens seuls marchaient à la lueur de leurs lampes-torches.

— Mais comment ? demanda Owen à tous ses invités. Qu'est-ce qui va causer notre perte ? Une technologie que l'un de vous développe en ce moment même ? Une guerre nucléaire ? Une catastrophe naturelle peut-être ? Un astéroïde, une éruption solaire ou un supervolcan ?

Il prit une profonde inspiration.

—Au fond, la véritable question n'est pas tant de dire comment notre espèce disparaîtra, mais bien plutôt de savoir ce que nous faisons contre cette perspective. Nous ne pouvons pas lutter contre l'avenir, mais nous pouvons nous y préparer. Dans cette pièce, il y a un certain nombre de personnes qui œuvrent à façonner le futur. Nous avons investi dans bon nombre de vos entreprises. Nous avons mis des capitaux à votre disposition parce que nous croyons en votre prospérité à venir, mais plus important encore, parce que vos entreprises et vos laboratoires conçoivent les technologies qui vont radicalement changer notre société. Ce que je vous propose, c'est que nous collaborions tous ensemble à un projet tout aussi essentiel. Appelons-le… l'Issue de secours.

Il s'avança jusqu'à un grand panneau recouvert d'un drap blanc et tira sur le cordon d'un coup sec. Dessous, il y avait le plan d'un vaste complexe baptisé « Lunar Park ».

—Aujourd'hui, j'annonce le lancement d'une nouvelle entreprise – Pangée – chargée de poursuivre un objectif très ambitieux : coloniser la lune. Et non seulement cela, mais faire aussi de notre satellite naturel une destination comme le monde n'en a jamais vu – ni ce monde ni même le système solaire tout entier. Un parc à thème et un zoo sur la lune.

Dans la salle, les invités poussèrent un cri de surprise. Quelques-uns pouffèrent, incapables de dire s'il s'agissait d'une blague.

—Je sais que cela peut paraître démesuré, poursuivit Owen, mais la colonisation de la lune ne tardera pas à devenir une véritable obsession pour le monde entier. Nous serons les premiers à l'accomplir. Et nous ne le ferons pas pour le battage, la renommée ou l'argent. Non, nous coloniserons la lune pour garantir la survie de l'espèce humaine. Voyez-vous, j'ai la conviction qu'un jour prochain nous aurons besoin d'une Issue de secours. Un jour, la Terre connaîtra des difficultés. Un jour, cette planète sera inhabitable. À ce problème, il n'existe qu'une seule et unique solution : devenir une espèce multiplanète. Et cela commence avec la lune. Avec le projet Lunar Park, dans lequel je vous invite à me rejoindre.

Tandis que la salle explosait en un tonnerre d'applaudissements, Owen coula un regard en direction de Maya. Elle applaudissait poliment, les coudes posés sur son ventre arrondi, dans lequel grandissait leur enfant.

Remerciements

Merci d'avoir lu *Les Jeux de l'Extinction*.

J'ai écrit les premières lignes de cette histoire au début de l'année 2019, pour l'achever en mars 2020, soit peu après le début de la pandémie de Covid-19.

C'est alors que je me suis trouvé confronté à un choix cornélien. N'était-ce pas un peu trop ? En effet, je venais d'écrire un livre au sujet d'un mystérieux événement d'ampleur mondiale, dans lequel un virus jouait un rôle majeur, le tout centré sur une poignée de personnages piégés dans un bunker. N'était-on pas un peu trop près de ce que nous faisait subir ce coronavirus qui nous cloîtrait chez nous et nous coupait du monde que nous connaissions depuis toujours ? Comme vous le savez maintenant, l'intrigue ne se limite pas à cela, loin de là. C'est une histoire exaltante, une source d'inspiration, dans laquelle des personnes qui ne sont rien les unes pour les autres, des étrangers, apprennent à se connaître, à se faire mutuellement confiance. Le cœur du sujet, ce sont les valeurs essentielles à la survie de l'humanité.

Mais il est difficile de mettre en avant ces thèmes dans un synopsis ou une quatrième de couverture. Dans l'intérêt du lecteur, il me semblait plus judicieux de repousser sa publication.

J'ai donc mis *Les Jeux de l'Extinction* dans un tiroir – et écrit deux autres romans.

Sur ces entrefaites, j'ai donné à lire à mon agent et mon éditeur au Royaume-Uni deux de ces ouvrages, pendant que je peaufinais le troisième, et il est apparu que celui qui suscitait le plus d'enthousiasme – et de loin – n'était autre que les « Jeux-X » (selon le titre utilisé à ce moment-là). Mon agent littéraire l'avait fait suivre à mon agent responsable des adaptations pour le grand et le petit écran un vendredi après-midi. Le dimanche, je recevais un coup de fil. Il était sur un petit nuage. Il m'a dit que c'était la meilleure science-fiction qu'il avait lue en vingt ans de métier (ce qui n'est pas rien, puisqu'on lui doit tout de même l'adaptation des séries *The Expanse*, *Outlander* et *Harry Bosch*). J'étais pour le moins emballé. Et, donc,

en dépit de mes réserves antérieures, j'ai finalement décidé de le publier.
En bref, voilà comment le livre que vous venez de lire est arrivé jusqu'à vous. J'espère qu'il vous aura donné matière à méditer sur notre monde et ouvert des perspectives utiles pour mieux faire face aux défis à relever.

À la maison, la vie a été plus qu'intense – mais dans le bon sens du terme. Le 25 juillet 2021, Anna a donné naissance à notre deuxième enfant, un fils, Jackson Alexander. Il est arrivé avec un peu d'avance, en nous prenant au dépourvu. J'étais dans la cuisine, en train de vider le lave-vaisselle, quand notre fille (Emerson, cinq ans) est arrivée sur sa trottinette, directement depuis le vestibule, de l'autre côté de la pièce de vie.
— C'est maman ! Les eaux ! Elle a perdu les eaux !
Il m'a bien fallu quelques secondes pour décrypter cette annonce en trois salves saccadées.
Dès que mon esprit a eu décodé le message, j'ai foncé jusqu'à notre chambre, où ma femme était en train de préparer méthodiquement une trousse de toilette. Devant l'armoire, il y avait un grand sac débordant de tout un tas d'affaires, tel une piñata tout juste éclatée.
— Emerson m'a dit que…
— Je suis prête dans une minute. Tu peux sortir la voiture.
Elle avait déjà appelé ses parents pour leur demander de s'occuper de notre fille. J'ai filé jusqu'au garage. Le portail métallique noir s'est ouvert en grinçant, à une vitesse au moins un million de fois plus faible qu'à l'ordinaire, sous mes encouragements muets. *Allez ! Allez !*
Anna arrivait avec son sac sur le perron quand j'ai enfin réussi à sortir.
La suite des événements, nous l'avions tous les deux sous-estimée.
Dans la voiture, je lui ai ouvert mon cœur. Je lui ai dit que je l'aimais et que j'étais incroyablement heureux qu'elle donne naissance à notre deuxième enfant.

Sur la route vers la maternité du Rex Hospital de Raleigh, en Caroline du Nord, la douleur s'est tout à coup invitée. Elle était à son comble quand nous avons franchi le seuil du service des urgences obstétricales. Trop tard pour une épidurale. Notre fils est venu au monde quarante-deux minutes après notre arrivée. Un accouchement dans ces conditions jette une lumière singulière sur ce que nos ancêtres devaient endurer (et sur les miracles de la médecine moderne). C'est le premier des nombreux miracles auxquels assistent tous les parents. C'est un chemin ardu, mais semé de tant de joies.
Malgré l'épreuve, nous sommes follement heureux. Jackson, notre petit bonhomme, a changé nos vies. Avec ses sourires, ses pleurs et ses taquineries espiègles, il nous rappelle que nous naissons tous innocents et que le monde est ce que nous en faisons. J'espère qu'il héritera d'un monde meilleur que celui que nous connaissons. Dans une certaine mesure, c'est pour ça que j'écris.
Au sujet de l'écriture, je ne sais pas trop ce qui m'attend, à présent. Normalement, j'en suis à l'instant où je donne un lien vers une présentation de mon prochain ouvrage, ou quelques indications sur les projets à suivre. Aujourd'hui, je n'ai ni l'un ni l'autre. Mais j'ai deux histoires bouclées et en grande partie écrites.
Enfin, je vous adresse à tous un immense merci pour votre fidélité après ces quelques années de silence. Si tout va bien, il ne s'écoulera pas tant de temps avant la prochaine publication. Où que vous soyez dans ce monde, j'espère que vous allez bien et que vous avez apprécié la lecture des *Jeux de l'Extinction*. Et, comme toujours, n'hésitez pas à m'écrire : ag@agriddle.com.

Amicalement,
Gerry

Aubin
IMPRIMEUR

IMPRIM'VERT
Votre imprimeur agit pour l'environnement

Achevé d'imprimer en avril 2022
par Aubin Imprimeur à Ligugé
N° d'impression 2112.0248
Dépôt légal, mai 2022
Imprimé en France
2811586-1